张承志作品系列

卷七 · 散文

思想（上）

张承志　著

人民东方出版传媒
東方出版社

他者的再教育　1970 年

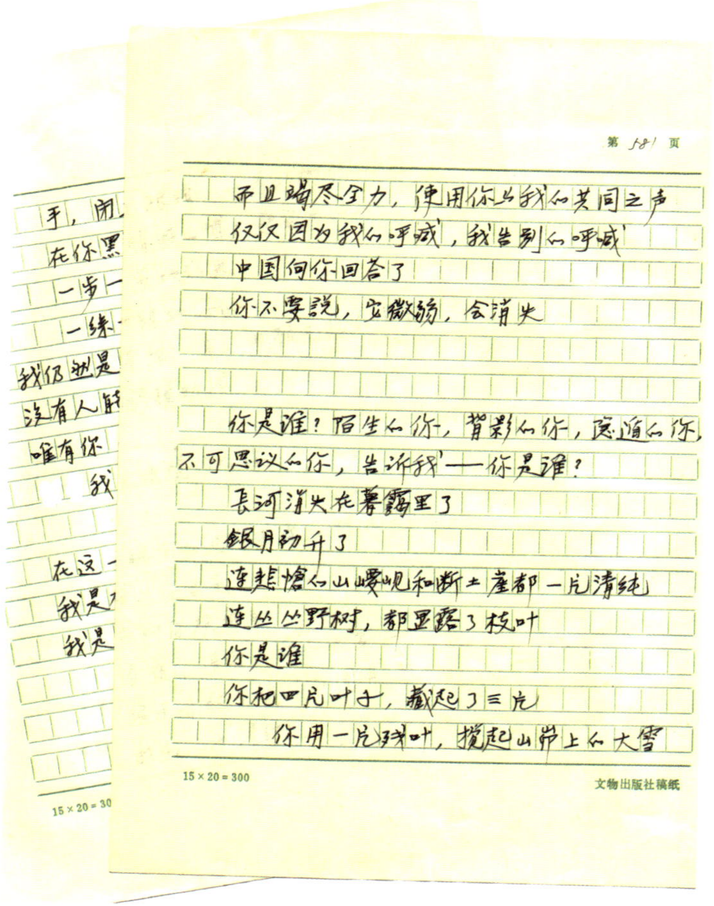
第 581 页

而且竭尽全力，使用你与我的共同之声
仅仅因为我的呼喊，我告别的呼喊
中国向你回答了
你不要说，它微弱，会消失

你是谁？陌生的你，背影的你，隐遁的你，不可思议的你，告诉我——你是谁？
长河消失在暮霭里了
銀月初升了
连悲怆的山峦岘和断土崖都一片清纯
连丛丛野树，都显露了枝叶
你是谁
你把四片叶子，藏起了三片
你用一片残叶，搅起山峁上的大雪

15×20=300 文物出版社稿纸

手稿《心灵史·后缀》 1990 年

目录

心火

儿时的往事逝去得实在太久了。

无论是生存规律的制约还是社会条件的改造，都足以使像我这样的生长在大都会的青年渐渐淡忘了自己在血统上的那一点独异。人到中年，潜心民族历史且又迷恋文学，常会有对那些难以追溯的故事的叹憾，总觉得自己太不懂得珍惜，觉得自己不觉之间已然失去了什么。

能记得的，是我家在下雨时烙饼的锯末火。那是昏黑的胡同巷子深处，白发苍苍的外祖母用一柄令箭样的条铲，拨着平时向木匠讨来的锯末。面饼的香味儿扑满了小院。邻居们都在小声议论，孩子们则围着不散——看着我们这家山东人的新奇吃法。那火微微的，火苗又小又柔，锯末漫上后，甚至熄了似的烟也不冒；但不久，那柔柔的火苗又悄然爬了出来。

像那锯末火一样，在我心底里和那些淡薄的记忆一起，也还有一点朦胧的光亮，像一苗慢慢燃着的，淡蓝微黄的火。

比如，似乎在上小学时，有一次听姐姐说过：你的名字叫赛义德。虽然她仅仅说过这么一次，而且直至今日我都未曾问问母亲这桩事——但这句话却时隐时现地沉入了我的心底。

现在已经无需向母亲询问了：我知道这是一个波斯语词。元初经略云南的政治家赛典赤·赡思丁的名字中就有这个成分。据《史集》记载，这个名字是圣裔才用的，赛典赤是一个真正的华族。

再比如，还记得小时常见的外祖母独自跪在墙前，微低着头，神情艰忍，口中默诵着什么。正在我百思不得其解时，她嘴角颤抖着，“主啊——”她唤道。

她的这种举动给我留下了烙刻般的印象。或者说，她传达给我了一种痛苦的刺激。水泥地板上，我想，她的膝盖多疼呐。我长久地无法赞同她。我不承认这种无形的苦。

——而现在，甚至在吐鲁番的阿撒·吾克甫，当看到膝上绑块胶皮，一爬一屈地从和田赶来朝拜圣徒墓的无腿的乞丐，我也不觉惊奇了……我甚至想，他们才算真正传递着清真的传统，而外祖母和我们这一支山东的回族却改变得太多了。

像我家那顽强地舐着熏得黑黑的锅底的锯末火一样，这一苗微火也不熄地在我心里留存下来了。我长久地不能理解它和记住它，但我已经意识到了。

我想，这种心火并非专属于回族儿童。这是一种普遍的、人类借以相互区别的心理基础。对于任何一个民族的儿童来说，他们原先并不懂得什么民族的情感，他们不过是从这萌芽般的小小火苗里意识到：这里有自己。

但是，使人们尊重这种“自己”是一件极难的事。

我相信每个北京城里的回族儿童都曾有过这样的经历：在胡同里，在球场上，在因为蜻蜓、弹弓或者一张香烟盒折成的三角而发生的厮扭中，对手祭起了法宝：“小回回，奸又奸，拿根猪尾巴往家颠。”这种开心的歌谣也像北京城的豆汁、鸟笼子、糖葫芦一样，世代相传，源远流长。它增添着老北京人饭后茶余的闲趣，也伤害着一批批本来可以更开朗、更光明的纯净童心。

现在，我早对这种无可厚非的玩艺儿充分原谅了。我甚至觉得，若是连这点东西也没有了，世界也未免太不真实。历史上，在民族集团之间，在统治者与人民之间也常常开这种玩笑的，开到血流成河的地步。芸芸众生中万相纷纭，这点事情又算什么呢。

只是那心火的种子击在侮辱的石上，它燃起来了。像许多回族少年一样，我的性格也发生了形变。既凶蛮，又羞涩；既怯弱，又自尊。不过，那时的一切心理和作为，今天看来都显得既愚蠢，又好笑。

时间长了。我们虽然还被人们同体的世界。也许这片世界还是贫瘠的或是不发达的，但这里却生存着许多优秀的精神。在我们努力地企图走向富裕、走向现代化和新的历史的时候，我们应当用一切努力来发扬这些精神。

我想，民族范畴内的一切：无论是民族的研究还是民族题材的文学，都应当有促进我们的民族之间相互了解的任务。

我在小说《雪路》里写到了人们之间缺乏了解的这种现实，也写到了我们——无论哪个民族——必须互相依存、互相帮助着走完历史安排的这条漫长道路的这更大的现实。我想，这种现实是深刻的和雄伟的，也充满了感情和热量。我们的民族文学应当描写这条雄伟历程上的奋斗，也应当揭示其中的矛盾和问题。在这征途的前方，我们会和我们的亲人一起，用各种语言歌唱我们看到的一切和胜利。

1984 年 8 月 31 日

我的桥：《老桥》后记

小说不管多么神通广大，富有与人交流的魔力，它的规律可能还是使它限制了一种交流。至少，我是常常想抛掉它那规定的文学外衣，敞开胸怀，和想象中的朋友们放开了大聊一顿的。我甚至曾经打算干脆把《阿勒克足球》中的这么一段印上这个集子的扉页：

至于你们，我的朋友，你们不是也曾在那散了架的牛车上牙牙学语吗？你们不是也曾呼吸着那牛粪火上腾起的青烟，光着脚跑过晨雾迷濛的、湿漉漉的草原吗？——嗯，这样很好。你们的眼睛告诉我，你们也讨厌孤傲自负或胸有城府。你们也像讲着我们美好母语的牧人一样，喜欢诚恳地，哪怕是天真地互相倾诉。

现在看来，这些话和我的不少小说一样，是嫌嫩了点。不过我最终仍然没有听从一些朋友的劝诫，没有怕以不慎的文字触着社会的禁忌，还是想一诉为快。因为我根本不是在做文章或“创作谈”。——难道我们真的还能有许多这样宝贵的诉说与交流的机会和缘分么？

我曾在蒙古草原的纵深处生活了很久。帽檐朝后，衣袍稀烂，歪骑着马，一年洗一次澡。所以我编了一个准蒙古式的民间故事来形容我自己走上文学道路的方式：

一个放羊小孩，也许是因为忍受不住心里的冲动吧，他朝着一座神秘的高高铁门掷出了手里的羊鞭。铁门隆隆开启，小孩走了进去。

而眼前绵延着炎热的沙漠、冰封的雪山和丛生的荆棘。小孩害怕了。但铁门早已闭拢。他只能迟疑举步，踏上崎岖的小径。他走着，想起自己的那一小群羊和温暖的家，眼里涌出了泪。

可能这就是我们这一代人与文学相遇的形式吧。我们都不假思索地投出了自己心爱的羊鞭，而并未真正洞彻这一举动的含义。

文学，多神圣和激动人心的字眼儿！我不相信你能找到任何一个领域、职业或者专业能像文学这样，既能尽力创造，又能诉说内心；既能有益于人，又使自己日趋美好；既能最大限度地摆脱干扰、束缚和限制，并满足自己的事业心、责任感，又能最大限度地以个人之力摧枯拉朽、赞美颂新了。或者正是我们承受着的一切，包括特定的时代、环境、历史传统和社会现实，造成了我们今天这种简直可称作畸形（褒义！）繁荣的文学局面。

于是，干医生护士的材料，干建筑专家和发动机设计师的材料，干工业、版本校勘、电视小姐、教师的材料，还有种地的、挖煤的、放羊的、待业的，都挤到文学大军里来了。

都带着自己的放羊鞭子或其他宝贝。

我呢？我是否该再旧事重提地谈到自己的那柄放羊鞭子，或者说，自己赖为支撑的初衷，想在时代大潮中反省和认清自己的灵魂呢？

风靡当代日本的青年歌手佐田雅志有一首题为《无缘坂》的歌曲。他在深沉地描述了关于母亲的种种之后，这样结束道：

忍啊，这难忍的无缘长坂
我那咀嚼不尽的
妈妈的微小的人生

这首歌带给我许多感受。我不以为下述内容是一种粉饰的歌颂：无论我们曾有过怎样触目惊心的创伤，怎样被打乱了生活的步伐和秩序，怎样不得不时至今日还感叹青春；我仍然认为，我们是得天独厚的一代，我们是幸福的人。在逆境里，在劳动中，在穷乡僻壤和社会底层，在思索、痛苦、比较和扬弃的过程中，在历史推移的启示里，我们也找到过真知灼见，找到过至今感动着、甚至温暖着自己的东西。

我非但不后悔，而且将永远恪守我从第一次拿起笔时就信奉的“为人民”的原则。这根本不是一种空洞的概念或说教。这更不是一条即将汲干的枯水的浅河。它背后闪烁着那么多生动的面孔和眼神，注释着那么丰满的感受和真实的人情。它是理论而不是什么过时的田园诗。在必要时我想它会引导出真正的勇敢。哪怕这一套被人鄙夷地去讥笑吧，我也不准备放弃。虽然我在丰富、修正和发展它的过程中也不无艰辛。

我无法忘却我在生活道路上结识的那许许多多，遍布在我喜爱的北方广袤大地上，也许语言种族各异而命运相同的人们。尽管我希望告别抒情，使冰山只露出一点在水面；尽管我也许会使笔触变得愈来愈冷峻；尽管我可能刻画这片大地的荒莽，并真实地表现这里的苍凉与阴暗——我仍牢牢地记着和怀念他们那动人的美。我心底的感情将永远献给他们。我特别铭记着在我年轻时给予过我关键的扶助、温暖和影响的几位老母亲。所以每当我听到佐田的《无缘坂》时，便总是仿佛看见她们——那蒙古族的额吉、哈萨克族的切夏、回族的妈妈，看见她们正默默地在那条漫长的长坂上缓缓前行，并耗尽着她们微小平凡的一生。

于是我写道：

我是她们的儿子。现在已经轮到我去攀登这长长的上坡。再苦我也能忍受的，因为我脚踏着母亲的人生。

然而——既然我在偏激地爱憎，我就不能不导致一种弱点。我毕竟无法回答复杂的同龄人的一连串尖锐的质疑。

我只是想说：没有能超越一切局限的人。就像有时我们吃惊地听了饱经沧桑的老者的某些见解而大失所望，就像我们看到兄长们天真地讴歌“五十年代”而无礼地窃笑一样，我们也在自己的局限中生活。

我因为想到了自己作品的局限，所以我把这集子名之为《老桥》。

我们走向前方时路过的，可能就是一座老桥。至少我自己是无法一笔抹杀那一切的：包括我们的或许将被弟弟一辈和儿子一辈窃笑的理想主义，包括我们的激动、奋争和失败，包括革命、民族和历史留给我们的传统，甚至包括我们打的架，我们爱唱的歌。我们和我们的祖国一起，背负着沉重的遗产和包袱前进，若否认它们就等于否认青春、岁月和我们自己。我并非对这坍塌中的老桥迷恋不舍，我想我终将会把它长留身后。但是，我反对那种轻飘飘的割断或勾销。我甚至认为，这座桥或者就是我自己和大家走向明天的惟一通路。尽管它是老的，坍塌了一块桥板，散乱着几堆兽粪。它毕竟是桥，是联系着山和水、过去和未来的桥。它是我们重新开始热烈追求的起点，是通往历史的灵气再次降临到中华民族头顶的时刻的一步。

这样看来，处于这种局限中的我们所走的，也应该说是值得和够味儿的一步。而个人的能力的局限就是另一回事了。

文学正慢慢向我展示出它无垠无际、神秘博大的领域。只拎着根用皮条木棍绑成的鞭子，简直是开玩笑。对艺术规律带来的惩罚，我寸心自知。我很迟地明白了：何止是思想内容，即便是艺术上（包括艺术形式）的缺残，都能使作品丧失生命。我愈来愈感到那牧羊孩子式的锐气和热情的微渺。我已经开始注意调动一切手段来养育自己，提高自己的认识能力和表现能力，但成效甚微。我非常担心这是一种气质、眼光和学习方法上的局限。

这本小书说明，我曾相当偏爱过抒情散文式的小说叙述方法，因为我觉得它那么合乎草原生活的特质。我曾经在心在意地写过，表达过我满肚子天真的情思。至今我仍然喜爱这种叙述形式和叙述语言，我想只要它与所描写的那种独特文化在分寸、精神、色调和节奏上相和谐，就用不着担心它会过时。

但我毕竟生活在八十年代，并可能活到二十一世纪初叶。即便是对老桥时代的描写吧，我也开始有了复杂些的感受和冷静些的眼光。它们在倔犟地迫使我改变和寻找。1982 年发表的、用完全不同的表现语言和叙述形式写成的短篇小说《绿夜》、《老桥》、《大坂》，就反映了我的这种变化。这种变化我想是自然的，因为我必须向教训榨取。

——只是这一切都得来得太费劲、太笨重了！我总是时而痛感我的语言不能准确地传达感受，时而伤心我的认识总是那么肤浅和呆板。你最终能达到怎样的一步呢？我常问自己。我开始体会到了文学劳动的沉重，体会到了认识的不易和形式的难以捕捉。我总被一种无益的忧郁袭击，我感到举步艰难。去年夏天，在我探望了草原上的那个“家”以后南归那天，那个游牧的家出动了全部人马为我送行。当那由一辆牛车和三匹马组成的小小队伍行进在草海之中时，当他们无论老小都为我流下了惜别泪水的刹那间，我的心异常沉重。

十一世纪黑汗王朝辉煌文学的代表者玉素甫•哈斯哈吉甫在他那不朽的《福乐智慧》一书中，留下了这样表明胸襟的诗句：

我说了话，写了书
伸手抓住了两个世界

他是天才。他确实用他的作品抓住并影响了今生和来世这两个世界，这一点已经经历了十个世纪的考验。我不敢幻想也像他那样去建树，但我也真诚地希望我的同时代人和未来的人们，能从我用心血写成的作品中，看到我们曾走过的道路，我们曾有过的感受和我们曾那样真挚地憧憬过的美好的一切。

那误入神秘世界的牧羊小孩还是向前走下去了，并且开始了他新的人生。在我也终于蹒跚地走完了这可怜的一步，有机会对自己清理和反省的时候，我想说——

我的师长，我的朋友，我的守护神般的人民母亲！我谨请你们为我祝愿：让我得到闪光的认识、新鲜的语言和神奇的灵性吧！

1982年12月

涂抹三笔

如果非要在作品之外再做文字，那么我在怀有一些歉疚（对于编辑）和一些奢侈感（对于时尚）的同时，想写几件小事：

1984年秋在伊犁，在郊外的果园里和几个文学朋友座谈。我很不愿意搞那种座谈，就在葡萄架下歪歪躺躺，嚼嚼水果。对面坐着一个维吾尔小伙子，出奇地英俊。他谈到我的《北方的河》，我听着，我还记得那天我的态度太散漫而不用心了。

他说："……《北方的河》使人觉得：一个年轻人，不管你出身怎样贫苦，不管你怎么困难，只要你敢奋斗，你就能——"他激动了。

我的心猛地一烫。

1986年初春在甘肃广河。陪着我下乡的回族小伙子马进祥给我讲故事，他涨红着脸，耸着浓黑的眉毛。"……我正讲着那个索米娅给了个大车老板子，那媳妇子嗷地叫开了——原来她躲在门后头偷听着哩，把蒸着的馍忘下了。馍馍糊掉了——”

我感动地品味着心里的温暖。他讲的是在莫尼沟发生的事。莫尼沟，真正的穷乡僻壤啊。

前几天我刚刚送走我的蒙古族哥哥和母亲。

我们已经有了十八年友谊了，从1968年我插队当牧民住进他家至今，十八年我们没有间断过联系。我在阔别草原十年后的1981年，曾去看望满六十岁的额吉（母亲）；而他们，在十八年后的今天到北京来看望我的母亲来了。我们大模大样走在长安街大道上，我们去看闻名已久的斑马，我们以牧人式的尊重眼光看老虎，我们不客气地轰走端着照相机过来图新鲜的老外。蒙古哥哥拉着我母亲的手说：“您儿子是个好人——”

共三笔，如上。

也许我的文学就为了上述一切。如果说我也企图某种奖励的话，上述三件事就是我荣获的三次大奖。在一个幅员辽阔的天地里，在三片不同精神、不同民族、不同风土文化的大陆上，有谁能争得我这样的光荣呢？

我当然有权自豪。也有权蔑视那些蔑视上述一切的人。十年前我曾想用“阿尔丁夫”（人民之子）做笔名；十年弹指逝去了，我知道我已经成了这大陆和它的人民的儿子。

虽然前方艰苦。

1986年9月3日

静夜功课

子夜清时，匀如池水的夜静谧地等待着，悄悄拍了拍，知道小女儿这回真的睡熟了。

蹑脚摸索，漆黑不见门壁。摸索着突然踢了椅子一下，轰隆砰然的炸响惊得自己晕眩了刹那。屏息听听，暗幕中流响着母亲女儿的细微鼾息——心中松了一下。

摸至椅子坐下，先静静停了一停。

读书么？没有一个读的方向。

写么？不。

清冷四合。肌肤上滑着一丝触觉，清晰而神秘。我突然觉察到今夜的心境，浮凸微明的窗棂上星光如霜粉。

我悄悄坐下了，点燃一支莫合烟。

黑暗中晃闪着的一星红点，仿佛是一个意外的谁。或者那才是我。窗外阴云，室内沉夜；黑暗充斥般流溢着，不知是乌云正在浸入，还是浓夜正在漾出。其中那一点红灼是我的魂么，我觉得双目之下的自己的肉躯，已经半溶在这暗寂中了。

我觉得那红亮静止了，仿佛不愿扰乱此界的消溶。于是我坐得牢些，不再去想书籍或纸笔。

※　　※　　※

这样，有生以来第一次看见了真正的夜。我惊奇一半感叹一半地看着，黑色在不透明的视野中撕絮般无声裂开，浪头泛潮般淹没。黑的粒子像溶了但未溶匀的染料，趁夜深下着暗力染晕着。溶散有致，潮伏规矩，我看见这死寂中的一种沉默的躁力，如一场无声无影的角斗。

手痉挛了一下，触着的硬硬边缘是昨夜读着的书，高渐离的故事。

远处窗外，遥遥有汽笛凄厉地撕裂黑布般的夜，绝叫着又隐入窗外沉夜。高渐离的盲眼里，不知那永恒黑暗比这一个怎样；而那杀人呼救似的汽笛嘶叫，为什么竟像是高渐离的筑声呢。

我视界中的黑暗慢慢涌来，在我注视中闭合着这一抹余空——若是王侯根本不懂音乐呢——黑潮涨满了，思路断了。

我在暗影里再辨不出来，满眼丰富变幻的黑色里没有一支古雅的筑。

那筑是凶器……

我决心这样任意遐想一回。应该有这样的夜：独自一人闭锁黑暗中思索的夜。如墨终于染透了、晕匀了六合的纸，我觉得神清目明，四体休憩了。我静静地顺从地等着，任墨般的黑夜一寸寸浸透我这一具肉躯。

墨书者，我其中信任的只有鲁迅。

但这夜阵中不见他，不见他的笔。渐离毁筑，先生失笔，黑夜把一切利器都吞掉了。

是的，我睁大双眼辨了许久，黑色的形形色色中并不见那支笔。只有墨，读不破的混沌溶墨。春秋王公显然是会欣赏音乐的，而到了民国官僚们便读不懂鲁迅的墨书。古之士子奏雅乐而行刺，选的是一种美丽的武道；近之士子咯热血而著书，上的是一种壮烈的文途——但毕竟是丈夫气弱了。

因为乌云般的黑暗在浸漫淹没，路被黑夜掩蔽得毕竟窄了。

※　　※　　※

我心中残存着一丝惊异，仍然默默坐在黑暗的闭室之中。黑暗温暖，柔曼轻抚，如墨的清黑涤过心肺，渐渐海上来，悄然地没了我的顶。

近日爱读两部书，一是《史记·刺客列传》，一是《野草》。可能是因为已经轻薄为文，又盼添一分正气弥补吧，读得很细。今夜暗里冥坐，好像在复习功课。黑暗正中，只感到黑分十色，暗有三重，心中十分丰富。秦王毁人眼目，尚要夺人音乐，这不知怎么使我想着觉得战栗。高渐离举起灌铅的筑扑向秦王时，他两眼中的黑暗是怎样的呢？

鲁迅一部《野草》，仿佛全是在黑影下写成，他沉吟抒发时直面的黑暗，又是怎样的呢？

这静夜中的功课，总是有始无终。

慢慢地我习惯了这样黑夜悄坐。

我觉得，我深深地喜爱这样。

我爱这启示的黑暗。

我宁静地坐着不动，心里不知为什么在久久地感动。

黑暗依然温柔，涨满后的深夜里再也没有远处闯来的汽笛声。我身心溶尽，神随浪摇，这黑暗和我已经出现了一种深深的默许和友谊。

它不再是以前那种封闭道路的围困了。此刻，这凌晨的黑暗正像一个忠实的朋友，把我和我的明日默默地联系在一起。

1988 年 7 月

锈铲

在旧居贫民窟般的霉破房子里住了二十九年零八个月，盼搬家盼到麻木而且不愿搬，盼到在旧破屋里越住越觉得有决心、越住越有滋味的时候，突然传来消息——搬家！……狂喜在刹那间凝固了。

开始收拾装捆。一天天忙，忙得痛快淋漓。什物渐渐打点起来，抽屉倒出了老底子。在数不清的橡皮、圆珠笔芯、旧电池、蜡烛头、药片、电线插座、古城上拣来的磁片、丢了的电话本，不相信是自己写的俄文单词条中间有一把锈了的平头铲和一把锈得更厉害的尖头铲。都是过去当考古匠的家伙。

外行不懂。但好解释：平头铲像条切了尾巴的黄瓜；尖头铲像一片切薄的桃。平头铲用来找墓边，尖头铲用于刮地层。铲是钢的，我用它们干了多少年。只说挖过的墓吧——只说我用这两把铲做过的新疆乌孙时代土堆墓吧，也有二十五座之多。人架至少做过一百来个。其中有一个头骨，出土于新疆伊犁昭苏县夏台 M38，目前已经被某个人类学标本室收藏。

至一个星期以前，我对这两把铲子的下意识，只是一种行帮师傅式的感情。如果说对它们也有什么兴奋，那只是搬家以前，我琢磨着：

新房子那水泥地肯定质量差千疤万疱新房子混到手不容易嘿不谢天不谢地只因为今年吉利今年是国际住宅年新房子在熬了二十九年零八个月之后捞上啦我不怕它水泥地疤点子多我有顺手的家伙我要使这两把铲子刮它刮了那些疤点疱点我要使这两把铲子把它刮得平溜溜。

我真刮了。

然后那两把铲被我扔在屋角。前几天似乎曾瞟见了一眼：刮水泥地时磨亮了的刃又像是生了黄锈。

昨天似乎又瞟了一眼：它们不在那个角落里。（似乎）我的下意识里也微动了一个瞬乎（好像动了）。这回，它们可真要锈透啦。

我猜此一住怕又是三十年；如果我还能活那么长。此刻回忆起来，我那意识的意思是：我不会再有刮水泥地的福气，再见啦，考古匠的锈铲子。

下午到 H 的房间里闲谈。H 是在民族学院学习的日本人，专业也是新疆史。

扯了好多事情，我才无意中瞟见桌上有一只酒瓶。喝酒啦，我随口问道。

H 除了多少有一丝不安浮过。但他说话时还像往常一样，心平气和的。

昨天这四号楼的留学生……喧哗了一阵。因为，喏，瞧那儿不是正施工么。出来一副人的骨头，连牙都是好的呢，好像不太久。

我随口插道：不，一般墓葬里出土的头骨，都有好牙，在新疆挖的两千年前的乌孙墓也是。

H 仍平静地说：日本留学生们聚在这儿，洒了一点酒，为那人。还……这样了一下，他有些不好意思地把两掌合了个十。

我有些心慌了。

——不过，我的这双手，唔，算一算至少也挖过一百多个骨架，一百五十？唔……难道日本考古学家们也这样？在日本，要是挖出了骨架怎么办？我反问道。我懂考古的干法。

停工，H 平静地回答道。

我震动了。停工？

是，大概总要先停工的，H 说。考古的情况我不太懂，可是像昨天那个，恐怕要认领迁葬。考古队挖的是古代的，也许不太一样？

——可是他们至少两手合十……我心乱了。

昨天的事情，怎么说呢，最好是先停工。不过，当然不能把中国和日本比，中国历史长久，土地经常改变主人，不像日本。H 为我解脱地说。

可是我的心中却打上了一个印子。一群集中在民族学院留学生楼的日本学生，什么也没有多说，没有向中国声张，他们为一副被野蛮的铲子扔得东飞西散的人骨架双手合十，洒酒祭奠，虽然——虽然可能只是那么一小会儿，虽然可能只是意思意思，虽然有点“那个”。

我偷望窗外。

那里还在起劲地挖。不知挖什么。挖大沟是北京城风景线上的一大名胜。铲子在杂乱地挥，黑土在嗖嗖地飞出沟外。

活像我指挥过的墓葬工地。

挖出那个蓝塑料布包的时候，民工们哇地发出一声喊，吓得都跑散了，随即又围拢来，一柄柄铲子争着好奇地捅。放肆的下流话喧哗起来了。连我也知道：一个月前好像住在东头哪间地窝子里的一个风流娘儿们生过个孩子。不过我不知详细，不知道她是寡妇还是大丫头，反正她生孩子不大合适。

只听了那么一句。流言如风，抢耳而逝，这个月里没有人再议论那女人了。

我吆喝着放肆的民工不许闹（她们几乎全是半大婆子老媳妇，农场不分给我们考古队好劳力）。我指挥她们搬开那个弃婴，可是她们齐齐发一喊：

谁搬那死孩子哟！谁他妈寻晦气哟！

我想逞个威风，提着铲子走过去。可是我也突然恶心起来，我无论如何不敢抓那个软软的塑料包。背后媳妇婆子们又哇地扬起一片幸灾乐祸的疯笑。

今天回忆起来，那笑声强大而粗悍。

而我当时不能够联想——有个当班长的老妇推开我，一铲子撮起那死婴，急急几步走到草地上，猛扬手，蓝塑料包淹没在昭苏的夏牧场里。我松了一口气。干活！我命令道。

从 H 处回来以后，联想力——它见鬼般地溜回来啦。不说大的，只说说居家集吧：乾隆盛世谋反、英勇牺牲在兰州城头上的起义领袖，有一个母亲葬在甘肃某村。后来为避清政府迫害，回民们为烈士之母迁葬河州，世代护墓。1958 年，严重的形势再次威胁这座贫苦农妇的坟墓，有几名宁夏回民潜入河州，星夜迁葬，秘密掩埋于贫瘠远官的居家集。那些农民也迁籍居家。他们怀着深沉的情感，夜夜诵经，日日扫墓，卫护着这位贫民之星的母亲。我——我不是也曾寻到居家集，在暮色苍茫中满怀激动地走向那座土坟么？

还有联想的余地：我的外祖母哺养了我多年。当她无常之际，她并没能按照自己的宗教习惯土葬，遗骨迁回济南后，埋在一个僻处。舅舅们大概觉得，虽难称墓，总是热土，我知道他们也痛哭过，不知是为自己的无能少孝，还是为着时尚的冷峻无情。

但是，就连这座对于一位伊斯兰教徒来说已经极其耻辱的“墓”，几年后也被刨平了。我不仅不知道我的外祖母的骨殖在哪里，也不知道她的游魂在哪里。

不是由于人称史无前例的政治。不是由于如同文人笔下一写十年的浩劫大乱。不是由于中国智识阶层准备写的成厚砖头的种种大题目——只是由于平平常常、天经地义的建设和日子。

写中国史不能用一支细腻得恶心的笔。否定过去没有带来新生。寄希望于治世于伟人于自我于老外于计算机，医不了已经成为一个民族特点的残酷癖——那些雪亮的大铲，我那生锈的小铲，难道不是一些残酷的凶器么？可是这样分析又有什么意义呢？如果明天要我去发掘一个距今四千年的古墓地，难道我有本事带上一个唱诗班加上三个神父五个阿訇十八个和尚？或者在宪法上明文规定国民有护墓自由有不许人掘自己坟的权利？

居家集是圣徒墓。即使自尊心强得不惜牺牲的回族，也只能守卫几座圣徒墓啊。

坐在案前，推开书纸，我又下意识地环视了一下这间得之不易的十平方米居室。我拉开过几个抽屉。我翻了翻那几个角落。没有，无论是像切头黄瓜的平头铲还是薄如桃片的尖头铲，都真的不见了。

我跳起来，急痴地翻腾起来。打开箱子，倒空篮子，刨开床底，我拼命地找。

不，我的锈铲不见了。

我恍然若失地怅怅坐下，盯着墙壁，盯着一个异族的日本人在默默洒酒致奠的想象。也许他们不过是忸怩文明而已。也许他们更该多想想他们血腥的民族史。但我已经忘不了这个半真半假的想象。我没说考古学是一门罪恶；但我此刻为我的双手挖过一百多具人架而恐怖得战栗。

明天，我非要找到那两把铲子。

1987 年 6 月 21 日

美文的沙漠

1983 年至 1984 年之间，我曾经以日本国际交流基金“特定地域研究计划”合作人以及东洋文库外国人研究员的身份，在日本进行过为期一年的中亚历史研究。无疑，在东渡之前，我也有过一份与日本文学界以及日本的中国文学研究界交流的愿望。甚至可以说，那是一份热望；我曾盼着自己的文学因这一交流而长足进步，我在内心里对这一目的寄托了远较学术研究更多的幻想。

但是，在异国感受到的真实粉碎了我的幻想和希望。到了后来，事情发生了极端的变化，我不客气地拒绝了一个个电话，并且公开申明自己不愿意与日本的文学界、特别是他们的中国文学研究界接触。

时至如今，我不仅仍在暗暗庆幸自己的这一变化，而且还暗暗确认了一个非理论的认识，即认为当代优秀的中国文学是不可能与外国人交流的。

为什么呢？除开诸多不属本文范围的原因之外，我想指出的一个问题是：美文不可译。

我以为这个与翻译学基本目标和理论相抵触的认识是正确的：无论是书面语（包括文学语言）或是口语，一旦在他们表达着使用者和使用民族的心境、情绪、特定意识、弦外之音、独有的生活、基于传统和文化的只可意会的心理素质的时候，它们就是很难甚至是不可翻译的。能够翻译的只是表面；只是大意、对应或比喻。翻译过程中的精益求精和刻意求真只能导致一个泥潭，站在两片文化之间束手无策的泥潭。容易翻译的语言都不是上述那种传神的东西，它们大约是机械的（如自然科学、含义准确的文牍）、平庸的（如低质的文学作品）或狭义的。可以说：传神的或有灵气的语言不可翻译。

翻译学顽强地与这一命运搏斗着。而他们的劳作之间还有一个被忽视的问题存在：对翻译对象的尊重。

在不存在尊重问题和问题已经解决的例子中，如对李白的诗，《水浒》、《红楼梦》，鲁迅著作的翻译中，醒目的现象是译家风起，译本不绝。如《水浒》的日译本已多达数十种，而且看来还会继续增加。这说明，后来的更严肃和更自信的译家总认为，伟著实际上并没有真正地被翻译。这又说明，脍炙人口和流芳百世的现象背后，实际上还存在着某种非文学的原因。

在尊重问题远远没有解决的时候，比如外国对中国当代文学研究译介，我敢断言，他们出版给外国读者的大多只是一些平庸的故事而已，甚至只是一些政治和社会问题的情报信息。真正优秀的中国当代文学作品或不被他们所选择，或他们没有翻译和理解的能力。幸运地被完整介绍和渲染鼓吹了的恰好是一些次品。这些作品本来不属优异之作，他们的语言无底蕴无深味，甚至干瘪得删删漏漏也无妨大局，兼之肤浅的政治思想内容和呆板的形式，于是正好与那些政治兴趣甚浓而艺术素养甚少的外国专家相映成趣，他们共同组成了一个更可悲的、在国外的中国当代文学形象轮廓。而事实上，与此同时，当代中国文学却正在文学化、艺术化，正在迅速地发展着。

对别人的攻击至此结束。

与我有关的是前面引出的一个概念：美文。

母语的含义是神秘的，我其实是在很晚以后，才多少意识到自己属于中国人中间的一支特殊血缘——因为回族是我国惟一的一个外来民族。然而一支异乡人在中国内地、在汉文明的大海中离聚浮沉，居然为自己重新选择了母语，——这个历史使我感到惊奇。在文学创作的劳动中，我至今还没有机会写一写使用这种语言曾带给我的种种美好感受。我记得我曾经惊奇：惊奇汉语中变幻无尽的表现力和包容力，惊奇在写作劳动中自己得到的净化与改造。也可能，我只是在些微地感到了它——感到了美文的诱惑之后，才正式滋生出了一种祖国意识，才开始有了一种大人气？些的对中华民族及其文明的热爱和自豪。

也许一篇小说应该是这样的：句子和段落构成了多层多角的空间，在支架上和空白间潜隐着作者的感受和认识，勇敢和回避，呐喊和难言，旗帜般的象征，心血斑斑的披沥。它精致、宏大、机警的安排和失控的倾诉堆于一纸，在深刻和深情的支柱下跳动着一个活着的魂。

当词汇变成了泥土砖石，源源砌上作品的建筑时，汉语开始闪烁起不可思议的光。情感和心境像水一样，使一个个词汇变化了原来的印象，浸泡在一片新鲜的含义里。勇敢地突破制造了新词，牢牢地嵌上了非它不可的那个位置；深沉的体会又挖掘了旧义，使最普通的常用字突然亮起了一种朴素又强烈的本质之辉。

这绝不是单讲文字，更与文字游戏无缘。这一切不仅囊括了包括情节、典型、主题在内的角角面面，而且包容着和表现着作家的全部人生体验、真知灼见和文化修养。

叙述语言连同整篇小说的发想、结构，应该是一个美的叙述。小说应当是一首音乐，小说应当是一幅画，小说应当是一首诗。而全部感受、目的、结构、音乐和图画，全部诗都要倚仗语言的叙述来表达和表现，所以，小说首先应当是一篇真正的美文。

这样的美文是不可能翻译的。但是我应该放弃偏激的立论。退一步说，这样的美文只有在一种情况下才能被翻译：那就是当彼岸的翻译者具备着同样的文学气质和修养，具备着另一种语言的美文能力，特别是具备着共同的或共鸣的理解和体验，具备着同样强烈的激动的时候，翻译或理解就是可能的，而且可能是出色的。

而事实上太难了。

何止国际之间，即使“同文同种”的国内也是一样，有时相互理解，即相知的困难甚至使人急得想去找个翻译。对于一种真正的美文来说，有时孤独是难免的。

但是所以谈到孤独这个概念，还远远不是指的这些理解问题。对一种艺术或理想来说，特别是当它身上折射着某种文明在质变、民族在抉择、历史在取舍的时刻的光彩时，它不可能奢求热闹。就像尖兵在荷戟前进，就像口语在突破书面语，以及文学语言在突破语法一样，所谓美文是一头突入沙漠的骆驼，永远需要一种坚忍、淡泊和孤胆的热情。

何况，如果作品真的是那样的美文，那么作家就会在疲倦中得到安慰、自豪和激动。他会觉得这样的作品比生活更美，比自己更美，他会觉得此生因为追求过这样的作品而毫无遗憾，他在感受着自己生命的火焰渐渐暗淡的同时，也满意地看到这生命又在那些作品中活泼地闪跳起来。在那里活着的生命不再是微弱和暴露的，在水帘一般透明而又难以穿透的语言背后，在真正的文学艺术的躯体内部，他会觉得那生命奇异地强大了。

还有一个自我判断的问题。纵观历史指点江山都是容易的，但是，如果真的在自己的文学中寄托了一切，那么判断自己的文学就会是一件严肃而艰难的事。

我们这一代年轻作家由于历史的安排，都有过一段深入而艰辛的底层体验。由于这一点而造成的我们的人民意识和自由意识，也许是我们建立对自己的文学审美和判断的重要基础。换句话就是说，继国际、国内的例子之后，现在谈到的是对自己“翻译”的可能性问题。

这个问题无法说清。也许自信是一种关键。也许理论是一种关键。我只能说确实有一些可悲而且可笑的“自我感觉良好”的例子存在，而且自己本人如果也是其中一员那才是最可悲和可笑的。

而且这无疑是估计未来和猜测未来；在这个问题上过分费脑筋是没有必要的，作家的创作更重要的依据是感受。

这又是一个沙漠。但是，我们毕竟有了人民和自由这两种意识做基础，我们还可以不断地体察生活、领悟历史、捉摸艺术。我想说的只是，在我只能循着命定的方式追寻我观念中的美文的过程中，我希望自己耳中总能听见人民和历史的脚步。我企图用听见的这种声音矫正自己的方向和姿势，把被动和主动调和起来。

沙漠又并非只是苦行和灼烤。在沙漠中，不仅有绝对的驰骋的自由，而且还有美丽的海市蜃楼。海市蜃楼就是梦，我以为梦对于一个作家是很关键的，也许，梦也是人类进步的一个动力。梦这个字眼儿在文学中已经用滥了，我讲的梦是另外一个概念。我以为，二十世纪末的世界历史已经证明了多次：梦的信念，梦的追求，乃是一个民族、一个人、一个青年、一个作家最宝贵的财富。

1985 年 9 月 1 日

为了暮年

前两年，元史界和北方民族史界的同行们曾筹划为南京大学教授、我国元史研究会会长韩儒林先生纪念八十寿辰，出版一本元史蒙古史论文集。但工作正在进行之中，韩先生却溘然辞世，旨在庆贺的论文集变成了追悼论文集。

今年，我们又筹备为纪念翁独健先生诞辰八十周年、从事学术活动五十周年编辑一本论文集；可是历史又重演了——翁先生竟也在酷暑之际，不留一言，突然弃我们而去，使我们又只能出版一本追悼论文集了！

至少我感到，大树倒了。一个值得注意的时代，一个失去长者的时代已经在悄悄地开始。在长者逝去以后，我不愿让自己的文字因规循俗而乖巧、而奉承；也不愿在恩师辞世之际嗫嗫嚅嚅作孝子态；我宁愿继续在先生的灵前照旧童言无忌，以求获得我受业于他的最后一课。

翁先生是一位学者，但他作为学者的一生也许是悲剧。我认识的翁先生是一位老人；他作为一位老人却拥有着无愧的暮年。

翁先生个人的著述不算多。除了他在哈佛留学期间用英文写作的《元史（爱薛传）研究》（一本研究元代中国与欧洲关系的著作）之外，论文很少。其中最重要的《元典章译语集释》（燕京学报三十，1946），仅作了几个词条，显然是一件未完之作。翁先生的论文几乎都发表于四十年代末期，那以后，先是繁重的教育工作，再是繁重的学术组织工作——吞没了他的精力和健康，也吞没了他作为一位学者应有的著作。

在他生命的最后七、八年间，我总感到：他似乎下定决心不再著述。

从1978年我考上他的研究生以来，我和同学们不知多少次表示愿做助手，愿为先生留下一本传世之作竭尽全力。但他总是微微地摇摇头，默默地吸着那著名的烟斗。他那神态使我内心感到一种震惊，我觉得他似乎看透了一切：包括我们的热心，包括学术著作本身。

我觉得他的那种神态平衡着我的年轻好胜的冲动。但我毕竟是我；1983年我在日本东洋文库进行中北亚历史研究时，我曾向一些极著名的日本教授谈到翁先生是我的导师。但他们的问话使我终生难忘，他们说："哦，是吗？我怎么不知道您的老师，他有什么著作？"

我觉得自尊心受了重重的伤害。著作，著作就是一切！我简直是在咬牙切齿地这样想着、写着。

但翁先生仍然默默地噙着他的大烟斗。在他那残破而昏暗的室内，时间在无言中流逝。黯淡的光线映着他的脸，我觉得那脸上现出了一种坚毅。

惜墨真的胜于惜金。

先生不著作。

然而，在他殚精竭虑的领导下，中华书局点校本《元史》已经饮誉海内外。伊儿汗——波斯史料《世界征服者史》和《史集》的汉译本已在我国出版。内蒙古学者对元代另一巨著《元典章》元刊本的点校已经开始。基本史料整理，骨干队伍建设，都已初现规模。翁先生一贯坚持的思想已经在我国蒙元史研究界日益成为现实。——但上述这些本不该由我来写；我知道在这些学业大计的背后，有不少学者在感怀着他们与翁先生之间的故事。那些故事使人们在漫长而枯寂的劳累中，体会到了一些纯净和崇高。

翁先生家门大开，不拒三教九流之客。我曾经陪着翁先生和外国学者谈话。他握着烟斗，用英语和他们慢声闲谈。但只要听到书名和论文的题目，他马上打断谈话，当场要求把那名字写在纸上，然后仔细问清内容。这时他的小外孙女领着一个同学进来了，她们大概刚上初中，做不出一道英文作业题。翁先生抽出他数不清的辞典中的一本，他给那两个小孩讲解时的神情和主持学术会议完全一样。小姑娘走了，我看见翁先生脸上有一丝快意，也看见外宾脸上浮着的惊讶。

翁先生晚年慎于署名著述的态度近于神秘。

无论是我们同学，或是学术界一些同志，往往在自己的论文末尾注明“在翁独健先生指导下”之类的话。这并非恭维，因为翁先生确实关心着他知道的每篇文章。但翁先生一视同仁，一律大笔一挥划掉那句话。他划掉那句话时，那近于快感的神态简直使我无法理解。

但是，在告别遗体时，当我看到数不尽的学者、青年、前地下党员、工人都在恸哭，为一位哈佛大学博士、燕京大学代理校长、中国蒙古史学会理事长、联合国教科文组织中亚文化研究协会副主席失声恸哭时，我突然想：

——著作真的就是一切么？

也许，有的青年在他人生的途中需要一位老师。常常是，有幸遭逢的一席话甚至一句话就能推动人生的一次飞跃，“导师”的意义就在于此。

我在翁先生面前肆无忌惮。我激烈地咒天怨地。我发泄地攻击批评。我发现了一条新史料欣喜若狂絮絮不休。我写作时需要去找翁先生说个痛快才能继续。翁先生总是端着他的大烟斗，心平气和地听着，即使插上几句也全是商量口吻。我特别兴奋的一次是在《文史》上发表了关于天山硇砂的文章之后：那次我对先生说，不管怎样我总算搞出了一篇肯定是正确的文章，因为我利用的不只是史料而且利用了地质资料馆的“物证”。翁先生听着，不加评价，表情也很淡然。但是后来，我胡扯中说一句：

“日本有个古代雅利安博物馆——”

翁先生问：“什么？”

我愚蠢地又说：“古代‘窝、利、安、特’博物馆。古代雅利安——”

翁先生怀疑地望望我。他指指书架说：“那本字典。”

翁先生用他那本我也有的《日语外来语辞典》查了我那个“窝利安特雅利安”——Orient，东方。

我挨了整整一个小时训斥。翁先生在那一小时里的厌恶、严厉、忿忿不满的神情至今像是还在剥着我的皮肉。后来，有时我听见文学界一些朋友嘴里挂着“感觉”、“特棒”、“文化学”等等词儿时，我喜欢抬上一杠：

“哪儿棒啦？什么文化？我怎么不懂呀！”

这种抬杠源于那一小时。我已经感到这种抬杠（当然更多是默不做声的）使我受益匪浅。

在学问上，我是翁先生的不肖之徒。记得1979年初，我终于没有瞒住、而让翁先生读了我的第一篇小说以后，我使劲解释说，写着玩儿的，休息时写的，我不会耽误功课；而翁先生沉吟了一下，说道：

“你会成为个作家。”

他的口气中没有一丝不同意。我觉得他这个人没有一丝干涉学生，干涉别人选择的坏习惯。他只是平静地发表了一下他对我观察的见解而已。

1985年年底，我鼓足勇气请求翁先生为我的小说集《北方的河》题写书名。我没有表白我鼓足勇气的原因；没有说一句我对这本集子的自负、珍惜和我盼望能和先生之间留下一点纪念的心情。

翁先生已经捉不牢手里的笔。在他那间永远昏暗的阴冷的屋里，我看见这白发苍苍、生命已届迟暮的老人颤抖着，用硬重的笔触为我写下了“北方的河”这四个年轻的字。

他看不到这本书了。

翁先生在暮年下定决心不著述，这于我是一个深奥的谜。我因为不能悟透这个谜，所以总觉得作品重于一切。但有时我又觉得这里的矛盾并不存在，我觉得我们师生其实是在完成着同一个过程。更古怪的是，我虽然年龄尚小却禁不住地总在思想暮年；也许是先生的暮年给我的印象太深了。

是的，生命易老，人终有暮，更重要的应该是暮年的无愧。学术会被后代刷新，著作会被历史淹没，不是所有学者教授都能受到那样的敬重，也不是所有白纸黑字都能受到那样的敬重的。这是一种现世思想呢？还是一种来世思想？——我不知道。

我只知道，能有一个像翁先生那样的暮年，是件很难的事，也是件辉煌的事。

在听到翁独健先生逝世噩耗的那一夜，我觉得我该做点功课纪念自己的导师。我打算写一篇严谨扎实的蒙古史札记；但写成的却又是一篇小说。我写了我国蒙古族牧人活动的最西极边境——伊犁的一个名叫波马的地方的日落景象，然后填上了一个题目：《辉煌的波马》。

我相信，先生是会原谅我的。

1986 年 7 月 1 日

生命如流

原来生命还会有这样的流程。三年前，也是在这样一个十二月的冬夜，我为自己的第一个小说集《老桥》写着后记——而此刻，环境就仿佛是凝固着一般丝毫未变，那一夜的寒风仿佛还照样在窗外呼啸，一股长达三年的生命却分明已经弃我而去。

这三年的生命化成了这本题为《北方的河》的小说集，它游离出了我的肉体，此刻正摆在你们的手中。

但是我没有变。如果你们还是那些偏爱过《老桥》的你们的话，那么我也还是你们的那个我。我此刻正抑制不住地渴望一倾一诉，我甚至想对你们胡说八道乱喊乱唱一场。因为此刻——这千金一瞬的休憩时光转眼就要消逝，惟有此刻我正驻锚在你们温暖的宽容和理解之中。我已经嗅到了海浪的潮腥，我感到四周的空气正在绷紧。留恋休憩是危险的，黎明之前小船就要启航了。

我决不是在滥用感情。我并不向所有的人都敞开胸怀。在我懂得了“类”的概念之后，我知道若想尊重自己就必须尊重你们。你们和我是一类人。我们之前早有无数崇高的先行者；我们之后也必定会有承继的新人。我们这一类人在茫茫人世中默默无言但又深怀自尊，我知道我们中的每一个都盼着听见一响回声，都盼着发现一个给自己内心的证明。

人们之间的相知是困难的。尤其是当滚烫的真情找不到理解的时候，人们会感叹世间有如沙漠。但是，即便是深刻的孤独吧，也毕竟只属于私人。我还记得自己在牙牙学语般地写下第一行诗的时候，就已经厌恶那种鼻涕眼泪的伤疤展览。我喜爱的形象是一个荷戟的战士。为了寻求自由和真理，寻求表现和报答，寻求能够支撑自己的美好，寻求连我自己也弄不清是什么的一个辉煌的终止；我提起笔来，如同切开了血管。

我不敢吹牛说这个集子里尽是优秀作品，但我敢说这里的每一篇都是心血之作。有人说我在小说中描写自己，其实，我不但不敢说自己是个完人甚至不敢说自己是个好人。我的小说是我的憧憬和理想，我的小说中的男主人公是我盼望成为的形象。我感动地发现我用笔开拓了一个纯洁世界；当我感觉到了自己在这里被净化、被丰富的时候，我就疯狂地爱上了自己的文学。写作的时候，我在激动的催促下不能自已，我尽情尽意地在笔下倾泻着内心的一切。在那时我总是深深地陷入了幻想，我幻想着这么干下去就会凿穿岩壁，找到那些珍宝般瑰丽的美文。在我起步时宣言过的“为人民”三个字，此刻变得又朦胧又亲近，似乎缥缈无定但又可摸可触。有时我独自无声地笑了，真的，所有的苦涩和牺牲在这样的理想面前又算得了什么呢？在流血般的写作中我得到了快乐，在对梦境的偏执中我获得了意义——这就是所谓的写自己，这就是我的表现主义。

其实更应当提醒自己的是另一个方面。在一个辽阔广袤的北方，在许许多多人们中间，我已经快要被宠惯成一个骄子。我能一点活儿也不干地在乌珠穆沁草原的蒙古包里支着二郎腿一躺二十天；我能在六盘山下的回民庄院里天天睡到日上三竿；我习惯了在天山南北，在昌吉和焉耆的饱经沧桑的长者跟前发浑耍赖。我甚至——写到这里我感到恐怖——在烦躁的时候对妻子、对我最宝贵的母亲大发脾气……然而她们却神秘地对我宽容着。

为什么呢？难道我真的配做他们的“独生子女”么？难道真的会降临一个光彩灼灼的陨星，报答和平衡这巨大沉重的恩情和欠债么？谁敢说末日的结论不会揭穿这只是一种欺骗、一种背叛和一种可怕的榨取呢？

即使具体地说到这本小说集，我也同样感受着一种沉重。我的学业导师翁独健先生在他八十岁的垂暮之年，捉笔为我题下了“北方的河”这个年轻的书名。胡容、李江树、任建辉为这本书的编辑与封面竭尽全力，他们几乎视此书为自己人生的一份。他们的态度支撑了我的信念，使我仿佛听到了你们——我的读者们的热烈喊声。

世界又确实是温暖的。在人生的道路上也许关键并不在于坎坷或顺利，而在于懂得珍惜。因此，尽管我对这样的幸福感到恐惧，尽管我真想扔下这两肩的重负去换个轻松的活法，我还是只能坚持下去。我已经说过，我喜爱一个荷戟战士的形象。

我出于对淘汰的畏惧，总想使自己的文学超越今天。我因为看见了一点历史还梦想使自己的文学超越明天和后天。但是我在冷静的时候很清楚：这个梦是决不可能实现的。我也许能够超越肤浅或潮流，但我不可能超越时代。我不可能变成预言家或巫神。

这里藏着我最深刻的悲哀：原来我和我的心血凝成的作品也会和它们一道，和那些我尽力与之区别的东西一道，与这个历史时代一块被未来超越。

文学仍然是严峻的孤旅。它不仅荆棘丛生前途未卜，对我来说，我的文学需要青春的鼓舞，而青春却正在残酷地步步舍我远去。

不过已经用不着来一套感时生悲。因为我首先想起了你们，我亲爱的朋友们。如果有个性的文学都应该拥有一批独特的读者的话；如果允许不高尚的作者也可能集中高尚的理解的话；那么我想说——我拥有的读者即你们，一定是人们当中最优秀的那一类人。

然后我又想起了我对画家梵•高（Van Gogh）的追踪以及我从他那里得到的决定性的影响。平均地看待美术史的人是不会像我这样热爱他的；也没有一所美术学院能教出我自己找到的关于梵•高的知识和认识。这位孤独地毙命于三十七岁的伟大画家不可能知道，他还有一幅画就是我；虽然这只是一幅不成功的小品。

请容忍一次热情的胡思乱想吧：

也许在将来，在一个我不知道的时间和我不知道的地方，会有一个小伙子站出来并默默地起程。他虽然独自一人举步艰难，但他从我的书中找到了只有他一个人需要的启示和力量。他会干得比我更漂亮，在他的时代成为承继我们这一类人的一环。

那时，这样的一句话将会亮起光芒：

别人创造的是一些作品，我创造的是一个作家。

1985年12月

爱花说

一般说来，城市没有情调，生活没有情趣，是我们当今的两大悲剧。

在持久的沉重生活的压力下，随着官商市井的强大，世间在嘈杂中渐渐地以下贱为新俗。我们疲于奔命，常常失去平和的心境，没有几个人能有心有闲顾及赏心悦目的逸行。

比如风花雪月的概念，其实是中国总结出的；但爱花与赏美，却与中国的形象相旷日久了。

赏花甚至爱花如痴的形象，渐渐地为洋人所篡。东有日本，西有荷兰，成了世界上的花国。

日本有樱花，春四月举国举城地看花，从樱花的花期迅疾而品尝美的短促激烈；荷兰则有郁金香，无垠的原野上种满这种高昂的花，进而使花成了极其重要的商品。

随着资本主义的兴盛，花的种植销售，以及对花的宣传强调都大大膨胀发展，花变成了一种不是地域的而是时代的文化。

我不愿对这种现实屈服。

我总觉得，花还应当有更深的本质。

但是我无法不缄默。曾经有这样一个现代派艺术家：他从荷兰买来成卡车的红郁金香，然后榨汁压烂，把浓浓的鲜红郁金香汁液喷洒在白纸上。然后，再把大团的榨烂的红郁金香啪啪地摔在那白纸上——造成鲜血横流、花肉泥泞，然后去展览。

这个现代派花道艺术家，藉此疯狂的行为批判了荷兰郁金香种植业。同时，我想他更多的是宣泄了一种富人的欲望。使我缄默的是，那“作品”无论怎样仗着钱大欲满而使我反感，但它确实是震慑人心的。我们——生于祖国的我们没有这样的余裕，因此这种“富贵艺术”从开始便与我们无缘了。

旁观日本人的“花见”（Hanami）也一样。那水泄不通的人群拥在樱树下，看着怒放的樱花痛饮；最讲究的是让飘零的花瓣落入酒杯里，醉眼迷蒙，连酒带花，一口吞下。人在樱花启示下痛感人生迅急，立志要使生命如花一般只求怒放不惜短暂——这一切，几乎成了日本人的标签。

我深知这是相当风俗化了的一种赏花。事物一旦风俗化，就未必再如同初衷，也未必真实了。昔日侵略不说，今天正掠夺亚洲树木资源的日本人，无论怎样用樱花粉饰，也很难纠正他们已有的一种“浊”的形象了。

但是我仍然只能缄默。风俗化，不能被指责成虚伪。我们也应当有这类风俗。比如河南，为什么不见大街小巷千树万树都是牡丹，不见一片牡丹花海中千万人头攒动，以赏牡丹为衣食的风俗呢？

所以，应该数出我们这艰难母国的若干花乡，让它们扬名。

首位当数伊犁。在伊犁城乡，人们虽然还仅仅过着泥屋土坯的生活，但早就是种花成俗。

伊犁城乡、乃至大半个新疆的各处，庭院种花的特点是百花齐放不拘一种。花奇迹般地开得火爆饱满，红黄金蓝，充斥满院。那些花比樱花姿质丰富得多，漂亮得多；虽然没有郁金香那贵族气派，但是于鲜艳中寓有朴素。

伊犁的花不可能变成商品。尽管缺乏了一份刺激而使它们仅仅长于庭院，但事实上家家种花，也就不会有买花主顾。伊犁各族真是懂美的人，他们于风土中点缀，借自然惠予的条件，使几近原始的生活中满是鲜花。住在伊犁时，谁都会惊叹满目的鲜花。那大朵大朵紧挨着怒放的金黄大红，谁也带不走，它们只属于普普通通的农民——我想，这是日本人荷兰人望尘莫及的。

还可以数出青海东部。

在湟水、大通河流域，也就是青海东部的种麦区，沿河的各个庄子里，农民们种玫瑰。

玫瑰花，这种美女象征一般的纯浪漫主义花儿，在这儿不可思议地呈现了它纯概念的和纯实用的两面价值。

我在一个日暮时分，从乐都县走向柳湾。走得累了，就向一个庄户讨水喝。庄院里有一个憨厚的老汉在打土坯，见我进来，听了来意后，匆匆喊小闺女倒茶。穷乡僻壤，茶是加盐的白开水，那些日子里我已经喝惯了。

小闺女是孙女，生得非常漂亮。不知为什么，移民一旦定居一代以上，体质就发生变化。比如移居新疆的甘肃回民，常常生养酷似维吾尔人的丫头；从皮肤到眼皮，都与父母判若两界。这湟水畔的小闺女也一样：完全说不清是怎样一种姿质。同时有一种西域的妩媚、藏地的豪迈兼生在她的秀气里。小闺女擦净了小桌凳，把碗盏摆开时，老农端来一盘馍。

这白面馍里，星星点点掺杂着一些红紫的斑点。细看时，觉得那红很深，那紫又很亮。老农笑了，说：是玫瑰花瓣，晒干了搓碎，掺在面里蒸馍。一听玫瑰二字，我惊异不已，掰开一块，更仔细地看时，闻见了一种深藏的幽香，一种似甜似咸，潜伏在那些深红淡紫的一颗颗碎块之中的香味，混合着新麦的香味隐约袭来。我一时哑口无言了，不仅失了辞语，连心里的感受也噤住了。

玫瑰与人原来还有这样的关系！

黄水滔滔地夺路冲腾。大峡小峡，青黑的石头山脉遮断视线。河谷一级级的台地上，泥屋旁养活着一丛丛玫瑰。极限的贫穷中，确实共生着极限的美——我信服了这个真理。

前些天，小女儿被逼背书到深夜（今日的教育绝不能伪称教育了，它只能称之为对儿童和教育的犯罪）——我突然发现：今天逼孩子背诵的课文，和几十年前我上小学时背的一模一样：老舍的《养花》！孩子背得精疲力竭，但是不敢去睡。我怒不可遏。看来，四十年来每一届小学生都在背。退一步说：一篇陈旧的文字，究竟要逼孩子们背诵到哪一代哪一年才算完呢？斗胆进一步说，如此一篇文字，究竟写出了什么呢，它写出过关于花、关于花与人、关于花与风土民族、关于花与精神的任何一点深味么？

不知始自何时，花于中国人，成了彻底的物，而且是玩物。我不敢说玩物则必丧志，更不敢说庭院二三盆不是中国人解脱的小路，但是我叹惜那些文字的泛滥，使花和寓于花的美，日复一日地被排斥于精神之外。

在这样一个题目下，真应该来一次全国征文。花于中国，本质上也是关系重大、甚至关系着国家存亡的大事。只是文人缺乏感性，他们从来没有宣传——这种底层之花。古代有过《爱莲说》，有过陶渊明、黄巢的咏菊和杜牧、毛泽东的咏梅；今天更应当有关于民间花道的轰轰烈烈宣传。今日知识分子以科学技术主义衡量一切，这是短浅之见更是危险的观点。因为，失美的民族将不可拯救，这曾是历史规律。

真盼望，以后会出现花的运动，花的热潮和风俗。中国一旦有了大规模的花风俗，那影响和震动，就将不是荷兰和日本所能比拟的了。

未诞生的封面

不安或是不满足？还是根本就不满意？只留下不愿诉说的遗憾？说不清了，只是若推算一下这种情绪产生的时间，我大致猜想那是在第一本集子《老桥》出版的时候。以后这种怪癖般的感觉就强烈起来了，渐渐莫名其妙地不能容忍，插手介入也多起来，终于到了今天——我在得到了那块五合板以后，迫不及待地当天就把它涂满了颜色。

现在，我的屋里已有四幅我自己的——色彩。

《老桥》的封面是惟一没有经我干涉或者指示设计思想的一幅。天意使我遇上了任建辉，他当时还是初出茅庐的美院毕业生。不可思议的是他为“希望文学丛书”画的每一幅封面，居然使每个作家都认为自己那一幅最好。其实自己那一幅是轮上的，事情巧了。我那幅使用了我喜爱的天蓝色和当时我感到正中下怀的、直露而抽象的

“独木桥上独行人”的构图。今天回忆起来很危险，因为我的宽容在那一次是例外的；即使在那一次，我也并非没有出现过不安、不满足、遗憾和不满意。主是仁慈的，在我还那么幼稚的时候暗中帮了我一下，于是我适如自己创作一样地获得了小任的灵犀通畅，获得了描写了那个渴望独身闯荡世界而逞强向孤独挑战的一幅画面。

第二本书是我用心良苦编集的。对于自己心底躁动的那份不满不安，我依然毫无觉察。只是因为李江树的一帧摄影作品激动了我，一张奔驰在泥泞大道上的小马作品，我马上觉得他这幅照片最适当的题目就是我的“北方的河”四字。后来又满怀忐忑、亢奋而伤感地请恩师翁先生为我题了书名——后来果然如我预料：先生在他题署的这本小说集出版之前逝世了。

为此书能“美丽地”问世，我竭尽了全力。美编为这幅封面配了两种颜色，一张是灰蓝色的，一张是火焰红的。最后决心用红色；我觉得这样一来，大道不仅幻为河流，而且呈出了深沉的鲜血的本色，而关键是要保证这红色调的准确；它不能红成俗艳，更不能红得疲沓，一定要有钢水奔腾的浓度，有鲜血而且是成人鲜血的撼人迫力。美编还是小任，他说他要去盯住印刷厂，调好油墨，保证不走调。我为这本精心配了这样封面的集子写了一篇后记，它真情得使我久久不忍拿出去发表。最后选中海内残存的好刊物《读书》。变成铅字的后记捧在手中，我似恋人似痴父，怅然地等待着书的诞生。

久久之后，拖延够了的书终于出版了。没有一册装订得平整，书脊一律皱巴着。没有精装，没有作者小传和照片，扉页上我的恶名和出版社名印在一行，古怪地连缀在书名下面。至于那钢水红、血液红，那我盼望它如同大道如同河流的神异的红色调，则是深的深浅的浅灰的灰，毫无丝毫盼望的迫力。当然，我不可能再可笑地指望啪地把它摔在案上，突然燃烧突然亮起的深沉热烈红色马上给人以逼迫的煽动了。

我并没有显露声色。为我这本集子尽力费心的人已经太多了。谁也无法控制工人阶级的劳动质量。我像生了一个丑儿子的父亲，首先还是把他紧紧抱在怀里。真的，在如此一个当今世界里，能奢侈地出版自己，难道还不该感激涕零么。无论如何，《北方的河》是我最好的小说集，它删剔了我短篇小说的一半，集入的每一篇都不会被淘汰，我自信。对于我本人更重要的是，像这本书的编排一样，我想我自己在它的目次中还走过了一个孩子到成人的过程。颜色没有印刷出来，而我人生和做人的本色也远没有表现出来。等到它真的得到表现的那天，也许它并不喜欢钢水热血般的红色呢。

值得一说的是，经过了第二本集子的编制出版，我已经有了一种原则，或者说是一种恶习：即坚决介入控制自己著作的装帧。如同我的作品内核从来没有与别人相似一样，我的作品也要有她自己的化妆和形象。我心中朦胧的不安已经清晰地成熟为一种美意识，表现它已经是和写作同等的大事了。

宁夏决意出版我的一个集子，以为当代回族作家丛书之一，事情决定后我马上“现实地”考虑了封面问题。

宁夏出版社连年苦心经营，出版了很多优秀的书，但是依然店小息微，我判定它无力使用高克数的铜版纸、精装或压膜，书也只能是小三十二开本。如果一本薄薄皱纸上再印些蹩脚画匠的涂抹，我这本书就一文不值了。

我和编辑细致地商量了封面的处理。

首先以宗教色彩强调其民族属性：在封面上用阿拉伯文并印题

名：《黄泥小屋》；再于下方印上清真寺装饰图案。这样，寺的图案会多少与书名有一种呼应，而且文学书籍使用伊斯兰经文题名，也会带来某种振奋。鉴于以前苛于细微色调的失败，我选定简单而不可能印坏的一种深绿；绿依然是伊斯兰色彩。

这样决定以后，我觉得万无一失。为了避免擅长卖字的书道人挥笔写成一种怪体，我又要求汉字书名用印刷楷体。在出版史上，我相信这种宗教化的装帧是一件新鲜事；对我自己，如此一幅封面也能传达我的感情——我想借此向世间传达我的一个信息：我是从现代人的立场出发，从二十世纪的末尾出发，来看待中国特殊的、充满圣洁理想和人道尊严的伊斯兰回族的。

成功了。深绿素洁的一方矩形上，优雅的经文比黑色的汉文更洁净醒目。承出版社朋友的美意，清真寺印成一角烫金的形式画。书质朴干净，毫无瑕疵。而且，由于我的设计，这套回族作家丛书已经改变原样，全部依这个模式印行——广大回族人民多少会高兴的。

其实与此同时，为争取一次真正艺术的形式美的奋斗，已经激烈地展开了。

我希望作家出版社，尤其是老板从维熙同志，能因下述的因果而谅解我曾有过的一切失礼、毛病和貌似狂妄的东西。

当我的第一部长篇小说《金牧场》直面出版时，我先细致地向当编辑当得资深老辣的朋友了解了他们的行市，然后提出以下条件：一、不加入任何丛书系列，以求保持独自的封面设计；二、封面以局部的梵·高油画《播种者》为内容，或用照片，或用我本人的油画临摹；三、不强求精装（当然大力欢迎），但平装本封面必须使用一百二十克以上的铜版纸，并加塑料压膜；四、书名不用人赐字，用印刷楷体大字；五、封底印黑色，正中为梵•高此画的全图。

否则，我宁愿放弃出版机会。

谈判相当严厉——最后的焦点只在于：必须加入作家出版社“当代小说文库”系统（社方）；以及必须保证使用梵•高一个金黄大太阳的封面（我方）。

当代小说文库有它们成套的、大体一致的丛书式装帧，因此我的坚持等于不加入这套丛书。我可能使用过一些相当恶劣的用语，但此时我希望社方能弄懂，我只不过是犯病般地渴望这本书有那么一幅旗帜般的燃烧的封面画——当时的张承志那钢嘴利牙其实是笨嘴拙舌，我怎能说清楚《金牧场》几乎是在这一幅油画的支撑下才写下来；怎能说清楚只有这幅画才能说明这本书、保卫这本书，并向世界传达我最关键的思想呢。

它出版了——我至今还战栗在不能自已的狂喜之中。作家出版社以它的长者之风宽容了我，同时也显示了它拥有的人并不知的强大出版能力。在书店里，一方坚实疯狂的金红在猛烈地燃烧着，我望着它觉得满架的书都被烤红灼亮了。由于把细节放得巨大（我的朋友、摄影家王露表现了非凡的水平），我敢说这帧封面作为一张梵•高的复制品已经达到国际水平。在一个卑劣俗恶的潮流里，我的书上出现的这一轮金太阳快乐地宣布着一种彻底的背叛和终极的理想。我只要看一眼，无论在家里在书店，只要我瞟它一眼，我心里就冲动起解释不清的狂癫快活。

愿出版社原谅我的种种劣迹，愿出版社和我一起庆祝出版了一本真正美丽的书。对于我来说这是多么重要呀，哪怕削发毁颜，一个作家只要获得这样的美，还有什么可遗憾呢。

《金牧场》一书超水平地、简直是奇迹般地出版，就像一支火把投进一堆干草，猛地在我心中轰然点燃了又一个白日梦。简直是一种纵欲无度，简直是一种违反自然规律，简直是一种逼马作牛般地和自己作对——我一边清醒地咒着自己一边觉察着那火愈烧愈盛。怎么办呢，既然从那么久以前我就怀上了这种怪胎般的感觉！

我要自己画——我要在半老头子的穷途末路半道之上，再强求一次，奋力夺一片我自己的色彩。

哪怕——哪怕我是一名海军军官！既然放着羊可以穷究蒙古史，既然考古匠可以写诗，那么海军军官不正可以画油画么。我坚信如上的逻辑。我听了十分钟调油的办法，当天就画了两张，当然都是我的小说中曾有过的画面；一张是《亮雪》，一张是《残月》。

现在，我已经画了两个星期，屋里已经悬起了我的四幅“油画”。暂时不能吹牛，不能展览。我还没尝过油画布的滋味，还不会让颜色别和泥。但是幻觉是千真万确的，我清晰地看见冥冥处有一团幻彩在遥遥招手，使足劲会抓住它的，我坚信。

会有一天到来，它应该像《金牧场》金碧辉煌地烫着我的手一样到来，那一天，应该有一幅用完全属于我自己的色彩涂满的、真正美好和深沉的画轻轻贴上我的内容，化成一方书形的立石。我最后和最好的书就是那一本，我活此一世就是为了夺取那么一本书。如果我的女儿愿意，她可以把那一方石头当成墓碑立在我的坟前，无须再刻我这已化为乌有的名字，在她需要的时候可以随手翻开几页，也许她能找到几行不同于别人的建议。

这一天当然是有的，争取这一天的实现又很困难。我要加紧画，在每一笔中屏息倾听色彩涂开混合的声音，像我以前破译北方民族语言一样地破译它。我相信这一切不会是痴人说梦的胡闹，我的文学的终极在这里，我的人生的终极也在这里。

1988年5月

对奏的夜曲

你睡熟了。我又忆起人们对我的惊奇。

然而真正吃惊的是我。

为什么他们认定我会烦你、被你弄得混乱发疯、被你折磨得渐渐终止创造呢？我从中觉察出某种区别的滋味。你知道我心中悄然升起了一种对他们的感慨和冷淡。

同是人类，但人对于生命的理解太不一样了。而你的父亲是崇拜生命的：不用多说别的，仅仅因为一个生命真的千真万确是自己亲自创造的，这一点就比一切伟大的音乐、伟大的色彩更令人激动。我清晰地记着你降生后第八天，你刚出产院的第二夜我抱着你去看病。你轻如鸿毛，我捧着你时有生以来初次感受到自己的生命是绝对次要的。这是一种分界的、再生般的感受。你知道那以前和如今我最喜爱一个荷戟战士的形象，但在那一夜我才真正具有切肤的战士的感觉。

正因为你在我手里如同一片羽毛，我才觉得自己力可拔山万夫不敌。我捧着你透明玻璃般的八天生命走在夜的寒风里，我的宽肩和厚背遮住了北方的那个初冬。你也许注意到我曾冷酷地锐利地盯着那屠夫般的小儿科医生；你因感到了父亲的满身杀气而嚎啕不止。而我只告诉你——如果他使我们朝“忍”的悬崖再退一步，你的父亲对再可怕的后果也在所不惜。

这不是溺爱和自私的疯狂。我们已经容忍了太多的非情辱人，你对于你的父亲已经是人性的最后一道防线。

在混淆于别人的岁月中，你像魔术师一样，在我们的眼前变大了。

新疆诗人周涛和日本学者梅村先后来北京时，都不顾我不在家，坚持来看了看你。父亲的一切朋友都对你怀着一种深刻的好奇。你觉出了他们微笑的目光有些特殊。我原谅你那种时候的古怪和任性。但是真正感到新鲜的是我，真的，为什么呢，难道你从三岁就显示了什么魅力么？我满怀兴趣地对你仔细观察过。不，你仍然是一个普通平凡而爱笑的、长着两只黑黑眼睛的小姑娘。你快活地奔来跑去，嚼着字母饼干，把数不清的连环画扔得到处都是。

我后来懂了。

是因为你改造了我，我的女儿。也许朋友们都发现我的神情、口吻、语音出现了变化。他们认为我变得柔和了也严峻了，他们发现我干得更坚决但满藏着一种说不透的宽容随和。他们企图弄清我如此信赖的新哲学是什么，因为他们一直正在苦苦寻找。

也许真是如此。在这妈妈出远门的夜里，我凝视着你胖乎乎的可爱睡态，也陷在漫漫的沉思中。她远在地球彼侧的斯图加特学习，她要离开我们整整一年。你调皮地笑了：你梦见我的思索了吗？她只会牵肠挂肚。她不能想象，女儿在真正和父亲相依为命的日子里，一个男人会获得怎样神圣的启示和源源的勇力。

哪怕直面最艰辛的斗争，生命的活泼也能支持战士——这是多么简单朴素的事，这是多么撼人心灵的事啊。晓桦叔叔在滔滔谈着他生活中的烦恼的时候，你听见我说：你应当有个孩子。没有孩子的人生是残缺的。——你奇怪地眨着大眼睛望了我一眼，突然抓起你的米老鼠跑开了。而我却有些惶惑，我觉得我没有说清楚你对于我的意义。难道仅仅是这些吗，难道我得到的，只是一种完满吗？

不。深夜我轻轻穿上衣服。你睡熟时没有一丝声响。当我悄悄走向书桌前，我停住品味了一下这黑暗。我有一点留恋，我觉得这藏着你的黑暗像一道温暖的战壕。我走出了掩蔽，走向书桌时我真切地感到了空旷和严峻。我坐下来开亮台灯，我和刹那间泻下的雪亮对峙了一瞬。不，我毕竟是更强了，我想。我刷刷地写了起来，我看见字迹又在我的笔下流成了一条河。现在它不像北方那些太年轻的河流了，我写着，笔笔感到它的一种成熟、坚定和孤胆的雄壮。

你在不远的黑暗中无声地酣睡着。

你在时间这恒静的流逝中长成着你的生命。

我在宁寂中触碰到你对我神奇的佑护。

我放下笔。我沉默地感动了。

我和你有一个认真的理想——我不止一次地和你谈过，等你再稍稍长大一点，等你变成一个有寒暑假的小学生而不是个幼儿园大班的小姑娘，我要带着你出去看看你的世界。

在内蒙古大草原上，有个叫乌珠穆沁的地方支着一座毡包。那毡包门前年年五月都为你拴上几头小山羊。那是我在二十年前插队的地方。你在出生之前莲花嫂子（你是喊她姑姑呢还是阿姨？）说过这样一句话：“来这儿生吧！我养成个人再还给你！”她的话当时那样震动了你父亲的心，中篇小说《黑骏马》就因此而诞生了。我知道他们等你等得心焦，那些为你拴起的马驹、牛犊和羊羔都已经长得太大了。

在大西北的黄土高原，有个叫沙沟的村庄。你有一个和你父亲生死与共的马志文叔叔，他会派出六个孩子山上沟里地保护着你。你的照片贴在他家的土墙上，你的精神应当在那穷乡僻壤降临。当我把你领到那山村以后，你会懂得你父亲取来血脉的回族农民怎样吃土豆，打浆水，扶犁吆牛，少年怎样在黄昏的暮色中背回巨大的柴捆。我要在那盘牛粪和树叶烧热的土炕上告诉你这个村庄的历史，告诉你在危难时怎样径直来到这间泥屋躲避。

等你长大些，长成一个十岁的少年而不是这种五岁的幼儿园小孩子，我还要领你远走新疆。你熟识的艾力肯叔叔、迪木拉叔叔会把你拉到他们哈萨克和维吾尔的家里。你看见他们的阿姨时你会懂得什么叫美丽的姑娘。你整天都听见音乐像风在你耳边吹拂，你会看见天山——那世界上最美的蓝松白雪山脉。

长大吧，别担心你不会说蒙语和哈语，别怕那里太远你不熟悉。你可以对你的父亲坚信不疑。

我们这个小小的计划和理想，已经一步步朝你走近了，你知道我们一定会使理想实现。

你睡着。这一切是多么庄严。你宁静的小生命在父亲身边唤出了罕有的圣洁。酣甜地睡吧，饱饱地吃吧，纵情地玩吧，健康地活吧，我的女儿。等到你也能像父亲一样，在一盏深夜的灯下思索往事时，你一定会感动！

生命，是多么饱含意义啊。

1987年12月

悼易水

我也曾在易水，掬着销肠伤骨的冰冷河水一口口喝下。已经时隔二十年了，忆起来仍然禁不住打一个寒噤：好凉啊……

如今窗下南眺，只见楼涛楼浪滚滚向南，只有混凝土沙漠上腾曝着的灼烫蒸气，哪里望得见南方的易水呢。

清夜在暗色中南望，还能在黑蒙中多少幻想易水的碎动呜咽；若是在这样凶恶肆淫的暑昼正午，人连那痴游幻视的一束神经也被残酷地烙断了。

炽日之下，我无法回忆遥遥的易水。

静想来，怀念易水真是乖僻招嫌得很呢，看看中国智识阶层诸色人等，有经商的帮闲的求官的淫烂的，人人忙得不可开交，谁会突发异想怀古易水呢。

而我之怀念易水，先是怀念我自己的少年。那时节曾经两次下易水，第一次十七岁，第二次十八岁。

当然，都是佩戴红卫兵袖章的时候。

在当年的清华附中，不知缘由地悄悄有一股崇拜狼牙山的思潮。据我所知，至少有三支人马都以登上狼牙山的棋盘砣峰为夸功资本。壮烈的狼牙山五勇士，仿佛直至1966年还在悬崖边缘上振臂呼唤，那股凛冽的豪气直直北上逼进北京，我们怎能坐得住呢。当年的朋友们在心底的意识里，大概都觉得自己也属于那样的烈士吧。于是，第一次是步行，由涿州而易县，在易县郊外的冬日里，首次看见了清冽微黑的易水。

感谢被我们造反破坏了的中学语文课，人人都背诵过荆轲刺秦王的段子。还有，那时流传着毛主席青少年时代的一些旧作，其中有“自古燕赵多慷慨悲歌之士，烈士武臣多出凉州”——后来居然潜入了我的血液，至今偏爱北方。

雀跃欢乐在易水河畔，我们久久不去。都喝了几掬易水，那水冷冽透心，回想起来犹觉凉意。易城郊外，冬村烟树，旷野无声，整个北国农村的大地都呈着一种萧条而刚硬的灰色。后来再向山里走，经过东流水，住进五勇村，天就纷纷扬扬地下雪了。在登山路上有人说看见了易县城，我说不可能。过了阎王鼻子，再过了小鬼脸，矗立着纪念塔的棋盘砣主峰就在眼前了，它正朦胧挑着暗沌沌的雪天，在半空中静默。

在棋盘砣主峰上，遥遥望去远方有一线蜿蜒着晶莹的光亮，我们都猜那就是易水。大家默哀似的，一时都哑住了，久久地凝视着那闪烁着的白线。

第二次也是隆冬。

我们一行伙伴数人，骑自行车出清华南门，经高碑店下京保大道，过易县、涞水、紫荆关、浑源、蔚县，折回沙城、官厅——穿行太行山脉两遍，共翻越十架大山。最后粮尽钱绝，各自选路逃回。有的饿着肚皮骑车两天败兵似地窜回，有的在官厅车站押了自行车甘当囚徒被遣返——而那次千里关山的第一站，又是易水。

易水已经是我们的旧友。

我们列队一排，都骑在车上，停在易水上一座木板桥上，拍了一张照片。如今那张褪色的旧照片已是宝贵的收藏了：八九个少年英气压不住傻气，搭着肩，定着车，一字排开在薄薄的木板小桥上。易水汩汩碎裂着，摇闪着变幻的亮星，从桥下不绝地流淌过去。看得出水流薄薄泡着石滩，也看得见河底卵石上的薄薄冰壳。

苍茫的大地上，仍然凝滞着北方那种解释不清的悲壮气氛。

背后的狼牙山，仿佛是易水的某种解释。而如今，无论是易水还是狼牙山，都从中国人的意识中褪尽了。今天这样突兀地忆起易水，不仅觉得寒意袭人，而且觉得那一股寒水也是拒绝自己的。

如今不知易水怎样了。

每逢提襟涉渡，总觉得上游人烟繁殖，工业林立，河水浊腻不爽。想起当年易水的清纯冷冽，往往有恍世之感。抽出插架岁久的一册《史记》，见注云：血勇之人，怒而面赤；脉勇之人，怒而面青；骨勇之人，怒而面白。而荆轲神勇之人，怒而色不变。读罢，呆坐良久，周身麻栗阵阵。

古人对于人，特别是对于勇者，看来研究体味得早已入木八分，透骨及髓了。而今人类学如恶草蓬生；什么文化人类学、体质人类学、环境人类学——比起《史记》一条注，简直都是腐臭垃圾。作为勇者的人，还有那道沉默杀机的易水，也许永远也不想向后世昭示他们的秘密了。

汉文明之中的烈士传统，好像已经在易水两千年的淘涮之下，一去不返了。

作为燕人，居于燕京，我应当寻暇再去看看那条易水。无论如何，江山未改，易水尚流，再去看看一定会得到些真实感触的。

若去时，还是要在冬季等一个无雪的日子。在萧萧寒风中看村野如烟，在迷蒙空漠的大地上，试试能不能遇着二十余年前那些切肤的感受。

然后，我要掬一捧易水饮下，看看它，不，是看看自己的肚肠还有没有那种冷冽的感性。

1988 年 7 月

大地的诗

我的童年

我是一个山东大汉，住在北京我觉得如在异乡。

站在济南府的杆石桥头，永长街和旧新街的窄街陋巷就拥入眼帘。在日落时分的昏暮中，那城边关厢的回族贫民便熙熙攘攘，忙碌奔波于他们艰难的生计。

我应该在那青石的桥头上玩耍，我应该在那湿窄的小街里出没。我应该作为饮虎池边那慈祥的法五爷的外孙子，为我的家乡写下一篇篇美好的文章。

然而血液也是一条河，它冲击着我收不住脚，由蒙古而新疆，由天山戈壁而河西陇东。在这无法止步的长旅中我领悟了：原来我是一个天生的浪子。

有时我对着河山如疯如痴，有时我新到一地却感到久别重归，有时我昏昏然弄不清自己的籍贯，有时我觉得山东人命定的要以天下为己任，四海为家。

在甘肃河州，当我看见这个白帽少年时，我突然想起了家乡，想起了杆石桥头的黄昏，那一刹间我感受到的酸甜苦辣简直是可怕的。

如果这就是故乡，那这故乡实在太辽阔了。

其实这是个重大的、需要深思熟虑的问题，而我却似乎轻易地决定了。

因为无论是济南府还是河州府，无论是杆石桥昏暗的棚户矮屋还是黄河沿贫瘠的山梁沟壑，哺育出我们这样的儿子实在太不容易了。

我只能默默地祈愿说：

卫护我吧，故乡。

北方的河

对于我，你不仅仅是一条血脉、一种自豪、一个文明赖以诞生的世界，而是一道科学的轴线。

沿你波涛的上下，在粗疏的巨大空间和时间里，惟我能以儿子的身份进出几块文化沃土之中，惟我有破译你上上下下一切秘密的索引，惟我能比较区分，惟我听得出浪花的语言和潜流的旋律。

在有了这一切之后，成年的我又一次像孩子一样，深深地爱上了你，我的黄河。

我的帆一样的白帆布帐篷在你的流域里漂游。就着你的浊水我吞下的知识能超过几所大学的教授。如果说著作高于一切的话，我已经可以疾书不收；但是——惟有满溢心底的这一腔情感，却无法表达，却找不到一个字表达。

偏偏我渴望表达的又只有这一腔情感。

于是我体会到了先我千年的那些哲人义士的心境。于是我预知了后我将来的年轻人的命运。我们都一样：都只能对你永远地默默注视。

天又亮了，我该拆下那顶白帐篷。

带我走吧，北方的河。

中国印象

不，没有什么。我从来没有说过一次“我孤独”。

我只是安宁、稳重、沉默。在草莽和荒凉的荆棘丛里的山坳里，我从无言中获得了一次升华。

这升华价值千金。我默默地任人说“它有五千年的文明史”。我默默地任人说“它是一位坚硬如钢的好汉”。我默默地任人说“它曾挟着雷电辉煌地划过长空”。我默默地任人说“它正在潜伏忍受，等待着历史再给它一道灵气”。

当然，我也默默地任人说，说什么荣枯有数，虎落平阳，大势已去，可笑可叹。

山坳在季节的巡回中将黄又绿，时间在我满身的纹理上流逝不停。我怜悯地默视青枯草在我脚下枯败，我欣喜地凝望着小树在我面前挺拔。我不是一个人，被狡猾的历史书删去了的人民和他们心里的秘密陪伴着我，等着一个又一个的明天。

原来就是这样：因为我沉重的分量，这世界得到了平衡。

青春回忆

这一帧照片比那篇牙牙学语的小说有力多了。还是要仰仗您亲自出马，额吉。

加一片 R60 红色滤镜，酷暑草原上的灼烫阳光就涂在您额头的皱纹中了。那一角白衬领不和谐么？但是它是您的儿媳、我的妻子送给您六十诞辰的礼物。

也许这一段历史就是这么不和谐：人们咒骂它已经苦于无法花样翻新，而我们却在彼此珍惜着——我倾注全部感情按下了快门，您庄严郑重地穿上了那件衬衣。

十八年前我刚满二十岁，要我回忆十八年前的一切已经不可能了，青春已经长逝不返，草原又是那样远不可及。

我真的已经忘光了青春，而且不怜惜。

我的青春回忆只有这么一帧肖像。

谁能从这幅蒙古老太婆的肖像中看到一个男人的影子，谁就是我最亲爱的朋友。

正午的梦

正午是人生的中年。因为正午过后，生命就要倾斜着滑向黄昏，所以正午这个词本身也许有着悲怆和坚毅的语感。

很少有人正午做梦，或曰白日做梦。但是，年在正午而更挚切地追求梦境的人，是一种童心不老的人。

世间是厌恶所谓童心不老的。

正午之梦往往是独自一人的艰难寻觅。

在这浅滩上他多半什么也找不到，而且这貌似深不见底的河水里多半什么也没有。

不是河，是塔克拉玛干的大沙漠。

你和我都知道结局：他不会找到的。

因为世间的不宽容他来到了这里，而且没有与人结伴。因为心里的不屈服他坚持着，至今不愿意回家。

河感动了。河陪伴了他很久。后来河翻起波澜，浮光跃金，河与他一块儿沉入了一个辉煌的梦境。

他也像是走进了沙漠中心美丽的海市。

游牧的校园

可能就是在那个风雪交加的冬天里，有一颗怪异的种子播下了。因为1988年是北大建校九十周年，我可以算出那是十六年前的冬季。但是，惚如他世的感觉模糊了手中的笔——在那个白雪茫茫人苦马瘦的下午，当我听说招生的来到东乌旗的传闻时，我是正在把毡靴踏住冻硬的马镫、甩马竿子撑住雪地跃上马背呢，还是正在勒勒车辕上裹紧皮袍子、咬紧牙关顶着如割的烈风迁徙呢？我那时有一顶巡回小学的灰旧毡包。我那时有一群寻寻觅觅的羊。当我如同听着耳际疾流的风声一样，听着一些关于招大学生的朦胧消息时，我究竟是在牧羊人的马背上徘徊呢，还是在草原巡回小学的牛车上徘徊？

马镫清脆的撞击，车辕上冻成黄褐色的冰壳——我辨别不清了，细节愈尖锐清晰地复苏，回忆就愈迟钝而混沌。

后来，北京大学就古怪地成了我的母校。再后来，北京大学又移动着远我而去。再再后来，仿佛听见过人们议论我们的一些是非优劣——而我反应很差，我有一种不相干的感觉。我一直没有摆脱那种游魂般的幻境。对于我来说，不但有母校而且有母队，还有被我扩张了的母乡，甚至有已经失去的母语。北大给我的印象不是那么固定的；未名湖水一直在流动，砖塔和我们亲手建造的图书馆都如一帧剪影——它们都潜入了我的路历程，与我一起继续着那个不尽的徘徊。

三十多个来自北目草地乌珠穆沁的、颊上带着冻疮、裤腿遮着舍不得脱掉的马靴筒的青年，那年就像进了圈的羊一样，乖乖地被拴进了一个个草原蒙语难以翻译的专业。低温物理、无线电、哲学……我因为说了一句“爱好？我爱好到处逛”而被编入历史系考古专业（现在是考古学景），从而开始了漫长的所谓学问之路。

现在看来这个专业的选择（是它选择我）也似有深意。对于我来说，我需要完成一个由学科而科学、由知识而认识、自历史而心史的追求。我需要一种职业的不安宁和酷烈以适应自己。虽然十六年前的我完全不理解这个自己；但是，流水的兵一般的频频上路，十余个省那么大的视野徐徐打开，加上恐怖的政治气氛和艰苦的田野发掘，今天回味起来都是极富意味的淬火般的成人训练。

在为另一母校，中学的清华写的一篇散文中，我写过一所高等学校的关键，在于它具备不具备 Keram ti 的可能。这个词汇是一个苏非主义的伊斯兰概念，指一种神示的奇迹和感应的能力。同样，不仅仅是一所学校的好坏，其实一个学生的优劣的标准，也只看那学生能否遭逢校园中无影无形的启示。醒悟、抓住、感受并吸收母校伟大灵气的学生，能使自己母校成为人生 Keram ti 实现的契机的学生，就是母校的优秀教子。北京大学从来负着民族兴亡的重任，如这样的大学从来不在一时一事计得失，也更不仅仅是一些专科干匠的培训处。问题是，十六年前骑着自行车的鞍子，用说惯了草地蒙话的嘴巴学着叙述标型学地层学术语的我，究竟有多少可能去体察感悟校园的那一方风土呢？

那时的校园——“没有一张安静书桌了”。

那时的校园是徘徊游荡的校园。

有一些词该再记一记：开门办学、以社会为工厂、上管改——不是为了让今天风采全异的师弟妹们考据，而是为了让那些今天又在言必称这个，言必称那个的人们回忆。我倒不埋怨他们那时闹得偌大北大安不下一张安静的书桌，我只是觉得他们压制和阻碍了一种 Kerama ti。对于母校，对于北大风土，对于许多重要体验的感悟，我是在离开学校许多年之后才逐渐获得的。如果他们闭闭嘴，我想我会获得早一些。

那么一切有意味的东西都要在不安定的徘徊中寻找了。好在我在内蒙古草原上养成了游牧的习性，不安定的日子对于我永远是亲切的。

在洛阳深夜的街路上，我和后日的北大教授、中国历史博物馆馆长俞伟超老师谈过一次。那个夜晚又是一个萌生和苏醒的时辰。我满心沉重而感觉新奇。随着夜路的延伸和街灯的远近，我们细致地谈到了政治、人生、学问、历史、将来。那一夜对于俞老师不过是他多难生涯中的一瞬；而于我，一次的启发便使我唤醒了心底埋着的种子——以后我便本能地判断学问的真伪以至生存的高低，以后我便再不犹豫。我从那一夜开始挣开了学府和学科的束缚，懵懂地踏上了我独自的求学道路。

我当然是夸大地评价了我和俞老师的那一夕谈。但是夸张也是为着加强自己对启发的感受能力。为着新的发现，为着真正的启示乃至神示，我暗自感激洛阳那暂驻一次的校园，感激我度过的奔波无定的大学生活。

琉璃河、盘龙城、柳湾、河北、河南、长江、青海——我们总是只用一个小时便捆起行装上了火车。日出走上工地，入夜探访农家，草原的昔日在不知不觉中重复着。任何历史都能使人珍惜；我在北大那广袤半个中国的校园里，为自己铸下的人生一环像个圆圆的马蹄。我可以主观地把我的大学生活判断为游牧的继续，而这一点，无论是对于一个学者还是对于一个作家，它的意义哪里是外类人可能理解的呢？

关于关键时刻，关于真正有意义的震动和启示，关于苏非神秘论者式的感悟，其实不可能在学生时代遭遇和实现。北京大学之于我，当然最重要的还是使我受到了高等教育，粗知了一门学科（我并没有讲科学）。而这是极其宝贵的，因为当一个人真的一天天向一个纯粹牧人沉没下去时，他的可能性也就单纯得只是一个牧人了。我至今记着十六年前那个冬雪的荒原，记着铁镫撞擦着马鞯时的清脆响动，以及牛车前杠上那块冻成淡黄色的冰壳。它们交替地争抢着我脑海里的空白，使我实实在在地又回到了当年那混沌散漫的牧人心境。而北京大学拉开了那张迷茫的大幕，使牧人和草原从此与现实对峙。有一支无形的巨手在冥冥中推动了一下，于是闹剧般的政治校园便为了我变成了一个移动牧场。当我再次从这亲爱的驻营地上马出发，遍历了研究生、留学生、研究所，乃至赫赫有名的汉学中心——日本东洋文库，又回忆起十六年前那个冬日的下午时，我突然吃惊地发现：牧人真的正立马城市，默默地与这世界对峙着。

这一次没有夸张。

我愿我的缘如流水的母校，愿我的早就对我严厉惯了的恩师们，能宽容这些偏离了专业的呓语。哪怕我并没有实现你们的期望就扑倒坠地也要宽容。因为我坚信，你们对北京大学也有近似的理解。

1988 年 1 月

潮颂

午夜将临的宁寂中，有时独坐着凝望漆黑的窗，眼中会渐渐幻视。那时心境会潜入一片丰富的暗晕，漆黑演化出世界般重重叠叠的潮，使人的心醒悟般静了。

像病愈般喜悦地独自凝视着，小心不让那黑暗的热息触着。我悄悄在一瞬告诫自己，不要徒劳，不要强求今夜。像大堤拦住了一湾涌浪般静静消磨这良辰。我偶尔想到大西北那片冬景色，又倏地联想到正在汗乌拉残破的饲料基地打发晚年的几位老人。我又赶快屏息专注，我不愿让满架的书和满心的火又扰乱了这样的夜。切成规矩的一方黑夜终于微笑了，深沉无限地迎着我徐徐泛来。

我知道我已经有过几次这样，静夜中独自对着一面广袤的潮。今夜才明白了那几次也是濒临转机，也是日复一日地感到前路被黑暗浓浓地缠绕吞没，也是如同心病发作后挣扎了不知多少日子。而就在吃惊地眼睁睁望着那浓暗时，就在这种不知觉的正面对峙中，我看见过今夜这样的潮。

冬夜温柔，夏夜清凉，那潮不可思议地涌来眼底。淹没视野，浸遍身心，刚强和暴烈被劝止了，狂热和义愤被销蚀了。我回味着生命中和这黑暗大潮的几次遭逢，心中堵塞着无言的感慨。这其实不该说破，我心里暗暗自语着。但今夜使我激动。这不仅仅是与大自然；虽然汗乌拉襟麓，波马黄昏，金积堡冬日的荒野，——都在我的脑际制造了一片那么雄大的自然，它们都是自然界的一些非凡地点；然而今夜的自然虚渺而无形，这使我企图用回忆塑造它。我深知这需要神力，我缺乏表达的能力，我迟疑提笔时只是知道：那一切决不是平常的。

在草地插队的时候，有一年驻营在南缘临近乃林高壁的什么地方。我只记得尽管我很少回头，但我的后脑总是隐隐感到背后汗乌拉雄峰的逼来般的巨大沉重。那一年季节不显，我忘了劳动种类也忘了骑的是骆驼还是马。那是一个身心麻木得宁静的年头，那时沉硬的劳动一天接一天地石碌碡般辗着自己。到今天其实我有些否认那时自己的潦倒；那时有一次同队的李仲祺穿着他那件烂光了吊面只剩皮板的褴褛袍子，有一个牧民老太婆叹道："简直和过去的穷人一样啊。"在蒙语中，"穷"和"贫牧成分"的"贫"是一个词——那时我心中微微一动。后来我们访贫问苦时，又是一个牧民老太婆说道："过去穷人么？哎，就和你们一样呀！"——我记住了，这两句话，为自己获得了对旧社会的切肤感受。但那时我们精神并没有崩溃，就像今夜的精神一样。那一年就是那样一个时刻：褴褛而濒临绝境，精神的弓弦紧绷而未断。

集体成了一种巨大的、黑铁般深重而无形的道德。它不再是强有力的组织了。

我今天明白了，那时开始了独自的思索。

我记得中学和我一班，插队又在同一包的唐那时的结论。他忿忿地提出要掌握牧区五大技术，我不知道五项中他是否算进了蒙语，但那时他的蒙语突然厉害起来了。他使我震动。因为我们已经是相当优秀的牧民；提出掌握牧区五大技术——这意味着要彻底达到草原上尖子老牧的炉火纯青，这意味着要与学生梦想决裂，悲愤地殉某种理性，拼命地闯眼前现实。

我记得我浑身上下打满了羊皮补丁。

烤火时一贪暖，袖口又糊了一块。第二天使劲勒棕绳时或是抓牛时，那抽缩的糊处裂开了，一会儿冻得片刻难安。晚上剪块羊皮又补上一块，大针脚缀在铰了厚毛的皮板子上。

那一年就是这么个时刻。我们迁到山麓南缘，包北是我们著名的汗乌拉峰。那时汗水淋漓地盖起的泥屋，还有整个四百亩饲料基地如今都是颓然废墟了；今天搬到这里打发残年的几个老汉，当年还是洋洋大名的传奇牧马人或者骆驼倌。那时，我在有一天突然觉得该停一停。——不去纵马，不忙碌包中，不醉酒，不贪睡。我恍惚中觉得应该靠着蒙古包那吱吱响的破毡壁，面对着草原静静坐一会儿。我摇摇晃晃走出包门，扯开褴褛皮袍的襟领。对于那时拂来的风和潜来的潮，我并没有顿时领会。

回忆细微是困难的。

我不敢说今天强烈涌上心头的回忆，就一定是当时那用肉身肌肤一丝丝承受过的往事。

那是我惟有的一次独自坐在广袤自然之中。

面前平坦舒展的还是看惯了的乃林高壁的碱草滩，升着一种白亮的气流。

背后永远逼近的还是大队命名的汗乌拉峰及其余脉，强加给我们至今的沉重。

我怅惘地坐了很久。四野久久地浸漫着我。

后来，我联想着一个潮字。我若思若梦地捉摸着这个字，看着南缘起伏的草海一道道一道道地向我送着信号。

后来可能我在小本上画过一些什么。后来可能我的心里有过一种涂抹的冲动。当我离开草原聚精会神写那首《骑手的友谊》时，我猜我是因为那次独坐。那个时期的我是坚强的，无论是陌如陷阱的大学或是以命夺食地留守草地，我知道哪一种前途都不会压垮当时的我。我已经进行了一次混乱的清理，选了一个满意的角色准备装扮，我奇迹一般地镇静。但是那时我不懂一切是因为那大潮，汗乌拉草原的大潮，其实已经百年不遇地为我浮动了。

今夜应该默默地赞诵它么？我今夜才醒悟。而近十年来我一直在描写它，这真使人吃惊。其实这十年里我什么也不懂。

像命运的棋盘正和野心默契一样，经历了北方的边境之后，学术十年的日子又放在西方的极地——我写到的波马在伊犁最西的一个县昭苏。隔一片冰雪莹白杉柏黑黑的山坡，或者隔两块蒿草青蒙平坦湿漓的草地，就是苏联。

波马是一粒定盘的棋子。

果然，后来的历史证明，无论我怎样狂妄怎样努力，我在这个地球上能生存的地域，就像东不过汗乌拉山的经线一样，向西也超不过波马经线。这两者之间，是我广阔天地也是我的限界。

我人生的西极在波马，并不是因为波马正巧在国界。不，即使没有中俄条约国界西移千里哪怕移到巴尔喀什湖以东以南——我也不会超越波马。

原因我无法说清；但你若是去一次波马你就会明白。有位朋友去过波马以东七十公里的阿合牙孜；他听我刚说了一半就打断了我，并大声嚷道：我懂！

至少，波马实在美极了，只有它才当得起美这个字。而后来我才知道，美，对于文明发达几近腐烂的中国人来说，是多么重要的一种血色、一种难得的激烈和天然的热情啊。

那时我正跨进博物馆巨大的厅堂，每天嚼着馒头背几个满文单词条。线装书刚刚显示它幽静的魅力，地层学和标型学的理论刚刚在一两次实践后征服我。以不坏的成绩学完、并且年少力强的我那时欣喜地体会着自己的职业——馆员或考古学者的身份使我们这些昨日遍尝艰苦的插队青年有些沾沾自喜。工作，职业，这些概念那时是突然降临的，而且立即就吞没了我们。那是在 1976 年，国运剧变，人心震荡，我站在博物馆西门台阶上看完了整幕的天安门事件。但是加入政治并不意味着抛弃职业，人心向稳定的苟且偷安是可怕的。——事变结束了，人们以更好的秩序投入枯燥无味的工作，我拉过闲置了几个月的线装书开始阅读。我没有意识到，这样的人生是没有意思的，我不懂人生中需要美的光彩。

就这样到了新疆，又进入伊犁，定点于国境上的波马，开始发掘。

波马的那个黄昏是猝然而至的。

它一下子就粉碎了我。

后来，经过十年的攻读、钻研、踏察、反味，我在自己胸中营建起一座关于新疆的大厦。那个黄昏的意义要靠学者的诠释才能显现。愈是学问进入深奥，愈是把握了复杂，它就浮现得愈加绚丽鲜明。当我终于留洋完毕自觉已经看见了这座学问宫殿的内外以后，我突然觉得这辉煌殿堂分崩离析，轰然倒塌了。

在波马黄昏的大潮中，再没有什么可以永恒。失美的学术在那金红的晚照中可怜巴巴地变成了一个瘦枯的四眼呆子。我无法回答自己：为什么十年来如醉如痴地喜爱这门事业呢？为什么逢人开口便滔滔不绝地大谈新疆呢？为什么在东京在美国我问外国佬“知道世界上哪儿最美”呢？难道只是因为一堆书一堆乌七八糟的论文吗？难道只是为着一个蛀虫般的职业么？这问题日益严肃了：我用完整的专业学说最终否定了专业思想。真正的新疆并不是那些无情的书本；新疆是一个热烈活着的灵魂，新疆是一个自由自在的美神。我停下了手里那机器般的活计。我冷静了：或者我研究并写出这个有血有肉的美世界，或者我就放弃这种人为的研究本身。因为我难忘波马在那个日暮时分的情景，那金红的晚潮是不可抗拒的。

描写它是不可能的。文字无声无色，绘画僵固不流，音乐缺乏题义。无论用美丽瞬间，或是用辉煌的波马那样的发想，都不可能解决我满心的激动。它不能表现；它只是指示一个生命的选择。我又忆起那个傍晚，我坐在圆木垛上，吃惊地发现自己的身体已涂得通红。我慌张举起手臂，手臂画出了一道红色的光。在那一刻里我感到了身心内外的战栗，在如此实际而平庸的生活中，那电击般的战栗是千金一刻的体验。

山麓鲜红，高海拔山地的黑柏林鲜红，耸入天空的闪烁冰峰也鲜红。从脚踝向前，一直伸展到国境以外苏联的天山腹地，万物都奇异地涂满了金红的神彩，万物都随着一个气息，渐渐地涌动起来，沿着雪山草原的大陆，朝我推来一道美丽的潮。它一瞬便淹没了我，击碎了我，还原了我，我今夜还觉得满心都溢着那难言的美色。

那个傍晚是默默地出现的。

然而我已经被注入了理想。我已经迷茫地看见了一个圣洁而纯美的目标。奔向它只能愈来愈厉地陷入苦寂；但舍弃它自己更无法容忍一种丑陋感。波马传给我的确是一道中亚的浪潮；它和耳濡目染三十年的环境，它和我存身其中的整个文化都是相悖的。施过这样的魔法以后，人便不能随世。我如牛引颈一般，朝着这偏离的方向，开始了心灵的长长旅程。

到今天已走得不近了。

回忆起来，波马的晚潮已经成了我的至宝。像追寻太久的恋人一样，愈是年近垂暮愈觉心比石坚。

在金积堡附近，冬季的原野是灰蒙蒙的。走过了陇山、六盘山、月亮山那些波涛滚滚愤怒悲壮的伊斯兰山区以后，在这里我只觉得无话可说。

四方的陆地都在涌来，逼迫挤压，我喘不过气来。这不是隐喻一瞬的那种神秘片刻，这是人心和历史的怒潮。金积堡的原野在朝我呵斥，无情地抓起尘砂扑打着我。农民军的堡垒被夷平了，刽子手的祠堂被列为文物。人血曾经泡软的田地呈着旱情，人心被残恶地蹂踩过了——心伤无愈啊。

偏偏我又有着历史科班的出身，我一一挑剔但无法反驳。偏偏我又出生在回族的血胎之中，我想躲绕但我走不出这块土地了——金积堡冬日的迷茫四野用大潮大涌击打着我，要我明誓，要我举意，要我实行当年我粗心大意就嚷出的为人民的宣言。

应当说，历史上有过的屠杀已经被历史否定了，也应当说，存活于赤贫的人民也正一天天饱暖起来。还应当说，回族等族舍命死守的理想也愈来愈被尊重。但是，糟辱人心——不尊重人道，无疑是二十世纪的眼睛最难揉的砂子。对于我来说，无论乾隆年间也好，无论同治年间也好，那些糟辱践踏仍然鲜明如同昨日。我有我天生的一腔激烈，像同治年在金积堡——土枪轰死著名政府军刘蒿山的农民一样，我也要用我的办法向反人道的邪恶复仇。

在金积堡的冬野上，景色太沉重了。

二百年来有近百万人殉道。二百年来一切智识阶层都平静了，忘却了，史籍又是含混不清，像这满目混沌的苍茫大地，像这尘埃漫漫的西北之冬。

然而二百年来有人在偏激地记忆。当公理泯灭以后，悼念在宗教的干行中坚持。当历史不再真实以后，心史在褴褛的农村里形成。迷茫的金积原野像是它地域的宽广，村影烟树在冬寒中默默不动，像是它拒绝诉说的决意。——这一切刺入骨髓切破肌肤，它把我独自冻僵在这寂静的大地上，我逃脱不能，缩避不成，我只能咬咬牙袒开胸怀，任这深重冰冷的大潮洗荡。

一阵黄尘疾疾掠去了，峥嵘嶙峋的牛头山清楚地显现了片刻。满目的耕田黑黑地伸向天边，走远后再也看不见回民领袖马化龙的小墓。四旗梁子一望茫茫，金积堡已经虚有地名。我满喉头堵噎着一口硬硬的气，我失了方向，径顾独自一人在这片平坦无际的萧杀冬景里流浪。我忍不住四面八方的凝视，我忍不住喉头呛死的那口硬气，我忍不住大潮如此无情的撞击，我猛地扑在冻碎的黑土上，从心底吐出一口血一样的回答。

如今该怎样回忆那艰忍的寒潮呢？我不敢过多回忆。就像满壁插满了预备的书籍笔记而我不敢开架一样，我不能在时辰未到时，就做出一个轻浮的举动。

随着北海舰队的驱逐舰，我来到了海面上。黄海波涛无尽，舰首水幕透明。我在出海时不愿有一分一秒浪费，我总是站在舰桥凝视。但是没有，我当时和此刻都不无遗憾地想，我的视界里并没有再次升潮。

后来换了潜艇，我冻僵了两膝也没有下来。我盯着白浪滔滔喧嚣吼叫的海面，不敢眨眼。但是依然没用——潮，并不因你穿上水兵服就来临。离开那天，登上码头时，我说不出地心里漾着一股沉重。

离开大海时，我已经不望它了。

我觉得出事情的严峻。

一直娇宠我的大自然，今天向我投来的目光是苛刻严酷的。没办法，我纵然紧张但心里清楚：今天它把我当成年人看了。

那么，今夜窗外的一方黑暗里是什么呢？我站起身，把窗帘扯得更开。夜幕中行走着微乎的音符。规矩的黑色里饱盈着看不见的色彩。有一个静静的微笑，有一个沉着的注视，在随着心跳次第近来。我欲呼无语，不知该喜该忧。它像一个深邃漆黑的谜，不让我猜出来，也不离我走开。

只是又给我注入了新鲜的希望。

我感激地望着它。

在今夜，这个渺渺人世里也许只有我在望着它。我们在黑暗中对峙般地默默停在这里，谁都不再超出这温暖的限界。

今夜我懂了，我的潮支撑着我的命。我不能任性地追求它，在应当的时刻，它会悄然降临度我过关的。我应当信仰它，我应当在忙乱的心里留上一角，时时向它赞祝。

——是为颂。

1988 年 2 月

绿风土

在甘肃宁夏跑了两年以后，或者在看惯了新疆那灼烫的铁戈壁以后，两眼突然流入太多的绿色时会疼痛。我没想到一年里看到这么多绿。

好像这手里的笔也只能写出一片旱焦之色。我那时没有意识到用笔。开始时我只不过是多少觉得有些什么“不对”。可能那时我的精神太倦怠了，我的心在松弛后瘫软而麻痹。我现在回想，当时我只联想了一秒钟。

浓翠滴绿，葱葱郁郁，绿风景如流如画。莱茵河灰蒙蒙地伸展着缓缓而下。布透麦克河亮闪闪地喧闹着拥挤而去。德国在绿色中沉默着，美国在绿色中夸耀着。我觉出自己心情焦躁，这不正常。我的两眼习惯了干旱的赤褐焦黄的大西北，我疼得在这绿视野中眯起眼睛。我觉得我根本写不了这些奇怪的绿。我第一次使用了氯霉素眼药。

我站在华盛顿西北郊的河岸上，给布透麦克河谷相面。我盯了一阵子，不知所得。混乱的石头活像嬉皮，民主地挤着雪白泡沫，好像它是一条穷乡僻壤的原始小溪。

莱茵河当时曾经显得委屈（或者是傲慢）；无声无息地，波上驮着的几条驳船悄悄地滑动。那条河纯净的灰蒙和透明的暗绿使人不易接近，它使我紧张，像是有一个久藏的秘密立即要给人戳破了。

我不懂这样两国的语言。临行前我只打算去闻闻气味。当然新的旅行总是新鲜的，哪怕我知道我们彼此都不至于达到诱惑。走上莱茵河的那道桥以后，我却不知为什么一天天地麻痹了，我觉得自己六神似睡，感觉昏沉，整个我自己都涂着一层钝笨的膜。

绿色当贴上了一层金属物质的时候，就不再平易了。我呆滞的脑浆里总是闪着一个问号。

布透麦克小河是一条华盛顿郊区的小河，相当于北京郊外的温榆河。它使我多少找到了一点自然的水气。绿树也是明朗的。斑驳抖闪着阳光，叶子正常，枝冠舒挺，一大片一大片地堆成一片东海岸的勃勃绿色。人当然直言直语；哪怕我终日睡意喉咙反应麻木，也能从各式各样的问题和语气表情中感到一股骄横劲儿。但是它没有一丁点儿奇山异水的那种怪味，我觉得从本质上讲它和中国的风景有些相像。这使我不断地把它同德意志的树木山水乱加比较。逐渐地，我忘了自己所谓访问的目的，我变成了一个突然沾上了恶癖的算命花子。我盯住大陆不放，审视着每个老外的眼色皮肤，为每一棵树和每一道小山的形势看起相来。

莱茵河上泛起阳光的照射，闪烁着一些微笑的傲慢。渐渐又暗淡了，阴雨遮住了铅色的水，那绿色隐忍着一种寒冷的阴沉。沿河驶来一辆奔驰500，走下一个凶悍的大个子俯视着我。他身高至少两米。他拦住了我，问我对西德有什么想法？我说了一句后补充道，我不会德语。他指指背后说，她也不懂德语，她从拉丁美洲来。他背后倚着车门站着一个红头发的年龄不明的女人。她勉强朝我们笑了一下，神情古怪。他浑像个大土匪头子带着个娼妓。

在美国听说有一种人叫“红脖子”，即开着一辆客货两运小卡车，牛仔裤，啤酒肚，脖子颈被太阳晒得红红的乡村凶汉。据说那些家伙大都没有教养，仇视黑人和共产主义，好勇斗狠，主张大男子主义。我听说了以后，马上觉得自己周围满是红脖子——美国人在炎热的夏天只剩大裤衩的礼仪。女人个个短裤（且不说我见过一个胳膊绝对比亚洲人大腿粗的胖女人），男的个个赤膊露乳。不论男女都肤色粉红，满身长黄毛，一副要找茬儿打架的狂相儿。至今我觉得绅士风度根本不属于美国。

当然风水是不同的：烈日暴晒下的布透麦克河岸上蜃气烫人，绿地像胡乱溅洒在大地上的油漆；而德国每条小河每块丘陵都罩着一种沉重，所以绿色如铅，好像那太多的思想和意志压迫着每一株树木。其实一两个世纪以来，他们已经向世界输出了那么多思想和意志，但他们仍然精满欲足，树上的每块叶片都胀得厚厚的，使人感到一种逼人的肉感。我不能说不喜欢德国的绿色，但我不能接受那种蓝晕晕的松，也不能忍受那种肥腻腻的杉。树应当长得自然随意，叶子应当有腐有荣参差掩映。树木和大森林都应当蓬松杂错无法形容——都应当像人间世界一样平凡而复杂。而德国原野上的绿树多少使我觉得不祥；它们之间有一些健壮而邪怪的类属，虽然受着人类的欣赏和栽培却使人恐怖。我坚信它们和我坚持着在打一个哑谜——看谁对，看谁猜得出来，而我却不敢再看它那肉片般的蓝树冠和那恶虫般的肥壮手臂，我不能再多看那种饱水而厚腻的绿色了，我临别时说不清心里复杂的感觉。

怀着这样不安的心情来到美国，最初我曾经在布透麦克河边喘了一口气。那时我几乎是高兴地想：不错，美国的树长得挺正常。但是这种乐观很快又被粉碎了。

在曼哈顿那座压迫得人喘息不能的摩天楼森林里，黑白金属和棕墙炼瓦之中也有不少绿地，不用说还有中央公园，还有隔河拥抱纽约的新泽西绿原。但是我悟到了：绿在今天并不是大自然的本色。有钱能使大地绿。美国之绿蒸腾一股骄横之气，掀动着遍地飘扬的星条旗。在绿茵地上经常能听到据我看来是毫无教养的不礼貌问题：你愿意住在美国吗？你在中国感到自由吗？你来到这儿感到幸福吗？你有汽车吗？

土地是有善恶刚柔的。我不能说这块土地“恶”，但我觉得它多少是太“狂”了一点。它甚至缺乏莱茵河畔绿地那种含蓄的阴凉。美国人拥有一切，但我感到他们缺少一点教训，或者说，他们这一族缺少一次失败，以便磨一磨那股太硬的阳刚之气。和这样的开朗而轻狂、自信而保守的美国人在一起，我觉得东方的神秘主义在体内复苏，我开始独自观察，企图获得他们不可能感受的体会。

和德意志的碧绿丘陵（包括民主德国，从汉堡去西柏林途中我们穿越了大片东德领土）相比，密西西比河上游的大平原是一片平坦的汪洋绿海。无边无际的平原被切割成井田，横阡竖陌，每块方形农场边角上有一幢叫中国人馋涎欲滴的小洋楼（外带游泳池）。但至于绿色，没有什么好说。直至抵达了克罗拉多州，深入了印第安人旧地的 Mesa Verde 之后，那秘境般战栗而恐怖的海相高原才给了我一个新的冲击。Mesa Verde，关于这里我能说什么呢？如果梵·高是在这里作画，我想他活不到三十七岁。高原断裂成海沟，峭壁是赤赭色的，像染透了印第安人的肤色。而沟里塬上密密麻麻扭作一团团一片片的，是痛苦狰狞的耀眼绿色。有披头散发的死杜松树，树皮焦干，灰白缕缕摇曳，纠缠在绿得仿佛一摊摊一团团绿血绿膏般的矮树丛间。不像乔木，万木都忍着遵循着一个暗号，只长到三、四米高——这使整个 Mesa Verde 像是披着一张绿茸茸的绿刺猬皮。藤蔓根枝横连竖系，我简直不敢迈开自己的脚。西部的骄阳残酷地高悬着，烤得这寂静的绿色膏浆缓缓熔开。空气中呛鼻地充斥着松脂味和一种不祥。印第安人的悬崖石屋在巨大的石缝里静静卧着，空无一人。我感到一种绝望的坚强，似乎误入了末日的现场。美洲大地是印第安人的，而今天人们常说的美国梦里闻不见什么印第安味儿。印第安也有梦么？那批牵着狗一步跃过了白令海峡跑遍了地球上所有的纬度格子的红皮肤硬汉子，他们的梦是什么呢？而 Mesa Verde 沉默地忍受着这挣扭的绿树的捆绑。在如此神秘莫测如此古怪恐怖的末日景观之中，那绿色熔浆如胶如漆，耀眼地淹淌着，触目惊心地弯曲着，绿绿地烧过来了。Mesa Verde 的灼烫绿岩浆也许正是曼哈顿摩天岛的一个对应。那个岛上拼命挤撞着的喧嚣的摩天楼像是历代妖精全数在那儿比赛拔高。而这片荒原上的绿树绿草滚滚而来的黏稠绿浆却在这里低伏在死寂之中。一个被征服了的、被强奸了的、被永远灭绝了希望的印第安之梦还残存着一丝苟且的活气。它化成了这凄惨伤目的灼灼绿风景，和它苟活着的愤怒一起向我解释美洲。

我终于心动了。

心动真不容易。我不知道从什么时候起我变得这么麻木。被人羡慕得厌恶的三国之旅幸运天使般地一齐实现，而我却满心不快耷拉着脸。近一年了，我从来没有一次激动过。哪儿像在新疆，在新疆我总是终日在兴奋癫狂。

而在 Mesa Verde 我终于怦然心动。我说过我觉得梵•高若把画架摆在这里他活不到三十七岁。只有在 Mesa Verd。我才梦醒般突然忆起了宁夏和新疆。在 Mesa Verde 用不着英语和任何一种外语，我突然如释重负地感到了平等。那惊涛怒海般的可怕绿风景一直冲到每个人眼前，逼着人选择感受。我马上离群独行，现在我用不着翻译了。经美国内政部印第安事务管理局介绍也一直见不到的印第安人，现在以地下的姿态正在冥冥浓烈的酷绿中瞪着我。我不断地想象着一个牵着一条狗像迈过小溪一样跳过了白令海峡的印第安猎人。他那条松毛大狗只是不经心地轻轻一跃，一支血脉就从东北亚到了中美洲。然而 Mesa Verde 熔化的绿树林无声无息，好像两个世纪喘不出那口气来。每一株死灰般的杜松树都像一个吊死的老妇，每一棵新生的矮柳树都顽强地挣扭着不愿意长高。处处是恐怖的造型，比比是意味难猜的雕塑。有一个词是“美国梦”（American Dream），我怀着发掘这个梦的实质的目的来到了美国，但我在美国下决心修改我在《金牧场》中对这个梦的善良猜测。我不懂英语我弄不清人们莫名其妙地说那些话算不算“梦”——然而在这里，在这片万物有灵的浓烈的绿中，我坚信我看见了印第安人的梦。

他们遇上了一个实在太强盛的死神。他们遭遇了一个后来二百年来愈来愈强盛的凶恶的新文明。印第安人在清醒之前就被残暴地打败、撵走、消灭、蹂躏、改造了。他们突然背负上的民主制度使他们茫然地丧失了任何继续自己的可能。今天是一些棕红色的手在继续填埋着 Mesa Verde，地下那些战栗挣跳的灵魂愈来愈深，绿刺猬皮一样的树丛愈来愈矮了。

我无言以对。

绿风土的发想是不是太过分了？不知道。

当你感到语言不通、举目无亲的时候，当你在你自己的故乡震惊地感到语言不通、举目无亲的时候，你只能凝视绿色。

回亚洲去吧，回到北亚，回到中亚，回到东亚，回到中国，回到内蒙草原、新疆枢纽和陇东山地。在那里，那绿风土中的秘密已经离你很近了。

黑火焰树

没有心思去查查词典。在西柏林买的一本画册里它被写成Zypressen。在日文的一些西洋美术史著作中，它被写成“系杉”。可能是在法文里，则写成Cyprès。其实翻翻词典至少可以弄清两种洋文究竟是德文还是法文，但这一切于我无意义。

我写的是关于自己找一棵树的故事。Zypressen，我懒得背准它的德文发音，我用新疆式转写法把它标成Tsüpr sen（下同），并且耸起神经，注意从每个人高马大的金发人脸上嘴里考证（我想这还是对德国的一个抽样测验）。

“对不起，您能帮助我吗？”我大胆地截住了他（使用英文于我是个新大陆）。

“是的。”金发巨人脸上惶惑。

“这棵树的名字是什么？”

“Tsüpr sen？”他声音轻微，没有把握。脸上不但惶惑而且古怪。他眼神像盯鬼。

“谢谢。”我结束了英语调查。我心里轻轻舒了一口气。但我没有考证出来。我要考证什么？根本不需要。我早就有结论了。我知道关于这种树的一切。我突然翻开高阶的名著《视野》，但我怀疑他使用的那个日本语树名；我担心一词错译会弄坏许多重要事，于是我还是到我的小说中去寻找。在波恩大学我读了几分钟作品，他们只找到我的短篇小说《凝固火焰》。我突然明白了，Tsüpr sen树就是我描写过的火焰山。

这样写么？可能这样一下子又是树又是山的不太合适。可是解释更困难。谁能讲清溪流入海的故事呢，谁能讲清一支箭从射出来到它没射中消失了的那瞬间故事呢。

我没有一丝学法文的念头。但是我总在想象着自己站在南部法国的大地丘陵上。在那种碧绿如绸的原野上，应该能看见黑色火焰般的Tsüpr sen树在沉重地耸立。因此，当我在德国发现了第一株它的时候，我突然不知所措了。我忘了欧洲大陆是一块土地，忘了法国的树也完全可能在德国生长。我缺乏思想准备。我一直觉得虽然强烈吸引我、但毕竟太奢侈的旅行，于我来说是个无需多想的梦。说得暴露一点，其实我早为我自己找到了Tsüpr sen的相应物，《凝固火焰》中描写过的火焰山就是我的——梵·高之树；而且它更雄伟悲壮，更色彩耀眼逼人，更充满了神性和残忍的美。但是当那天在西柏林，当我看见了一棵树（实际上是一张画），后来我猜我看错了时，我兴奋得猝不及防。我马上想起了梵·高书信集（写这篇随笔时我查了一下，是第596号信），那个人说：

Tsüpr sen的事总是占着我的心。我想以它为主题，画一些如同向日葵那样的东西。你若问这为什么，因为至今为止我吃惊居然没有人画过我看见的 Tsüpr sen。它无论线条，无论比例，简直像埃及金字塔一样美啊——

我猛地站住，急急问道："那是什么？"——主啊，我的英语一共就有这么三四个词儿！

"那是树。"西柏林的朋友说。

我急得浑身抖。"名！它，名！什么、它、姓名！"我使尽了我的英语单词和语法。

"Tsüpr sen，but……"我听不懂那个 but（但是）后面的一长串。我先用新疆调查的办法，用我那套不地道的拉丁转写法把这个音记了下来。回去查字典，我忿忿地想。可是回北京后，——正如前文所叙，我失去了查词典的目的；尽管我知道它在德文中写成 Zypressen，在法文中写成 Cypres。

后来在波恩，莱茵河畔有几株黑火焰般的影子，我曾久久凝望过它。

后来在南德的平原上，坐在车里行驶在高速公路上，我看见一株株一棵棵像是 Tsüpr sen 的树影掠过去。我急转身想再盯一眼，可是再盯一眼也没用。我看不清楚。我看清楚了也没用——梵•高那粗放旋转的笔触并不是为了让我看清楚。他画到这种树时，已经根本想不到别人能不能看清楚了。

后来走近了一棵。它古怪地靠着一个石头圈台。我不敢考证它为一座墓。但那一棵——基本上是一棵钻天杨。我不知为什么有失望。其实我无权反对 Tsüpr sen 就是钻天杨。莱茵河畔的林荫道上走来一个金发的人，我伸手一截：

"什么、它、S、姓名？"

“Tsüpr sen，I think so”——他猜是这样。

而我考证精确。

我要准确的结论。要真正的 Tsüpr sen。要梵•高画过的那一种。要梵•高画过的那几棵。不是钻天杨。不是 Zypressen。不是 CyprSs。我需要追寻的是在画册里像一股不屈的黑火焰一般疯狂挣扭刺破天空的那真正的 Tsüpr sen。

去法国吗？

再用那四个词儿（包括一个 s）拼一句问话去截法国人吗？

梵•高好像是我们中国人。那些金发粗腰人高马大的欧洲人能准确地给我指出那几棵 Tsüpr sen 吗？

我茫然了。因为走近了这一棵，使我不知道究竟 Tsüpr sen 属于杨树或是属于柏树了。我没有更多的英语词儿了，金发人们也没有更精确的解释了。

后来，有一个朋友在听了我们这些话后，忍不住翻了词典。在法文中，这个词与另一个词同源——遗嘱。

真的，所谓遗产只是那些画本身。在梵•高后期的主题中，Tsüpr sen 像一股股愤怒的黑色火苗，挣扎扭曲着向宇宙如界碑矗立般地嘶吼燃烧。而在我的世界里，在天山山脉东麓，火焰山五内俱焚，顽强地凝固着它遍体全身挣跳的火苗。像是它就是一道密密的 Tsüpr sen 森林。

离开法兰克福国际机场的刹那间，我也习惯地随着乘客，望着下面斑斓的地面。我稍稍有过一丝企图再找一棵的闪念，但我摇摇头独自笑了。不，不该再费这种力气啦。让德国人陪着他们的 Zypressen，让法国人陪着他们的 Cyprès。我应该快点去新疆，快点重新走进那道酷热如火的鲜红山脉。那里是梵•高的超级画廊，那里是真正的 Tsüpr sen 之林。

今天是 6 月 23 日。尽管我看见了不少人们称为 Tsüpr sen 的树，但却没弄清它们究竟是不是梵 • 高后期常画的 Tsüpr sen，不过我仍然怀着信心：7 月 4 日我就要到达新疆了。

1987 年 6 月 23 日

等蓝色沉入黑暗

我有一种好奇心；我猜任何年龄的人也许都应该有类似这样的好奇心——猜测比自己年轻的人。也许这是很重要的，因为关心自己面前的年轻人实质上是一种来世思想；注视年轻人实际上是在注视自己的未来。这同样是憧憬，在这种静静的、不能出声也不能流露感情的注视中，那再不会复得的憧憬会悄悄地浸润湿透自己的心。

它当然是蔚蓝色的。

今天这是一种难能可贵的纯洁色彩。铜色屎色枯木头色呆若木鸡的傻色，还有灼亮逼人的贼光闪闪的那种色，不是在旋转在争艳在五色缤纷；在像一团恶浊的浓烟一样愈旋愈粗，晃得人不能睁眼，压迫得人把真情撤退回心房之内死死固守么？

然而一抹高贵圣洁的蓝色在高空中出现了，它雄视人世，矗立天极，它可望而不可就，它可登攀而不可终究。它以密语为隔阂，它以冰峰为警号，它使人潮一次次地失望而去，又吸着那潮汐再次涌来。它以九九八十一个故事都讲解不清的神妙简朴躁乱使人感悟又茫然。它好像已是一个终末；你不相信除它之外此世还会有任何激动的陆地了——

所以倾诉在本质上只能是诗。

其实形式远非那么重要；我喜欢再三再四地简化问题。惟一关键的和值得重视的只有一点：那就是你的心中是否真的升起着一块神圣，是否真的存在着倾诉的真诚，哪怕你感受着数不清的困惑、孤苦和烦扰吧——你的本质所追求的是一座蓝色高地吗？

晓桦用他的《蓝色高地》为自己竖立起的，我想不是一块功劳牌而是一面宣战的旗。无论晓桦主观的愿望和动作如何，蓝色高地是一个纯洁而且圣洁的原则。那么他也必将陷入重围；不管他有没有能力认识，不管他有没有终世战斗决不言和的勇敢，他的面前将只有一种选择：或者抖擞一颗孤胆与所有卑污、庸俗（包括一天比一天被人欣赏的中庸）、谎言（包括泛滥不已的伪诗）分庭抗礼；或是从那块美丽的蓝色高地上后退。

我知道你决不想后退，晓桦。

十九世纪哈萨克斯坦的伟大诗人阿拜依（Abay•K）在他的哲言集《阿克利亚》里说：“人道是从正义、爱情、感觉开始的。”我想，在那座高耸云端的蓝色高地上，人道的这三个因素都存在。哪怕那片蓝色永远是个谜幻，哪怕那座高地永远不能穷究；为了她献身仍然是值得的。为了她让生命烧掉，炼成一些真正的诗行，是值得的。

生命在燃烧——这好像是一句好听的话。生命烧掉以后，——我想这句话中的自尊自豪是次要的，更强的意味是黑暗，烧烬般的黑色。更何况，当那蔚蓝色的简直有些像少女梦幻式的憧憬刚刚升起的时候，铜黄屎绿还有那在窥视在阴笑的贼色早已抢占了自己的位置。它们汇合成一片卑污的黑暗，等着你的黑烧烬。

好在在《蓝色高地》中，憧憬虽然单纯甚至单薄，但已经有着某种——预感。阿拜依的哲言中已经指出人道包括“感觉”。憧憬者已经本能地为了自卫寻找了几把短剑——晓桦顽强地想抓住军人的真谛，想抓住男子的本质，他企盼从西藏的秘境吸取一股灵气，他在下意识中对圣职者——无论是朝圣人或是天葬师——宁神屏息，企图庄重地致敬。

我像是一个冷冷的旁观者。

但我看见了——这是一个昨天的我。

我在想：当那美丽的蓝色高地沉没时，当它像黑烧烬一样淹入沉重的黑暗时，年轻的憧憬者会变得怎样呢？

特别是：当眼睛中再也分辨不出蔚蓝，人在一派坚定的宁静心绪中迎视着那片黑暗；当他不再怨天尤人，当他咀嚼般体味着那黑色的美，当他如知天命一般只求默默地又匆匆地去做完自己该做的事情时——人是否还会回忆那片激动过他青春年华的蓝色高地呢？

我已经写完了我的联想。此刻我突然想起来一件事：我曾经把温森特·梵·高的一段话（我认为那是一首诗）译成了中文。梵·高对于黑、蓝等颜色也许是一个最好的专家。所以，我想把这首译诗写在末尾——让晓桦和我，让所有追求着憧憬着的人都有所结论吧。

我在画着南国
在收获物的熔炉中站着的
那些不可思议的人们
用那暴风般的橙黄
和灼烫似铁的闪闪红色
就在连自然都
如此美丽的此刻
可怖的透视力来到了
我的手上
我不再知道自己
宛如是身在梦境
“画”——独自一人地朝我走来
我的劳苦是因为这太阳么
在灼烙的太阳下，我不出声
像个急急收获的农夫
我只是——
啊，我急急地画了下来
那黄金般的景色

1986年12月22日

木石守密

原来在国家公园组听那些人介绍时我连这个地名也没听见。后来从密西西比上游向丹佛出发时我还没有搞清方向，那时总算知道目的地的州名叫克罗拉多。后来在小飞机场转机，又坐进了汽车里时，天色黑了，我一直到驶入深山驶进 Mesa Verde 中心的旅馆也懵懵懂懂。我当时毫无思想准备，毫无对我闯入的这个世界的预感。美国给我的印象已经使我过分疲惫了，我没有准备一副敏感的神经来面对这个公园。住进那红褐色的低矮建筑以后，我爬上床就沉沉地睡了。隐约预知会看到的一些印第安人居住遗址并不使我觉得新鲜。我有职业考古队员的经历，我大致判断过了，Mesa Verde 的建筑遗址不会有什么了不起。

那一夜落雨了，睡得很冷。

次日推开窗帘，我明白我看到的风景是从来没见过的，它很怪。我麻木地想了几次，觉得这种地貌很怪。但我仍然没有什么热情，我盼这个游览地的早餐便宜一点。我又看了看窗外，满视野浓绿横溢。毛茸茸的绿原直至天边，雨蒙蒙洗着，绿原黏稠得看着不舒服。刺眼的巨沟长壑蜿蜒而去，消失在茫茫天际。我心里想到，真怪，我收拾了背包去找翻译。我还是没有热情。不知为什么，自从在华盛顿访问了两三家政府机关以后，我对全部美国之行就丧失了兴趣。现在回忆起来幸亏我用了几秒钟时间暗诵了几遍这个地名，Mesa Verde。我在新疆见过一些旱死后的残破地貌，但那是合理的，我对中亚和新疆的知识使我觉得那些枯竭的胡杨林和死红柳是正常的。而 Mesa Verde 不同，Mesa Verde 古怪一些，我按捺着这个讨厌而无聊的念头开始转悠参观。我还有幸见过蒙古后杭爱省著名的查干淖尔火山，那火山和熔岩惊心动魄，但是——纵使你能在查干淖尔一眼看尽火山的喷发、涌淌、蔓延、冷涸，变成一片辽阔的狰狞黑焦石牙，你也仍然觉得合理。虽然触目惊心，但你只是被壮观罕见的景观折服，而不会有这种异样的古怪感觉。

这里是一个不合理的地理区。

早晨走上高原之顶，我就被一种从未有过的别扭难受憋堵着。胸口噎得发热，眼睛像染上炎症一样疼。早晨风景都揭开黑幕徐徐出现了，我不明白地球上为什么会有这样的世界。毛茸茸的绿色那时逆着阳光，耀眼而模糊。有一些巨大的裂缝在大地上割开，但峡谷里刺人内心般丛生着混沌的绿毛。不可能有人，我判断时觉得自己在生理上抵制着这个自然，人不可能下到那样的裂谷，下面的人也不可能爬上这炫目的绿高原。我这样想着走着，路上稀疏的美国人好像也不那么饶舌，全部道路、树木和风景好像都在忍受着这个沉默。这个感觉后来终于引起了我的注意，我觉得心底的麻木中渐渐苏醒了一个意识。我开始有了些精神，开始打量那些树和石头。后来，匆匆看了一个印第安人博物馆以后，我就进了那条恐怖小道。

就这样，我看见了 Mesa Verde，看见了我有生以来惟一一次见到的不合理自然景观，也从中感受到了那么多书籍都没有写过的一种真实。Mesa Verde 使我的美国之旅成为有益的，在苦于语言隔阂又从未获得语言之外的交流——这种已经连续了十数年的我的经历中，Mesa Verde 终于变成了最新的一环。

我在那恐怖而惊醒的浓烈绿色中穿走着，心里渐渐升起了一点欣慰。抬头望去，无边无际的、毫无声息的怪异高原上空，那轮白炽的太阳正高悬着。阳光下是几条低缓的弧线，从世界的左一极随便划向右一极。阳光烤干了的弧线下面，黏稠的绿色耸着毛刺，闪烁着晶亮的绿光，完全是一派不可思议的浓绿膏血。

避开远眺么？我开始苦于躲闪了。拦道而出的狰狞怪树一棵棵走近过来，带着不知是哭是笑是什么意味的沉默。我拼命忍住胃里冲起的反应。我激动但又措手不及。后来有一棵树突然披头散发地拔地而出，白麻片般的絮皮险些擦着我的脸，我才明白有意味的经历正在朝我逼近。

这种树形状凶恶，树皮半脱半附，像从身上撕下的褴褛。赤裸的树干是雪白的，死一样使人活像看着尸体。但是，树冠上偏偏又蓬勃地生长着浓稠的绿叶。

我忘了它的学名，姑且叫犹它柳或者是犹它松吧。

这些枯焦剥离的雪白树干，这些酷烈凝滞的浓绿树叶，痛苦地沉默着又疯狂地挣扭着，我明白它们要呼喊却喊不出来——有一个瞬间存在过，在那个瞬间里呼喊被一击扼杀了。从那以后，Mesa Verde 的怪异植被变成了哑巴的嘴巴。

我紧张而缄口不言。不能和我那位热爱华盛顿的译员交流这些感觉。我只是反复想着以前看过的一部美国电影《Little Big Man》，想着那里的屠杀印第安人的血腥场面。

我没有心思几句话概括美国人在开发美洲时，对本地美洲人（印第安人希望人们这样称呼他们）的暴力史。但是文明无疑曾经以屠刀为自己的形象，这一点应该是基本的历史准则。在百年之后，两百年之后，Mesa Verde 只剩下静悄悄的低平高原、绿灼灼的高原色彩、半焦的白树干和狰狞的桠杈。公园组的解说员是个带浪漫语调的胖姑娘，她瞟过一双欧洲人的眼睛把食指竖在嘟起的小嘴唇上："嘘——你们听见了吗？闭上眼睛再听一次。那些印第安人消失了，神秘地消失了。"

度假的游客们都闭了一会儿眼睛。

而我不愿听她的口令。我在他们闭目凝神沉入幻境时走开了，我爬上木梯，登上悬崖缝隙嵌着的遗址高处，再次朝 Mesa Verde 瞭望。

"嘘——我听见了。你们听见了吗，亲爱的朋友们？印第安人的脚步远了。他们用脚步声奏着一支歌。"远远听见那戴草帽挎手枪的胖姑娘唱歌般地说着。

"没听见。"我用中文大声说。

不可能听见，我心里想。印第安人早已沉默了。后人可以随意评说，但是印第安人不说。为什么，难道印第安人认为，诉说是没有意义毫不需要的吗？

两株犹它柳在一丛绿灌木中兀立着。雪白而光滑地裸着躯干，树尖像两柄锋利的矛，扭歪了但依然锐利。半腰以下，被风撕成碎片的缕缕树皮在飘动着。没有风，它们飘动是因为这灼烫熔浆般的绿色，Mesa Verde 的黏滞绿海上空燥热不安地鼓漾着一种强烈的气氛。

日影斜了。

高原又恢复了它的深重，现在颜色是有轮廓的，温度降低后的浓绿更加寂静。我乘车去看一个印第安人保留地，在我的眼中这些印第安人都有一丝不易察觉的迟钝——不知他们自己感觉怎样，我觉得他们在举手投足的动作中总是有一丝丝迟疑、失措，或若有所失的滋味。

我问：你们还种你们那有名的玉米吗？

一位女诗人开始埋怨年轻人对传统的不珍惜。她指着身边一位漂亮而皮肤雪白的少女对我说，孩子们向往可口可乐加麦克唐纳连锁店文化，今天因为要见中国客人，这件印第安披风是特意让她换上的。我又问，在像 Mesa Verde 这样的地理环境中生活，你们是不是有什么特殊的、与常人不同的感觉呢？女诗人回答说，每块石头都和我有一桩秘密事；我经常和石头、树、路谈心。她还为我念了一首她的诗，讲她无处不在，她是风，她是爱。那诗非常感人。

但我想听的不是这些。

你为什么要人说你想听的话呢？！

我后来不再多问。告别时我觉得什么也没谈过。握住印第安人的手，想了半天也只有一个词：再见，而且是英语。我还是再去那条小道，去看那个狰狞可怖的如膏如火的绿海吧。

告别 Mesa Verde。那天，雷雨刚刚袭过，晴空骄阳下的绿色高原纹理清晰。一切都鲜明地显现了原貌；费解的弧线、惨烈的绿彩、撕开的灰树皮、挣扭的尖刺。我告别地最后望着眼帘之内的这怪秘自然，我心里有些难过，我明白纵使感到了靠近了——但秘密终归是秘密啊。

它们明明谁也没有走，我凝望着想。我觉得我的心已经被那残酷的绿色灼伤了。

它们是在一个瞬间哑掉的，从那以后辽阔的Mesa Verde就沉默了。在那个瞬间击来之前，它们一定正在纵情、在暴怒、在狂吼、在拼杀——所以万物都僵止在一个疯狂的姿态上。除非我是瞎子，我才能承认眼前是一片合理的景象。不，我愈来愈顽固地想道。我觉出自己走火入魔已入牛角；但我不能平静地对待这样惊心动魄的景观——这是一片大陆的生死啊。

我不是过时地煽动印第安人对美国的民族主义仇恨。纵使曾经有过征服有过屠杀，美国已经自己消化了它大陆腹地的病灶。难道你没有看见印第安人只是强调他们不是“印度人”而是“本地美洲人”，难道他们的眼神里不是隐显着一丝懒散的满足么？

只是历史变成了谜语。

在这片怪诡的Mesa Verde，我知道不会有打破谜底的那一天了。

然而这是一片万物有灵的土地。在这里的几天里，潜藏的无数眼睛每刻都从四周盯着你，一切大自然的不合理在这里都汇集了。那水平纹理的巨大岩缝怎么能裂开呢？然而岩石不裂开印第安人又怎样居住呢？那披头散发的撕开树皮的犹它柳松怎么能发芽生叶呢？然而树皮不撕成褴褛又从哪里获得纤维拧绳搓线呢……我有生以来第一次面对大自然感到痛苦。蒙古草原，天山腹地，伊斯兰黄土高原——那里的景物是多么单纯、多么亲切啊。

在伟大的美国民主出现以后，Mesa Verde 只剩下当旅游区这一条路。任何新的愤怒，任何造反异端，在星条旗下都变成了正统和体制。

所以，这里的秘密将是永远的。

我叹了口气。我又觉得叹气是不对的。

在车飞快地沿着裂开的峡谷，朝克罗拉多州府驶去时，我看见两侧的绿色在默默地目送着我。犹它柳松挥摇着撕碎的旗，有一条灰色树皮像棉絮一样缠住了我的车窗。公路像一道伸入海中的堤；堤左堤右，愤怒而流淌不动的绿色像熔岩一样缓缓喘息着，推挤着一株株断枪般的裸树的锐角。像密集的桅杆，像高举的锄头，像举礼的仪仗，像——像我那么熟悉的中国人的历史画面。当车子突然冲上了高原边缘，那道边缘简直是一条海边的岩岸，视野中突然一字摆开了美国西部的鳞鳞城镇时，不知是风声还是车声，我突然听见了一个沉重压抑的呼唤。

那位印第安女诗人是对的：这里是一个万物有灵的世界，翻开每一块石头都能发现一件秘密。然而 Mesa Verde 用不着我这无缘的客人，对于我，Mesa Verde 只是给中国的一个注释。

在中国，在我经常乘凉和踏踩的那些树木石头那儿，枝杈上和石块下的东西已被我发现。经历了 Mesa Verde 以后，我对于这一点坚信不疑。我要快些回去。那些秘密是属于我的。

Mesa Verde 已经沉默，它不会发出任何声响。刚才那声低低的呼唤来自大洋彼岸，我清楚地听见了：它发自我的大陆深处。

1988 年 2 月

禁锢的火焰色

从美国回来，我说不出什么能算是一桩收获。世界多少是见了一些，但并没有哪个使我真正有过震动。除了在 Mesa Verde 看到印第安人撤走后高原在狰狞地淌着绿膏般的血以外，除了曼哈顿岛的楼妖厦鬼朝我汹涌澎湃如同一片疯狂的海之外，说实话我只是长了些见识但并没有觉得新鲜。全力以赴搜寻过消息。但是 Bob Dylan 没有在那一个月里唱。只听了一场他曾为伙伴的 Joan Baez，这自然极为难得和感受万千。她虽然长得出人意料的美，但至今还是六十年代式的歌，这便不能成为我的参考。不是我有意如此，冰冷的一丝感觉快要膨胀了，我只得当机立断，一头钻到梵•高的油画中去。

出洋本为奢侈事，看梵•高的原画不是一个草地放羊出身的人能轻易体验的大奢大侈。尤其是，在这个国家里我的语言只能点几样酒，而看画时世界是平等的，谁都知道那里的通用语是什么。再加上时间少，门票贵，我对诸如毕加索、马蒂斯或者修拉塞尚一律一眼瞟过，几个小时牢牢站在梵·高的面前，度过我在美国最紧张最充实、也是过得最快的时间。后来接待者宣布，已经通知各地帮我寻找梵·高的作品藏处。但是回来我才发现他们食言了：至少在芝加哥有一幅夫妻俩收藏的《割了耳朵后的自画像》。如果当时我知道这件事，我猜我怎么也能求他俩让我看看的，因为在芝加哥干的其他事没有一样是非干的，而且我猜我若是见了那对夫妻，没准会交上美国朋友，并且彻底改变我今天对美国的印象的。

但是应当谢谢美国，还有联邦德国，毕竟是它们使我有生以来真的看到了梵·高的油画原作。慕尼黑四幅，华盛顿两幅，纽约十三幅，芝加哥五幅——我共计看到了二十四件这伟大艺术家的亲笔原画。醒过神来，又觉得中国人真是可怜透了：你能想象中国王家的《昭陵六骏》和《帝后礼佛图》被美国人打碎装箱（他们至今大概还觉得那是可以随便拿的石头）运到美国再黏起来收藏展览，但是你敢想象中国人能把不是美国的梵·高油画买一幅回来吗？交代出来请美国东道主别生气：离开纽约大都会博物馆后那天夜里我做梦了，我梦见我死死搂着梵·高的那幅《破靴子》朝西跑。在洛杉矶的沙滩上我使出了死劲，追我的十部警车陷在沙滩里轰鸣怒吼，我猛地跳进了太平洋——这不是个没味儿的闲扯，我觉悟到我从事文学以来惟此一次获得过伟大的想象力和幻想。

把在梵·高原作面前出现的感想写出来也是一件困难而且不适宜的事。因为用灌在钢笔里的墨水在格子纸上写出那激动人心的色彩和画面，首先已经不可能；我又不能要求我的读者们有人手一册画集的条件。另外，感受这个世界还需要一种血型，杂志不能为我先验血后卖书。

一切都只能是尽力而为。好在当年他就是这样画的。

必须先回到联邦德国，最初的经验是在慕尼黑。慕尼黑对于我，就好像蒙古神话中那个少年在走过三道河、越过三道山后，找到了他追寻的第一张神弓一样。（在这之前我已经失败了一次：在西柏林座谈会后，我急着利用这么惟有的半天时间找他的画。我居然用全部不足二十个英文单词和一位老太太一块儿找了半天整。我们先大步疾行了十五分钟，好不容易碰上了出租车。驶到书店时店门刚刚关上一半，立即买了一本他的画册，并问了藏他原画的博物馆在哪儿。再赶到那个博物馆时是下午三点半，离闭馆还有半小时。老太太满头汗进门就问：梵·高在哪儿？回答是：他不在这个博物馆。）当我在慕尼黑的画廊入口听到馆员讲“是的。请向左走。我想是在第十八室或第十九室”——的时候，我的心猛地动了一下，我不知道从那一刻起它是怎么了。至今天为止，我还在捉摸它是怎么了。

光辉灿烂的画在墙上照射，使得画室无比明亮。对于我来说几幅画的色调正与初次体验的需要相默契：《阿尔景色》是浓烈的蓝紫，《奥维尔风景》开阔舒远的浅绿和淡白。不可思议的是主的厚意：我居然第一次就看到了滚雷般闻名于世的《向日葵》。罕见的签名、著名的陶瓶、被人逐朵考证过的十三朵（而不是他致提奥的书信第526号中讲的十二朵）向日葵花盘。强烈的刺激官能的金黄——居然就像一个突然实现的神话一样，绚丽夺目地在我面前出现了！

我顿时感到自己喑哑，在那间画室里，语言突然变了质。直至好久以后我仍在回避讲出那天的体验。除非你使用色彩，否则你无法描写绘画。只有一种东西残存，那就是交流。从那天开始，我的心里浓重满盈地盛满了他所独有的色调，连同节奏和旋律，理想和本性。我开始用我拥有的这种色彩印象重新阅读画册。我变得挑剔而奢侈了，豪华的画册非深即浅，有大同更有小异，我失去了对它们的信任。我盼望一次再一次地真正站在他面前，让原作直接证实，试图切身地获得启示并破译他的秘密。

嫩绿、白绿、鲜绿的《奥维尔风景》是他原野题材的平静作品。梵•高的原野题材作品愈来愈把他的人生观表现转化为宇宙观表现。也许是不愿再向画布诉说私人感受了吧，他利用起伏的丘冈，无际的庄稼，隐约的村落为自己的心情制造解脱。在最终的尖锐矛盾把这一主题也撕扭成绝笔作《麦田上的乌鸦》之前，明绿流淌的这幅《奥维尔风景》传达了他巨人般辽阔胸怀和企图宁静自己的、矛盾着然而又暂时平衡的状况。这是少见的。画框里安详随意地流淌着明亮悦目的白绿。山峦在色道中浮起，也浮起一个平和的旋律。虽然他已经不能掩饰自己浓烈的厚度，但那绿意盎然之上加上的白彩已经使感情更温和。三笔涂抹上的鲜红小花把一种满足和维持现状的心思点缀在画幅近景。蓝的天空和白的云朵尽管涡卷如旧，但毕竟是风和日丽的蓝天白云。梵•高已在末日，他的笔法即他的音符和节奏已经固定，但整幅浓浓浮漾的白绿色奇怪地柔化了，那些古怪的曲线本身挟带的力和躁闹。我站了很久，为自己渐渐的安宁而诧异——色彩，他使用色彩传达的氛围多么平和。

慕尼黑的选择是惊人的。另一幅《阿尔景色》就变为深黑的浓重蓝紫。这是梵•高晚期的基本色调。三株大铁柱般的蓝色枯树扭曲着，把矩形的画面无情地截成监狱铁窗的内景。果园中简洁的蓝灰（掺些绿）弯曲线条几笔一棵地勾勒出一排排囚禁着的、整齐的果树。有一个深蓝的人在独自默默地挖土劳动。笔触奔放干脆，不屈放纵地螺旋拧扭，但全部愤怒而抒情的节奏又被满幅沉重的深蓝锁住。这又是一种不可思议的和谐。这是他被病魔囚禁的肉体和精神在冷酷的现实中的写照，扭跳的螺旋笔迹和主宰一切的三株巨树给人心立即染上了一层蓝黑。看这张画时没有压抑，只有愤怒。那遥在景深的掘土人并没有强调对抗——黑黑的蓝紫色幕后仅仅强调了一个冷峻的道理：对抗的全部力量都强悍地涌动着，但是对抗不在今天。

接着就是醉人的向日葵。如同感官一般热烈和诱惑的、著名的黄色在一个黄色陶罐里猛烈怒放。这一幅《向日葵》画于 1888 年 8 月的阿尔，91 厘米 ×72 厘米，藏于德国慕尼黑。不仅不同于那些砍断了头的鲜血纵横的花盘画，也不同于它的一些著名姊妹作。1987 年 3 月 30 日，日本安田火灾海上保险公司以两千二百五十万英镑的巨金，从伦敦买下的那幅花瓶向日葵和这一幅几乎完全一样。以黄色激烈地描写向日葵意味——即以彻底的、充满官能刺激的黄色向日葵花束表现“爱”的这种形式的作品，较著名的还有阿姆斯特丹梵•高博物馆存的一幅。败家子的英国如果最终允许卖出，那么应当说日本人为亚洲夺来了第一幅这种珍宝。

这是一种简捷而干脆的选择。在对向日葵所带有的宗教意义认识清楚并燃起了疯狂的、处于献身般的热情以后——（应当说一句：街上正忙碌的中国文艺痞子们不会闹懂，为什么“爱”首先是一个宗教概念）——梵•高迅速地涂上了黄色。这是他的色彩选择最彻底的一次。因为它以狂野的不协调造成了乱调；这种乱调之感纵使在今天看来也依然灼伤人目。然而是十三朵丰满的花盘合成了花束，满幅爆炸般的鲜黄、浓黄、金黄在棕红的晕托中使渴望坚强地呈现。爱冲刺到圣域。他本人即便如此，仍觉得表达不够极致，于是罐上用厚笔排开闪起光辉的鲜黄，台案也不顾一切地涂成暗黄。慕尼黑的这幅被我目击的向日葵仅仅在背景用色上节制了一点：背景是天蓝色的小色块。（而藏于阿姆斯特丹那幅从画册上看要更疯狂：那是一个黄色法律的王国，包括背景也一律抹成黄彩，梵·高已经根本不顾任何色彩之间互补互生的拯救规律了！）

能够亲眼看见一片黄金般的色彩在自己眼前开放；能够看见它们从肉欲到热情，从狂热到失去理性，从献身渴望到真正的取悦，最后看见人的精神和爱情能达到如此的纯洁，是幸福的。

我在慕尼黑的这间画室里消磨到最后一分钟。没有时间再看一眼哪怕是惊天动地的名画。熬到代表团集合的时间，我告别地又在这间画室里转了一转。我并没有过分地琢磨良辰已逝、哪年再来之类，使我震动的是语言：文学的语言在这片疯痴的黄色面前该怎样生存呢？为什么他的语言传达了如此的内容呢？他的语言究竟该怎样破译呢，如果我原来并不了解他这个人？我不知道。我只是觉得他的笔触，那些小小的、油足彩厚的旋动，那些弯曲和扭跳的细胞有些像我熟悉的一种什么。

美国就不一样了。在美国看到了不是那么对于我恰到好处的四幅（还有一幅略去）。不是恰好有舒缓的亮绿，严酷的墨蓝，热烈的浓黄相互支撑出一种相当具有学术味的梵·高。美国人以他们的钱大气粗大吞大嚼。在纽约大都会博物馆里，他们居然把整整十二幅梵•高原画堆进一间屋。在芝加哥梵•高和毕加索加上塞尚等几个人挤在一面墙上。没办法，太多了。罗丹的巴尔扎克戳在不起眼的院里。《思想者》和它的一伙同族兄弟站在一个角落。美国人，他们什么都有。而我曾经工作三年的中国历史博物馆可学不来大都会这股狂气：我们的一级品主要的去处是保险库和铁柜。中国人总共就有这么几个古董，当然首先是别丢了。

但是为了看画，我没有心思评美论德。关键是我本来就应该见这些画，我必须见这些画。我一点也不觉得这些画是他们的。我只看见那门。门要我“自愿”掏五美元我就扔下五美元快快进去。我只用我的翻译问一句“在哪儿”，然后我就用不着他了。在纽约，尤其是在大都会博物馆里我还按捺不住地朝他拼命“倾诉”，后来我发现这小子没悟性就忍住了，在芝加哥我根本不理睬他，可是后来他彬彬有礼地给我介绍一幅《美国哥特式》，于是我又心软了滔滔不绝对牛弹琴地给他大讲了一通《阿尔房间》。

芝加哥艺术研究所（Institute）共有五幅梵•高油画，组成得也很有意味。

在这里应该补充些什么。用汉字反复地枯燥地写上黄、蓝、绿、白……是一个倒霉透顶的方式。但是没有办法，强调文学中色彩的关键意义只能这样叙述。梵•高只有一种语言就是色彩，尽管他还没有走到完全缩进一个人的洞底只求用色彩做无含义的宣泄。梵•高处处在暗示。他的画幅从来勾勒着一种母题。他的全部画家（我干脆就说是文学家艺术家）生涯的目的，只是顽强地冲向宗教（即理想，即金牧场式的只属于一部分人的精神世界）。因此必须在被他的母题激动的前提下，才能感受他的色彩。人类划分为圣界和俗界。活于圣界的梵·高从未苛求于俗界。死在他选择的世界只是同类人的事，用不着别人关心。对于同类来说，尤其对于存活于汉文明深渊中的中国同类来说，我的解释是必要的——那就是必须注意他有着自画像、男人肖像、女人肖像、原野、果园、向日葵、丝柏、橄榄树、家、播种、收割、鞋、劳作者、海滨、天空这样一个母题系统。这个完整的又是严格挑剔过的系统组成了一个宇宙。对于我所谓的同类人来说，这种宇宙的庄严、瑰丽、残酷、柔软、热烈、凄惨，拥有着不可思议的美和魅力。这不是美术史研究。这里没有时髦与过时。而特别要注意和领悟的是：一切诉说的语言只是色彩。

芝加哥所藏五幅中的名画是《梵·高的阿尔寝室》。画家本人也认为这一张是他在阿尔时代作品中最优秀的一幅（书简，第573号）。芝加哥藏的这一幅是画家卧室被严重的水漶后，复制重画的两幅中的第一幅。他使用平涂的笔法，以模仿他想象中日本浮世绘画家的单纯，也企图克制他的天性，使笔触失去尖锐。全画充斥色彩，不留空白。因为空白会使他立即激动。他在写给高更的信中说："血一样的红毯子、橙色的洗脸台、青色的脸盆、绿的窗。很好，这实际上是用全部各种各样的色调表现绝对的休息。"（书简B22号）由于这是一幅"私"的内容即画一间密闭卧室的画，所以他想象着画成一间双人房：两把椅子（这黄椅子也以一种梵·高自画像而著名），两个枕头，两幅挂画。色调的相悖组合与不规则的屋顶角导致整个卧室的倾斜，使人感觉古怪不安。但是密闭的门窗和"平涂"的日本浮世绘笔触，也确实在明白地暗示他的意图和心情。——由于这张画清楚的目的、凄惨的联想、用色和画法上与东方艺术的联系，使得它已经像《星夜》、《向日葵》一样人人皆知了。

我端着照相机满心坏水。那张画隔着一条皮凳在对面墙上。美国佬围着那画在小声叽喳，他们不看另外四幅只围着这幅。我终于等到一个美国大妞在它面前站定了。我端起相机，正好她遛着荡到一边的毕加索旁。我继续等，我想照一幅美国大妞往《梵·高的阿尔寝室》挤的照片。有两个女人觉察到我的目的，我看见她们回头瞪了我一眼。不过她们的瞪眼里有一丝怯怕，我心想瞪什么，你们一百年前不是讨厌他吗。我耐心等。我的这场小试验调查证实了我对美国女人的一个判断。显然她们在梵·高这幅画前觉得有点说不清的别扭。可是她们不“上相”，我正要失望地端起相机开路时，有两个很不理想的、懵懵懂懂的美国妞突然在那画前站定了。我虽然对她们很不满意，还是按下了快门。

这张破照片有个题目：“来晚了。”

关于梵·高的孤独，关于他对女性的梦想和认识，这篇散文的后半还会大量提到。芝加哥展出的展作中，还有另两幅表现了他精神的另一些侧面。其中一幅是点彩的《自画像》。

这张巴黎点彩期的自画像非常有意思。这张画我以为是一种不可遏止的本质和在缺乏语言时的可笑手法的混合。他在背景上点满修拉式的油点子：红、绿，间以紫黑。上衣则是鳄鱼皮般的大块“点彩”，色调与背景相同。有趣的是同一间画室里挂着点彩发明家修拉的一大幅《湖边绅士淑女》，像在讽刺此期的梵·高。点彩是机器人的招数。梵·高的那些挣扎曲线还没有来到笔尖。这张自画像显然远远不能与他那些戴灰毡帽的、割了耳朵的、握着画笔的、剃成光头的著名自画母题作品相比。可是，我仍被吸引着走不开——我看见了他的眼神。

绝无仅有的、时代的眼神。

在国内出版的《世界美术》杂志上，有过一篇题为《木乃伊肖像画和近代绘画》的论文。文中比较研究了全部梵·高自画像和他以前两千年画下的木乃伊肖像，提出了两者之间的共通处，即："眼睛睁得大大的，给人一种怪异的感觉。"这篇论文无疑是一篇有悟性的力作。我凝视着他。他这双画于巴黎点彩期的眼睛还睁得不算大，但是那眼神却倒映在我的深心，使我有一种被揭破般的、不敢多看下去的感觉。在繁华得无法设想的希腊时代，在中国人特别能想象的十九世纪，以及在今天的中国之间，时代和历史契机难道有什么能硬扯到一块儿的内容吗？两千年长河的头尾——木乃伊画作家和梵·高究竟被什么吸引了一样的惊讶和眼神呢？它们为什么在我心里灼上了如此伤人的刺激呢？

我清楚自己。如果谈到他其他作品，我不对着画册就忆不起来。只有他的自画像，他的眼神，我不用任何资料就历历在目。那眼神烙印在我的心上，我知道我抹不掉它了。

在丰满的极致的创造之后，需要有一个世纪的间隔和沉默。需要的时间和人们模糊摸到了黑暗中的钥匙差不多。需要历史精神巡回到一次清醒瞬间的周期。

这是一个内容和本质战胜了形式和语言的辉煌例子。我看着那密密麻麻的粗喘着气点上去的彩点，好像看见了他在年轻时的憨笨傻拙，好像看见他傻乎乎满头汗地抄袭修拉。我几乎想笑出来：那满满的悍硬的大彩点本身就反抗着他本人！本意和血性是多么顽强呵。梵·高纵使还没有与他的色彩语言遭遇，但他早已经就是他追求的那个梵·高了。

还有一幅也可以消除人在天才面前的绝望。1886年同样画于巴黎的小景《Montmartre》，应当说完全是他的不成熟的习作。除了仅有的一点粗犷之外，选景、构图、裁取、用色、笔触都是暧昧而犹豫的。淡彩薄施，不像油画。通幅是柔灰的蓝绿调子。笔走得轻且细，忽竖忽横。天空和海面完全是陈旧的，是制作的，完全像别人的作品。但是，这样一幅更加鼓舞人心：因为仅仅在两年以内，燃烧般的色彩和拧扭的重笔就挟带他冲进了自由。在这张画前我仍然站了好久，我觉得他更像一个凡人了。因这缺乏语言、不能说服也不能表现的画，梵•高与我们更亲近了。

该回到华盛顿了。

这里是美国首都。有一些结实呆板的石头楼，有一片贯穿城中的森林，有崭新铿亮的地铁，有好些很像中国官僚的职员脸孔。有一个叫乔治城的地方，我住在那儿的一家不怎么样但收费昂贵的旅馆。有各种各样难民开的风味饭馆（难女当招待员）。有我没进去瞧的白宫和瞧了的林肯纪念堂（和毛主席纪念堂一样都是白色石坐像）。有堆着献来的鲜花的死于越战之美军纪念碑。总之，一座相当像首都的城，一座和我没有缘分的城。

但它展览着两幅梵•高油画。华盛顿国家艺术画廊是给我印象最好的美国博物馆，但我说不清为什么它招我喜欢。细细回想，可能是因为它藏有梵•高的画出我意外；据我原来对美国首都的印象，它似乎不该有什么历史和名画的。

一幅是《橄榄园》。关于这个题材可以看看他的书简：

我在和那样的自然相遇的时候，总觉得自己什么也做不了。因为我的北方大脑中没有那样枝叶繁茂的植物，而且这样一想就坠入那平稳大地的噩梦之中了。但是不做任何努力让两手空空我也不愿意——所以我的事情只限于表现两种东西：丝柏（cypresse）和橄榄树（olive）。而其他的，让别的比我更强的人做吧。米勒，他是小麦之声。

在这个临死前的时期里，梵·高为自己从大自然中找到了两个象征物。关于 cypresse，我曾在散文《黑火焰树》一文中写过一些，但我没有写出我对它含义的猜测。在这幅橄榄风景前，我突然感到了这两种植物的一个相近处——它们都有挣扭闪跳的形状！

火焰，无论蓝的丝柏或是绿的橄榄树，它们都附着一种火焰般的影像。无须我再饶舌解释。我们已经懂了：梵·高最终选定的是他内心中一种“什么”的形状。还有一年就是终年，梵·高找到了就再不愿耽误。于是，无数幅扭摆躯干的橄榄树被粗野的弧彩几笔一棵地栽上。浓烈的绿、黏稠的棕、刺眼的黄、乱调的红、迸溅的黑——简单至极地几笔一棵、几笔一棵，橄榄树从此获得了意义。嚎喊的黑、挣扎的绿、激动的蓝、流血的红——熊熊翻滚愤怒燃烧着簇拥着，触目惊心地耸起成一柱火苗，丝柏已经变成了梵·高本人的遗嘱和精神。

上述解释完全因为我担心阅读的困难。但是如果连我本人的读者也无法读懂这篇重复地写着色彩的散乱文章，那我就完全成了一个奢侈的文字玩客了。当然，我也深感我国必须尽早地出版一本梵·高画册，否则无色的文字实在没有信心达到目的。

我懂了：梵·高的色彩应当称为火焰色。

无论在本质上，或是在形式上，这满幅满幅使人惊诧不安、使人激动难言、使人觉得接近神圣的浓墨重彩，原来是火焰。

现在已经可以再咀嚼慕尼黑：奥维尔平坦舒缓的明亮绿波在火焰的节奏上古怪漾动。阿尔的粗重蓝紫连同那三支黑铁柱巨树在火焰的啮咬中竖立、排开。空中扭曲着不安的白云。树皮上盘扭着燃着的纹理。何止怒放的花朵——连颗颗饱满的种籽都爆裂了，整瓶鲜黄的火苗摧毁人目地向此界蔓延。

也可以补充提一句，芝加哥还有一幅《诗人的花园》。这张画是装饰他为高更准备的房间的。公共花园的含义，明亮的鹅黄和柔和的绿色，充满一种好意和对解放的追求。但是，即使在这幅尽量开阔明媚的画面上，角落里仍然耸立着一株黑色的 cypresse 和一座教堂的白色尖塔。在为朋友画的作品中，梵•高躲到了角落。但是他没有忍住，还是在角落里表现了自己。——在那个角落里，黑柏枝以及白尖塔仍然是笔触荒蛮的、失控而鲜烈的，像两股抽象了且不和谐的火，直指着刺向天空。

华盛顿的另一幅是《むすめ》。这是日语“女儿、少女”的意思。梵•高和欧洲一样，曾经把日本作为心中东方的影像来捕捉。但在受到日本画单纯美的刺激同时，日本女人作为画家意念中的、更纯洁更本质的憧憬对象，进入了他大量的女性肖像之中。这需要纽约大都会博物馆那一排十二幅的豪放展出才能看清。

大都会博物馆的《Ginoux 夫人》在初看时会产生疑问：这不像梵•高的画。但是原画终归大大不同于画册——我端详了一阵后，从那细心慢涂的色面上寻找。但是没有“火焰”，全画找不到一笔那熟悉的粗蛮挣扭。我心里渐渐感到失望和压抑，我不相信我刚刚从原作细部找到的认识会错了。

毕竟是原作——我可以贴近那笔触观察。我看出了他在一种念头指引下抑制着他的笔，他在企图抽象。我走开了一次，但我又不放心地回到这幅画旁，我觉得他不可能不暴露。这是一个穿深蓝长裙的女人，年纪不像《むすめ》里那样姣好。蓝裙胸上是白绿的镶边，有朵浅浅红花。眼睑施着褐彩，表情衰老而带着官能的媚态。一只手臂曲起撑着脸颊，那只手臂——我注意到那只手臂是如同抚摸般细腻地画出来的。我紧张地研究着这条手臂，抚摸般的用笔渐渐明亮。

然而梵•高一定陷入了幻觉。如此细腻、抚摸一般细心抹涂道道勾描层层晕托的女性，在他的色的平涂中被抽象了出来。从用彩和笔触上，这幅《Ginoux 夫人》并不是梵•高式的，但这幅画使人感动而神伤。华盛顿占有的《むすめ》则仅仅在背景和脸部保持了抑制，日本女孩上衣的红竖条已经倔犟扭动，像热烈的血涌入了一个理想。比这两幅更呈晚期特点的是大都会的另一张《庄稼田里戴黄草帽的农女》。在这个黄草帽农女身上，沉思和幻觉消失了，强悍有力的棕黄挺立成玉米林，鲜艳的黄草帽上流畅地闪着梵•高的光。脸部的笔触也是坚决的，自作主张地纵横着鲜嫩与妩媚的白红。

三幅女性肖像有一个共同的特殊点。若回忆一下上文可以想到梵•高自画像，以及那双吃惊的眼神。三幅女性肖像的眼神都有迟疑不定的感觉。不是模特和画中人，这是画家自己对女性把握的迟疑。那种深富哲学和历史意味的眼神是不该由女人承负的，然而——她们的眼神该是怎样的呢？梵•高在想象中缺乏一个锐利的结论，他只是让自己奔流的色彩犹豫了一下。我想着这一切，慢慢地围着这些画走着，我觉得一方方美好的油彩正从黑暗中凸现起来，环绕着一支烛光在默默放出光亮。

如此满怀沉默的好意又迎送着残酷的人生，使梵•高入骨地理解并疯狂地攫住了“家”的哲学内涵。中国的艰难和这艰难的漫长，使得中国人在这个范畴内与梵•高最最贴近，中国人的“家”意识已经平淡地溶化于中国文化的底色。尽管知识分子们在这个问题上表现得那么蠢笨和迟钝。

他缺乏描绘一个客观故事或者戏剧性情节的能力。他主要的绘画手段是对实写生。但是家的题材可能给了他特殊的震动，所以他“临摹”了米勒的一幅家庭风情。

纽约大都会的这一幅题为《学步》（The First Steps），画的是一个农夫撂开铁铲，跪下伸开双手，迎着从妻子怀里朝他蹒跚走来的小女儿。作于1890年1月他的弟弟提奥正要做父亲的亢奋中。其时距他自己的死仅仅只有半年多了。

他又一次选择了生意盎然的明朗鲜绿。

他又一次选择了这厚厚实实的泥土金黄。

当然在这个时候那些鲜绿的小火苗已经纯熟。为了强调他的心意，绿叶丛中又涂上了许多弯曲的白彩。树种无法辨认，但那种闪烁不定的曲线画法使人断定是橄榄树。园子里黄土壤如熔浆。挥洒般涂上的几抹绿就是蔬菜。蓝天中掺进了一层舒服的紫，小屋的茅草顶和那挣扭的绿树冠相溶。当然因为女儿矮小父亲要跪下抱她，但农夫确实跪下了：膝盖垫着厚厚堆起的黄土油彩，笨拙地把双手伸向那隐蔽的小屋和蓝白色的妻女生活。我说不出心里的感动，我猜想甘宁青的回回们一定就是盼着这样的画面和色彩。会欣赏的，我独自一人在数不清的美国佬人流中痴想，会和他一样简单地选择这黄泥土绿庄稼的黄绿色彩。会解释的，我觉得我靠近了一种朴素的美学，会向我拼命地吵嚷那几抹浓绿不是圆白菜而是一丛洋芋。

如果说思想仍然是链条的前一环——米勒的“过时古典”的思想，那么色彩则是梵•高对米勒素描画的创造。书简607：“当时我是即兴地着色。这就是我的解释。临摹时我的笔如神弓在我指间跳着。这是为了我自身的真正快乐。你在看到我把米勒着了彩时，你会震惊的！”

这神助的色彩确实唤回了生命，我想。

该补充一句：这幅《学步》虽然命题于那个小女孩，但我感觉到画的中心是那女人。我想仔细看看她。但是很难：远站一些看她裹在一件深蓝长裙里，逼近看她的面孔是涂抹模糊的。

一个真正爱到疯魔的艺术家，一个真正悟至朴素的艺术家，在某个瞬间一定会赶到神助般的关坎上，获得自己利剑般的语言。

梵·高找到了与他胸中烈火合奏的火焰色。那时也许他已经意识到他是无敌的。

当他感到自己足够自信，感到自己丰足绚丽如同富翁——而别人还在潮流裹胁中浮浮溺溺吵嚷炫耀的时候，有时他展示一下自己辉煌的调色盘。

纽约大都会的一帧《花原》就是这样一个孔雀开屏式的调色盘。它没有思想的主旨，只是让色彩本身在这里各自显示生命。

红彩堆成大团红花。绿彩由于东方式的轮廓线变成大片绿花。然后愈向景深，蓝、紫、白、黄、棕、橙、灰、青……波澜层叠，如同神在闲暇时浇灌的无边花园。火焰在明媚的阳光下变幻七彩，曲弧熔了，闪烁如耀眼的光点。它友善地无声唤了印象主义一声，随即又粗犷奔放地冲向前去遨游。黏稠浓绿的橄榄树丛、开得圆圆的几棵向日葵、远处隐约的两三株丝柏，当然，还有一栋歪斜的“黄泥小屋”——在这个王国里再不是沉重受难的，它们居然也在这片落笔生花的美丽原野上快乐明亮而青春勃发。梵·高在这幅画上显露了他大师的能力和潇洒。那些飞快流动、剧烈闪跳的火焰点石成金，画布上一角接一角地怒放了高贵的鲜花。这样的赏心悦目是不可思议的，这样以专门昭示苦难寻求圣境的笔触和色彩表达的赏心悦目是不可思议的。那右角的小屋正是他的宫殿。满开的黄色向日葵正是他爱情的信物。浓密深绿的橄榄丛是他的伤痛和强力，左角遥遥的丝柏（cypresse）是他的伟大遗嘱。他是这花之原野的君王，他掩饰不住地泼洒涂抹下了他的高贵本质。

是的，就是高贵。这种平民的、神赐的高贵否定了近亲混血的世袭贵族。

然而，礼赞和愉悦改变不了命定的内容。紧挨着这些引人遐思的作品，旁边就是一幅他的断头向日葵。关于这种题材的画我在《金牧场》中写过一节，我不愿再描述这种流血。只有一句可提：纽约大都会的这一幅是三颗花，而且有两颗花头是俯着朝下的，看不见那如血的火焰。

在快结尾时，应当讲讲《破靴子》。

梵•高在巴黎画过三幅破靴子，在阿尔画过两幅，此处展出的这一张属于阿尔时代。对中国人来说，这样的题材应当是更动人的。谁都会联想到人生之旅，放浪象征，同伴，兄弟，成对的恋人，对农工的同情和赞美，对沙龙的粗野挑战。但是，说服今日的中国人却要忌讳上述阶级性和思想性。今天的中国人尤其智识上层审美能手，正以比美国佬更反阶级反思想为其时髦。他们能对梵•高堆满的这些烂皮靴表示欣赏么？他们能像那长着粗硬白胡茬、拄着拐杖的美国老头一样，在这双靴子面前久久凝视么？

不该尖刻地对人家宣判。

但也不该轻易相信他们，他们从来无信。

所以梵·高冷酷地故意展示了脏污和粗野。这破靴子无论如何首先是给人带来恶意挑战，破坏一切趣味的感觉。火焰在这靴上是恣意残害的，如纵火吞噬后的黑木烬。它黑沉沉地压迫着背景，沉默着只给人以蛮横。梵·高从未相信过他的时代，也没有相信过那时代苍蝇般拥挤在欧洲艺术中的流氓。烧黑烧丑了的火焰色只想轻蔑和糟践，不画鞋主人似乎宣布着绝不妥协。鞋型的丑陋和放肆的笔触，以及浑浊的褐黑色如此伤人，使得哪怕是慕名的人也只能远远离开了。

纽约的这一幅最有意思的细部是鞋底。在这双鞋底上（准确说是鞋头的底部。这双靴子正对着人），火焰变成了任性——他不用笔，用刀往上堆，往上抹。这是没有火焰感觉的画法。我盯了许久，那两条白硬块至少有七毫米厚！他是用油彩筒直接挤上画布的，我想，挤上厚厚一堆长长一条以后，他再使刀使劲抹。能看得出刀痕，但那厚度仍然使人目瞪口呆。这究竟算是怎样一种情绪呢？简直像地道的鞋匠钉掌！

已经毫无什么和谐。这乱调的、一大片厚厚的白轮胎底般的色彩嘲笑了他同代的艺术。

纽约另一所大名鼎鼎的是近代艺术博物馆。它企图以一挡百。这里展出的梵·高原画只有一幅，但这一幅就是《星夜》（The Starry Night）。

这是色彩的……宇宙。

金属制的画框，无色的亚麻布。画面并不辽阔，长方约一米。一位朋友借给我一张入门卡，但我那绅士翻译却觉得付五美元才符合道德。美国老太太们三三两两，说着“这是梵·高，那是塞尚，那是——”边看边走。仅有的亚洲人都是暑期旅游的日本学生。我挤到正面站定后便再也不动了，我来这个美术馆只看这一幅画。

火焰在这里不仅仅是笔触和用色。所有色彩在这里都绝对地自由了。燎原烈火正在大地和天空上猛烈愤怒地燃烧。一棵纪念碑般的丝柏（cypresse），如同拔地而起的滚滚烟柱，黑黑地直接和没有中景近逼眼前的远景对峙。三层狂放的蓝、黑、绿粗犷地组成了山脉世界。城镇闪着枯黄灯光，但它已不再诱惑，因为那黑烟巨树卷地而起，省略了它们而与天空相接。天空不可想象地大涡大卷着浓烈的色彩。稠稠的油彩在一个规律或一个命令下辉煌夺目地旋转，黄月亮，白星星，急速奔行的蓝紫云团如同奇迹，宇宙在这疯痴燃烧的彩色里改变了。

从第一次在一本小薄册子里初次看到《星夜》，我算着已经整整五年过去了。那时我那么不假思索，提笔就把它写进了《北方的河》。今天好像一个终止符一样，今天我真的站到了这幅真迹的面前。今天是 1987 年 8 月 15 日，成群的日本游客脸上带着美元不值钱的神态从画前拥来拥去。黑皮肤、白皮肤、大花裙、烂裤衩在浏览着自由自在地在画前挡来挡去。不由得痒痒的真想干掉他们。我绝望地站在那儿，清醒时嘲笑一下自己。我又听见那句不用学的英语：“这是梵·高，那是塞尚，那是……”那是屁。两个老婆子袒着粉红色的后背（浅粉色肉、背上满是黑斑）哇哇说着给《星夜》照相，我恶心地退开一步，等着她们给自家孙子照相似的照完。欧洲杀死了他，美国买下了他，不屈的火焰色被禁锢在这个大牢房里了。

我无能为力，我不知为什么满心绝望。梵·高在这次罕见地突破了写生照画的传统，他罕见地只凭想象和迷乱构图。黑油彩急速涂抹的 cypresse 树剧烈地蹿冒着黑火焰，压垮一切地宣布着他的遗言。这无疑是他最伟大的作品，在这浓重的火焰流淌色彩奔腾中，科学的宇宙失败了，神秘的世界开始统治。鲜黄和橙红的火球在滚滚疾行的蓝云中闪烁；有人说那是星星，有人说那是友人，有人说那是古中国的阴阳图，有人说那是希望，有人说那是死者，有人说那是男女和谐，有人说那是圣经故事，有人说那是他在精神分裂的状态中恐惧的幻觉幻视——我看所有的考据学都活了。

已经反复说过：梵•高是一个只能画眼前存在的写生画家。已有数不清的摄影师寻找到他安放画架的地点，支上照相机拍出和油画酷似的作品。但是《星夜》是彻底的创作，是他总结一生的表现创作。确实应该如此，在这惟有一次的表现中，那些火焰色，那些笔触和形式全都真正地解放了、自由了、还原了，它们烧成了一派永远给我以启示的熊熊大火。

而我悟到，实在该走了。再见了，我心里说。

我的文质彬彬的翻译已经闲遛良久，已经蔫得只剩一丝精神。他怀疑地用一种伤心语调问我：“您觉得已经看好啦？”

在纽约大都会美术馆，在那张稍稍离开深蓝长裙的《Ginoux 夫人》肖像的展厅中央，一个方形的亚麻布台座上放着梵•高的一幅戴黄草帽的自画像。我客气地麻烦我的那位翻译过来，为我在这幅《自画像》前拍张惟一的留影。

我必须按期赶回去，我的蒙古、新疆和西北正等着我。我想至少还是来一次留影纪念吧，我猜我不会再有看到他的机会。我知道在阿姆斯特丹有他的专门美术馆，我也知道荷兰还有另一个收藏中心克莱拉•缪拉国立美术馆。人不能奢侈无度。梵•高用毕生否定的就是这种俗界的理想。比利时还有他起步时的煤矿，法国还有阿尔—圣雷米—奥维尔路线。我像插队时一样不再奢想，我只要我已经获得的这火焰般的色彩。我感觉到，这神奇的色彩溢满在我胸中，已经变成了我藏有的光明和秘密。此刻他亲笔的自画像正倚着我的肩头，我不去看解说牌，我知道那画上有什么。我抬起眼睛对着瞄准好的镜头。

在我的左肩旁边，画中的梵•高本人正古怪地睁大着他的那双锐眼。他正用他这副难以形容的眼神继续望着这个尘世，好像要讲一句什么话。当快门声嚓地响起的一霎间，我听见了他的声音。他说的还是他说过的一句话：

我是精灵

我是健全的精神

1987 年 12 月 22 日写于海军

神不在异国

你曾经在出发之前抱过一个幻想。你曾经确实想过去找到它，并且使它成为你人生的支撑。你暗自窃喜——当你听说那种靠倒爷招数而不是靠神意的小文痞子居然敢讨伐你的理想主义——你为自己独自一人远离群队开创的这个世界沾沾自喜。你丝毫不以你能流畅讲叙的两种语言自得，那时你从未有过地渴望再学第三种外语。你不止一次地溺入一个梦的偏执，在那白日梦中你突然不学而悟地懂了英语。你按捺着心跳，你等待着诉说的风暴。你以为，你此生此世最深刻的遭逢就要到来了，你终于有了一次调动你用心用血用17 年教室和 4 年草原 10 年天山 2 年秘境虎穴获得的认识的机会。你渴望与真正的交谈对手的相会。你渴望在倾诉自己的时间中获取火花和回声。你企图找到证实、答案和启示。是的，你坚信当你怀着这样一颗心去的话，启示会为你降临。

难道不是这样么？难道会有第二种可能性么？难道20年前你不是就这样偷听了草原的心跳律动，难道10年前你不是就这样看穿了天山戈壁的秘密，难道3年前在西海固，你不是就这样一步闯入了虎穴虎子般的巨大真实之中么？！

你默默并不多语。你察觉到你和人们议论此行时有一丝不属于你的天真。你不反驳朋友们因你的恐惧而以为他们更坚强的判断。你等待的是一种重要的遭遇，

时间到了。方向有3个。日本在日出的东方，德意志在背后的遥遥西天彼处，蒙古在你惯走的北部。还有一个美国，美国的方向很古怪：你在它的东方，它却要向西才能对准你；你朝着它飞去时是对准东方，你到达时却只能到达它的西岸。

方向混乱而且全面。古怪而费解不正意味着神秘么？

你满意而且兴奋，你急急上路了。

※　　　※　　　※

应当先易后难，应当先写我熟悉的蒙古。其实，从国际列车一进入苏尼特草原，我就失去了任何出国与居国的感觉。这里只是草原，只是那使我安宁又动情的莽莽茫茫的秋草。直至车至乔依尔（qoir）小站附近，黄黄的秋草原上有无数可怕的坦克正鱼贯爬行，坦克旁歪歪站着的苏军士兵冷冷地注视着我们时，我才确认了自己已经进入了蒙古人民共和国领土之内。

能在这儿找到我的族类吗？

行前已向蒙古作协提出了要求：访问的对象之一有定居蒙旗的中国回回人。我判断自元初以来，回回人（Sartaghul）就应当围和

林而住。但我很明白向那么久远的史前去寻找是危险的，所以我只求找到清以来至民国，由张家口、大同、榆林、定远营出塞旅蒙的回回商人。既然连拉萨日喀则都有回回聚族建寺，既然连战乱激烈的时期西北回商都没有放弃向藏蒙腹地的贸易，那驰名北亚的库伦城一定应当有一座清真寺。我打算从那座清真寺找出一条古来的自然旅蒙孔道，并且借助隔绝从那里了解国内错综复杂的教派的一些细节。在列车终于缓缓地驶进了乌兰巴托盆地的时候，我甚至在心中默默地念了一遍萨拉姆。那时我没有丝毫怀疑，我觉得正在我视野中徐徐接近、鳞次栉比的楼群和雪白的毡房群里，一定藏着北亚最关键的那个神明。

※　　※　　※

我没有找到。

我不知道我推断应该存在的库伦回民聚居区和清真寺在哪里，好像历史上并不存在我猜测的这一支流动和衍息。在阿拉杭盖，昔日的喇嘛召是今日的博物馆，解说员的台词中有“随着封建制度和宗教的被消灭……”在杭盖山脉北南两麓，我走过的是一些无寺无庙的镇子，比内蒙古的旗小，比内蒙古的苏木大。四周围着金波万顷的秋季草原，和缓平山坳里笔直挺立的金光透明的黄叶乔木。

只是在沉灭古陆一般的哈剌和林遗址上，那里在额尔登尼召大庙的废墟。在那废墟上我遇见了一个老汉，他戴着一顶三角形的古老黄帽子。我和他攀谈，他却只是满目善良地望着我。我瞧瞧“左近无人”，又问了他些牧民式的起居牲畜之类问题，他手颤抖着抚摸着烧焦的石雕，两眼对我望得更善良了。他步子蹒跚，迟迟疑疑，我觉得他比我更不相信：他好像心疼地抚摸着自己的一匹瘸腿老马；好像他耐心地等着这匹老马站起来随他去饮水一样。额尔登尼召大庙毁于明军扫北之役，和山北杭盖省的那座改成博物馆的庙命运近似而年代不同。我走开时心情沉重，我不知道差不多600年里重复的这种命运能不能在那双皱折纵横的抚摸惯了老瘸马的手里改变或改善。

可能已有60年了，后杭盖的那座庙一直当着博物馆。我不仅没有看见我想念的旅蒙回民，也没有看见牧民中的喇嘛教徒。但我想我只用两个星期是不可能看清楚什么的；我猜想蒙古人的宗教一定悄悄地在我没有看清的地方存在着和活着。不过，尽管如此，我还是不愿失了我的尖锐——如果这片金波荡漾的秋草原真的有一种强烈的精神旱渴，那么即使羊毛毡包也应该能变成寺庙。

庙只看过一座，在乌兰巴托，原来的大库伦山坡上。我一想到它就不禁想到一首民歌：在北方山坡上耸立的，是金瓦的寺庙啊；在你我心里藏着的，是干净的希望啊——佛号阵阵、香烟弥漫中，我们和一排喇嘛坐在锦墩上。我们委婉地但还是抑制不住地向那中央的白髯老者提了问。阿拉杭盖博物馆和我国处处的宗教兴旺之间，对比鲜明得使我们实在忍不住了。当然，我们代表团4个人都与蒙古草原渊源深切，问题提得含蓄礼貌而亲切。

披黄袍的白髯老者微笑在缭绕的烟雾彼侧。他轻轻点破般的一句话使我觉得自己遇上了几年难得一次的震触：

“宇宙间，没有不能消灭的事物。”

我愕然。我惊讶地盯着幔帐低垂、腥毡厚软的这间昏暗的厅室。门外是库伦旧景，那密鳞般的白毡房镇。这是一个只问佛号从来不知哲学的北亚腹心草地里的认识么？我当时只是强烈地感到，这个白髯老者一定也用他的枯手抚摸过哈剌和林帝都的焦土，抚摸过额尔登尼召的断碣和杭盖南北、戈壁前后的每一根颓庙的旗杆。他决不像中国当代知识分子们那么愚蠢讨厌。他是一个以600年读10年的蒙古牧人，不是那种以个人坎坷为世界浩劫的四眼呆子。

但是，毕竟如此而已。

寻求宗教对应的目的，仅仅在这么一句哲言上闪亮了一次，除此再无其他了。

当我乘坐中苏国际列车缓缓驶离了乌兰乌德国门，从深秋的牧草驶向深秋的牧草，回到了苏尼特那片著名的太平滩时，我禁不住心底涌起的一道怅惘的浪。

※　　※　　※

德意志宗教的象征是科隆大教堂。后来我一鼓作气地登上了科隆大教堂的尖顶。我在尚未去过科隆之前就知道那是一座熏黑的巨石高塔，但印象并不来自科隆。

我第一次进入的天主教堂在波恩。

阴凉像水幕。肃穆这个词像空气中沉重的尘埃不断地降落。汗水先变凉，接着在冷却的皮肤上消失。然后就是一种使我好奇，使我冷静，逐渐使我起了一层反感的莫名的气氛。它沉浸而下，傲慢而专横地擦疼我的皮肤。我觉察到自己内心在抑制不住一种新奇的时候也阵阵漾动着抵抗。我清醒地在心底向它宣言着，我想告诉它我正以一个真正异教徒的眼睛注视着它。但是这里毕竟是莱茵河畔的波恩教堂，它以现代化后的优越和德国人的优越感继续用那严厉而彻骨的气氛磨擦我的肌肤。烛光丛丛亮了，幽深的穹顶上彩色玻璃改变着阳光。有一丝音乐，我抵抗着斜着眼睛瞟着，我紧张地知道我懂它的管风琴音乐就要流来了。我带着混乱不堪而又清晰准确的理解和反感，急急穿过那一排排黯淡光润的石柱离开了。外界的耀眼阳光一下子泻在我的脑顶。

接着又看过不少教堂。

后来又爬上了这著名的科隆大教堂，在那些黑石杆之间，在笔直细密的耸立的石雕之间我登上了极顶，一眼望去，浩茫的德意志大地笼漫着沉思与压抑。沉重如铅的绿色在浮沉，透明坚硬的铁色在隐匿。

我叹了一口气。

我始终没有放弃心底的一种对立情绪。因为酷烈的中亚新疆的景观在遥远地向我呼喊，艰忍得难以置信的西北荒山在告诉我警惕。我对于你是一个货真价实的异教徒，当然你如果真有灵知你就该明白：只有我才可能理解和洞彻你。

这沉重压郁的德意志色彩一直遮罩着我全部25天的旅途。后来我的大脑变得迟钝了。我呆若木鸡地进出于一座又一座天主教教堂，看见每座尖塔都同样地无动于衷，任耳际身边流淌着洗涤人心的管风琴曲，心却平平淡淡。我只是稍微地保持着一个触觉，用它注意着德意志绿色原野上远近耸立的尖塔，以及塔顶上空那严肃沉重的空气。

没能同任何一个人谈谈宗教。

然而此间宗教的黑翼仿佛就拂在脸上。我从每一张突然就严肃下来的脸上感到了它的强力。德国人大概无论在上辈子还是下辈子都不会觉得自己会有思想上的失误。“汉学家”们在指挥中国整整一团作家为他们表演时毫不踌躇，面孔和眼神都坚定得酷似军人。在博物馆门口女导游更武断，她居然能当着我的面宣布：看这边。那边没有什么可看的。而“那边”有整整4幅梵·高的原作。我们代表团的招待人兼司机、菜谱介绍员是个熊一样的壮汉，我一直觉得他有话要说。后来传说他是德共党员，但讽刺的是，共产中国作家们似乎没有人愿意和他谈“主义”。我和他一块喝过几次酒：我每次等待着，但他每次都有话不说。——直至告别那一天，他说：“亲爱的朋友们，请允许我说：亲爱的同志们……”我不知道座间其他的中国人感动不感动。这一切，我能在语言不通的窘境中嗅到闻到的一切，好像都和那透明而滞沉的绿地青空一样，向我传递着一种异教的压迫。尤其是天主教势力比耶稣新教更盛更逼人。我感到了那一丝逼人的味以后，一连多少天都把它与第二次世界大战联想。在法西斯崛起于这片阴郁土地时，那溢出神表的内心严肃坚决，那沉默不争但气息压人的尖塔四周的压郁，那认真自重的绿色蓝色和它们中间的铅色——都曾经有过怎样的运动和波动呢？可能读者会不耐烦地给我一个简单的回答。但我总不敢在这里胡涂一笔。无论如何，德意志是一片精神性很强的土地。它的宗教气氛流于原野景色，锋芒逼人如风拂肌肤，这种事后浑身感到寒冷的感觉我只在中国西北有过。

兼之巨大如熊的人种。常常会有和一个身高两米肚圆米半的怪物对面的机会。现代派中国女士们可能觉得非常过瘾，而我可常常是顿失交流愿望。不用说制度政治原则穷富的区别，就凭大个小个这一条，战争也是非打不可了。我们怎么才能揍这种巨兽呢，恐怕只有靠亿万人一窝蜂“攒”他了。

被坚强的、深藏的显得压抑的宗数控制着的高头大马——无论如何是可怕的。

※　　　※　　　※

胸口堵着一团抑郁之气，突然有了去美国一游的机会，我精神振奋。好像决定在和山姆大叔互叙衷曲之前，首要之急是先在那儿吐了胸中这口闷气一样。

美国是个宗教的花花世界。

任何一个数门的人物都没有能超越：我听腻了各宗各教对美国自由民主的满足。

先是犹太教。然后是形形色色，包括黑穆斯林。我后悔把了解宗教当成此行美国的基本目的了。我只能一家家地遛，听着五花八门的神职非神职、学者二学者、政客准政客、信徒假信徒对我哨着，精神不振打发傻子一般地对我叨叨着一些一加一等于二的道理。

教旗林立。人人都会“说”——而这一点与我在中国接触的阿訇们完全不同。

有时说得让人觉得，他们干是为了说。

但那些说道像流水荡沙，流就流过去了。我用一个心思当网拦着听，听得心不在焉而若有所思——我等着有金属碰击般的震动在网上响起，但是没有。

※　　　※　　　※

当然别委屈了人家。有不少说道还是挺有滋味的，只是那网一直没有得到盼望的铮铮震响。后来我更多地是自责般地怀疑自己的初衷了。

其实你已经感到了这里山川快活明朗，绿色粗野纵欲。干旱的西部在红砂峭崖和焦黄的荒漠上建立了一处处可口可乐罐头冷藏柜和度假旅馆。你为什么相信光裸膀子的壮汉和皮肤粗糙粉红的大个儿女人会苛刻自己的内心呢？自由，自由，这个国家用自由泡酥了一切价值。宗教的目的性在这片国土上迷失了。每一个拉比、牧师和伊玛目都像政治家。高中女生跷起晒黑的大腿在客厅里放声高笑。每个人开着一辆撞瘪了一块的汽车。原野上种的不是为人吃的玉米田懒洋洋而放荡地绿成一片。这哪里是一片神国的风土呢？

天主教。兄弟会。圣徒会。天理会。长老会。黑穆斯林，正统派和1700美元的哈智旅行团招募广告。犹太人组织门口的搜身检查。哈西德教派有几百个小支派。开巨型豪华车的拉比声称他是神秘主义者，他邀请我去吃了一个夹西红柿的经过犹太教食品检查的双层白面饼，结果是我们付的钱。

只有在包铁穆尔的黑人清真寺里我被称为“兄弟”。接着我听了一本美国黑人民族解放史。那穿西服的伊玛目说：谁都知道中国是个重要的市场。我参观了他们礼拜寺。

那水房千真万确建在美国，却不可置信地比宁夏山沟里的寺还简陋。没有专门的洗阿布代斯的水池和凳子，只是一个有淋浴器的厕所。我知道这当然不违反教规，但我不愿意在那里洗。后来我在洛杉矶礼了主麻，礼前我是在饭店卫生间里洗的阿布代斯。

有一个人深深地吸引过我。那是一个国籍不明，似乎名叫Fard Muhamad，他在20年代来到美国卖丝绸头巾，同时把伊斯兰教传给了美国第一代黑穆斯林领袖——Elijah。他的教义是黑种优越，白人皆魔鬼。他改变了黑人自卑的历史，并使黑人（包括拳王阿里）迈上向伊斯兰皈依的第一步。他来去无踪，下落不明，谁也说不清他的今天。

我竭力想捕捉有关这个伊斯兰神秘人物的线索。我猛然耸起了疲懒的神经，不厌其烦地反复打听。但是毫无办法——他们对他与其说缺乏了解，不如说缺乏兴趣。我没能成功，我没有找到一种在神会的暗示支持下进行真正讨论的可能。

而且这是结论。

※　　※　　※

你只需要这种旨在与自己积存的体验论辩的可能。你缺乏的仅仅是在这种时刻获取的宝贵修正和补充。当然你还有过一种学生的天真；你似乎在行前还奢望过启示。你对于旅行的狂喜有一瞬简直像你那欢叫着要去儿童娱乐场的小女儿。

但是你的梦失败了。就像你猜测的他们的梦根本不存在一样，你的追踪他们的梦狠狠地撞了墙。

看见了限界——该快乐呢还是该伤感呢？我只觉得冷静。

我不该再做太多的异国之梦了。

在我的中国，我从此也更清楚了自己的去处。人有自己能去和不能去的地方。

我第一次清晰地感察到了我和中国的关系。

也许这是个冷静得严峻的民族主义吧，我心里浮涌着自尊和坚定，但我并没有亢奋般的激动。尽管——我深知谁也不懂得和异国比较过的我们有多强大。我闭上双目，不去想念那些已经向我洞开的宝藏：乌珠穆沁、吉木萨尔、西海固。

还有一片向我汹涌的茫茫大海。

1987年9月

《绿风土》编后小记

这是我的第一本散文集，选入 1978 年至 1988 年整十年间的三十八篇作品。左划右划，不得要领，草划分为四辑：一是涉及国外的一些篇什，二多与作品有关或带有所谓创作谈色彩，三主要是一些感想文，四集中于近年在回族农村的体会。

我不知为什么一开头就写起小说来。其实我愈来愈感到自己不适宜也不喜欢小说形式。好像喜欢诗——但至今我还没弄清诗是什么。散文也许是我的一种迟疑和矛盾的中间物吧；我非常喜欢这样写，甚至把论文、书评、前言后记，都写成一种努力近诗的散文体。

我希望我这回又一次勾勒了我立命的三块大陆——内蒙古草原、新疆文化枢纽、伊斯兰黄土高原。我也希望在挣脱了小说桎梏以后，十年来我独自坚持和提出的一些概念，在此书里显得更清晰。

这样，如果能再次获得激动的话，也许我今后的路会发生很大的转折。假若将来我真的摒弃了小说形式的话，那么这本小书就是我又一次的初作。

1988年7月29日于海军

海峡版《张承志集》后记

我本来不愿在这里写上这篇短文。因为我以为有关《北方的河》的题外话已经在那篇小说前面的题记中写清。然而坚规难破，所以——即使我怕把话讲歪，讲自、讲露、讲偏激、讲得招人厌恶，也只好写下去。

好在我并不怕从文字上招嫌触忌。我牢记着的只有我最初提笔时自己的那种激动的心境。我相信只有那种难忘的神圣感才能主宰我自己。

《北方的河》发表后，一位上海华东师大的同志寄给我他们学校中文系一些同学的作业，一共二十四份，题目是评我的《北方的河》。我一直读到深夜。二十四份评论没有统一的格式和稿纸，这些当代大学生显然因为太忙而字迹潦草。意见也是五花八门，他们的思想突兀变化，跳跃而不安宁。但是我深深感动了，而且觉得找到了自己盼望的东西。

他们至少是尊重我的——哪怕他们中有人非常怀疑我在这篇小说中喜爱的东西是否存在。他们或者被打动了，或者被惹起了好奇心，或者看重了形式，或者挑剔着内容；但我清清楚楚地感到他们是在认真地读这篇作品，甚至我觉得自己清楚地感觉到他们的气息，看见他们思考着自己的严肃神态——我为这种尊重感动得几乎立刻想给他们班写一封回信，像朋友一样一诉为快。我写《北方的河》时，觉得自己像切开了自己的血管。直至小说发表了好久好久以后，我还觉得自己的血在流。这样的流血使我觉得自己衰弱了，这样的流血也使我逐渐滋生着我的骄傲。我知道在当今文坛上活跃的人未必都配有这一份骄傲。不过，这种骄傲感也不是好事，我认为我和我的文学朋友都应该相信一种历史的、宏观的结论。华东师大中文系同学们那二十四份作业就使我把那种骄傲扔得干干净净而且感到羞耻。这些作业使我又坚信了青年、人民和文学本身是公正、深刻和伟大的，他们从来没有理睬那些急功近利，他们的视野和讨论从来不放在那种低水平，我赶快急急转过身来对准自己的前方，我觉得自己不仅得到了补偿而且享受得已经太多。生命已不会太长，前进还要艰苦探索，让我快快出发，争取能为我和尊重我的朋友们所憧憬的，真的添上一点什么吧。

我原想写一篇客观冷静的小说，然而《北方的河》却写成了一篇主观抒情的非小说。我说它是“非小说”，是因为我知道，也可能去塑造好里面的人物，把握好讨论的公平，胸有成竹地设计，准确无误地用词，把它写成一篇地道的中篇小说的。但是写作时我忘了这些，只想一诉为快，只想与我陌生的朋友倾诉一空。我想用《北方的河》寻找同类并与他们作一次十几年的总结与交流，我们的同龄一代如今五湖四海，我们是多么需要做此真诚地交流啊！

我知道《北方的河》已经成功地为我找到了、并继续寻找着那一类人。我因此将是奋斗艰难而不孤独。在这本杂志上借纸一角，我把这篇小文写给你们，我亲爱的朋友们。我愿在你们的注视下吮吸严厉的鞭策和理解的温暖，走完我的这段路程。

1984年8月18日

《荒芜英雄路》序言与跋

《荒芜英雄路》序言

今年雄鸡一叫，带给了我些什么呢。当然我不求升官发财，也没有任何好运的征兆。反之倒是有些不露声色的不吉之相，似乎在前方隐隐现现。但我仍然有收获，因为元旦刚过我就发现：有些题目，值得重写一遍。这个想法使我感到意味很深，把它归纳成思想不是今夜能做好的事。此刻的中国正在大改大变，文章与人也许都需要一刻镇静。

我想，如果真的尚有动人的下阕乐章奏出，上阙的尾音逝尽以后，刹那的静，是绝对的。哪怕并无后半阙，此一瞬当求而不悔。

回忆起来，这本随笔集以前的我，弱似一片枯叶却经历了思想的许多巨浪狂风，甚至我并不认为有哪一个人具有与我匹敌的思想经历。印出去、发表出去，这样的话和这样的念头很不讨人喜欢——好在我早与他们是敌对的；而且在他们从信仰到感情到语言到形状背叛得一塌糊涂时，我就具有了节制谦虚的权利。

用一本记录终止自己，并且静静地整理好行装准备再上旅途，是太幸运了。旅人一词的分量在于这旅途无止无尽，和命一样短长。只要活着，我总是面临这跋涉的压力，总是思考着各种大命题，思考着怎样活得美和战胜污脏。对于自己在思想、文学、以及同时代人中保持的这个位置，我开始重视和自以为荣。

然而回忆流水般的文章，遗憾一阵阵随着那些文章袭来——触及了重要的命题如同闯入了圣域或禁区，更如同与自己的人生机缘碰撞相遇，那并非易事，那甚至是罕见的。

我不能原谅、不能容忍、也不能解释自己为什么总是写得匆匆忙忙。我厌恶自己几年如一日的被鞭子催着一般的状态。在许多大命题上我都自嘲般放弃了前卫意识，用几个句子或几个段落一划而过。浪费机缘也许不仅仅是蔑视功利——我明白了可是晚了，文章早已写完，而且带着收尾的句子和词。我哑然吐不出自己对那些大命题的呼吁，也说不清自己一人的遗憾和一种责任感。

——这也许是使我决心在这部新书中再次辑入九篇旧作的原因。在这九篇旧作中，我曾经独自与下述命题相遇：时代、国家、民族、宗教、教育、真的学问、心的历史、人与上述问题冲突后的境遇，人在中国追求的可能。此外，在一系列文化的范畴里我曾经借文学手段考证研究：比如关于蒙古游牧民与马、蒙古民歌的性质、突厥与中亚、回教苏非主义等艺术意味很浓而不可能由学究们弄清的问题。大的命题和小的问题都不应当一笔划过——因为它们在虎视着中国，因此我觉得大家可以再接触它们一遍。

我不认为重新回到这些阵地就是重复自己。思想的悲剧是它首次问世时缺乏传播，而它的前卫性又太忌讳重复自己。宣言应当是呐喊，而且是有强度的呐喊。不应该过于看重习惯哪怕是高贵的习惯——只要你握着思想的意义。

1989 年以后我在海外飘零了两年又决心回到了祖国。朋友问我：你用什么争取青年呢？我不知道。我只有我的意义和语言。青年他们，如果他们有青春就应当寻找，而不应该由谁争取。我只是相信：他们中的一部分人会与我相遇。

在一篇文字中，我曾经觉察过自己远行的限界——至北不超过蒙古人民共和国的北杭盖。我没有胡思乱想走遍世界，总感觉自己只能走到某种纬度和远处。这个几年前的预感惊人的准确，去年我到了加拿大的温哥华，似乎快要破预感的北限了，但突然间我对那座冷清小城以及那个国家丧失了兴趣，连多住一天都觉得味同嚼蜡。我放弃了它的签证，转身回来了。

思想也许有着限界。此刻，在这必须的停顿上，在这一瞬寂静中，我听着 1993 年的钟摆声，我不能预知自己的思想会走到哪里。

不愿意这样猜想，但可能性是很大的：过去的八九年里我跑得太快太远，我不必过分再追求往前跑。解释和讲出谜底，学会耐心一些，改变话仅说一句的文章——这些都是我应该开始考虑的事了。

没准，我会重写一遍《金牧场》。那是一本被我写坏了的作品。写它时我的能力不够，环境躁乱，对世界看得太浅，一想起这本书我就又羞又怒。重写一遍吗，我正在想。好在此刻的静止给了我挺好的条件，可以慢慢地想。

几年以来我画了一些画，最近我发觉自己没有画新的，却不知不觉一直在修改旧画。这可能是什么暗示：是这样吗，首先要使表现做得充分，不是只闪烁一下，而是完成表现。

趁这本新随笔集编成的机会，我为自己清理思路写下了这些自白，也把它送给迎我走来的1993年以及以后不知还有多长的岁月。这样写了以后我很安心：至少我可以强化自己的声音，依然用不着任何捧场及帮腔。独立地做人，独立地思考、创造和战斗，独立地树立起一面旗帜，难道最初我不就是这样起步的么。

《荒芜英雄路》跋

这是我的第二本随笔散文集。编成后首先要说一句的是，这个集子编得有点仓促，而且没有删掉一些照我的习惯应当删除的篇什。多少对我个人的读者应该表示这分歉意。另外，从第一本随笔散文集《绿风土》出版以来，我写过的一些文章目前又不能全编进去，这也是一个使我遗憾的事。不相识的读者可能会觉得这些琐事无关紧要，因为你们不知道我与我的“个人读者们”之间关系的深刻。这一批读者存在于中国是件极为重要的事，我对此坚定地相信。

依旧例这次又把全书分了几辑：第一部分是心事和随感；第二部分是一个在文汇报副刊上连载过的《大地散步》及其他一些地点的随笔，由于报纸篇幅限制写得很短（这也多少是件可惜事）；第三部分涉及学术和宗教以及国际社会。——这个集子加上《绿风土》可能总结了一个昨天的我，即昨天那种小说作家形式的我，明天正在压迫着也引诱着我们，我盼望明天的我有新的、再生般的姿态和形式。

借此可以约定一次：当生存的大潮席卷中国而来的今天，我放弃自己曾在《心灵史》中流露过的、终止自己的文学写作的念头，因为中国、你们、还有我，都更需要真诚而正义的文学。大浪淘沙，文学小路上拥挤的“伪”突然溜了个干净。这真值得庆祝，由于伪作家和伪作品的干扰，人们浪费了多少精力呐。今天，真诚而正义的文学陷入了孤独冷清，这是最最好的事情。

逆着红尘滚滚、人欲横流的时潮，我的小船又顶着风启航了。没有什么复杂的原因，我命定如此，我命定要填充一种空白。

当你们感到愤怒的时候，当你们感到世俗日下没有正义的时候，当你们听不见回音找不到理解的时候，当你们仍想活得干净而觉得艰难的时候——请记住，世上还有我的文学。

这是一个神圣的约束，你们会像以往十多年感到过一样地重新发现：我不会背叛。

1992 年岁末写于北京

芳草野草

北京的夏季是如此恐怖，以前虽然一直熬煎般体味咀嚼着，却一直没有总结出这种恐怖之意来。不仅是酷暑苛烈，漫漫无期，不仅是蒸闷揪心，日下如灼——我最感到恐惧的，是人已经厌恶而躲避一地绿油油的野草了。

溽暑京城的荫下，野草是黏腻的。

绿丛茂盛粗野地等着，想把人浑身湿透再刺痒，然后缠住在曝日下蒸。

我是从什么时候起，就总是慌慌地逃避碧绿、逃避野草了呢？

其实我清楚，我甚至在骨肉中都是一个真正的草地人。

我曾经那么喜爱烈日烤烧下的夏季乌珠穆沁。我那时把被紫外线烫伤了的颊贴在枯干的青草波浪里，在羊群卧定时酣沉地在牧场山坡上独自大睡。

有时还大胆地把马笼头拴在脚上。

后来，我一连 20 年记忆着那时嗅到的野草的浓烈苦味儿。因为记忆的偏执和牢固，我几近重复地、大量地写过这种夏天野草和它的气味。

※　　※　　※

北京年复一年苦热着的夏天，也许它使得野草都异化了。不用说奢望伏在大海般的野草坡上独自和大自然默诉衷曲，就连对刷刷走过草地的想象都很困难：我总觉得那黏黏的饱水的绿丛里藏满了蛇蝎，或是一些不凶残但更恶心的虫。

它们茁壮而茂密；我不理解它们怎么有这样健康的神经。应该是只有世袭的豪门子弟才能这样喧嚣着生长的，我觉得望着它们的时候两耳被尖锐得意的锐声撕得疼痛欲裂。它们无耻而洋洋万言；我不知自己还能当着它们讲一讲二加一的道理么。伪作、伪学之上，如今已经有了伪草——人还能和世界交流吗？它们再不讲野草的本分，我寻不见朴实、羞涩、文雅、窘迫、勤苦、士之愤怒和布衣之节，如今已经不是分期中的上一段；如今是人民堕落的新时代了。这就是都会的野草，都会压力和威逼、利诱和煽惑之下的野草。难道昔日伴我从东乌珠穆沁大片野草中来到都会的那一伙年轻人，他们能忍受这样的草环境么，我不信。

在这一派草环境草风景中，我知道我们全惊呆了。

读过的、经过的、听说的世界上，好像没有一个参考。不敢置信的忍受，正由每一个野草般质地朴素的伙伴们忍着。

我也一样。每天我都数着生计送往迎来，每天我都宁心静气尽力而为，然而我清楚地感觉着自己心上绷紧的一根硬弦，而且每天都感到这弦在恶草湖腥中层层锈着。渐渐地，我觉得自己游泳蹒跚在这绿污的腐草之中，我只能一天天拥着它、随着它。我的事情总是被隔得很远，而读它接受它或排斥它，却仿佛已成了我的正业了。

我想不承认它。可是我只能承认它也是野草。鲁迅先生写过散文并束以野草为名，他在深夜想到的是像这样的野草么？

※　　※　　※

奇旱恶热的北方，如今快换遍了这种植被了。那草湿淋淋伸展纠扭着，蒸泡着瘴气绿得发黑。它长遍了楼群阴角，又爬遍了路旁街心，如今它快要淹没人心了。

※　　※　　※

翻回这几页，我心里难过了。我是从来不让黏腻污脏沾上自己的笔尖的，我是从来两眼一闭就看见了一方净土、一种感动、一个遥远但价值深刻的新事物的。不仅在下一个字，其实我可以开路不久就笔锋一转开托出那些乌珠穆沁、伊犁河谷、陇东黄土的。但是，难道主观惟心论就是惟一残存的一手么？难道搜索枯肠妙笔生花写尽三片北方陆地的淳朴野草的风采，就算获得了野草的真实和意义了么？

有时静静地盼着，想象同道人正在奋起，铲除它们。

然而，连自己心中那根弦也在腐着锈着。我得到了结论：不会有一个人与你同行的。

翻开鲁迅先生的野草，他写尽了苍凉心境，但是他没有写他对这草的好恶。他说自己的生命化成泥土后，不生乔木只生野草。他还说自己这草吸取人的血和肉。我读了才觉得震惊：何止一根弓弦锈着朽着，原来在中国，人心是一定要变成一丛野草的。我第一次不是读者，而是将心比心地感到了他的深痛。

竭力闭目，从而看见一派北国大陆，再用爱心描摹那里的野草（看来那些只是芳草）——唯心主义的办法比起先生来，究竟差在哪里呢？我想承认自己招差一筹，但是在哲学上我不想退步。

我想它存在、我希望它存在，所以它存在了——写多了芳草是其实中我得到的一种正道。

我若写起野草——算了，我还是不写的好吧。就让它们淫生暴长，就让它们蚀断弓弦滋蔓心田，我等着我生命的腐朽之日，等着我也化成一蓬肮脏的野草。

这样的恐怖在清醒中会纯洁，会渐渐坚硬起来。一个伊斯兰的男子，其实他心中的洁癖就是他的宿命：在野草最终无法和野草区别，就像于阗的璞玉无法和石头区别一样，在那一天——当先生反复盼望的地火奔突，烧尽一切野草乔木的时候，伊斯兰的男子留下的只是几个字：

只承认不在的芳草会有少数几个同类苦苦恋着我的文字，我该给他们一句忠告。

如果你们的内心还没有达到这样，如果你们还用不着一个假的幻象来麻醉自己安慰自己，那么就扔了我的书吧。

1988 年 7 月

放浪于幻路

1. 洗心辞

很难有一个理想的结构：画东乡那个悲愤至极的茫茫大雪的下午么，而北庄大松树要证实的不是我。雪漫天飘落，妆扮着现实，掩盖了往事。我的心里有那个肃穆悲怆的画面，但不是为了自己。

或者画我的两把汤瓶。一把黄铜的一把铁皮的，画成一对静物，背景是 Farizo Day imu，如水的天命。不，也不是，承认天命和强大的存在，仅仅是懂得了自己是一个有信仰的人，而不是畜类之后的常识。

用画面，可能是晦涩的选择。何况，我更没有能力以色彩表达晦涩——那非常易于陷入不可信。

这是一种放任的精神流浪；如同辞官后的李贽。他放浪于哲学，我放浪于语言——用画刀思维，用钢笔遐想，我又一次对自己大吃一惊，怎么以前就没有想到这么干呢？

我只是这样：匆匆地，一面写一面思索了一下，就定终身般决定了自己的新形式。

而这以前，（我现在回忆很困难，似乎脑子的某处地方已经伤毁）——记不清那一天的思索了，那一天我愤怒、狂乱、混沌、纯真。

只有回民的形式才能勉强表达——我换了大水。泻下的水流冲刷着我欲哭无泪的两眶，冲尽了我直到脚趾的犹豫。然后封了 3 天斋，我不知它算是 Wajib（责任）还是算什么。

哗哗的水流，冲得我几乎陶醉。

在泻下来流过我肉躯的水流中，我努力想清晰地举意，但是脑海被洗冲净尽，思想中一片空白。

※ ※ ※

那天起，天落雨了。城市若有灵魂它也在换水，那雨下得一片淅沥，我对那雨印象很清楚，因为我家正在闭斋。雨脚也像空白的思绪，纷乱茫然。

自己形容不出自己的一切；我只是任那彻悟的水流冲刷着身心。

如果诗有上篇与下篇，如果歌有上阙与下阙，如果人生有前半与后半——那么，洗心之后，转折便默默开始了。

说不清，画不出，对于这洗心的语言，也许我要选择好久。那时我会画，选择确定的时候画会自动来到我的笔下。

它太复杂又太简单，抽象又饱含情感。我想，待到我画出它的那一天，使用的色彩一定是能代表我的语言。

1990年1月

2. 如今我教你快乐

我以前写了那么多忧郁文字。今天早晨我突然觉得自己不对。渲染和夸大是一种中国文人的恶习——比如大革命来临时，你看文人们都是精心算计、假充大胆、空吼冲锋，硝烟散尽时你可以放心他们谁也没死。然后再吹嘘自己的付出，渲染自己的压力，尽把自己打扮成一个英雄角色，眼巴巴等着上台领奖。

和他们相处久了，总觉得不快，笔下总流露一种伤感。这很难克服；但是今天我突然悟出自己的不合理，在纸人国中，难道我不也一天天变成一个稻草人么。

大火猛烈地烧起来，它扫荡了我寄生的纸人国，也终于烧尽了我一身的烂稻草。

我赤裸着，爬了起来。

浑身轻松极了。

我看见了无限辽阔的原野平川，地平线默默无声，但毫不伤感。她如同最宁静最温和的女人，等着我一步步走过去。

我放声大笑了。

如今我要教你快乐；既然你以前那么长久地陪伴我的沉重。我错了，我要为我的夸大和渲染赔偿。既然你那么准确地区别了我和纸人们，那么我要为你从一具稻草人变成有血有肉的活人。

忧郁的文字消失了——我先悄悄告诉你；我的新语言是一些纯美的色彩。它们将依然有分量，但是它们会非常美。不管以前我教给了你多少错与对的东西，如今我要教你快乐。

在我的画中，将会有一束明媚的光，投射在一种悦目而深沉的色彩上，无论题材怎样，无论藏着什么。

像老老实实、见人过来就腼腆地闪在路边的哲合忍耶（无水山区的回民）战士一样，我将不会再有纸人的那种轻薄和炫耀。我被烈火烧得光着屁股，我得意洋洋地入了伙，跟着义军的大队东西南北，晃荡着自己那半肚子学问，和对于结局的好奇心。

结局一定是皆大欢喜。对于真的上了这条路的人来说，任何结局都不会比一把火烧了房子更坏。哲合忍耶的沙沟农民一共给自家泥屋放过6把大火——想想那些泥棒子教师，心里还有什么不踏实呢。

我之成为我的理由，就是要在他们中间，把他们活鲜鲜地描画出来。用文字，用色彩，你可以耐心等。你不仅可以学习，而且可以永远根除你内心的忧郁。

这件事太重要了，像一条冬雪中的红土大道。等你看见它，等我完成它，我们将会相视悄然微笑，——年轻的时代和年轻的情绪都过去了，人应该具有的，成熟而坚强的情感确立了。

3. 下山的一块滚石

也许这里暗含着最深刻的艺术论？

有一块石头从山上骨碌碌滚下来了，东磕西碰，迸溅摔打，速度愈来愈快地跌下山去，转瞬之间，它滚下了山麓，不见了，空余一种不安宁的单调回声在谷间传动，思想，我终于抓住了比喻——思想的运动大致就像这块石头。

你用笔——如此刻一格格和它并行疾驰；但是很快它变成了兔子，你的笔成了乌龟。

——后来你追逐的不是思想，不是那个思绪和灵感；你是在重新慢腾腾地思考。

你用色——先用松节油和排笔刷满画布，就需要一段时间。布干透要放两天以上——而思想早消失了。何况还有准确；色若是不听从，画上布的东西就仿佛是陌生的思想变调的感情，油画对于灵感的表现，也许是最困难的。

而人人都深信不疑：石头不会上山；灵感、灵气、心绪、一瞬被照亮的脑子，令人惊异而兴奋的超能力发挥——都是稍纵即逝的宝贝。

在独自发呆时想过（不，是脑子里闪过）的东西，比我写出来发表了的要强不知多少。

艺术与速度——我死死地琢磨它。

用油画对付速度问题，这是一种极其艰难的摸索。梵•高因为他本人的天性和厄运，活得已经超过了时代，因此他的画在速度上是绝对领先的。此外，从技术上他的提高速度方法，在于他被逼出来的——笔触；他那火焰般不安的笔触合拍地追上了、并解说着他疯狂的痛苦心灵。

那么，笔触是一种重要的翅膀。

也许还有不协调，即所谓乱调，异端。

※ ※ ※

油画的单纯化和对比度——单一色调和绚丽缤纷，对于速度的提高也有益。但这一套显然早已流行。我毕竟是从乌珠穆沁大草原里走出来的人，阿尔泰语系关于黑与白两种原色的认识浸泡大的人，也许我应该更重视我的独有的色彩分析？——这种思路也许追得近些了，用色彩本身，曲折地显示速度，让它平行于思想的石头，然后在作画中仰仗手感即神来之笔，最后追上甚至超过那块蹦跳着滚下去的石头。

※ ※ ※

或者这些呓语全是失败的乱鼓；或者我就能突破每幅油画史上大名鼎鼎的作品的隔膜，这隔膜就是后来的种种权威诠释、尤其是名气人的诠释，——直接让画面具备的新奇神秘的本质，永远照耀于欣赏者思想的石头之前。

我已经有过多次类似的艺术经验。每当我以相当的体力精力消耗，甚至是不折不扣的生命消耗推下一块大石头，让它轰轰滚向人间后，我都证明了一次这种经验。

核心依然是本质，依然是销心吐血一般地付出生命化成一块推向艺术荒谷的石头。

我能够用色彩追上它吗？

1990 年 2 月

4. I'm on the road again

记得有一年（1987？）在京都，与岡林信康在“朝日杂志”主持的对谈中，曾经有过一瞬：

岡林问：……如今，住在北京，描写内蒙古，不觉得情绪枯竭吗？

当时我浑身一震。

由于口才不好，没能回答上来。再就是由于全员酒醉之后举行对谈，因此常常答非所问。我当时（包括事后杂志发表后，更懊悔不已）总挣着命想说、但一直没说出来——在中国，一切都严峻得逼人就范，想迈出一步太难了！

因为岡林当时沉迷的理论是：用久了抽水马桶会失去抵菌力，要用自己的屎肥田，吃自己种出来的米，才是艺术正道。他当时借与我对谈的机会，透露了一个消息——他正认真准备，永远留在农村。

这种富贵已极重思贫贱的发想，对我刺激很大。我无权说一个民族不懂得穷苦。我无权说艺术家也得有一个棚子居住。但是，岡林信康迈步跨入的农村，也许是西海固回民不敢想象的极乐世界——有一个隐蔽其中的界限，生存和休息的质的界限，被我们的对谈忽视了。

所以，所谓 on the road——走上大道，对于不同的处境下的人来说，滋味是完全不同的。

你一步跨过的，也许只是艺术的台阶。

我一步若走错，也许就从此灭亡。

on the road，对中国人来说，不仅是浪漫，而且是一种忌讳。旅行固然吸引人，但是更重要的是家，是一座我奉为主题的“黄泥小屋”，——尽管我血管里流着古代丝绸之路上的旅人的血，而且是在纯粹的游牧世界长大成人。

西双版纳的知识青年为了返城，采取了大规模的请愿上告运动。我见过在新盟已经成了老人的、当年仅仅因为出身不好就被剥夺考大学机会并且“支援了边疆”的一些教师，他们说，我们只争一点：那就是让儿女进关。不，这种例子不用我写。当年陕北青年有一句歌词说：“一步就落深渊。”外国人，包括岡林信康，他们今天已经不具备这种在悬崖边缘的感觉了。而我们，尤其我，却即使睡在床上也总觉得翻身就会摔下深渊去。

※　　　※　　　※

但是——

I’m on the road again，我又走上了道路！无论如何，我终究还是冲决了一切束缚，重新撑竿上马，走进了下午的草地。那种乌珠穆沁式的、使人怅惘又使人开阔的一字地平线，在整个视野里突然出现，靴跟摩擦牛皮大靴的触感，大陆的坚硬的弹性，又都突然传遍了我的肉身——使我颤抖，使我感动得心跳。什么都没有改变，我还是那个骑着黑骏马的我自己！

冈林信康最新的作品中，有这样几句：

雨淋湿了心，云封闭了天
但什么都没有改变
光辉仍在闪耀
夜包住了心，暗吞没了路
但什么都没有改变
光辉仍在闪耀
出发在雨打的泥泞
迷失在夜里的黑暗
但是那遥远的深深的光
系着这颗心引我上路

我感到从未有过的快乐。心事深重的快乐是奇妙的。20多年前那种轻易得到又轻易放弃的自由，终于又被我强抢回来了。清洁感更是使人得意，好像换了一件浆洗熨硬的雪白衬衫，里面的肉体又刚刚做过宗教洗礼。如今我是都市的牧人，无马的骑手，公开的教徒，自由的作家——我还闯入绘画的殿堂，放浪于美丽的色彩之间。

自信心竟然突然地在一瞬之中回到了我的手上，我的浑身突然饱饱地涨满力量。远方不断传来歌声，不知是“向着自由的长旅”，还是“我又走到了路上——I'm on the road again”。每天从醒来至睡熟，我的思路混乱，眼前五彩缤纷，似乎在捕捉，似乎在游泳。我觉得那种只属于我的形式，那种只属于我的色彩，那种只属于我的语言，已经悄然靠近了我。

应该坚决地抓住它，纵情地画出来么？

应该甜蜜地沉进去，充分地享受它么？

我不知道，我只是想：一切网罗都冲决了，一切重负都卸尽了，一切犹豫都结束了，一切他人不能企及的我都达到了——艰难和辉煌，孤立和骄傲，危险和希望，如今都被我占有。我又走到了路上。那座黄泥小屋被我纵火焚烧。火焰和黑烟跳跃着歌唱自由，I'm on the road again，我又走到了路上！

成为一个无职无业无工资无老板的自由人，对于心灵是多么重要啊。我惊喜异常，凝视着这片新土地。确实只应该向着自己发掘，哪怕挖倒了墙，毁灭了泥屋。我只想用疯狂的笔触和色彩。现在我又变得强大，我甚至不相信危险和难关——主在凝视着我，它确实存在，当我做完了一切我能做的之后，它就要为我显示奇迹了——路，将宽广光明而且是通的，我有这样的直感。当年，神要考验亚拉伯罕（即回民的伊卜拉欣）是否有信仰，便要他牺牲自己的儿子。当亚拉伯罕真的把刀指向自己的骨肉时，神说——你可以宰一只羊羔。

这是一种残酷的考验。也许任何考验都仅仅对于心灵是残酷的。坚持了心灵原则的人，会获得他决心牺牲时不敢想象的援助——我坚信这种预感，不会是死胡同。

心灵要面对的这种残酷不会终结。

让它来吧，我想喊叫，我爱它！

连日里总用 Bob Dylan 的一支曲子哼着几句自编的词，用我会的各种语言，哼得沉迷半醉。

你那样长，漫长而且出现得晚
而我已经看见了你
你那样硬，好像一块铁
而我又走到了路上
I’m on the road again

1990年2月

5．月中兔

小白兔使劲跑呀跑呀，跳过了一道小溪，又穿过了一片绿油油的草地。忽然间，一只热乎乎的大手抓住了小白兔的后腿，小白兔跑不动啦。小白兔挣呀挣，可是那只大手抓得可紧啦。小白兔急坏了，哇地大哭起来。哭着一睁眼，我看见了妈妈。妈妈正给我穿裤子呢。“好孩子，好宝贝，别哭别哭。”她一边给我系鞋带一边哄我。我还没睡醒呢，我使劲踢腾着，使足劲地哭。妈妈给我穿完了，就到厨房煮牛奶。我跑到奶奶床前去朝奶奶告状：“奶奶，我还没睡醒呢，妈妈就把我给——弄起来啦。”这个“弄”字是昨天我刚学会的，奶奶没听完我告的状就从被窝里伸出手来，搂着我使劲地亲我。

妈妈领着我走到外面时，天上满是亮晶晶的星星。我已经3岁半了，我没让妈妈抱着走。我的小红皮鞋啪啪地敲着马路，我已经不困了。黑天上有一个好看的大月亮。她瞧着我，我瞧着她，我在地上啪啪地走，她在天上悄悄地走。她怎么总跟着我呢？我说：“妈妈你看月亮在跟着我走哪。”妈妈亲亲我的小脸蛋说：“贴着妈妈的脸吧，小脸蛋都冻凉啦。”过马路的时候我喊：“妈妈，走斑马道！”妈妈就抱着我走上斑马道。“大斑马真好看。”我告诉妈妈说，“过马路要走斑马道，幼儿园小刘老师说的。”妈妈说；“搂紧妈妈，风来啦！”我就闭紧眼睛，风呼地刮过去啦。

车站也是黑天。月亮跟着我也到车站上面来了。我们挤上车以后，我坐在售票员阿姨的小铁桌子上。还有两个小朋友也跟他们的妈妈一块，坐在我旁边的椅子上。那个小男孩背唐诗，他老念“锄禾日当午。”那个小女孩是个小妹妹，妈妈说：“你看那个小妹妹多勇敢，她那么小就跟妈妈上幼儿园啦。”我知道妈妈的意思，所以我就“哼哼”，缠着她讲小白兔在月亮里捣药的故事。车外面全是骑自行车的大人，黑黑的像电视里跑着的马群。车上的人可真多呀，大人们都紧紧地挤着。小朋友也很多。一个，两个，我扳着手数了，一共有 8 个小朋友上幼儿园。我想告诉妈妈，可是我看见妈妈抱着我睡着了。

我们看见幼儿园大门时，已经不是黑天了。我抬起头来，又看见了那个大月亮。我牵着妈妈的手走着，仰着头瞧着那个月亮。妈妈说，“小白兔都开始捣药啦，咱们也快点走吧。”

在幼儿园门口妈妈蹲了下来，捧住我的脸。我使劲绷着脸，因为我想哭。妈妈说“数一数，到星期六是几天？”我没说话，我快哭了。妈妈又说，好孩子，你已经 3 岁半啦，对吗？我就又使劲忍住不哭，这时幼儿园的小段老师走过来了。

我拉着小段老师的手喊：“妈妈再见！”我又抬头看了看大月亮。今天晚上，我想，等我躺在我的小床上的时候，我要给自己讲一个月亮里的小白兔的故事。

6. 殉美的画面

这张画也许我等不到明天再继续画了。在汗乌拉时，好像那天马群在乌松·讨布格，小山坡的形象栩栩如生。有一匹黄儿马疯一般疾奔而下，几个牧民在玩儿马。乌力记——是章加·乌力记怎样套的我根本没看见，只清晰地记得那黄儿马狠狠地摔了一个前滚翻，车轮般地把庞大躯体连同旗子般的长鬃，在乌松·讨布格的坡上重重地砸了一圈。

不想在日本总想起那一幕。那样翻滚的马实在是太美了。应该随它摔倒过去。我恨自己的懦弱。其实马这样的美同死是值得的。我不必嫉妒三岛由纪夫，我有屈原可以礼赞。用油画描写这样的思想很困难，我永远能力与心力不般配。

这张画表达不了万分之一。人既为人，何必理想。追求着又不敢行动，自己的判决词太残酷了。千字文，纵然名家也只拥有一二;真画面，我怎能用两尺之幅表现呢。坠下深渊的不是这匹马和骑手，而是我的自信。

此时静夜，悄悄再试一会儿。

我去画了。

1991 年 3 月 5 日

7. 黄弹子

人生的赌博一旦用电脑控制，赌博二字可能残存的那一层美也就丢光了——痴呆呆盯着客人们打弹子，我不断地联想陀思妥耶夫斯基和轮盘赌。弹子房，Pachinko，这样对译不知妥当不。我总是抗拒音译日语。

10个“霍鲁”——Hall都是中国人。除我外差不多都是就学签证和陪读签证。日本人是黄皮肤，我们也是黄皮肤，我们资劳双方组成了这黄色弹子房，黄灿灿的灯和黄灿灿的弹子珠迸溅照射，在可悲的电脑世界之中。

几天之内，我蜕变了。

洋插队——我又变成了我，走进风尘。

让我投身于被歧视，让我也染一身黄色。

在漆黑的深处，我突然憎恶自己——那么软弱——我切断这最愚蠢的渴望，不打电话。

朋友们，收留我，让人们说我们下贱。让我们扔掉一切歌颂我们的磁带，在他们的恶心音乐轰鸣中，坚持到下工，朝他们要钱。

然后咱们匆匆分手，在那条弯形的地铁站台上，只摇手示意。明天早晨以前，在各自的巢里煎熬。我们消失进地铁车厢，扒车不买票。让他们认为我们下贱吧，我只爱这贫民般的黄色，超过爱女人娇嫩的皮肤色——因为她们会变。歧视吧，歧视吧，歧视吧，我连心都是黄黄的。

向你学习了沉默，我的兄弟，我又变成了我自己。我打败了那么多敌手，如今我终于找到了一次学习。这一次洗礼般的学习，使我洗净了一切恶习，我又回到了——被歧视的人群之中。这才可能近主，在这样阴暗的夜里人才有权说：我只爱你，惟有你最尊贵，我的主。

让女人们在背叛的季节里，完成背叛吧，我永远属于穷人。异国的受苦人，打工的朋友们，我们明天 9 点店里再见。

纯洁的拉玛丹斋月啊，饶恕我，没有仪式的人。连净身的水也没有，我在心里默默礼拜。我向十面寻求出口，今天我知道那是寻求耻辱的同情。

几天之内，我的心蜕变完毕；如今我的心里，有一颗冷酷的铁核。它决不会轻易献出，决不会乞求温暖。它已经敢于湮灭至死——不论在怎样愉悦的时刻，不论在怎样痛苦的时刻，我可能向你投降，但我决不向你交出它。

黄灿灿的灯串忽灭忽亮，客人们愚蠢而有钱。一排排手臂慢慢地抬起来，一排排纸币被那巨大的电脑吸走，一排排瀑布般泻下的是那数不尽的黄弹子。

那黄弹子跳起来，在灯光中和音乐中，在巨大的电脑控制中，它们疯狂地迸跳着，

玩弄着人的小小命运。不，不包括我们 10 个人；我们个个冷漠地站着，背着手，嘲笑地看着那些万元券被电脑打败。不，我们只清清楚楚地挣自己每小时 1000 日元的那一笔钱，强求他们让我们生存。然后我们各自西东，或者打发自己余下的日子，或者抚育独生的女儿，或者在故乡开一爿小店，我们的人生不受电脑控制。

如果我真能活下来，如果我真能靠这样的劳苦生存下来，我要

用这颗被心隐藏着的铁核，证明一个古老的真理，它确实需要无数遍地证明：穷人是美丽的人。

1990年12月—1991年4月

语言憧憬

还是应当感激西海固，那个沙雪迷蒙的冬末。不知为什么你甚至厌烦了记录，终日在一家家用树叶牛粪烧热的土炕上听着，那些悲惨刚硬的故事如粗砺的风摩擦着心。渐渐有麻木迟钝的感觉，不仅不再笔录也不再倾听。那个冬末你只是让心浸泡在那粗糙的抚摸之中，一日日地享受着某种历程。

改换的历程，今天懂了。

必须在今天回忆 5 年前那个开始。那一天你在一面陡陡土崖上，端详凝视着沙沟寺。这是在深知其味以后的、尊敬而且近乎崇拜的凝视。于是——激动在冰一样的冷静中涌起来了，你并没有觉悟到自己的凝视正穿透黄土层，你只是用蜡笔和油画棒，胡乱画了下来。

※　　※　　※

在今天觉悟之后，我从这个完全新鲜的立场上又承认了神。确实有过神示。虽然不是左右你的巨大力量，只是一种模糊含混的提醒。头脑钝得甚至没有想想为什么要画；手指却使劲地把那些蜡一样的彩色涂上去，再涂上去，一直磨得光滑黏腻，再也挂不住新色。

使此刻的我惊奇的是，那以后好久我也没有尝试去感情一番。我一直对那个冬日的举动麻木不仁。有一段时间我把它嵌进镜框挂在墙上，但不过是没有找到更合意的装饰品；有一段时间我把它丢了；前些天我在哪一个夹子里看见了它一眼，此刻写着我才感觉到严重，我要找到它——我的初作。

必须在觉悟之后就抓牢：应当抓住的确获得的神示。那时你感受到的并不是一种决定你左右你的思想，不是理念，而只是一种压抑太久的天性。它使你潮汐中总企图不沉没；你主观地把 fashion 当作一个贬义词，对它——潮流——敌意十足。记得你曾有过对表达的缺乏信心，更不用说你对理解的否定。你缺乏一种伟大彻底的感受能力；知识毒害了你，使你永远迈不出那种教徒的步伐。而悲剧在于不彻底的感性又与你形影不离。因此你曾经错误地讲究文字；企图依仗对汉语的源义、组合、暧昧、色彩和强弱的掌握来表达。于是你更使文体学家不解他们想看见一种新技巧而并非是新的激动。这样写下去使你觉得绝望，但你很久跳不过你人生的这道关坎。你还在写；更浓稠地用一行字或几个词提出一个认识，更强烈地把小说完全变成了诗——你无法下个决心，你总是宣布绝望又满怀希望。

而且左右无法借鉴。你过于苛刻地看待一些大手笔的中庸哲学和阿世幽默。你暗自知道灭顶而来的中国旧文化有多可怕，因此你便苛刻地看待甚至鲁迅字里行间的华夏味儿。草原的过深的烙印、中亚的过美的诱惑、回教的过烈的刺激使你只想向羌狄戎胡少数民族寻求导师，但是纯朴的生活方式并不能解决残酷的艺术矛盾。对这些北方族胞你一直苦苦寻找，对那些知识阶级你一直冷冷排斥——你把你自己逐渐地逼进了一个脊棱上，独自面对着人与艺术的原始质问。

而时光飞逝着。求索未尝敢有中断但一事无成。已经写出的字算一算大约是 100 万；它不仅数量微小，而且并没有实现目的。

继续写下去么？

※　　　※　　　※

今天是二十世纪的最后 10 年之始，马年正月初一。楼房外中国的鞭炮声震耳欲聋喜庆遍地横溢，大西北哲合忍耶却在为 200 年前的今天殉教的一位女人悼念。能够提笔写这篇散文毕竟是因为踏出了一步：今天我已经不是军队文人，而且我也不是国家职人。阔别 22 年之久的、只有在第一次踏入汗乌拉山麓大草原时才涌现过的醉人的自由感，今天贵比千金地又出现了。职俸退尽，人如再生，新的人生大幕猛然迎着生命揭开了。更重要的是我在艺术上也斗胆迈出了一步——自去年夏天始，我醉心于油画，向着新的沉默而强烈的语言的旅途已经开始了。已经有 20 余幅初作。也许已经应当不失时机地总结，为着打破自己缺乏彻底性的模糊感觉，为着越过大夫，为着获得生命那么乞求过的语言。

因此说，应当在这种时刻认真地承认神示。我的下一部小说集将合题为《神示的诗篇》。那时的不安感有多重要；哪怕有过一两个友人看见过我那种不安——他们的诧异与隔膜，说明他们对启示的感应是多么迟钝呵。惊奇的当然依然是我自己；当时那么孤立却不可遏止地抓起了油画笔、曾有那么多选择的可能性却死死认定了语言——有什么对语言的追求能胜过舍弃文字呢？把可读的小说诗歌干脆变成沉默的色彩，难道不是一次彻底的背叛与皈依吗？

今天我对那一天充满感激。那一天的不安全、不信任、狂热与活力是不可思议的。我再次感激生我这一躯血肉的回族之家；没有血的坚持，我是没有能力坚持的。只有极少数人才会有同感：这种坚持有多么艰难。

※　　　※　　　※

《沙沟寺》是用大小约 8 开的道林纸画的，强红重蓝，蜡笔及油画棒平涂。对它的感受，或者说相同的一个画面我曾在短篇小说《残月》中尝试描绘。这是所谓处女作或初作，它在我手中突然的出现，就宛如 1966 年在党支部领导下开始的、“文化大革命”初期批“三家村”时，我在学生作业式的小字报结尾突然写出了《红卫兵》3 个字一样。使用书名号的意思不言而喻：那 3 个字是我文学的处女作。

我已经说过，当时的坚持者或者说追求者并不是我，而是我体内的异族血液。盲目的、毫无思索相随的、躁乱而快乐的涂抹一连持续了很长一个时期。最初的 4 幅都是用五合板刷乳胶作底子，然后举起了因奢侈感而颤抖的手，挑起油画颜料画成的。4幅均为60厘米×40厘米：一幅是《沙沟寺》的复制；一幅为《Ak baytal》（哈萨克语：小白骒马）；一幅为《圣山》——关于它写过散文《圣山难色》，它是一幅至今未完成的习作，我不知该怎样把它画完；一幅是《青砖小墓》，是对新疆焉耆哲合忍耶拱北中刘四总爷墓的描绘，（基主被清政府凌迟于乌鲁木齐）。

《Ak baytal》又画了一幅，它们和《青砖小墓》均已赠友人。

如同以前我那么自认紧要、不顾别人的哈欠、再三向汉语中国解释阿尔泰语中的“黑”怎样在突厥系统中是kara在蒙古系统中却是hara一样，在油画中我下意识地解读“白”。当时意识并不清楚。我只是对这两个词入魔。似乎久久以来，我总顽固地企图向人们宣布我在草地天山发现的这两大宝藏。我曾对恩师翁独健先生滔滔不绝地讲过，老头似信非信。在写作《黑骏马》时我只有古怪的对“黑”的冲动，而写《黑山羊谣》时我已经提出了关于“黑”的理论。或者不是理论，只是感受已经十万火急，已经觉得不弄清高贵而残忍、神秘而不祥、美丽而无限的黑色，人便不是人。后来，读到维吾尔诗人铁依甫江的小诗《阿克》，我马上如遇知音如逢定理。我认为铁依甫江因这一首诗便不愧为中国作家协会副主席。我认为不能在作品中掌握这一认识的草原作家一律不及格。ak，白，这是事物的另一极。不是脱胎于纯游牧民生涯的人，不可能理解“白”的绝对纯洁、绝对理想、不可实现、圣、绝美。baytal一词如果译出来美感也就丢了：指未生育的母马，汉语可歪译为“处女马”。它在蒙古语中的形式是geu，但蒙语中的geu的含义不及突厥，只是“骒马”。至于ak，及其蒙语形式chagan却手挽着手，斩钉截铁地指示着牧人关于“白”的深刻认识。习作《Ak baytal》对于我的意义，仅仅在于唤醒了对“白”的记忆。我对于它的表现则要等待再一次——下文将会述及。

五六十年代，陆定一出任宣传部长、李维汉出任统战部长时，亡师翁先生曾戏作对联称：“百家争鸣陆定一，民族团结李维汉。”巧夺天工。我在这几年之后，喘息追忆，也有几个字能作总结：“要求七彩，先识黑白。”

文绉绉地来一句是不必要的；但是黑白两色由北方游牧民族教我认识——这件事实在是深有蕴味。就像以前一样，当人们还在搜索枯肠寻章摘句的时候，我已经向色彩——这全新的、充满诱惑的语言进军。这是奇迹，哲合忍耶回民认为：奇迹是真主的意欲。我原作证，因为我切肤地觉察到了一种伟力，它正成全着我最初的虔诚，让我成为一名真正的艺术家。美术界以红蓝黄为三原色，这是他们的道路；而我以黑白为一对原色，这种道路的诡异使我战栗。

※　※　※

第二批习作用的是油画纸。同样4张都裁成60厘米×40厘米那种习惯尺寸。一张为《雪树》，一张为《雨的路》，一张为《风景》，一张为《夜草原》。4帧均已赠友人。其中第四幅《夜草原》画的是黑白调子为主的一幅雪夜毡房，灯火流出红黄色的温暖，3道地平线3种暗色，草蓬刺出雪块，画得痛快极了。

这4幅画——今天若还在我手里大概就舍不得送人了——的境界，后来我失去了。当时总有一种“这些先不算”的短篇小说式的放松感，画得非常随意。当时我仅仅在一点留心：别陷入梵•高的笔触。由于我对梵•高倾心已久，我担心自己只是一个他的爱好者，爱好得临摹——后来发现这种担心是不必要的。

临摹，无论对于他或对于我，都是不可能的事情。

那4幅画的优点是干净、果断。目的实现得很彻底。用彩极重。今天我非常怀念它们，我知道它们的拥有者未必像我一样重视它们。以后我不会轻易送人油画了。也许是因为后来总不能完全地实现目的甚至只能达到三四成，我非常惋惜自己当时没有冷静总结一下。那4帧画，尤其是画一片橘色的山热烈奔放地迎接暴雨的《风景》，简直有过随心所欲的作画感觉。有蒙古包灯光的《夜草原》，是一种一次画过便不应重复的题材，它不可缺少，但极易流行。我的这一幅完成于黑白原色的基础上，今天写着关于黑白的认识，然而最能使人从各种色彩中感到黑与白的，至今仅此一幅，将来也未必再有。

那是非常不自觉的阶段。那也是天性流露最多的一个阶段，我完全没有料到。那时我依然缺乏感性，我依然没有看透自己是要寻求语言。那些画是在完全不懂色彩情况下进行的色彩诉说。改换语言——这意味着怎样的困难，那时我毫无估计。

※　　※　　※

古代以色列人认为：不能为书写文字者立碑。由此理由，古犹太金石文物几乎没有传世。也就是说，那些古时的作家真的腐为泥土永远消逝了。他们的切肤感受，他们可能写到极致的华章美文，是和流水与风一样的东西。

这样的思路，可能会把人导向艺术手段。像米开朗琪罗选择石雕，他相信石头永恒。然而这不是我的命题。我喜爱的是古犹太人那种能信仰一神教的宿命心情。在请求允许我仗作家之势妄谈美术之前，我想，首先应当传播一点宗教气氛。我不以成败论英雄，也不以成败论自己。我的画可能永远也得不到职业画家那样的承认，但是我对表现的坚持，我对语言的憧憬是虔诚的，如同流水对下游、如同风对方向的投奔。

哲合忍耶回民中的大手笔选择的方式，确实是我见过的最富启发性的方式。从阿卜杜·尕底尔·关里爷开始，哲合忍耶便以阿拉伯文写作一种亦史亦文的作品。他们排斥了中国的文字，这勾我魂迷我性的语言，所以他们获得的东西我永远不能企及——如同信仰般的理解和欣赏。我作证：西海固阅读《热什哈尔》时的认真和倾心，完全如同仔细研究油画。

语言的改换——谜底果真如此么？

表现的孪生概念，果真是沉默么？

如果艺术也是一种宗教，也许它首先应该拒绝那些肮脏而不信神的异教徒。应当忍受一种扭曲，应当坚定地转弯，应当以拒绝为外壳，应当经过形式。必须强调中介、解读和翻译，必须变形带上一层硬壳。要相信神秘的感受会奇异地升起，如果对方腔子里长着湿润的人心。要信仰艺术的本质。

文学是最容易丢了艺术本质的一种艺术。

文学是最粗糙的艺术。

我毕竟急剧地成熟着。我也许没有相应的作品来当这种认识的后盾，但我确实独自找到了这金子般的认识。

以前每当经历了一次什么事情，或者懂得一点什么道理，而且都为时过晚——我总感慨：没有人曾经告诉过我。上过那么多学，但是我受的教育中并没有过什么认识（除了小学课程）。

后来从事文学，10年里从大小作家学者讨论会上也从未获得过什么认识。很少有人曾经与文学的本质碰撞。有时哪里碰撞了——如这些年不止一次出现过的文学政治化现象——讨论会也从未看破它。鲁迅先生一生被这个矛盾折磨孤独负重，但他的“小说作法”不单是信口戏作，他毕生没有找到自己的语言。

渺小者、卑贱者、失败者却可能多少揭破真理。也许真理从来是由失败者提出、再由胜利者证明的。像一个蒙古草原的白发额吉最初把我引上一条神秘道路一样；一个黄土高原的哲合忍耶如同严父，把我猛地推到了这道路的终点。

※　　　※　　　※

第一次使用高贵的画布时，我满心的喜悦在漾动。像终于把马倌白音塔拉的竿子马切普德勒弄到手、备上我的鞍子把左脚踏入马镫一样；像终于完美地送走斋月、簇拥着一大群白帽满拉走进尔德节的花园一样——我的激情是那样膨胀，心里是那样快活。用这样绷平的旧画布，在厚实的底子上，当然只用调色刀。当然要用我最喜爱的蓝白色和焦急笔触，画《黄泥小屋》。

也许是一种病，也许是一种神示，我自己也不知道为什么自己那样渴望描写黑夜里一方橘红色的灯火。我不知为什么总有无家可归的那种不祥预感，不知自己为什么在小说中把一间泥屋定为种种人生方式的解救。同题小说显然没有在中国获得同感，但这并不影响我更着迷地用色彩描写它。也许二十一世纪或二十三世纪中国人每人抱块泡沫塑料在太平洋里乱漂时，他们会想起来借本我的《黄泥小屋》来读吧。也许我不单不是什么预言家，而且只是一个在盔甲厂和三里屯的贫民窟里住出病来的讨厌鬼；但是所谓黄泥小屋是我在八十年代后半期最执著的主题和意象，我不画了它心不甘。

这幅画有白漆外框，46 厘米 ×38 厘米，主题外露，整幅用调色刀一抹而成。画得非常快；后来画干透以后，那些我自己无法遏止的笔触使我不忍修改。如果有真主襄助，它将是我下一部集子——《神示的诗篇》的封面。

我这个肉躯中旧有的色彩感——对蓝色的喜欢，在这幅画中表现无遗。我这个思想中迷恋的古典感——我认为人类遭遇的一切大问题在古典时代（前二十世纪）都曾彻底展开并获得解答——在这幅画中显示为一种写实画法。

在这个时期的我，模糊地觉得应当在自己的油画中坚持一种“信”和一种“情”。我希望蜕变成色彩的我的语言仍然有说服力；我也希望这些沉默的色彩更丰富地传达我的感受。当这一幅疾疾地在一天内画完的过程中，我的脑海中不断地闪掠着“信”与“情”两个字。对于个人来说，我认为自己成功了——我把《黄泥小屋》看作自己的第一幅作品。

只要这种古怪别扭的感受继续强烈地袭来，那么我大概还会继续画这个主题。我估计我的笔触、色调、构图将会迅速变化，但每个时期都会有一幅这个主题。立功有一天，那一天我觉得黄泥小屋的梦——这是真正地被压抑到极限的中国梦（Chinese dream）——已经被无情粉碎，那时也许我会掘出我当考古队员的旧家底，再画它一道废墟。

从这时起，我对于新语言的妄想正式形成了。完全不同于古之士子琴棋书画的中国式传统，完全不同于流行的书法热、国画热、硬笔、木笔、屁股画荷叶；我妄图梅开二度再捞一场青春，新语言如同新鲜的爱情一样，令我痴醉发狂。油画不同于小说，打哈欠评头品足的读者根本就看不见它，这使我有某种报复的快感。

我用不着再幻想他们读懂中国方块字了，他们是绝对不通色彩语言的。投入艺术的险流以来，我破天荒地有了安全和自立的感觉。

——这一切大约是1988年秋天的事情。那时我从民族研究所转职到海军已经一年，艺术之外的思想斗争也同步地激烈接近顶点。我顽固地、精神病患者般地、总想和人讨论大是大非、讨论大问题。而所谓朋友群无一人有半丝感性与我呼应。我觉得如此思想下去是可怖的，曾在一篇散文中透露过我要走后门混一张精神病患者证明。我只有一次次深入西海固穷乡僻壤的黄土山地；但每一次归来都觉病入膏肓又深一分。于是，在《收获》第4期我发表了诗小说《海骚》，把我的心事和逼近我的预感尽数倾泻。

《海骚》是我郑重地献给中国海军的礼物，它的意义会有一天被揭示。我写出了自由与人民两大主角，字字饱蘸着我的心血和我们回民的鲜血。它的强大的宗教预感已被验证——我要说，那些先天不足的文痞是不配谈论《海骚》的。《海骚》是Keramati[1]，是神藉我的诗降喻的警告和启示！

到了冬天，我的这种思想更加狂烈，由于出现了举办庆贺海军诞生40周年画展的机会，我决心用油画再次表现。

大幅油画《〈海骚〉插图》画成于1989年3月，120厘米×72厘米，1989年4月19－30日在中国美术馆参加了题为《海的诗》

[1] keramati，奇迹及超常的感应。

的海军画展。画展由张爱萍上将题字，海军的专业和业余画家几乎全部拿出了作品。我不厌其烦列举上述资料，是由于这些资料对于我的这幅作品都将是一种证明——包括日期，一切都将证明我的预言，我退一步说是预感。

我使用了我的两原色之一：白。

白色，前文已述在蒙古语中是 chagan，在哈萨克语中是 ak；游牧世界中并没有用这两个词形容的马。也就是说，“白马”只有在理论上才存在。在蒙古牧民中，现实中的所谓白马都被称为“亚干”（粉）、“落日勒”（灰）、“乌兰”（微红）、“撒乐勒”（有黑鬃线的白马）、“阿勒克”（有某处花斑的白马）……我没有见过一匹在草地上被称为“chagan（查干）”的白马。现实中的一切白马都不是纯白；能用蒙语—哈语称呼一匹马为“白”——那是美丽的理想。它太纯洁，它太漂亮，它那血统太不可思议的高贵，它是大陆的、比维纳斯高级多少倍的活美神。[1]

我用了至少 5 管锌白和钛白。我的构图是一匹 ak-chagan 马绷紧肌肉，面对着暴风雨笼罩的大海。在一切细部——不是画家的细部而是内陆亚洲牧民的细部；如脚踝、蹄、鬃心、尾巴、唇，都用白油彩避免它变成亚干、撒乐勒或阿勒克。这是画家可能不以为然但牧民将看出门道的白色骏马。

我和我的哈萨克朋友们一说这个画面，他们便激动得嘴唇颤抖。他们是中国最懂得黑与白的人。白马耸着耳绷着腿，站在礁岸上，面对着黑云和黑海洋，那海上一片暴雨。海军必须经过这样的抉择才能冲向大洋。海军必须具备这样如同 ak-chagan 的纯洁，才

[1] 参见本书《历史与心史》中讲马的段落。

能战胜那黑云如铁砧、撕裂开的天暗红如血、黑风暴严峻地挡住前方的海洋。

在我杜撰的绘画学术上，我认为这幅《〈海骚〉插图》是我的黑白双原色的一次淋漓尽致的表现。为了“信”在其中，我坚决写实——哪怕露“怯”出丑，让人家看破我这半路出家者的底牌。我命题的目的当然不待说：我要使那个中篇诗体小说和这幅画在一个标题下，共同倾诉我对错爱于我的中国海军的全部感情、思索、建议和告别。

这幅画我不复制。将来，会有一天它被再次展出，而我早已离别了海军。但是，我希望那一天海军能因它而自豪；能为有过我这样一名为海军献出过赤诚的战士自豪。

※　　　※　　　※

我决心离开这次驻牧的海军，重新开始我天性喜爱的游牧生活。这个决心是以我的第三幅作品表达的。

这是一幅写实油画。尺寸是60厘米×40厘米。画布质薄，好像有些化纤成分，阴天下雨时画布发潮变松。画面是一个牧人骑一匹褐色瘦马，拖着一根乌珠穆沁式长马竿，背影佝偻，走向一片前途未卜的黄昏。题为《太阳下山了》，作画时间是1989年6月下旬。

画时我忘了自我。原来还想在鞍上挂根“阿拉木伽”（出远门的绊马绳），鞍后捆条毯子，后来怕琐碎舍弃了。总画不好近景的枯草，恼得我恨不得拔些草用胶黏上去——摇曳牧草，从来是草海送别的语言呵。画时我听着冈林信康的两首歌，《两手空空》还有《和幻想的翅膀同逝》。调着油彩，怅然无依。听着“和昨天已经切断，如同一个孤儿。把脚迈在哪一步呢，长夜才刚刚来临”，画几笔；再听“不，我已经厌烦了，再不愿看这个世界一眼”，又画几笔。这是我度日的惟一方式：沉默，作画，而且只想用最写实的笔触，好像只有这样才能忍住。

油画《太阳下山了》伴我度过了可怕的精神折磨，也使我比较认真地练习了一遍油画基本功。为了达到“信”，我暗暗希望在我放开闸门让自己的风格冲出来以前，一定要练练基本功。我这样完全没有经过油画训练的人，能够画得“像”，无论如何是件要紧事。但是更重要的不在于此，《太阳下山了》里那个背着人的牧人身影勾我快走；20年前在内蒙古大草原的艰辛自由的随笔——浮荡着，等着我。

在这个6月以前的一个月，我住在西北民族学院招待所。有一天深夜有人敲门，进来一个不认识的瘸腿青年。我刚要发问，他突然用蒙语开口了。蒙语于我是法律，我马上沏茶敬客。

他是一个西部蒙旗的青年，对我的作品精熟无遗。聊了一会儿高兴了。他突然问：“您为什么进军队了呢！”我呆了：我戴着回民的白帽子，刚从宁夏农村度了斋月出来。他那口吻里有一种不满，好像我背叛了一种他刚刚好不容易批准了的、在他看来太贵重的骑手形象。

我画着，心里强烈地想念着他。我的亲爱的蒙古小弟弟，谢谢你为我寄存我的形象。我承认你比我深刻，请把你珍藏的还给我吧。哪怕穷愁潦倒，哪怕走投无路，我永远也不会再放弃一个走马浪人的形象了。读到这篇散文后请通过《收获》来一封信，我要寄一张《太阳下山了》的照片给你，愿你的病腿康复。

※　　　※　　　※

那么，对于我的残生来说，回民的哲合忍耶，便是惟一辉煌灿烂的存在了。

徘徊的沉默，微甜的孤独，也许是油画导致写实的原因。我画那幅远离而去的骑手时，久久沉浸在一种茫然的漫想之中。没有结论，没有边际。画是为了想，而想时便在画。那种画需要时间，那种色彩大概可以说是细致而柔和的。色彩也茫然无依，听天由命——骑手头上的天空只潦草涂了一遍底子，便觉得恰到分寸，不敢再改一笔。就色彩——我用油画笔追求的新语言来说，那幅画没有对我有过任何建树。我只是透过它思索；或者说用完成它的过程来完成自己的抉择。

无疑，对我本人来说——无论抉择、结论、解救都只可能是哲合忍耶。

哲合忍耶，生我如此一腔血的中国回教最英勇最受难的教派！暴政的挑战者，奴隶传统的破坏者，正统中庸的异端，底层民众的义旗，伊斯兰及一切真正信仰者的光荣——想到它，我便沉入狂醉痴疯之中。

像我这样的人必须崇拜。我不是那种永远有理而且好与人争的人，我也不是自信无度靠自我感觉度日的人。我有我透视自己的能力。我要有支撑——如果没有人愿意，那我就在精神世界寻找。哲合忍耶迎我而来，使我如一条将要干涸的河突然跌入了大海。

时机降临了。用回民的话来说，口唤到了。再也没有留恋疑虑，再也没有幻想，再也没有一点掺假和轻浮——我决心以全部残生投入为哲合忍耶、为宗教、为人心最起码和最高尚的自由，为拯救我自身心终旅决战。

这个决心应当有一张油画来记录。

油画《光复洪乐府礼拜寺》作于1989年秋，58厘米×52厘米，是在板上打乳胶底子，再用油画笔和调色刀画成的。画时我怒不可遏，心中轰鸣着如雷的战鼓声，和密集鼓点中激烈穿荡的嘹亮圣乐，大块抹上的橙红晚霞上是湖蓝涂成的天。天蓝色的礼拜寺（我曾在这里度过半个斋月）如同圣殿。两棵黑杨矗立成门旗（这是礼拜寺恢复时留下来的护路树；原来卑鄙地碾平了寺、碾平了人心的青铜峡——吴忠公路已经在作孽10余年后改道，10余年里长大的杨树被回民买下了）——如复活的灵魂。

前景，画到前景时我不能自已，只顾把一切激烈的浓色往上砌抹。这块土地从清同治年至今，浸过了多少遍哲合忍耶教徒的血啊——我把它画成了汹涌的红浪。

这幅画装好镶框，正挂在我的西墙上，与一位我崇敬的老阿訇写下的阿拉伯文“束海达依”（殉教之道）并列。让世人因无信仰而生，我宁愿有信仰而死。《光复洪乐府礼拜寺》造成了我的礼拜场所，它使我阴暗过分的思想里射进了五彩辉煌的光芒。

这幅油画也许将成为我重要的宗教画。面对世纪末的我自己，我总觉得惟它能解决我的矛盾。也许这幅油画已经帮我跨过了人生的大关。从画成它以后，我真正获得了坚定的意志。从此我不怕失去廉价的友谊，不怕再忍受读者的背叛。有人在我的《金牧场》发表后说，张承志走到了反面；我想说，从这幅油画开始，我才刚刚走上了人的正道。在洋鬼子那里，宗教可能是一种传统习惯；而在中国，敢于宣布并守卫自己的宗教信仰是人性和人道的标志，是心灵敢于自由的宣言。

一个人只有敢作这样的宣言才能打通艺术之路。我痛恨中庸之道，我否认孔孟中庸的人生形式和艺术。

会有一天，我的油画《光复洪乐府礼拜寺》将挂上兰州东川拱北或是银川东寺的墙壁；和遍及10省的哲合忍耶献上的锦旗并列，和衣衫褴褛但为中国提供了脊骨的西海固回民献上的贺帐为伴。无论是我或是我的这幅画，在那一天在那面墙上，都将只有温暖永不孤单。

那才是够味的一步，那才是我对轻浮的崇拜者和恶毒的批评者的回击。几十万誓死的哲合忍耶回民将是我的最棒的欣赏者。他们在舍命守卫那些清真寺的同时，也将守卫我的艺术。对于我10年前童言无忌喊出的“为人民”3个字来说，那将是一个多么响亮的回音啊，是我使艺术真正和底层人民的心贴在了一起——这一点任何人都望尘莫及。

画《光复洪乐府礼拜寺》的时间，使我若触若失地感觉过一种快感——我猜它就是一个画家或艺术家捕捉到、遭遇到自己的语言时的感觉。我刚要品味一下，它又悄然消失了。

色彩？笔法？新语言？或者是终止符？

我明白必须下决心了。这是我的极限。从油画《黄泥小屋》开始，我听凭生命去进行的追求已全部结束。如果还要画，那末，新语言的问题尖锐地、如同再强求活一次一般地等着我。

※ ※ ※

我问自己：你真的想当一名画家吗？

不应该轻率回答。

我是那样地深爱着大自然。我有十足的资格说我是蒙古草原的义子、黄土高原的儿子。我是美丽新疆至死不渝的恋人。我心中盛满它们的景象——我不用写生就是属于它们的风景画家。那么——我要画吗？

我是一名从未向潮流投降的作家。我是一名至多两年就超越一次自己的作家。我是一名无法克制自己渴求创造的血性的作家。我用 10 年功夫磨炼了自己的文字语言。我已经弃职无业。我今后必须把养活自己的女儿当成首要目标。在这种时刻——改用油画色彩如同一个巨大的零，它不仅神秘莫测而且暗藏危险。真的要画吗？

我没有决定。

我面临的不是一种任性之举；如同苏非主义的宗教，它是一种惟有主知道的机密。

※　　※　　※

在决定之前，我要尽量地画。也正因此我写这篇长散文。我的胸中冲腾挤撞着无数景象，我不知道自己是否有能力把它们抽象成构图。我要为我最喜爱的黄巢咏菊诗画，我要为我的最高学府——沙沟庄子画。我要画《东乡，三十年后》，我要画《红石头山和如线的新月》。我要画《外蒙古的白湖：牧人对海的思考》，我要画《弥漫苹果花香的伊犁 5 月》——我盼着这些绘画行为变成一种宗教礼仪，为我求未来属于我自己的绘画语言。但我并没有说：我的祈求能够应验。

我是一个平凡的、出身贫寒的穷人儿子，但我走过了深具意味的道路。我丝毫不想归功于自己，我只感激前定。伊斯兰和一切宗教都强调前定。我已经否定了一部分孔孟之道尤其是它的中庸之道，尽管我溅起的浪花渺小。将来会有人继续溅起浪花，直至埋葬这种人类已经不需要它的东西。未来的人只需要纯洁的心灵追求，以及相应的真正艺术。

年轻时闯入的乌珠穆沁纵深的汗乌拉，成年后闯入的西海固纵深的沙沟，都是一些艺术世界。20 岁时成为我亲人的蒙族牧民阿洛华一家，36 岁时成为我亲人的回族农民马志文一家，都是一些美好的人。我只是他们培育的一个精灵，有时显现为诗，有时显现为画。

觉悟这一切实在太难，觉悟的刹那便想感叹为时太晚。我真想来世原样不改地再活一遍，那时我将获得——胜利。

1990 年 2 月 6 日以浪人身份写毕

为《神示的诗篇》而作

在一种前定的驱使下，当道路开始阻挡，当人心濒于绝境，当人和条件发生了剧烈的冲突的瞬间，有时行为是奇异的。文章也随着激动而变化，导致一种奇异的表现。

比如乾隆四十六年苦夏，当造反举义的撒拉尔回民苏四十三被围困在兰州郊外一座旱裸孤山上时，他就有过奇异的行为。仅仅为着内心深处的一角信仰，仅仅为着营救自己的宗教导师，他浑身褴褛，锄竿为旗，追逐着怒吼着的黄河孟达峡水，率领回民冲出了铁色的大力架山。奔袭兰州，血战三月，如一声炸雷突兀响起，——而当清政府军刚刚调兵遣将摆开阵势时，他却出人意料地走进绝地：登上了无水的孤山，任官军合围，等殉命大限。

我曾经久久地、琢磨再三地品味这段史料。我总是不能完全理解苏四十三的行为。

战争中双方都只为求胜而存在，而苏四十三却不求胜。上山入围的行为中，有着一种追求牺牲的苍凉情绪。

再读下去，如果允许这样揣测古人的读法的话，我便逐渐懂得了崇拜。十八世纪的前辈并不像史书那样沉默，《钦定兰州纪略》中清楚地记载着：当义军断水之后，马骡渴得疯狂，奔突着坠崖摔死，起义军四出冒死抢水——而苏四十三又有怎样的行动呢？

这部钦定官书载：苏四十三念经祈祷，他对将要渴死的百姓们说："到至急时，天必降雨救济。"

读过几次这段记事，心中并未察觉。后来文牍中出现"初一日寅时起巳时止密雨四时""初四日又复雨""初六日大雨竟夜，势甚谤沛，初七、初八，连绵不止"——我才被震惊。

苏四十三，这位除我之外无人热爱的烈士，他与神之间实现了真正的对话。千真万确，这是神秘感应的对话，人用华章美文不能比及的祈祷，天用养育自然救死扶生的雨水。

久久以来，每当夜深人静，我总喜欢抽下架上的这册书，细细地重读吟味。把一篇散文写成一部否定那是气候季节的考证是不必要的；我只是反复地用自己的心证明着，肯定着 200 多年前的那次旱季降雨的奇迹。

※　　※　　※

完全是和平的攻战，完全是独自一人的举义，完全是不同的境遇和条件；自从我拿起这支如枪的笔以来，视野中恍惚也是严峻的风景。是难渡的关山，是铁打的城池和焦裂的荒山。

我总是留意一分，提醒着自己。

我不愿夸张和渲染。我警惕着自己，不使抒情变成吹嘘。我总是强调自己的负罪。

但是，我确实真切地感受过一种瞬间；那时不是文体的时尚而是我的血液在强求，我遏止不住自己肉躯之内的一种渴望——它要求我前行半步便舍弃一次自己，它要求我在崎岖的上山路上奔跑，它要求我不重复而且字字可信，它要求我浓缩段落为句子，挥发小说为诗。

在那种瞬间降临时，一夜之间生命便减去一岁，能够清晰地感觉到心血如烛泪般消耗。在那种瞬间降临时，笔不是在写作而是在画着鲜艳的画，在指挥着痴狂的歌。

以前并不曾有过的认识；关于命，关于国家民族的预言，关于生存的极致，关于艺术的原初，都突然从笔尖涌出——我作证：一切都并非我的所藏。包括它们的形式，这些陌生的诗行。

我暗自吃惊，我默默地想：这是神赐给我的。我以为我一定会被黑暗吞没，但是神对我格外地宽容了。也许是因为我已经决心为苏四十三和他的同道人作传？自从我认真地在苏四十三的继承者、一个神秘主义的回民集体中承领了自己的事业，我就经常觉察到一种力量的推动。它强大而不可抗拒，它温柔而意味深远，我只能顺从着它，像孤儿同时找到了双亲。

我想，一个作家能走到这一步是幸福的；一个作家走到了这一步，也就接近了他艺术的极限。如果活着我想我还会再写下去，但我预感这部诗体小说集将是我文学的顶点，没有任何迹象使我觉得自己还能超越它。

基于这些想法，我把三部诗体中篇小说合编一处；加上另外几篇较新的作品，命题为《神示的诗篇》。

谨把它献给你，我的朋友。当你感到自己的内心深处发生了剧烈冲突的时候，也许你可以读一读它。无论我们自己，我们的亲人和我们的灵魂怎样苦难，应该相信——神离我们并不太远。

1990 年春于北京

天道立秋

1990 年立秋日，是个神秘的日子。

年复一年地，北京人渐渐开始从春末就恐怖地等着入伏。一天天地熬，直到今年是一刻刻地熬。长长无尽的北京苦夏，在这一回简直到了极致。

一点一点地挨着时间；无法读书，无法伏案。不仅是在白昼，夜也是潮闷难言，漆黑中的灼烤实在是太可怕了。

我有时独自坐在这种黑热里，像一块熄了不多时的炉膛里的烧烬。心尖有一块红红的煤火，永无停止地折磨着自己。似乎又全靠着它，人才能与这巨大的黑热抗衡。久久坐着，像是对峙，汗流浃背之中，自觉颊上冷笑。

天亮以后几个时辰，大地便又堕入凶狠的爆烤。雨没有用；在路上奔走着，眼见雨点也像热水溅落着。雨衣里面的汗浸透了衣衫，不知为甚么人偏还要穿着雨衣。

有谁能尽知我们的苦夏呢？

街上老外，满脸愚蠢和汗水。

度夏的滋味、中国人是说不出的。

后来愈热愈烈，我几乎绝望。再这样热下去，连我也怀疑没有天理了。

可是，那一天是立秋。上午我麻木地走进太阳的爆烤，心里全是关于日晒和夏天的回忆。内蒙大草原上夏季的紫外线像颜料一样，大半个下午就能把脸颊染红。有一年我们在草地上搭圈，一个从北京回来的知识青年来了，大家都笑：一群红脸蛋中只他一个小白脸。第二天，他也红了。自那时我懂了紫外线决不像北京的夏日。北京的暑热是丑恶的、折磨的、阴险的，让人恨但是说不尽缘由。这么想着，我走在白晃晃的阳光里，心中麻木了一些，热烦便减弱了一分。所以，那个时刻来临时，我没有太留心。我已经不信任节气，不相信北京今年夏天还能立秋，我已经决心和这个毒日头熬到底了。古诗云：时日曷丧，予及汝偕亡；我如今品出了那诗味来了。那个时刻应当记下来，但又毫无记一笔的必要：家家户户的月份牌和挂历上都印着——1990 年 8 月 8 日，立秋。可是我没有半点预感。我没有任何对于它的期待，没有想象那种享受。在久久的煎熬中，预感与灵性，以及想象，都真的萎蔫了。

火一样的上午，过去了。

中午时我还是没有预感。只是拼命做着自己最爱做的一件事。这是一种惟一的度命方式；沉沉地抓紧，竭力地证明。在恐怖的酷热中，一切都呈着残酷感，但又呈着难言的美。这件事是我的宗教仪礼，身心都纯净透明，尽管觉得生命骤然消耗了。

走进下午的阳光时，我看见人的影子在蠕动。我觉得胜利的感觉浮在自己颊上。生命又战胜了，我默想，这样活着如同战士。

下午的阳光开始显得五彩缤纷，美丽得让人忘却了残酷，异想天开地看见一丝温柔。如同一个在四面戈壁沙漠中的扳道工，突然听见身后传来一声低低的、女性的唤声一样。即使如此——在那个瞬间里我也并没有意识到它。

突然觉出“凉爽”的一刹那，我怔了一怔。那低低的唤声正阴柔地浸漫而来，一瞬之间，不可思议，永远汗流浃背的身体干了。我吃惊地回顾，发现行人们——北京人们都在彼此顾盼。接着，满树叶子在高空抖动了，并没有风，只是树杈间传来一个讯号。我差一点喊出声来，一切是这样猝不及防，只在那分秒之间，凉爽的空气便充斥了天地人间。

我几乎想落泪。久久的苦熬居然真能结束，立秋是真实的。只这样怔了一刹那，天空中那凉爽开始疾疾运行。如同有一只无形的巨手，按动了一个无形的天道的开关，把怜悯和公正一同随着凉爽送进了这个苦难世界。蓝天顿失了那种炫目的光亮，此刻蓝色纯正。风升得更高，连梢尖上的叶片也在凝思——但是涌涌的凉爽漫天盖地而来，在这一个时刻之中消除了全部往昔的苦热。

我感动地站在大街正中。

我在沉默着呐喊。我是证人，我作证天理的真实。凉爽溶化着抚摸着我。它是证人，它证明我坚持到了今天。

立秋……中国简练的总结呵。那个时刻里我突然懂得了古典的意味。古人的遭遇，古人的忍耐，古人的感受与判断，以及古人的划分与总结。立秋二字，区别凉热，指示规律，它年复一年地告诉我们这些愚钝的后人——天道有序，一切都在更大的掌握之中。

从那天立秋以后，应该说，是从那一刻立秋之后，我和北京人便享受着凉爽的快感。人人都心平气和了，等着下一个更痛快的节气。同南方北方的人们交流，大都感受略同。立秋律，执法全部中国。听说，有个老外在立秋那天激动地说：你们中国人的节气真棒！！我想，这也许是最后一点能教训老外的事了。

回想以前许多年都没有留心。年年立秋，我都没有感性。也许是从未经历过这样一个残酷的苦夏吧，也许是因为从小缺少关于天道的教育。

沐浴着广袤无际、阴柔轻漫的凉爽，我久久感动着。从那立秋的时刻至今，我每一天每一瞬都意识着这秋之伟力。我不再迟钝，不错分毫，我用肉躯和心，一点一点地品味着、记录着。我想证明——天道的存在；但我已经预感到证明的艰难。

因为，中国早就证明完毕，而且语言简练至极，仅仅用了两个字。

1990 年 8 月

渡夜海记

静夜深时，是一种奇异的时间。

也许它不只是一种时间，而更像空间。这样的错觉感受才使人觉得奇异。

周围一幢幢楼影终于都熄了亮眼。可以把它们想象成夜树，或者更亲切些把它们想象成沙沟庄子四下的红石山峁。可以拉开密封的帘，让窗外的清冷流入，有时还能看见泻进的清淡星光。

可以不顽固地执著于那些念头。

回族刚烈的秘史引起的刺激，蒙古的一匹马死后留下的心伤内疚，理解了但一直没能尽意尽致地流浪的新疆山地，——在此刻，在这种悄然伴着你的、无影无踪的静时，终于淡淡地褪色了，像一些模糊难辨的失效的底片。

冈林在一首歌里有这样的词：独自变着的长夜，仿佛一卷白色的地图。

也就是说，那是不能读的、迷路的图，像我在干考古时用过的白图。人也许需要徘徊，人要有犹豫的自由。并不是荷着的戟太重了，难道鲁迅就没有诸如《野草》那样的、感伤而外露的篇什么。

※　※　※

讨厌的是，那些黑黝黝的警卫般缄默的楼群里，缺一个能开给我单子的医生。我一直耸着神经在留心，好像是万事俱备，好像是一所新房子只缺钥匙一样，我总是顽固地盼着能找到一位医生。

在这样的静静黑夜里，细细地揣摸这个心思，心情是恬静的，这非常好。

沉沉地、似睡似醒地，独自想象着一场机智的表演，我不禁微笑了。转眼看一看，女儿酣甜地睡着，带着她小熊小猫般可爱的微笑，好像她也迷入了另一片森林。我们俩各自割据了一块空间，在这终于平静以后的黑幢幢树影中。

要让那医生立即判断是哪病，但又不能教给他（或她）。最好是滔滔不绝地吓唬；滔滔不绝地毫不控制地说个昏天黑地。只要机会适当，只要被人允许开口而且保证时间，一切都会顺利，我坚信。

那必须加上夸张和表演——窗外的黑森林宽容地缄默着，继续无声无息地送来清冷的空气，是相当纯的氧气。小女儿美美地睡着，她已经在森林小屋中遇上有魔法的老爷爷了。

然而夸张和表演，也许是最真实的东西。也许那时才千载难逢地显示出真实。平常呢，难道平素哪怕在知己面前，哪怕在最忘形的时候，你都不自觉地隐藏着，你都下意识地坚持着么。西北黄土世界和那些回民们的艰忍，难道就是以这样的形式传给了你么？

翻开鲁迅的《野草》，两年前初读时我警觉地合上了它。那时的感性简直是可怖的。我不仅禁了《野草》，也禁了陀思妥耶夫斯基和尼采，至今不读。这个秘密若能在此生揭破我就满意至极——究竟由于什么，竟然就这样疯痴地激动呢。而鲁迅，他也暴露了弱点；在3万字的《野草》中，他显然过多地流露总结过的理性，过多地宣泄感伤狂烈的意欲，这部作品我猜并不会为先生争来多少理解而只是使先生更孤单和后悔。毫无疑问如此，今日中国能理解他的当然只有我们这一类。

资料中不容易查找了，但我猜他也悄悄设想过去找一位医生友人。他有那么多朋友干着三教九流，我猜其中不乏高手。

也许，正是由于对方是高手，正因为只要他去叩门就会被看破，也许还会引起自己防线的崩溃，鲁迅先生才忍住了。

在初中甚至小学课本中编进先生的作品是恶劣的；正如在成人教育的幌子下廉价拍卖文凭一样可恶。学生不可能搞清楚那字里行间的沉重，我小时就总是觉得先生的文章莫名其妙。那么美文的传达就完全不可能了，逝去的先生会更痛苦。至于成人，我想成人是不可教育的；只需要在一类成人中安排时间阅读鲁迅，他们也许会获得一份感应，

沉重地叹一口气。

而这一切并没有什么意义。

紧迫的事情是获得医药。

您为什么没有去找一个试试？

※　　　　　※　　　　　※

读张辛欣的一篇散文时，觉得很震惊。题目叫《睡到天明不睁眼》，通篇写她寻找、套购、偷运安眠药，而吃的剂量吓死精神病人而她自己依然圆睁两眼睡不着的琐事。我读得心惊肉跳，我不明白她为什么要放这股子血。面对文坛的一片腐臭冲天，写这样的散文难道不是自戕么。

女人真是独有她们的弥天大勇。

辛欣大概不会暗想去找一位医生。

而我们，我们的悲剧在于永远不承认面前的已是那一个地场，不承认已经看见敌人，不承认已经进入决战——不承认自己就活该接受至今为止的人生形式。

我总是顽劣地坚信：我应该有另一个形象。我总是触摸到自己体内那一直按兵不动的、另一个更本质的可能性。

夜色变深时如同一笔溶开的蓝彩，人无法发觉它变换的动作。黑暗还是一样抽象又一样贴近的黑暗，但颊上肩上罩着的夜，分量悄然重了。

无论是辛欣的锐利的嘶喊，向猪狗蛆虫坦白她不能安眠；或是苏非式的冷眼遁世，坚信此时此地不是战斗，在这冷暖相加的重夜里都没有意义。黑漆暗夜渐渐透明了，在休息的眸子里。我喜欢在这种时候面窗坐着，让夜的流动黑风洗涤自己，让自己心中的宁静溶淡它。渐渐地自然又与我和解了，我用最小的音量听着冈林的《遥远黎明》，觉得自己浪迹在一幅广袤的白色迷图之中。

犹豫的是，究竟去不去找那个医生呢，这是一件难办的事。

用冷静的、老谋深算后的想法去找那个医生，连一片药也讨不回来，更不用说获得一张丹书铁券了。撒疯去吗，煽动自己吗，倾诉一切喊出深藏的机密和凶险，然后让那陌生人判断吗？我不是贱卖的巴扎，也不是演员。

还是自我治疗吧，我会思想，用我人生的三大陆思想。由于潜入得太深了，我闭上眼那儿块土地便霎时栩栩如生。西北回民在殉教时从来不挑拣战役大小。莽莽墓地里掩埋的尸首，怎么死的都有。蒙古牧民在冬季的雪坡上疾驰套马，若是摔下鞍子，谁也不会嫌瘸子又多了些。新疆从远方的和阗朝拜阿撒•吾克甫的乞丐倒毙在沙漠边缘，风干以后和汉唐墓葬主人有什么两样呢。喀什和吐鲁番的姑娘照样用蓝草染绿眉毛，终日唱她们散漫的歌。关键在于我的体内有一种机能，它在消化和转化这些他乡异事时，能让血管骤然热烫起来。最后汹涌的血恢复平息，感觉如大病初愈。

这种疾病和健康的循环，我猜医学界还远远没来得及涉足。如果加油补上几本打基础的小册子，我自信可以拿一个医学学位。

治我的药只有我自己知道，确实如此。

而且不止自救过关，我深知还应该感谢生活的另一面——那就是由于这里存在一个中介，存在清夜静时的黑暗自然，我的采补还获得了贵重无比的一份灵气。

难怪近来总感到神清目明。

暗自测度时，我不敢相信地发现自己更强壮了。

这种强的感觉，别人是不会想象的。在近一两年，尤其在笔下流出的文章中，我喜悦地读到一种新鲜的坚决和从容。从揖别民族研究所，我随笔一划已经写了近 20 篇散文。

重读时我惊异得自问，你们是谁送来的客人呢？

※　　※　　※

暗寂中无人回答，只是纸面上升出的一丝气息和窗中涌入的夜簇交融溶汇着。我深深呼吸了一次，顿觉得丹田印堂都一派清明。

窗外室内黑已泛白，夜已熹明，那迷茫无限的迷图亲切而可信赖。罔林一曲终了，尘世悄无一声。像一场始病终愈，像一次起承转合，像一篇小文首尾终于呼应，像一枝竹子拔节完毕，像一叶小舟泛过海洋——我又一次目击了自己生命的过程。

像一种特异功能者的内视。

散文，诗，绘画，捕捉音乐，也许艺术的创造诞生也是这样吧，当那个人（再说一遍，他只能属于某类而不能属于酱缸蛆坑般的中国文坛）已经被逼到了岸边，当冰冻的潮腥已经溅湿他的两腿，当他微微有了一种殉死的决意，然后大步迈下滩头，漂上夜海的迷路以后，真正的艺术之星就在彼岸为他冉冉上升了。

当然，这夜海黑暗无边，这迷路曲隐无限，渡得过去与否，沉死或再生与否，都是不能预料的事情。无论如何，还是有一点冒险的滋味。

我毕竟喜欢冒险，所以我常做这种独自的渡夜海的功课。

1988 年 5 月

饮虎池

去年的什么时候，收到一封家信，中间讲到济南家乡已经改建，“你若再回来，就看不见杆石桥和饮虎池了。”接到信时我正在日本，读着这句话时心并没有什么悸动。

我当时和此刻都无法表述自己的心情。已经是两代游子，连惋惜的资格也没有了。我感到这颗心早已长出一层硬甲，坚冷如冰。我已经能够习惯掩饰，哪怕它被击裂出血。饮虎池消失了，心里像倾进一股雪水。我没有战抖，我知道，当人们都失去它的时候，它就属于我了。

我终于有了向饮虎池表白感情的机会。

现在真后悔那时没有多多地在那池边坐坐。我总觉得，机会多，不用急，所谓重返故乡是一件庄严而神秘的事。更重要的是，我总错以为自己太年轻；故里——他是战士伤残以后才能投奔的归宿。

我没有把紧紧拥簇着饮虎池的那片聚落称为母性的“她”。是这样的，他是父亲；永远不给你依偎之温暖却赐你血性的刚烈父亲。我渐渐地不再因没有玩耍于饮虎池边的孩提时代而难过了。从他那儿我汲来的一口水噙在丹田，二十年来使我不改不变，拼性命行虎步，从未与下流为伍。此刻我欲诉说，他却不复存在，前定中人就应该如此磨砺么？

那一天，从我得知饮虎池消失音讯的那一天起，他的形容情调就一天天地在我记忆中复苏。棱角分明的低栏墙，素色的砖石，紧挨着穷人的家——使我百思不得其解的是那面积和名字：他比几口井加起来还大，却比任何一个水塘更小。相邻几个人家用他不尽，杆石桥外几条街人用他不够——难道真是虎的饮水之地吗？在海外，学习中文的外国学生中曾经流传过一句话：“所有人里中国人最好，中国人里山东人最好。”这当然只是一句话而已。不过，我走遍南北无数的州县，除开农村不论——城居的回民中，哪一坊人也没有济南回民的正气。这绝不是纵言，更不是媚乡，这是我多少次长旅中默默咀嚼过的一个谜。

是谁，把灵性给了为他命名为饮虎池的人？

我不知父老乡亲们，特别是我的杜石桥头、永长街里、饮虎池边的回民乡亲们，是否也有同样的感想。

我特别想就这一点和人交流。当你们还是小孩子的时候，当自己还没有被赶到生计的小路之前，你们曾经怎样捉摸过饮虎池这个地名，你们是不是也快活地猜这里曾经饮过老虎，你们沏茶做饭用的是不是饮虎池水，你们洗阿布代斯小净的时候用的是哪里的水？

被驱赶到滚滚红尘的现世里，那么难遇见一个喝过饮虎池水的人。但是那情景是一定存在过的；在薄暮中，在柴烟弥漫的一天天结束时，北寺南寺的梆克梆克：召唤礼拜。

念响了，金家寺的沙目礼过了，小孩们围着饮虎池乱跑，个个穿着满是补丁的旧衣裳。饮虎池是他们的名胜，饮虎池的水在黯淡地波动。城关，城关，中国回民的被赶到边缘的苟活地！四百座州县如一个模子，城关的贫贱日子，百事维艰的信仰。而饮虎池是怎样出现的呢，那么威武那么高贵的虎，为什么要在这种地场饮水呢？

我久思不解。四十而不解，四十正惑，饮虎池四周发生的事情尽管无声，却与孔夫子的大道不符。长久以来，我深深地觉察出：我至今的一切作为都与饮虎池有关。太易决绝，太多孤傲，太重情感——当我发现一个不问职俸不要宿舍独自一个钻研经典的北大教授是饮虎池人；当我发现一个从北京奔赴西北自求殉难的十九世纪起义英雄是饮虎池人；当我发现一个又一个把自己步步逼入苦境而做人豪侠仗义的人都来自饮虎池时，远在异乡的我又能和谁去诉说感叹呢？

我只能久久地品味着想象中的薄暮的饮虎池。那些孩子围着池拦墙玩得尽情尽致。都市边缘的夕照，呈着一种肃杀和淳朴，天空似灰似黄，砖瓦沉入了沉重的青色。

十九世纪农民战争时，人称山东金爷的一个饮虎池畔成人烈士，是从繁华的北京走的。他舍不得离开自己的导师，舍不得离开殉道的美。他被清军杀害在宁夏金积堡北门外的一座小庙门前，那庙门至今尚在。他的事迹不见于济南府志，却被记录在西北回民的一部钞本中。舍荣华而求殉难——我不知还有哪一处中国人能有这种追求的心性。

无疑是由于他的感召，有一个瞎眼的老奶奶，在不掌灯的小屋里捻线，她一尺一尺地捻着线，用那真是一枚一枚的铜钱供养儿子。后日里儿子成了名医。他给穷人治病不要钱，喜得拉洋车的穷苦们也从来不要他的车钱。他把儿子送到那位金爷奔赴的西北学经，自己却乐陶陶地煎一味中药——小孩们生了病只喝半小碗就准好的中药。这位老中医就是我的爷爷。

我没有见过他们。无论是逝于十九世纪的山东金爷还是半碗汤药一服病除的爷爷。我只见过一次饮虎池，这些真让人终生遗憾。

而今天饮虎池也逝去了。

我们没有来得及弄清饮虎池的秘密。我从未对人说起过关于他的心情。以前独自遐想的时候，有时我暗暗想：等自己有了机会也许能弄清楚，但如今池填人散，再也不可能了。

那么，就像在欧美海外的山东传说一样，每一个与饮虎池有缘的人，甚至每一个与山东有缘的，都要匹马单枪地迎击世界了。

暮色中那群玩耍的孩子们没有发现，有一个巨大透明的影子，一只斑斓猛虎的影子，曾经伴随过他们。他们玩得开心，当然毫无察觉，但那虎气渗入了他们的肌肤，潜进了他们的血。

这虎的气概，虎的纯真，虎的美丽，已经伴随着人的流动散向了天南海北。未来也许科学能结束穷人的秘密，那时饮虎池的秘密和贵重将会使世人震动。会有那么一天到来的，我一直这样想。

1992年12月

所谓民族文学第一特性

前些日子在中央民院，一位老师把刊登着我的《诉说》的一本书交给我把它放在书架上了。后来有一天深夜，我疲乏地推开桌上的东西，站起来顺手摸过那本书来，揉着两眼，想找篇东西读读充当调剂。

但愿我是一只雀
但愿我是一只鸟
到佛光普照的拉萨去哟
——但愿我有飞翔的羽毛

我感到一种久违了的难以尽述的宁静、感动和神会的理解。我并不是说，因为我也到过甘南和玉树，我也和蒙古高原的藏传佛徒长久地一起生活，我也自以为常常在心里触摸和品味中亚的伊斯兰小贩和蒙古牧人、青藏高原牧人的微妙同异——我就感到了上述那种少有的心境。不，我说的还不是这些。

我急急翻到篇首，把饶阶巴桑同志的《从澜沧江出发》一气读完。

记得，我忘记了疲倦、深夜和手头的工作，我久久坐在桌前，注视着那些民歌的段落。我甚至在当时那一刻就已经为自己迟早要告别这种心境而难过。

当然，这朴实的歌把理解它的朋友一下子送进了藏族人民的内心深处。它以它的质朴、浓缩般的简炼和那种轻轻的诉说，道尽了那儿的苍凉、单纯和他的心境。它使我眼前逼真地出现了一帧比陈丹青的油画更亲切的藏族心灵的画面。但是使我沉浸其中的还不仅这些。我在想象着饶阶巴桑同志——想象着那位披挂着狐皮帽和白银包鞘的长刀走进人民大会堂的传奇般的形象，想象着他可能的感受。

我不认识他，也忘了自己是否在以前读过他的诗。但我似乎知道他在这篇短文中竭力想写的东西是什么。

猜不定哪里有饱餐一顿的幸运
——我把木碗终日揣在怀里
猜不定哪里有难以料知的暗箭
——我把长刀永远系在腰间

我怀疑人们是否能够从这样几句诗里捕捉住和诗人一样多的冲动，除非他们见过和懂得这样的男人，这样的生活，这样的逻辑和心情。这样四行刻画出的藏族男性的形象能给人的心以那样的撞击：它使人心猛地涌起一道浑重的浪，并久久不退，再一点一点地浸泡着人心深处的每个角落。我要说，我并不是可以经常这样地被感动的。

我相信已经会有读到这里的人在不以为然地摇头了。他们以为我是在写评论，笨拙地遣词驱句，像前人谙熟的那样耍笔杆。

——而我却只在固执地猜测和想象着饶阶巴桑的感受。当他把这几句诗或民歌用汉文写下来或翻译出来的时候，他在想什么呢？他会不会为这诗的体裁，它的概括性和凝炼性的限制而苦恼呢？因为显然他删去了或藏起了那么众多的晃动着的脸庞，那么漫长而又未经用真理裁判的历史，那么平静地流动不息的许多生活小事。他能不为这几句诗远远没有能报答养育他的民族而惶惑么？他能不为心底那团扰人的火的灼烤而焦躁么？

所以我也相信那些不以为然的朋友只是把文学当成——卖笔杆。他们不承认文学的第一要求是真诚，不承认血统中富于激情的少数民族文学的第一特性是真诚，是永不褪色的真挚感情。

我并非在持论偏激地议论饶阶巴桑同志的这篇散文及其引诗。我想说——以真挚的创作冲动出发、以及由于对自己独特生活的强烈偏爱和体会产生的作品中的真挚感情，正是民族文学的第一特性。

杰克·伦敦在名著《马丁·伊登》中讲到过由这种感情或由其他目的推动的创作，也讲到过他在奋斗中的发现："成功原来是轻易的"。我想我们面临的局面也差不多：一方面是文学小道上的拥挤和繁荣的竞赛，一方面是虚假的堆砌，甚至"地利"及"人和"都能使一个青年实现小有名气的梦想。

这不是我们的话题。我舍不得破坏那美好的藏族诗歌带给我这些天的净化了的心境。很多次，我都又翻开那本书，对着那几首歌遐想一会儿。我在他的歌里读到了一种召唤我的人生的感受：

我是歇在树上的鸟儿
很难说什么时候飞走
让我先道一声再见吧
愿活下去的人们珍惜自由

我已经忍不住加进了我自己的一份微小的体验——在我引用这首歌时稍有增删。因为我愿它也成为我心田里的活命水，因为我也有着和它描述得那么相近的亲人、历史和民族。我愿默默地咀嚼和吞咽下我的人民母亲给我的一切酸甜苦辣，让自己的这颗幼稚的心丰富起来。我想，让她支持着我们淡漠那些炫目的急功近利和泛起的渣滓吧，只要我们能真的用自己的身心为她留下一些真挚的歌。

发表于 1983 年 9 期《民族文学》

金钉夜曲钩镰月

在草原上生活的那些年，现在能明白原来是我最注意夜空星辰的岁月。深蓝如幕的莽莽天穹上星汉灿烂，人微微仰着头马儿也悄然把步点迈得匀称。牧草如潮，荡过马踝，心头响着草地低沉的气息。记忆力确实衰退啦，我怎么也记不起阿洛华哥曾经在我马侧讲叙过的那些星星。他当时肯定是讲过的，我忘光了但我清楚地记着他用过无数新鲜的词汇称呼那些繁星。现在我真想拽住一位牧民兄弟，那些闪烁游离的星都是怎样用蒙语称呼的呢？

记得住的只有一种：阿勒坦，嘎得斯。

直译是“金钉”。

我们那时的牧业劳动紧张而沉重。知识青年在插队年代中最大的弱点和不幸，以及整个知识青年运动失败的最基本原因，就是我们没有家。无家的奋斗和背井离乡之间只隔着一层危险的薄片。于是生涯总在马背，鞍鞯间靴镫间的碰击摩响就成了烙印般深刻的印象。我们无数次地乘马夜行，穿过夏夜清凉的碱草戈壁和溪流，闯入雪雾弥漫的白毛风袭卷的寒夜。丘陵地带尚有山影可据，平原上能指点我们的就只剩下天幕上稳稳钉牢的金钉星了。

后来学习《元朝秘史》的时候，我没有发现这个词汇。我不知道蒙古牧民究竟在多久以前为自己创造了这个词汇。它决不是借词，草原上不讲“北斗”这个中原概念。这个词——金钉——比北斗要多一份色彩，多一点金光闪闪的憧憬或是依据。

依据……这意味着什么呢？

如果翻翻书，查查《说文》或是《玉篇》，听河南河北高粱地里的闲谈，我相信会有悠久的北斗故事。但是，如果此刻我能和阿洛华哥各自上马，让他的黑马和我的白马在今夜的星空下并辔缓行，我更相信我能听到长长的、流畅的、用悦耳的乌珠穆沁方言讲述的金钉传说。

一个人，若是他真的有感性，若是他当时真地正在用年轻的身心接受，那么不管隔上多久事情是会应验的。草原不是一个妻儿炉火的家。最终，我们还是离开了她。离开那天夜里我不记得我眺望过天上的金钉。在我远离了我的乌珠穆沁十五年之后，时常有一种很古怪的感觉出现了，我似乎发觉了自己——说得准确些是我觉察到了自己的一种转变：这个今天的我难道真的就是原先那个五年级才戴上红领巾、把算术书边上画满了画、在合唱队里唱过《刘文学》低音部的我吗？

不。在乌珠穆沁母亲的宽大胸怀中，真正的我诞生了。虽然后来我又反复地修正过改造过我；用科学的学识，用宗教的认识，而真正的我应当具备的一种本质确确实实在某个星夜里降临并附于我身——它就是我决不妥协的、受过金钉星照射的、独自的方向。

后来十五年里我走南闯北。因为这篇散文不会过时我可以写几十年里我走南闯北。我从来不习惯任何一曲流行歌。我对任何新潮从来是首先从生理上反感。我没有轻易放弃过任何一种观点，也没有轻易皈依过任何一个理论——我的坚定和信心不是那些嘲笑我的原则的人所能想象的。十五年后的我突然骄傲了——那个能在十九岁的幼稚心田里埋下一座金钉星的青年，是多么富有感性啊。

后来又接触过很多从新疆回来的人。我下意识地注意不去挑逗他们赞美新疆。时过境迁，他们为什么能保存那飘滑尾音般的风土召唤呢？我多次压抑过对他们回忆的共鸣。不知从什么时候起，我变得冷漠了。他们是那样地惯于事务、活于中庸、无声无色。新疆比内蒙古复杂得多，它要求人的感性有血缘般的先天色彩。这些祖祖辈辈与中央亚细亚毫无缘分的人是在认真么？你能想象他们在激动时跳一次高么？你能想象他们突然骑着自行车不知不觉唱出声来么？你能想象他们因为在魏公村胡同的维族人小铺里吃了顿拉条子而真正发自深心地喜悦和满足么？

不能。

——然而，他们对新疆却在真心地怀念着。你必须承认他们的真心。

新疆之夜的空气里（哪怕是静夜）也荡着音符。第一次在乌鲁木齐市碰上深夜醉卧的家伙，他们的嚎歌能渐渐把恐惧变成新奇。后来若是在房间里，你听到那粗嘎的哑吼时会无可奈何地感叹他们的曲调和旋律。全美国找不到一条如此地道的摇滚歌星嗓子。既然岡林信康在南朝鲜见到了几个敲锣打鼓的马上就变了唱法——那么鲍勃•迪伦若在伊犁或喀什过上半年会干脆砸了他的唱片。在新疆，歌手会得到真正的教训，会弄懂什么叫歌。列车驶进新疆时，那喇叭里传出的音乐会向人宣告一片新大陆——她比德沃夏克的那支交响乐伟大得多；德沃夏克能使人在一刹之间浑身都兴奋起来觉得自己本来是一个该这样生活的人吗？

肮脏的小铺里一身油污的大师傅耍着面团在唱。五个人的吉普车里五个人在唱。从库车风尘仆仆开来的长途车里老婆子在唱。外宾接待室里翻译卡了壳主人忿忿地抓起冬不拉就唱。三个或六个走在一排穿成一模一样的姑娘在唱。待业而且不想好好干活游手好闲的小伙子歪在台阶上在唱。卖香料、孜然、沙枣、杏脯的小贩在唱。阿訇站在唤拜的楼顶在唱。毛驴上的维吾尔老头在唱。骏马上的哈萨克大汉在唱。泥沟里打滚的醉鬼当然也在唱——一句话：在新疆少数民族中，除了歪戴帽的警察和打官腔的书记之外，好像人人都在唱，而且那两种人换个地方也会唱戒大开。

新疆其实没有流行曲；恶心的理论家们可以说新疆是音乐上的保守派。新疆又是快乐快活的——她根本没听见理论家对新歌曲的论证。难道新疆的歌者们听见过苍蝇怎样围着哼叫么？

强大的汉文明哺育的人们第一次被改变了。他们的准则只有这么一次动摇过：他们发现了自己体内残存的浪漫，他们隐约感到自己的缺乏光彩，他们多少意识到再活下去也已经无味。于是，他们记住了一个模糊的新疆，有时他们对朋友诉说怀念，尽管天生的贫血使他们很难再多想一点或多做一点。

这不像沉默的金钉子。在如潮如涌的喧嚣中，此世仅存的真正的歌正在强调着她浪漫的血性。

我当然懂得这歌。我用了十年时光反复证明了我与这种歌的血缘。在我的心中矗立的诗人歌手不是惠特曼及其附和者，而是一个嘶声唱着满身褴褛的维吾尔乞丐。1976年我第一次看见他时他的粗哑忿忿的歌子和傲慢不驯的眼神就攫住了我，十年来我反复品味着那乞丐，从中我感到了真正的高贵，这种高贵我没有在任何一个诗人身上发现过。

我并没有找到和写出我自己的歌。

但我清楚：我一直在靠近它，凭着我耳边那不绝的音响，而不是靠什么印刷垃圾。

按照我的三块大陆的顺序，该写一写甘宁青伊斯兰黄土高原了。

但是我觉得可以止笔。回回民族的心性太严峻且肃穆，概括它于一篇短文中是很难的。何况它在丧失了母语之后就没有了如同“阿勒坦•嘎得斯”那样表达的可能；它在被赶进城边山角的贫瘠之后，也如同一帧褪色的黑白照片一样，永远失去了浪漫的色彩。

因此，天生缺乏神性和精神需求的中国人（我指的主要是汉族）对他们不无嘲讽地摇摇头，打个哈欠。对于孔孟之道的子孙们来说，回回民族的心理是超重的、对牺牲的渴求是夸张的、性格是偏激自傲的。汉族除非在伟大的历史转折关头，不可能有“圣”的幻想。只相信实践证实的事物，只对此界此时敏锐热心，强调急功近利的进步的汉文明特征，使得中国大地上任何革命都被调节、改换和淹没了。如果说要汉族知识阶级理解蒙古和新疆是极端困难的话，那么若要他们理解回回民族则是几乎不能的。西北回族地区存在着大量堪称文学精品的抄本，作者们干脆使用阿拉伯文或波斯文这一现象尖锐地告诉人们：我根本不打算让你理解。

血液，是非常不一样的。

清真寺尖塔上挑着一勾弯弯的镰月，它不仅仅是伊斯兰信仰的象征。像天上那座熠熠的金钉一样，像空气中游荡的那阵音乐一样，它在这片日出而作日入而息的古老国土上指示着一种异端的原则。它超越白昼、照亮暗夜、孤傲地对汉文明的继往开来表示沉默。它的无言之美，它的刚强之美，它的牺牲之美正与流逝的历史作伴，等待着一个遥远的未来，等待着一个在孔孟之道和孔孟现代派走到穷途的时辰。那时，如果你相信我的臆语你会对那时的它激动么，那时它虽是胜者却依然沉默不语不显颜色。

我——

就这样继续塑造我自己吧，能为三块大陆哺育已经是一种奇迹。若是看不见这种奇迹简直就是故意的叛逃。我生在北京却心在三块大陆，你哪里知道我得到了怎样无价的珍宝。大地之子安泰只有一个母亲；三位母亲同时慷慨地向我哺乳——你知道这是一个什么样的秘密吗？

我并没有说，因为这我就一定能创造伟大的功绩。只要愿意注意，谁都能发现三大陆的主人们没有一个名利之徒。他们的美中不仅摒除了功利，我说过他们也摒弃了胜利。要紧得多的是这样活着，尤其是这样在精神上活着。

只要这样活过，一切都是值得的。

1987 年 12 月

艺术即规避

1. 骑上激流之声

已是 1987 年岁末。他从第一次登台至今已有 20 年整。1967 年 6 月他买了第一把只值 3800 日元的劣质吉他，9 月第一张唱片《山谷布鲁斯》录音。我从大西北的柔软白雪中归来，日夜沉浸在他初次自己发行的新集《エンヤトットで Dancing》（翻译成什么才好呢，“呼儿嗨呀着友谊舞”？！“哎嘿哟嗬——请跳”？！）之中。我用耳朵读着这流淌的诗，我察觉到自己读他的“诗歌”到如今已有 6 年了。

在现代艺术中，音乐和歌曲有一个本质的不同：所谓欲曲首先必须是诗。真正的歌就是与音乐结合之后的诗。因此，只要是真正的歌手，他首先必须是诗人，必须有夺人的冲动、感情和写作能力。Bob Dylan 使这一原则世界化，六十年代出现了真正的 Singer and Song writer（歌手兼歌曲作家）。原则是：歌曲必须是自己的。也就是说要自己作词（诗）、自己作曲、自己唱，甚至自己伴奏——吉他加西部口琴的吟唱方法就这样由 Bob Dylan 发明，并由罔林信康坚守。

而对于我来说，文学的最高境界是诗。无论小说、散文、随笔、剧本，只要达到诗的境界就是上品。而诗意的两大标准也许就是音乐化和色彩化——以上就是我身为作家却不读小说，终日沉湎于梵·高的绘画、罔林信康的歌曲之中的原因。此文只谈罔林；作为我在日本完成和发表的论文《绝望的前卫》（随笔之一，见《早稻田文学》，1986 年 6 月版）的续篇。

※　　※　　※

《エンヤトットで Dancing》这一集依然如旧，由他摸索出的新道路表现、自我抒情诗、嘲世讽刺三部分组成。当然最初我喜欢在夜深时戴上耳机，在黑暗中倾听他那些个人感受的诉说。后来从美国带了复杂烦乱的心情回家了，我开始体会到他的第一部分。嘲闹歌当然是最好的调剂，他在幽默和玩闹时有一种充分而游刃有余的能力。

1984 年 6 月初，我布置在东京的“情报员”矶野达也（曾无畏地独自一人处在校园角落里用罔林的谱子唱自编的歌，无听众）从娱乐杂志《噼呀》上发现了涩谷将有罔林音乐会的消息。当天夜里我接到罔林本人醉醺醺的电话，邀请我去涩谷听他的演唱。后来我们度过了如醉如痴的一个夜晚，由于鼓掌太凶我的手表坏在那一夜。但我当时并不知道，6 月初那次音乐会就是他天马行空般的新行动：Bare Knuckle revue（无拳套演出）的一次序幕。

这个行动是：一年举行 300 次音乐会，排除乐队，反对电气音响设备，独自一人一把吉他。口号是让歌流着汗，带着肉体的劳累，直接在它自己的听众耳边唱起。我回国后仅仅 15 天，岡林信康就充满挑战意味地选择冲绳——这个曾在 20 年前因他的左翼倾向而拒绝他入内的地方——为起点，开始了这场漫长的苦斗。这场纵断日本列岛的疯狂闯荡当然不可能在一年内完成。据 1987 年我收到的诗集兼散文集《我的歌声之旅》（品文社，1987 年 9 月 30 日版）统计，他已经在日本各地一共举办了 207 次这种独立于音乐界之外的音乐会，或者说，是在 207 个地方与自己真正的听众交流，并向他们朗诵吟唱了自己的诗。

这其中存在着很深的意味。

当然这一切对于中国读者和群众是远了些。但是它距离中国“艺术界”更远——我正是认识到和坚信这一点，才坚持走这条歪路的。读画，读歌，我的文学正饥渴地需要色彩和音响。虽然，用钢笔在格子纸里写出这种视觉和听觉几乎是呓语。

——真的是呓语么？

※　　　※　　　※

早在近 20 年前，外国艺术家们就走尽了向现代主义转变的陡坡。那时岡林信康的诗作有很大的 Bob Dylan 味道。一种讲故事般的、不修饰的，懵懵怔怔像吃了麻醉药后的唠叨一般的叙事抒情，挟带着Rock音乐的狂轰怪鸣，奇妙地炸开了保守艺术的旧堤。这种诗至今并未传进中国猎奇派中。中国的新潮家们走的是拍胸脯逞英雄以及下三路的道路。而Dylan式新诗强求着作者的灵气、修养和先人一筹的见识。那种亦说亦唱的诗歌不是人人能学的。冈林在1970年开始的这一期大约延续了四五年，最初以著名摇滚乐队Happy End为伴奏，后来便有了哪怕只凭一把吉他也能制造震人逼人迫力的Rock效果。

我曾经久久对着那些胡涂乱抹的乱雷般的诗目瞪口呆。更多的是沉浸在自己由听觉传遍身心的一种不可思议的感觉中。我在沉浸中勉强保持了一点清醒：这就是——我正在摸索到我与外国文学之间的一条小道。这条道路的障碍是它只有声音和简短的词（而且并非箴言），但这条道路的可信也同样因为音乐本身非语言的听觉感受。比如雷鸣般的Rock，只要能听懂，听者可以清楚地判断真伪。架子鼓意识流文体学精神分析引入中国并不说明中国有了Rock音乐和现代主义文学的新诞生。冈林的Rock较之美国欧洲更深藏着一种东方式的单纯（应当说过纯），因此听起来，那诗中更冲腾着狂猛暴躁的气氛。那是难以证实的一种可信真诚。

这形式曾一度皈依（是相当虔诚的皈依，而不是“寻”来的根）日本传统演歌。重要的唱片《变移之画》可以说是一本精致的乡村抒情诗集。作者在羽翼丰满之后，心随曲动，旋律和诗词都和谐得惊人。在他独有的那种难以形容的嗓音里，诗完全变成了音乐，音乐又真正实现了意义——其实是文学的一个重要本质在书架之外突然呈现了。

对于一个真正只有在艺术里才救活了自己的人来说，开初没有“寻找”，后来也不可能被束缚。一切都是肌肤心肠的痛切感受。一种姿势不能保持顺畅之后，另一种姿势就如同排泄般产生了。形式从来只有在真正艺术的气质和血肉中才能诞生，形式没有搜索枯肠的投机和赶潮头。演歌以后，冈林的诗变得愈来愈无法划类。以后的诗朴素而怪诡，充满魅力但无法俯瞰。分期的方法论——由 Folk Song 而至 Rock，再至演歌，再至——的研究者思路轨迹至此走到了尽头，于是，对冈林信康的研究急剧地变少了。原因——我想只有我晓得原因所在，尽管我不是日本人。

很简单：别人已经落后；而他不仅突前而且又一次升华了。

自负的冈林信康为了报复音乐界和音乐听众——也是一般读者，于 1984 年决心和音乐界更大规模地断缘，这就是“无拳套演出”行动。而这一独断旅途的第一次排泄，就是这部《エンヤトットで Dancing》。

※　　※　　※

这部音响诗集同样“美文不可译”。我不打算尝试在文章中笨拙地译成中文后再引用了。哪怕改写也没有用。而且再也不能认为这是另一领域里的他物——这里回荡的一切都是文学的和文化的。以前读艾特玛托夫的天山小说时，总暗想不熟悉新疆（天山的这一半）音乐和中亚色彩的人怎么去体会它。后来读福克纳的那部《喧哗与骚动》时，又暗想这里似乎有一种我不熟悉但是一定正支撑作者的欧美式情感音乐。冈林的这部歌集里嘈杂地又宁静地、痛苦地又刚强地流动着一种东方前卫的神魂，它似诉似说，若现又隐，在这一旦听惯就再也无法习惯别人的纯美男声嗓音里拥推着一个透明而难猜的理想。

我渐渐醒悟了一些。在一部分真正具备创造可能的人心里，是确实响着某种特殊的音乐的。方式的选择可以或是绘画或是文学或是作曲吟唱，但关键只在于表现这种美好的灵魂。

2. 艺术即规避

现在再信手翻翻冈林的一些材料，觉得这个题目还没有失色。六十年代“全共斗”（日本的左翼大学期）的狂飚席卷日本时，自称日本红卫兵的人群把冈林信康这个名字喊响了，那喊声后来变成《朋友呵》和《我们大家希望的》等等歌曲的合唱狂吼，谁也没有留心诗作者兼歌手本人一直在争辩。他总在说，唱歌于我是一种排泄行为；我讨厌当左翼明星；我讨厌反战派。明星行为在群众热潮中其实并不自由；听众席中总有人喊“那么你敢和部落民女儿结婚吗？”或者，“嘿！来那一个！”而且，国有言论自由法，人有言论自由癖，我读着一些当时剪报，觉得他的听众之苛刻令人不知所措。当冈林“插队”（指冈林 1972 年至 1976 年，在京都府的偏僻农村过农民生活）四年，好不容易发表了一张唱片《变移之画》时，旧听众写出绝交书，抗议他对他们的冷漠与不信任。1969 年 9 月，冈林信康不堪一个月二十几次的超疲劳演出，逃离音乐会失踪，引起轩然大波。1984 年 6 月，我亲眼看见他在音乐会上与台下的听众争吵：“自己的歌自己决定唱哪个！”听众离席，他说：“大家鼓掌！”

※　　　※　　　※

这一切强烈地吸引着我。也许这比他的歌更吸引我。我主动做出不触及他早期左翼政治歌曲的姿态，这使他惊奇。正牌红卫兵比仿造红卫兵更脱离政治——大概这使他的判断失灵了。但我虽然不开口却并没有不注意：岡林信康对政治的规避是全面的。山谷（贫民窟？）工人节，他拒绝去唱，结果加藤登纪子在那儿唱了《山谷布鲁斯》。他在一切场合宣布不再唱旧歌（其实多少视气氛唱一点）。一个晚会上，我听见有个画家醉了，抓着吉他吼："给我来《朋友呵》！"岡林未醉却恼，我看得很清楚。那晚他最终也没有唱那首歌，使得那一夜应当说是不欢而散。后来我收到他寄来的儿童画集《乡村歌曲》，那里有他的一套自传漫画：听众人人手持刀叉，张着血盆大口。我受着很大的感染和刺激，或者说他的这种行为触着了我内心深处的一个什么。是一种怎样的东西呢，也许永远也没有机会解释清楚了。

日本的文化正向域外渗透，国人也有争当"康白度"（comprador）（考一考今天的上海人，谁知道这个词？）的——鉴于此，也许我的关于岡林信康的随笔应该中止了。我不愿加入贩洋货的大队，尽管我对岡林信康的理解已经入木三分。

毕竟是他的歌使我有了一个重大的参照物。毕竟是他的轨迹使我确认了许多次自己。中国的大地人民使我谦和，中国的知识阶层使我狂妄——他古怪地充当了我的平衡和中介。

※　　　　※　　　　※

后来，我只是静静地听他唱了。

平和中感受是朴素的。

其实冈林信康只是一个心灵敏感、充满爱意、自觉软弱的普通人。无论早期或是近期，或是他形式剧烈动荡的各个时期；他的歌曲只要剥去疯痴的摇滚或古调，都仅仅剩下一股纯美的男性爱。我确信这仅仅源于他的基督徒血统。政治往往成为一些内心粗糙、秉性卑劣的俗货的饰物；追随那些粗俗者以求打扮自己的人更活像小丑。要冈林信康这样的人去下那泥海，这种逼迫太过分了。艺术以及艺术中潜伏的政治永远在逼迫他，于是有了冈林信康无休止的规避。后来是艺术本身的逼迫，是人的逼迫；认识到如此人性是只能缄默的——艺术家没有攻击人的自由。

——现在听着他的磁带，我这样想。另外，我发觉自己不知不觉间总在听他的某几首歌。它们既不是早期左翼歌曲也不是晚期的日本秧歌——而是他的爱情歌曲。而且，我觉察到这些歌虽然跨了20多个年头，但是从形式到嗓音都极其相似。稍想想他那些凶恶的节奏和诡异的变幻，我心里觉得有股苦味儿。规避，在20多年里救了他。但是他没有变也无法变，他掩饰自己的爱心，惟恐人和社会伤害——我不知究竟成功没有。

※　　　　※　　　　※

我会听他的歌，直至他退休的那天；可能的话，帮他卖出几盘磁带。我猜，艺术需要的只是这么一点：一点点理解，一点点帮助，别扰乱，别抛弃。

倒正是这样的人不会抛弃——无论朋友、往昔、或是政治原则。1982年冈林信康拒绝去山谷节演唱；但是他说："一是我今天的歌不合于山谷。二是我不能在那里自吹自擂，把山谷当自己的小道具。"（他曾在那里当工人）

山谷是所谓的一处贫民窟和劳动力市场。他说的话，人们不以为然。然而我确实看见有人把中国当成自己的小道具；因此我对冈林拒绝去山谷唱他的《山谷布鲁斯》深怀感触。

但是已经说了——艺术即规避；在一种真正的角落里，艺术在不断新生着。我深信这一点，他证实过，我也正在证实。

1990年11月

3.CD《信康》解说

真的人都有一颗鲜活的心，我直至很久之后才发现，这心灵是需要喊一喊才成的。

所以，在蒙古草原空旷千里的大地上，牧人们拖长嗓子，直到声嘶力竭——那"长调"在拼死一般冲过夜空时，我总觉得空气激动得发抖，夜被撕破了。

同样，在黄土高原波浪连绵的山峁上，回民们一声吆吼，曲调节节跌落——那"花儿"和"少年"不仅仅因此变成了穷人的曲牌，而且变成了穷人的文化。听着，久而久之，我觉得那疮痍满目的穷乡僻壤都在唱。

——我不敢再写中亚的新疆。在那心灵永远在赤裸裸地呼喊的世界，在那“歌”的真正故乡，凝视着一个纵情歌唱的乞丐，我总是真切地感到自卑。

回忆着信手一写，仅仅是这么3段，而日本人能懂得这3段话概括的一切么？

十几年来，我听惯了上述的歌。

但是，十几年来，我还一直听着另一种歌。那种歌同样是心灵的喊声。它无法概括，变幻不休，魅力深沉——它使我相传：只有它才是上述3块大陆的人们走向“现代”的桥梁。

它就是岡林信康。

十余年来，我一直倾听着它；无论它下乡或者进城，无论它变作Rock或者变作エンヤトット。“江山不幸诗人幸”——对于除开艺术再无生路的一个中国人来说，现代主义是一个生存问题。十余年来，岡林信康一直是我的重大参考，他的一切成败对于我都深具意味。

我以我自己的文学体验和他的音乐——判断了这个世界。

※　※　※

1984年，当他决意进行ベアナツグルレヴェー（放弃一切电气音响辅助、在一切地点、让心的喊声流着汗直接进入自己的听众的心里）的时候——我意识到：这位被称为“Japanese Bob Dylan”的岡林信康，已经超出了Bob Dylan一步。300次ベアナツルクコンサート的行为本身，已经极大限度地接近了“歌”——人心的喊声的原初本质。

——能在这样的歌手的新集上写几句话，对于我，其意义也许要在将来才能说清楚。

※ ※ ※

自从岡林信康向着エンヤトットで变幻之日起，这个存在其实正在向着亚洲的喊声跋涉。

听着他的最新创作，我不断地回忆起蒙古草原、黄土高原和天山南北。

亚洲的喊声，亚洲心灵的喊声……他真的要踏上那莫测的长旅吗？

3 块大陆都沉默着，辽阔无堰的亚洲大陆都沉默着——我也不该再写一个字。一切都有前定的宿命。

“走れ命の流れにまかせて振返るな翼ひうけ”——让这只大鸟尽情地飞吧，它会为我们开辟腾飞的道路。

1991 年 3 月于东京

4. 补记

关于日本歌手岡林信康，我想这是我最后一次为他写上几笔。唱片转完了就该拿下来，尾声响过了人听见的是自己必须听的声音。我不愿再写到他的原因，是因为我想避免向他宣战，对世间挑剔的我居然为他写过 4 篇文字，这已经足够使我自己吃惊了。

1990 年以前，他复归日本秧歌，自称这是“日本摇滚”，以后出访土耳其、韩国，今年 10 月终于来了中国。人们都曾经不相信他真会这么唱下去，因为他以前的形式一直变幻剧烈。但是现在看来，他是决心尝试以日本秧歌充亚洲文化的代表了，我不愿再为他写。

为我敲响警钟的，是韩国对日本文化的抵制。此事为我所知，缘由也是一个歌手，而且是我接触过的歌手：加藤登纪子。

由于被奴役的殖民地历史，韩国禁止在领土之内的日语文化活动——这至少持续了四五十年的政策，我国政府和学者并没有介绍给中国民众。我为韩国人的骨头硬而震惊，也为中国人的麻痹又一次哑口无声。随着时间流逝，这种被侮辱者的反击政策也许过时了，但对日本人这种硬邦邦的回击是必要的。值得深思的不在这项政策，而在韩国人的心情。

1991 年，原左翼歌手加藤登纪子无视韩国民众的心情，公然故意制造事件，在汉城用日语演唱，随后又写文章自我吹嘘，题目是《汉城上空，日语歌声在响动》。左翼开始加入歧视侮辱人的阵营，此事件是一个标志。

同年，岡林信康也积极准备赴韩演出。他对我讲了加藤一事给他带来的复杂心情，但我也看清了他同样会去汉城，我只盼他能尊重朝鲜人地唱，但我划不清他的界限。

在这之后，他给我看了他在土耳其一条渔船上的演唱录像带。那显然是对牛弹琴；显然是租船给这群莫名其妙的日本人的土耳其渔民眼神冷漠，我看着，什么也说不出，只为他感到尴尬。1991 年他来了内蒙古，两个星期的旅游观光能有什么创作的可能呢？

他写的两首“草原”歌不伦不类。但他决不是变质完蛋，他仍然保持着每年都有一首到两首极其动人、而且是他人不及的好歌问世。

1992年底，我回国前不想再见到他，我感到在日本所谓“亚洲人”是什么味道，既不愿失去这个立场也不愿向他表露这个立场，因为我对大举向亚洲发动经济侵略的日本充满敌意。作为一个作家，我警惕着可能同样大举前来的文化侵略——我非常担心自己会在我的战场上发现他的影子。

这种心情很难说出来。我主动疏远了他。

他比任何人更敏感；他坚持要为我送行。临别那天晚上，我感到他很真挚，他也找不出词来说。应当说是互相掩饰着，度过了一个晚上，然后就告别了。

他是否还能继续是我喜爱的歌手，要看他在今后对中国的作为而定。

为此，我趁此次结集的机会，把关于他的几篇中文写的小文集在了这里。还有一篇是用日文发表的，一篇关于他的全面论文。《信康》解说是1991年他新发行的激光唱片和盒式磁带的解说词，他请我写，因为有加藤登纪子冒犯曾被日本欺凌的韩国人心情那一事件，我写的其实是对他的提醒。

《骑上激流之声》曾收于我的第一个散文集《绿风上》里。《艺术即规避》一文，本来我曾想写得长些，因为那里面藏着我从事文学的一些动机，但时间匆忙，没有来得及。

他最优秀的歌仍是早期歌曲，现在已经可以看清楚是六十年代的伟大气氛给了他生命。以后，尽管他不服气，艰难地企图战胜时代，在形式上剧烈变化寻找，但不感人就是不感人，稀释了的就是清汤寡水——包括他最新的一首好歌《虽然没有成为詹姆斯·J》；

尽管哀伤动人，也仍是一个小作品。

我心底的希望是，在将会出现的文化侵略的日军中，最好别出现罔林信康。但是像对一切当世的事物一样，我也并不敢奢想。

严肃的态度或者说生硬的、不近人情的态度里，也许有着最地道的理解和善意。我只提供这种理解和好意，我不吹捧。

1992 年 12 月

真正的人是 X

一

1987 年，我在长篇小说《金牧场》中，不仅过大地夸赞了美国黑人公民权运动中的非暴力主义者马丁·路德·金，而且错误地夸赞了美国的清教主义。这部书中涉及的“美国梦”、德沃夏克的交响乐、关于哥伦布的议论，都肤浅至极、轻浮至不能原谅的地步。这事让人沮丧。它使人觉得：世界那么复杂，认识它如盲人摸象。我们可能理解这个世界吗？

十年前买过一本旧书，题目是《马尔克姆·X 自传》，买它的原因是有人推荐但买后一直没有读过，一直拖至不久以前。

这是一个六十年代的美国黑人领袖的自传。

说起黑人领袖，很多人知道大名鼎鼎的马丁•路德•金。他被暗杀后毛泽东主席曾发表唁电，其中的名句（大意）：资本主义制度是随着罪恶的贩卖黑奴行径兴起的，它也将随着黑色人种的彻底解放而告灭亡——曾经是当时世界上对黑人解放运动最响亮的支持。而马丁•路德•金的著名处，却在他的“非暴力主义”——这是一个流行至今的主义。

马丁•路德•金对于中国人来说并没有形成形象，但是他的主义，却不知为什么被中国人留了神。虽然没有统计调查，但他的主义确是今日中国知识分子的下意识里，对世事的一种判断原则。应该说，这个原则和美国白宫的知识分子几乎一模一样。

但是，在毛主席的唁电中，却清楚地表明了对这种非暴力主义的不同意见。毛主席讲道：马丁•路德•金一生坚持非暴力原则，但他却被美国的暴力杀害了。他的唁电对马丁•路德•金藉以出名的道路，保留有非常严肃、非常理论的异议。

1987年，我旅行老美，发觉每座大城都有一条胡同（决不是主要大街，故称胡同）被命名为“马丁•路德•金路”。当时，我觉得毛主席有一种未曾被解释过的哲理的深刻——非暴力主义完全可以当成体制的招牌或粉饰；它有那么一股奴才气，把正义通过下贱表达，让年轻人觉得不舒服。

决不会被美国佬做成胡同牌子的是另一种人。是谁呢，历史上凡真正的英雄都是无名的X，而美国黑人中的这一个，却真的姓X。

马尔克姆•X是一个复杂运动中的一个人物。我不可能详加介绍。他是与美国体制承认的黑人领袖马丁•路德•金牧师在思想上对立（在行动上则强硬地支持金牧师的公民权运动）的另一个黑人领袖。1965 年夏，早于金牧师三年，被暗杀于讲演台上。

今年，我不仅细细地把这本自传读完了，而且看了其他关于他的资料。X 的魅力久久挟持着我，那是一种烫人的魅力。那是一种你不可能不被吸引的道路，那是使人趋向它如飞蛾投火般的、由于太真实了反而使人觉得是异端的思想。

我日益感到必须把马尔克姆 •X 的事介绍给人们，哪怕又在哪一天觉得肤浅。不过，直觉告诉我这次不会错，而且我觉得只有这样的“世界知识”，才值得一写。因为他的事和他的精神以及他的气质，都与我们并非无关。不可理解的是，已经是世界常识的他，却至今没有在中国得到起码的介绍。

这一部分黑人们认为：每一个混血的美国黑人，溯本求源，都可能出身于一个被白人强奸的黑女奴之腹。因此，黑人原有的非洲姓氏已经被剥夺和忘却了，美国黑人的姓氏其实是不清楚的。在摆脱白人强加的烙印姓氏、重新找到自己“灵魂的姓氏”之前，黑人的姓应该是 X。

马尔克姆 •X 激动地写道：“我憎恶——我体内流着的、那个犯下强奸罪行的人的血，直至最后一滴！”他宣布自己姓 X。

此举引起的强烈时髦至今没有停止，黑人改姓 X、戴印有 X 字样的帽子、穿印有 X 字样的衬衫的行为，今年因洛杉矶事件引起的思考和马尔克姆 •X 的传记电影的上演、又醒目起来。

他们坚决认为“非暴力主义”不是解放之路。他们把美国社会中对黑人的人种歧视视为人类最丑恶、最罪恶的东西。反歧视——这个命题在九十年代又出现了。中国人也许没有感到西方对人的歧视有多么严重。在西方国家，挣扎于歧视中的中国人只求自己个人摆脱歧视、而并不反对歧视的世界。因此，人们也没有足够地觉察出歧视和敌视的危险，以及它的逼近。

马尔克姆·X和他的黑伙伴们更进而否认在美国占主导地位的、英国清教徒派基督教。他们在终极处发展自己的思想，认为应该在根本的信仰处，与歧视穷人的体制分道扬镳。

这一点不是马尔克姆·X的发明。六十年代，美国黑人的运动中出现了一种宗教思潮：即在信仰的根上，和毫无人性的美国白种优越主义决裂。这思潮当然和黑人的气质、以及他们的历史特点有关：他们尽管被骇人听闻地奴役过，但是没有像中国产生汉奸传统那样，产生特殊的出卖阶层。针对白色人种的人种歧视，他们激烈地宣扬黑色人种高贵的观点。这个观点必须借助神的嘴来说出——伊斯兰教被选择了。

这就是美国黑人当中兴起的“黑穆斯林”运动的简历。可以说我们不了解这个运动的规模。因为中国学这个专业的知识分子都忙着钻研送给中国一场鸦片战争的盎格鲁·撒克逊精神去了，所以，包括两千万穆斯林在内的中国人，几乎谁也不知道美国的黑穆斯林。

而这个运动的规模极其惊人：到八十年代，美国已有百万计的黑人信仰或改宗于伊斯兰教。美国的清真寺遍布辽阔的北美大陆；短短几十年间发展起来的黑穆斯林的数目，据说几乎接近了中国自遥远的公元七世纪以来，用了一千三百年时间才发展起来的，回族中的穆斯林的数目。

发展史上最有名的，是一名举世闻名的拳王入教；和他改用了“穆罕默德·阿里”这个宗教经名的事情。这是一个源于使美国视为大敌的、伊朗代表的什叶派精神的经名。

与拳王阿里信仰伊斯兰教相前后，马尔克姆·X也皈依了伊斯兰教。在美国黑穆斯林运动渐渐变得体制化和温顺时，马尔克姆•X以迷人的坚决性一跃而出，成为了美国黑人运动的鲜明旗帜。

他不后退一步地，主张最彻底地抵抗美国对黑人的暴力和人种歧视。他不使用一块铁片，没有摸过一粒子弹，他只用讲演这种武器。但是他主张反抗。他到处演讲，人们被他的魅力倾倒。六十年代初他迅速著名起来，伟大的尊严带给了他雄辩，演说成了他的主要活动。

我不是翻译，但以下几段不能不译。

他说，我们没有登上新大陆那块使美国自豪的岩石，是岩石骑上了我们的头。

他说，白人问：黑人为什么憎恨白人呢？强奸者问女人：你为什么恨我？狼也问羊：你恨我吗？

他说，我的祖先被蛇咬过，我也被蛇咬过。当我告诫孩子们小心蛇时，他们说我教人憎恨。这是为什么？

他说，如果不相信我的话，请看一看你自己的生活。看看你周围的生活。不能只是因为你们运气不好吧。再往中央公园附近的中城街区走，去看看白人的神给白人带来的东西，看看白人过着什么样的生活。去看看白人的公寓、公司、摩天楼；从这一头到那一头地看看白人从不知怀疑的印第安人那里、用二十四美元买下的曼哈顿岛吧！

他说，不，革命不是没有歧视的公园和厕所，不是在厕所里坐在白人旁边的自由权利。那不是革命。

——对于我们，这些语言不是陌生的。只要我们几乎丧失了对它们起码的自信。至于他，他的魅力已经形成。但是他的道路显然还没有找到。

二

道路在哪里呢？

一次去麦加的朝觐，扬弃了马尔克姆·X思想中的偏激的东西。

在麦加，当看见不同肤色、不同语言的穆斯林们完全像兄弟一样，当看见不同人种的人们不仅可能不相歧视和以牙还牙；而且可能有一个伟大的共同目的和理想时，马尔克姆·X的思想体系发生了重大的改变。在著名的麦加通信里，他写下了自己的感动和飞跃。他深沉地选择了排除对白人不加区别的、黑人民族主义的道路，并开始支持一切不同派别的黑人运动。

当美国的纳粹白人组织对马丁·路德·金的非暴力公民权运动大打出手时，马尔克姆·X写信给他们的头儿说：

> 警告您。我们在与白人优越主义的战斗中不受黑穆斯林运动的约束。在阿拉巴马，如果你们在种族主义的煽动下，对不过要求自由人权的金牧师等美国黑人，都要加以肉体侵害的话，那么您和您的朋友三K党诸位，将要受到我们——不能满足非暴力非武装哲学、准备不计一切手段行使自我防卫的我们的，最大限度的报复。

更大的一个事件，是他发表了对当时的美国总统肯尼迪被刺的看法。

当时的黑穆斯林运动领导人避免攻击，要求全体黑人对肯尼迪被刺事件保持沉默。但是马尔克姆 •X 却恰恰被选中担任一次无法取消的、已经预定的讲演。他被历史推上了前台，无法回避如同行刺一样的记者提问。

当被问及对肯尼迪被刺事件的看法时，他回答:“这是一个——害人者反害己的好例子。”他的意思是，他并不是对肯尼迪遇刺不遗憾，他是说，在美国白人之中充斥着的一种对人的憎恨与恶意，长久以来发泄于残害黑人之上而不能餍足，这种罪恶，终于蔓延到了自己的白总统身上。

但是用语可能是极易误解的。最近由 Spike Lee 在洛杉矶黑人被白人警察残酷毒打成大乱之后，拍成了巨片《马尔克姆 •X》。影片中反复重播了这句被争议的英语。无疑此语犯了天下之大不韪，美国舆论大哗。他被描写成一个黑色恶魔。此事使得美国的黑穆斯林（The Black Muslims）运动感到必须避嫌；这也是他的启蒙之师、黑穆斯林领导人与他分道扬镳的原因之一。

能感到，热爱体制和肯尼迪的美国社会对他的攻击，可能是相当恐怖的。然而，我却觉得他的那句话说得太棒了，不仅勇敢和一针见血，而且富有文学色彩。如果我们把原文“硬译”一下的话，虽不妥，但可得一句：

The chickens coming home to roost——“鸡必回窝”。

正当他企图与一步步走向原教旨主义和体制派的黑穆斯林运动分离，企图在纽约举世闻名的黑人贫民窟区哈莱姆建立一个新的伊斯兰中心和黑人运动中心时，一阵罪恶的扫射把他打死在讲坛上。

而前不久，他在写完这本自传之前曾说：“这本书出版时，如果我还活着，那才是奇迹呢。”自传写到 1964 年夏天，他死于次年五月。书当年六月便已编成，但他的预言对了：他没有见到自己的自传出版。

这是一种省略极多的暗示。这不是预言或预感，而是清楚的判断。没有人比死者更明白危险有多临近；只是，没人听见这暗示。X在讲出这句暗示的时候，没有忍住自己的“弱”，但世界——等着他迈上那个死的讲坛。

他的自传的编者在前言里记载了一件事。一次，马尔克姆·X到他家做客。客人离开以后，他的妻子沉思许久，然后对这位编者说，真像刚刚和一头黑豹在一起喝过茶一样。

——这一系列鲜烈而干脆的思想和行为强烈地诱惑着我。X使我看见了一个纯粹的例子。

三

无论如何我们必须了解世界。而自己去摸清资料多得令人生厌的、复杂的外国问题，是非常困难的。

由于语言的障碍，首先需要翻译作中介，但是翻译们随人有异；他们传递过来的观点甚至资料，全打着他们的烙印。问题不在于他们的水平高低，而在于他们受了一种特殊的教育——他们中的很多人，不仅已经惯于对自己母语依托的文化妄加鄙薄，而且他们脑子里的外国观常常是保守的经济主义、科学主义和体制主义。我们必须向外界学习。但是真理和真正的人都是未知的X，而且要自己去找。

但是自己找是很危险的；我们找的时候，其实已经有了个模糊的结论或者目的，已经是在为自己的一个感觉找根据。真是没有一个客观的世界，我们的心里的动机和憧憬，在引导着我们认识世界。

我没有必要保证说，这回没写错。我只想说，我写出的对马尔克姆•X的主观的感想，是我的心深深向往的。我真的，深深地喜爱他那种激烈的血性。换一个描写的词汇，这是比生命更宝贵的自尊。

我镂骨铭心地觉得，若是没有这样的自尊、血性和做人的本能的话——人不如畜，无美可言。我不知人们是否接受如上的思想。我不知我们古老的中国，是否应该接受如上的思想。我只是感到，这是——自救的思想。

也许，他的细末如何并不重要。我有时琢磨自己的接近这个思想的过程。或者惟有我自己的这个轨迹——从莫名其妙地对“美国梦”和金牧师的兴趣，到对马尔克姆•X的独自的潜读；从单纯地对世界崇拜，到激烈地爱上异端；从傻傻地要以他们为师，到狠狠地想向他们开战——惟有这个轨迹才有着意味。

真遗憾毛主席那篇珍贵的唁电，包括那些名句没有发给马尔克姆•X。对于主席来说，他要表达的只是他对人种压迫和所谓非暴力主义的观点。我猜想，也许是秘书们和专家们的失职，没有向毛主席介绍这本自传和马尔克姆•X其人。毛泽东是一定会喜欢马尔克姆•X的，这一点毫无疑问。

聊以为慰的是，当年的《人民日报》发表了文章，指出“马尔克姆•X是为两千三百万美国黑人的解放而斗争的”，“对待帝国主义的压迫者，只有以暴力反抗暴力”。这篇文章很重要，它使中国毕竟显示了中国气度。

在我的主观的、冥想中得到的印象中，他确实像一头高贵而危险的黑豹，一个笔直矗立的黑影，一个深刻的黑色字母X。我常常觉得他对我们是一个重大的参考；决不仅是对穆斯林们，而是对中国青年。

1994年4月

江山不幸诗人幸

让一个作家介绍同时代的文学，偏颇大概是不可避免的。但是任那些评论者（尤其是作专家态的外国评论者）东一竿子西一棒子地介绍，文学创作的真实又几乎只能被座灭。中国这个巨大古老的存在，在二十世纪末正面临着再生与衰灭的大关口；无论大势如何，在这样的时代里，文学的醒目是必然的。日本有的学人认为：中国无文学。这种观点惟一还能被容忍的一点地方，是这种观点排斥着一种政治性过强的文学（尽管日本的“中国文学研究者”们几乎都把中国小说当政治入门书读）——然而，文学是极其自由的形式；中国文学该怎样写，只可能由中国作家们自己决定。无论形式变成怎样一副形象，形式本身就蕴含着规律。

这样看来，由我介绍，也许比由某些“专家”介绍更好些。

1979 年前后出现的一批文学作品，今天回味起来都很幼稚，甚至都（不是全部，当时也有相当老辣的作品）有一点中学作文味。比如王蒙的《最宝贵的》，直露、过短、真诚；几乎等于一句话：“人不能告密”。再如卢新华的《伤痕》，肤浅、媚俗，从小市民的流行观点解释中国官僚体制及其命运的大命题。同期的民间刊物除了政治上与形式上的勇气多一些之外，大多也是一些相当概念化的作品，如《在社会的档案里》。

但是，七十年代末叶这一期小花朵，都共同具备着一种动人的东西，真挚、不安，等待着时代给自己以爱。而且，其中一部分作者迅速地向文学意味倾斜。向着艺术的道路在那几年里很简单地被打通了。

那时的“时代”至今令人怀念。那是一个全民读小说的特殊时代。中国人的文学热情畸形而感人。每一位在当时发表了好作品（或者是较好的中学生作文）的作者，至今都可以以名家自居，让后日发表了优秀得多的作品但总吸引不了公众视线的新秀们嫉妒不已。

※　※　※

同时，对西方文学的注重也迅速展开了。在无人知晓之间，中国作家中出现了两种潮流：一是在各种领域里掀起波澜，“干预生活”，触及政治的政治社会类作家。他们的特征是在体制之中小规模地揭露黑暗面，丧失的是深度和艺术性。二是感受着西方艺术的滋味，开创形式，注重语言，企图寻找真正的艺术真谛的现代派作家。这一批人蔑视或摒弃体制本身，但是有相当一些参加者仅仅是现代派而并非掌握着现代主义。

两道大潮，一直影响到今天。可以预言，二十世纪最后这几年里，中国文学仍然处于上述两种倾向的分裂和继承之中。

※ ※ ※

八十年代并没有给中国文学带来黄金时代。有些论者说，八十年代出现了超过三四十年代的文学繁荣，这是阿谀之辞。

但是八十年代的中国文学令人眼花缭乱。

在小说领域，最初是“意识流”以及形式本身对于故事小说的冲击。新诗则被称为“朦胧诗”；——值得注意的是，在八十年代初，民间刊物与一般公办刊物之间区别在减少，原民间刊物的作者们也成了公办刊物的索稿对象。

这个时期的例子举不胜举。前述“政治社会派”作家们一再制造话题，他们始终聚集着社会上的议论。年轻的仿效者层出不穷，但是都很难在这个时期里取得文学界的统治地位。

似乎有一种默契：在中国的出版界和优秀作家之间，不成文地存在着一种心情：摸索可行而且能存留后世的道路。因此，文学界更受青睐的，也许是创造了新体裁的作家；而并不是趣味在新禁区的作家。这种现象，不仅仅与中国文化界的理解存在距离，更与外国的所谓中国文学研究大相径庭。

前一类作家，从《人妖之间》到《第二种忠诚》，篇篇都表现出一种激进。土气些的李存葆，从《高山下的花环》到《山中，那十九座坟茔》，——在立正敬礼的姿势下为民请命。后来，这一传统又被一支庞大的报告文学大军继承；村村点火，处处冒烟——仿佛一个从未被人描写过的中国在他们笔下清晰了，仿佛一条从来不敢相信的希望也从他们笔下诞生了。

后一类作家掀起的，是完全不同的另一种“热”。不是由学术界，不是由理论界，更不是由文学评论界，重要的是由作家们首先提出了“文化”这一概念或命题，并使之一下子耸动了视听。后日出现的风俗画、民俗电影，包括俗不可耐的流行歌曲“西北风”，都起源于八十年代中国小说作家在探索中涉及的文化讨论。外国的“研究者”们根本没有同级的修养，所以他们只能哄而论之，用“寻根”这种浅显词汇来瞎子摸象。

与此前后，出现了阿城的《棋王》、韩少功的《归去来》、莫言的《红高粱》、昌耀的长诗《慈航》、王安忆的涉及性主题的新作和扎西达娃的“西藏魔幻现实主义”小说。还有不能概括的作家和作品，也几乎都在八十年代出现了。

举三个不甚适当的例子，也许可以说明一种现状：这种状况就是——中国当代文学刚刚摆脱了当代西方文艺思潮的左右，开始有了自己把握自己形式的力量。

王蒙的《活动变人形》、莫言的《红高粱》、余华的《现实一种》，可以构成一个风马牛不相及的对比组合。

王蒙的作品是迄今为止对中国传统最深刻有味的一次刻画。人人有感而人人难为——王作恰恰正是这把解剖刀。小说冷酷地、淋漓尽致地展示了中国文明早已开始的末世相，而且刀尖指向的是中国知识分子。早期的真诚被成熟的戏闹篇幅隐蔽净尽，读着人感到心惊肉跳——将来怎样呢？作品并不关心这个老问号，它尽管完成了这个大手术。

莫言的作品，其精彩在于，它使穷乡僻壤的读书人，振奋，并知道了自己家乡、土语、土味十足的传说的魅力。它无穷无尽地倾泻着一种“乡村知识”，强有力地战胜了学院派。全文神神鬼鬼，虚虚实实，在诡异的用词中创造了一种恶意十足的辉煌。

余华的作品更重要的是回答了人们对“年轻人”的怀疑。由于它和它的一大批姊妹篇，人们发现年轻人更老辣、更“坏”、更成熟。这种成熟性意味很深；它们否定的东西是全面的，不仅对于父兄文化传统，即使对于真善美等老生常谈，它们的否定也一样地无情、冷漠、恶毒。但它们拥有着某种捉摸不定的真理，读者可以不相信它或对它反感，但也会发现它非常酷似一种中介的桥梁。

——这 3 个不适当的例子，都拥有与西方文学关系不太大、作家自己的形式及语言。仅仅就这个意义来说，我认为它们虽然不一定是当代世界文学中美好的作品，但确实是当代世界文学中高水平的作品。

当然，我举出的这 3 个例子都不用于政治社会派。而且我也没有说我多么尊崇和喜爱这 3 篇小说。我只是想说：如此拥有着私人的形式和语言系统，已经意味着伟大的文学正在迫近——没有明天和今天的界限；那伟大的文学之潮的潮头，昨天就已经来临了。

今天尚不是对上述两类（艺术与社会，或者有更多类）文学一言论定的时候。追求艺术性的作家与追求社会性的作家之间，虽然文人相厌，但是尚不能说一种追求已经压倒了、或者是优于另一种。但是今天可以对把中国文学当政治小册子读的研究者（特别是国外研究者）下结论——他们的忙到今天的日子和所谓研究几乎是毫无意义的；因为一系列重要的理论问题并没有从他们的印刷垃圾中产生过。相反，指导过中国文学界、文化界和思想界的几次理论——如李陀、刘心武、冯骥才 3 人关于现代派的讨论；如王蒙关于作家的非学者化倾向的讨论；如韩少功关于楚文化、文学的根的散文而引起的文化讨论——都是由作家提出并普及向世界的。

对中国当代文学前途的判断，又决不应是模棱两可的。我本人属于、也认为应当寻求真正具备艺术意味的文学。未来总会洗刷今天，值得珍视的只是人的心情。当年的《伤痕》式的浅薄解说，早就被严峻的真实粉碎了。艺术即规避；选择了文学就意味着选择了比政治更原初、更私人、更永恒的道路。

※ ※ ※

八十年代末，对拉丁美洲小说新潮的关心也终于收场了。也许，中国当代文学就这样迅速而不为人察觉地在短短十几年中完成了准备阶段。八十年代末期新出现的作家，已经不太带有西方文学模仿者的烙印。九十年代将仅仅是一个巨大的文学高潮的胎盘。

在日本，我从未见过一个热爱中国当代文学的留学生。

也许他们认为日本既然是经济大国，便一定也是文学大国吧。而自己的祖国，既然如此江河日下，那么也无须再说什么文学了。

不知道究竟是中国可悲，抑或是中国作家可悲，或者是中国读者可悲。

但是，中国人正感受着现世人类很难感受的内容。不仅仅是历史的沉重感，包括生活的丰富感，也许恰恰在这时正独惠于中国人。我猜，真正的世纪末和我们憧憬的新世纪之间，应该并不存在一道墙。也许人有了钱确实能获得一切。但是有的东西，恰恰会因为人有了钱，便永远也得不到了。

在黑暗中，久久麻木的感情有时会变成一种触角。在这茫茫的混沌中，有一阵微弱的喧嚣正在逼近——只要你尚能使用心灵，你就会感觉到。它清晰可触，似有似无，等待着你。

那就是大时代的初声。那是死灭与再生交替时分的音响，是新世纪的露珠般的信号。

不能就这样让生计消灭心的感性。

在这样的前夜，旅人正在整装起步。下一次将出现的是不能归类的作家，以及他们的生涯故事和不朽作品。那将是中文，神秘的四方形图案；它将改变这近百年的陋习逼人学习，因为惟有它拥有着承载如此一个世道的力量。

沙里淘金再当儿童

1

我曾经认识一个日本的药学硕士生，他在大学校园节时独自一人唱歌。背后贴着两个越南穷孩子赤裸着站在硝烟里的招贴画，身前有一把用胶带黏着一个半导体喇叭的椅子——他坐在地上，弹着吉他，大唱六十年代的抗议歌曲。无听众；只有我反复遛过他身旁——后来我们成了朋友。

他抱来一箱子书（当时我不知道《卡木依传》第一部居然是一套 21 册、成箱卖的），要求我读一读。但是他有条件，当时没听说卡木依这个生疏名字的我，并不理解他脸上那种严肃认真的表情。这位自称“民谣游击队”的大学生说：“读了以后，请讲一点感想。

如果感动了，请讲讲对哪部分感动，为什么感动。”

当时匆匆，我根本没有理会。

后来我为了休息消遣，看了一遍。卡木依是一个荒野怪人的古怪吼声，含义不明。

与那巨人相遇的一个小男孩也被取名卡木依。由于残酷的被歧视（日本对部落民的歧视用汉字写成“差别”），卡木依决心成为一名大侠（日本称为“忍者”，取其潜行者之义）。全书 21 本，描写了这少年和同伴、和社会的种种故事。

初读时，我隐隐感到一种不凡。这是一部大家手笔。连环画的语言（日本称“漫画”）使我感到形式本身的迫力。我逐渐看得认真；就这样我见到了一部奇书；后来给女儿仔细讲过一遍；儿童对它的理解深深震动了我。女儿反复地翻着它，缠着我每一个缝隙时间给她译。她有全套卡木依的打扮：兽皮衣、绑腿、短剑，头发也梳成卡木依的马尾巴。

值得重视的是：这不足 8 岁的女孩性格中有了一种艰忍，不诉苦，不让人看见她流泪。我的内蒙和宁夏的牧民农民朋友来做客，她偎依着客人——她要像卡木依一样尊重底层穷人。

我震惊不已。

让大人和儿童都感动的书，也许是最具有意义的书。我决定写这篇书评。

2

《卡木依传》是六十年代日本“全共斗”学生运动（即日本红

卫兵）中，与高仓健的电影《网走番外地》、岡林信康的歌曲一道，在学生们中间流行的艺术作品之一。

21 册庞大容量的画面，围绕着“歧视”这个中心展开。

在日语中“差别”一词由于其特指的社会内容而与相应的中文“歧视”有更压迫人的语感。也许印度种姓制度与它更接近——差别是对某种血统的人群的侮辱和歧视，其中划在等级身份最底层的是一种称为“非人”的人。

婴儿卡木依就生于一个非人的家庭。

等他长成一个少年时，他已经饱尝了社会对人侮辱和残暴的一切滋味了。他立志决不被人欺负，发誓要变成强者。他不屑父老乡亲的苟活，独自出走，求师寻道，后来在所谓“忍者”的黑社会中成长为武艺超群的大侠；同时也陷入黑社会的桎梏和新的压迫。

他同年的伙伴正助、龙之进各个属于佃户和武士出身，也都在自己的奋斗中陷入绝境。

画卷让贵族武士龙之进陷入非人部落，让农民正助爱上非人女儿但无法成婚；同时引入其他人物和故事，让阶级问题、暴力问题、宗教问题、党与组织的问题，金钱问题……都进入熔炉，彼此质问，究及原初，让人读着只觉得惊心动魄。在大问题的框架之间，鲜活的细节故事残酷而激烈。而由于主人公是儿童；这一切便更具有着动人的力量。

比如，卡木依的小朋友禁不住饥饿，到领主狩猎场去偷猎。他被捕后受刑再三，最后被倒吊在大松树上。他的小女朋友名叫小燕子，一直守在那松树下。后来，吊在高高树梢上的人随风摆动，尘埃般的虱虫纷纷落下。解说词写道：“虱子落下来了，这说明那肉体已经失去了让虱虫寄生的资格。”小燕子等难过地去找卡木依，告诉卡木依那吊死的孩子至死也没有招供出同谋卡木依——时，他们突然发现：卡木依赤脚上扎着一把短刀，卡木依静静地看着自己的血在淌。他无法去救朋友。

再比如，武士少爷龙之进不堪非人村的肮脏，他无法容忍吃讨来的烩饭，无法容忍非人村的苦，决定自杀——但自杀时发现，连刀也是被武士视为污秽的非人杀死牛马的刀，他突然懂得了武士的所谓清洁感中藏着的不公平。龙之进就在非人村中忍着苦累，吃着讨来之食，蜕变成一个新人。他组织了秘密党劫富济贫，企图当清官改革廉政——

最后，龙之进被砍头时，那颗头颅的表情仍像是对不公平的控诉。

再如阿菊，一个基督徒姑娘（也是个极其重要的人物），为了救自己的教胞，被迫踩了圣母像。阿菊心力全灭，喃喃着自己的罪过慢慢死了；但她的男朋友渔夫守着尸体，不许人靠近，直至那躯体变成一具骷髅。

——如流水一般，连环画送来一个又一个惊人的画面。消遣的阅读心理早被粉碎，画面作为语言正在蔑视作家的长文和学者的啰唆。渐渐出现了一个叫梦屋的商人；《卡木依传》事实上说明了一个真理：最后是金钱取胜了，但有钱人没有获得任何值得尊敬的人性。

人，地位和感情，做人的意味和含义，人在社会中及现世中的苦难——整部《卡木依传》一直纠缠在这些问题上，让各种故事彼此对立，宛如一部巨大的、对世界的质疑和考证。

3

一部《卡木依传》提出的挑战，不是对绘画或连环画界，而是对历史学界和文学界的挑战。全书结构完全属于古典的长篇小说框架，涉及的范围完全是历史学的领域——只是它采用了“动”的“画”，这种新语言逼人的迫力和画面藏有的丰富感，几乎能使大部头的考据专著和多卷本的长篇小说为之崩溃。

作者究竟应该怎样向读者传达——语言问题，看来在那个激动人心的六十年代早已经被提出来了。

历史学界的火候，不仅远远没有面对自己提出这种“语言”的自问，而且正在故作玄虚，在往昔使人如堕五里雾中但尚严谨可信的繁琐考据土壤中大种狗尾巴草。学术远远没有追求诗性；十九世纪营垒中的末代子孙们根本没有注意到十九世纪奠基大师们学术中那种美感，甚至没有注意十九世纪大师们注重“人学”，涉足艺术领域的那种个人学术的丰富性。

文学界则走着另一种邪道。“她哭得辉煌”、“田野上爆裂着尘埃的蛆虫”、“苍蝇如钢铁的声音”——这种哗众取宠的语言变态赢来了评论界帮闲的喝彩：“这是真正的汉语！这是真正的文学语言！”于是，空虚、无内容、先天不足成了皇帝最新的时装。

不敢走向朴素化和无力面对文学的本义提问，反而成了媚俗者最成功的计算。文学界远远没有接近文学的大问题，远远没有把语言朴素化或鲜烈化——让它用崭新的力量去震撼人心。

而《卡木依传》却选择了粗疏的画，作为新的历史学语言和文学语言向人心进军。

特别应该注意的一个背景是它属于六十年代。那个时代出现的一切文化现象和社会现象都是革命性的，而不像近年来我们身边的黄鼠狼娶媳妇——小打小闹。在《卡木依传》21册之长的图画大河中被裹胁冲击，我总感到如日本这样的文化小国居然能产生如此巨制，一定是仰仗了大时代的灵气。

画面作为一种文学历史语言，而不是作为绘画语言出现，这位我感到作者在诉说中遭遇的难言之苦。作者白土三平使用的是一种酷似古典的迫力极强的画面，尤其造形，而没有使用米老鼠唐老鸭式的戏闹画面及造形，这个现象意味深长。也许，对于一切门类的艺术来说，二十世纪之后的新现代主义将诞生于朴素的人类的原初形式之中，而不是诞生于伪现代派的鬼画符之中。

4

据说，正当全共斗学生们和读者们（一定包括无数小孩）正津津有味地读着那21本连环画，并想象着这21本之后的第二部究竟应该怎样时——作者白土三平却陷入绝境。

后来，第二部勉强出了4册，就再也出不下去了。再后来，他干脆辍笔，传说天天钓鱼，他无力回答自己在《卡木依传》21册的第一部、在滔滔大河般的画面中提出的一系列严峻问题。此书半途而停，而且无望续齐了。

在中国人看来，这是必然的。日本不可能是一个产生对于人类基本问题答案的国度。

关于人的歧视、人的意味、人的历史与未来的大问题，应当由一个相当的大文化大背景的拥有者来回答。

我并没有说，这一切应该由中国人来回答。当代中国知识人的萎缩、无义、趋势和媚俗，都已堪称世界之最。但是继承从来是神秘的，当我看着女儿只是因为一部《卡木依传》就变得充满正义感时，我想中国仍然大有希望。

就一部《卡木依传》来说，尽管它追溯了金权之权的起源并对之质疑，但是它本身同时也是一部商业化作品。21册之冗长，显然有乘胜谋利之目的。这种现象遍及日本一切艺术和学术——它们都经耐不住金钱的严峻逼迫；这一点与穷困文人相反：在穷国，人们能更多地大方和蔑视金钱，虽然原因只是因为钱不值钱。

同时，所谓“忍者”连环画毕竟是一种低级的娱乐品，而且其中还掩饰了对中国武侠小说的剽窃。日本忍者漫画及文学中，早就丧失了中国《三侠五义》那种简明单纯和节制。日本文化界久久以来企图以“日本文化”这样一个暧昧而虚假的概念，在世界上偷换中国文化的地位。这一点，借助众多买办文人的帮忙和日本强盛的事实，也许确实已经奏效。大鼻子洋人姿质粗糙，不求甚解，于是有了美国人流行柔道谈论“忍者”，而不知道武术没听说侠客的现象。我在与女儿共读时，为解释这些费力不少。

就这个意义来说，沙里淘金，《卡木依传》是一部“忍者”垃圾堆中的玉石。也就这个意义来说，《卡木依传》中搬用中国典故“中为日用”之处和对忍者斗狠的无节制描写，是败笔和瑕疵。

※　　※　　※

听说某位出国画家受了启发，正在日本大画《东周英雄传》。窃判断作者一定是依仗《东周列国志》的那部白话文本子。而我希望中国的有志之士起来，不是炒炒贱卖，而是追求儿童们那种真实的感动；以舍此无法表达中国心情的崭新语言，去创造一种同时感动大人和儿童的、朴素而不行的作品。

1991年2月

女王陛下的花园

这真是一片无人区，我久久地这样想。这样的风景在地球上多吗，白雪深湖，森林冰峰，但是方圆数百上千公里，没有人，也没有历史，这是一个纯粹的只有眼前没有昨天的地方。

传闻实在不可靠。

百闻不如一见，亲自来此一行，见识了这种现代化的荒凉以后，也就明白了另一种传闻，明白了为什么那些为舍弃祖国、为一张移民卡舍身舍义的中国留学生们——突然间又都出现在北京或上海。

因为这儿是无人区。

而我要依仗多彩的中文生存。无人区显然不会使用我的中文——温哥华没有什么文学发展的角落可言；就文化水准来说，它很像我国的一些比县城大些、比地区级市小的大镇子。而温哥华还是加拿大西海岸的第一名城——其余地方就更可想而知了。纵使还有多伦多之类大些的城市；简言之，这个国度整个只是一个大乡下，而且是人烟极期稀少的乡下。

那么，乡下应以自然取胜。

我对自然是不怀偏见的。但是，人不能为自然而自然，水平高下应当说是存在的。

真是所谓“高处不胜寒”，这里是一片冷清得死寂的自然。

在北纬，在纬度偏北偏得比阿勒泰更北、比外蒙古的北境更北的这里，暂时还不算冻漠和北极冰封地区。

就在北极冻漠世界，与我熟悉的北方之间，是加拿大这种特殊的寒冷、多湖、森林发达、积雪不化的地带。

明信片上印着它们。航空摄影拍下的这种风景，天湛蓝，湖幽深，白雪寂静，起伏的林森无边无际。初次看见这种明信片时很兴奋，好漂亮的自然！似乎自己已经走上旅途。

而在这万籁俱寂的清冷森林旁，久久望着那片深谷里连环般嵌着的湖时，心里现了古怪的感受。

一切都只凭一条公路。若是没有这条公路或这条公路坏了，那么谁也别来，谁也别走：永恒的时间和永恒的死寂统治这里，没有车，这里便是墓地。这样想着，人心里会出现恐怖，怪不得离开城市的加拿大人特别害怕车坏。

有路和车保驾，清冷的世界仍然在逼迫。人会执犟地想：为什么这里没有过去？为什么这里没有故事、传说和如哈萨克的天山一样的诱人文化？

文化、历史、故事、过去只有一个。不是完全没有而是只有一个：不列颠女王陛下的花园。

地名枯燥地重复着：昆士兰——女王领地；不列颠哥伦比亚——英属，伊丽莎白 Park——女王公园……然后又是新奥尔良、新约克、新盎格鲁、新撒克逊。

反正，纵目远眺，这未开的蛮荒和冰封的森林，都只有一个莫名其妙的烙印：英国女王陛下。山河冰冷地冻结着表情，一言不发地在寒冷中沉默。从殖民主义者的爪子伸到之日起，它们就再也无话可说了。体制沿着海水浸漫过的一切地方，建立起来后便一副公理相，谁也不再追问它是否血腥，是否正义——反正这里是无人区，它是否真的属于英伦三岛的女王，其实并无关重要，并不影响这片沉默的、清冷的大地。

我仅仅短暂地站立在那片自然中，由于无人，我注视时心情也和那些冰湖原始森林一样，冷漠而不动情。

可能有过一些印第安人，但他们早被残忍而悄然地消灭了。总地来说，由于无人，因此山河不抵抗。因而也没有留下任何感伤的或英雄的故事。

我喜欢说一种牛犄角理。我在说这种白种人不爱听黄种人听了也不激动的道理时，我觉得孤单真可怕。

但道理确实如此：在东方的中国时代里，中国人也曾这样随意涂抹地名：三家子，孤山子，甜水泉，铁匠营，穆家渠，王家堡子——土气是土得掉渣，我确实反对地名的俗下。但是它们也毕竟是一种底层的产物，土气中蒸发着芸芸民众的气息。它们不像女王花园之类地名系统，仅仅只有一股媚权和侵略的臭味。

蓝湖白雪不声不语，与我对视着。

在加拿大，我总是去与它对坐，相视良久，然后回家。自然是无罪的，它其实并不愿被打上标签。它从亘古以来就等着人，等着人类在自己的怀抱里创造出美的历史和文化。只是它也只能顺从命运；就像我们，还有我们的山河一样。

望着这片孤单又广阔的森林和大山，我不知为什么感到一丝怜悯。宁寂留给你，让我回到嘈杂。原始植被留给你，让我回到水土流失。女王的殖民体制留给你，让我回到蚂蚁般的求生者的喘息中吧。

不用空调小轿车，也不倚仗高速公路。在我的山河中，我的双脚踩着真正的泥巴。回去可以做一个文化的富有者，那么我就回去了。

离开时，我觉得那空荡荡的山脉森林上空，掠起了一阵长长的口号。

1993 年 5 月

公园与兄弟

深夜在电视里看到旧新闻（事件当天是绝不会报道的，西方国家的新闻自由是个神话——才知道日本警察和“入管”——入国管理局）突然封闭代代木公园那天，在大街上抓了一百多个外国人，其中主要是伊朗人。

伊朗人——劳动力，这已经是一个固定名词。

大批伊朗男子涌入日本打工，是在两伊战争以后。他们大多以观光签证入境，然后超期居留，干上一两年苦力活挣上两万美元，然后回国与家人团圆，用这笔钱重整家业。

伊朗人与中国人不同。首先他们不像许多中国留学生一样幻想在日本混个出息，因此他们与日本人交往很少，冷淡而自尊。其次他们不拖家带口，大多是独身闯日本的一条汉子。他们不带家人，朋友们合租房子住，靠公共电话与遥远的妻子联系——顺便也发明了伪造的电话磁卡。第三是他们不打杂工，不像中国人一样充斥一切劳动市场，他们一般只干建筑工地等重体力活儿。

日本经济的不景气与严重的劳动力缺乏之间，使打工机会既难得又总有。打上工就意味着每个月两千美元的收入，打不上就要在生活费贵得吓人的日本饿着。于是，他们渐渐汇集在东京的上野公园——在那里交换劳动情报，介绍关系，寻找机会，买卖日用品，并获得一些友情和安慰。

日本警察大约在1991年禁止了上野公园的聚会。

半年多以后，东京的代代木公园又成了他们汇集的场所。每逢星期天，代代木公园一派热闹景象，有音乐有舞蹈还有烤羊肉串，不仅伊朗人，各个第三世界来此谋生计的人们都汇集于此，买日本人不卖的便宜货，交换打工的消息和价钱，使用亲切的母语，让紧张而孤寂的心舒畅一下。

但是好景不长，代代木公园贴出了告示：为营建园林，禁止入内。警方透露，此举确是有防止伊朗人“黑着”不出日本以及买卖假电话磁卡的动机。由于与民主国家招牌不符，因此使用“绿化”公园的名目。

抗击有两起：第一是伊朗人自己。经常来代代木公园的中国人，一般是不会在这种时候露头。一个伊朗人站在公园门口，他用不准确但非常感人的日语呼喊着：我们也是人！我们为什么不能在这里聚会！……另一支力量是一些残存的正义的日本青年，他们组成了“生命与权利”协会，处处声援痛苦的异国打工者。一个小伙子拿着手提麦克风，声嘶力竭地向行人呼吁——国籍古怪地成了人的力量的标志，显然他比那英俊的伊朗青年更有分量。

就在这时，突然间跳出大批穿便衣（不是西服而是夹克之类的流氓服色）的“入管”，见人就抓。拉出一个立即查签证，过了期的立即逮捕。不动声色悄悄停在远处的，是用来拉人的几辆大面包车。

一个伊朗中年男人被架走时，他的表情很特别。他的脸上没有害怕，只有无奈和悲哀。他竭力想笑，竭力不与“入管”挣扭，但是“入管”们是地道的鬼子，丝毫不懂文质彬彬。那伊朗男子觉得难堪，他可能是个知识分子——在电视上，那一瞬我看到人的尊严被侮辱时的神情。

英勇的一伙是“生命与权利”的日本青年，他们拼命阻击“入管”，用电视猛拍镜头，话筒一直在疯狂地怒斥着。他们只是不敢动手开打，尽管那是一个该大打出手的场面。

——那一天被捕人数有一百余名，主要是伊朗人，此外还有韩国人、马来西亚人若干名。有四名被捕者官方未公布国籍，人们猜他们是中国人。为什么日本不触及中国这个词呢？这是个让人品味的疑问。

现在，为伊朗人争取人权奋斗着的，只有那小小的组织——“生命与权利”。他们的观点和一般人的认识都是：日本当苦于劳动力不足时，便对伊朗人超期居留睁一只眼闭一只眼；而当经济不景气时，便发动诸如关闭公园、街上抓人等行动。人人知道如此的规律。近来日本景气回升，所以电视上出现了这种旧新闻。

代代木公园关闭了，铁栅栏上高悬着波斯文、朝鲜文等文字的告示，星期天再也看不到漂亮的伊朗小伙子们了。

日本“入管”封闭代代木公园和街头抓人的行为，代表西方向第三世界拉开了一种新的战幕。十年前还仅仅限于东亚和东南亚的对日本这个岛国的认识，如今已经蔓延到西亚。

新的时代将是大多数穷国与西方的对立时代，将是艰难求生的古老文明与贪婪的新殖民主义对立的时代——全部良知与正义，都将在这个天平上衡量；全部学术和艺术，也都将在这个天平上衡量。

——那个被侮辱了的伊朗男人会决定他的姿态。那个英勇的“生命与权利”组织的日本青年会决定他的姿态。

而那四个据猜想是中国国籍的人呢？惟有他们的姿态令人难猜。

第三只眼睛

这一天北京是在深夜播放冈林的音乐会。我求了两个朋友，让他们帮我录下来，然后就坐在电视机旁等。

那一天东京的 Egg Man（一个大茶馆般的演唱场所）已经挤得水泄不通。冈林音乐会开演的时间大约是七时，我六时就到了，坐在招待席里，给自己挑了一个好位置。

“五彩缤纷”的片头过后，北京播放的冈林音乐会开场了，换句话说，我从未见过从来不敢想象的恶心文艺演出开场了。主持人不懂“folk song（民谣）”并非民歌或民间传统小调，而是六十年代摇滚乐的先声及重要形式，居然率一场观众表演北京“民谣”——他一连两遍领着台下的听众大唱：“水牛……水牛！先出犄角不出头……噢喂！”同时是俗不可耐的流行曲。几位我已经无法形容的小歌星各扭一番，夹杂着六十年代日本左翼学生运动的旗手冈林信康。

而他似乎没有觉察。或者说他装作不知。他那一天唱得也可悲至极——我曾经警告他：日本号子的节奏未必能获得亚洲各音乐大国、尤其是民歌大国的共鸣——但是他已经四十六岁，无论为着艺术出路或为了生活出路，他都只有唱这一条路。

北京的夜里，我悲哀地注视着屏幕上的他。朋友来电话问：难道这就是你喜欢的歌手？我说什么呢？当全场“水牛——水牛”地掀起丑剧时，朋友又来电话：还录吗？我说：算啦。真不知说什么才好。他嘶哑地喊着，但音量弱了，而且失去了他锐利迫人的音质。他仍然是长发，但已经不再蓬松满头，而显得古怪。我发觉他流汗很多，而且，有一些驼背。那些歌我很熟悉；1991年他在东芝公司新出的CD唱片里，解说词是我写的。我凝望着电视屏幕，悲哀像水一样在胸中涨着。最终他也没有唱《贫民窟布鲁斯》或《流浪者》，那些穷人和反对体制的人喜爱的歌。我在绝望中关掉了电视。

年前在Egg Man他还年轻。那晚人们疯狂地跳着吼着，厅里震耳欲聋——其实他只是孤身一人一把吉他。那一晚我也注视过他；我只想为自己的艺术找到一些现代主义的参考，而并没有想到我的注视，于他也是必要的。

艺术家知道这种注视么？艺术家是不是需要这种长在自己体外的第三只眼睛呢？

已经与冈林信康无关。我一连数月，总在思索着这个问题。与崇拜者、与干扰者无关的第三只眼睛，判断与结论的眼睛，是否非常重要呢？

冈林信康的首次中国之旅，可以说是彻底失败了。他回到日本后，正好为我回国送别。在赤坂一家荞麦面馆里，席间他说：若不是中国有你，我再也不去中国。这是一句不能原谅的话。

他当然清楚地感到了那“水牛——水牛”的胡闹与六十年代左翼日本学生运动的“folk song”之神之间的大玩笑。他也感到了不懂中文的严重局限。但他没有感到他的最新形式——用日本传统号子加工出的日式摇滚，显然是威力不足。非常遗憾的事情发生了：冈林信康自进入七十年代以来只求寻找艺术形式的新路，身上已不再贴左翼标签。但他对中国有着一种左翼式的尊重。而当他到了四十六岁才等到第一次访华演出的机会的时候，与他同期到达中国的却是天皇——整个日本为天皇访华激烈震荡。左派反对天皇访华，认为天皇是侵略的真正元凶。而对于艺术来说，时机是必须的，只是冈林实在碰上了一个坏时机。因为在这一次，他已经暴露了他的衰老：歌的衰老和人的衰老。我默默地注视着，心里的感慨难言。在北京花里胡哨的舞台上，在日本简朴的送别我的荞麦面馆里，他仍旧在硬撑着男子汉的架子。看着他，我一句话也说不出来。找了个借口，我提前告辞了。

我很难忘掉他那些感人至深的抒情歌曲和煽动一般的疯狂Rock曲子。我曾经有意识地把他的歌当作自己的文学借鉴。我更难忘掉在烟雾弥漫的Egg Man他那火热的演唱，那震撼人心的灵魂呐喊，尤其是他那形象的美。

我不知道是否艺术家都需要这样一种体外的注视：由第三只眼睛审查自己是否美，是否失美。艺术家也是人类，也要吃五谷杂粮，但我不知道艺术家在失美之后是否应当决绝地中止自己。

在大地上散步，在长旅中独行，除开内在的一切之外原来还需要这样一种眼睛——这样想着我觉得吃惊。在一个人欲横流、笑贫不笑娼的时代里，有人考虑如上的一切么？有人关心自己的本质与能力、美与失美么？

我关心。我视这一切为最重要的事。从今天，我开始留意我的第三只眼睛。

北马神伤

醒来时朝车窗外瞟了一眼，懒懒地还觉得是昨天傍暮的那种苏尼特式草原。辽阔而枯败，极目千里总是那么一色黄黄。接着就看见了——坦克。漫山遍野的坦克成队地爬着，长蛇阵不见首尾。我第一个反应是忆起了我们队额尔登•讨勒盖山东侧的坦克道：1945年苏军进攻东北，坦克轧出的六道轨迹至今红草丛生，不返青绿。我们代表团四个人都惊诧而不知言语，议论了几句就一直默默地望着那些风尘仆仆的硬壳虫。一直到了乔依尔（Qoir）站，我从坦克上下的兵士脸上，才看到了这种表情。

这种神情我会记牢永久。

因为在日本、在西德和美国，我觉得自己脸上带着的，大概也是这种神情。而在蒙古，当我像一个假日本人一样背着尼康相机走过一副副这种神情时，昔日乌珠穆沁牧羊人的经历强烈地刺激着我，使我几乎忍不住想疯狂地抓住他们大吼起来。我从未在异国如此感到我和他们是兄弟，我从未感到自己这样理解和宽容别人，也从来没有过这样——被痛苦的感动所袭击。

在车上有一位蒙古大呼拉尔（如按元译应为库利尔台）副主席，七十二岁的老人邀请我们共进早餐。饭很清苦：羊肉末炒饭、摊蛋饼、咖啡和很稀的奶茶。但老人望着窗外，用节奏感很强的喀尔喀方言诵说了好几节诗，其中有我自插队时就知道的、纳楚克道尔吉的《Mini Nutak》，即大名鼎鼎的那首蒙古颂。

这使我被一种好感攫住。我感动地听着。至今这首诗中还有我不懂的词，但这位蒙古国家第四号人物的朗诵表情和声调，和二十年前我在雪地上趴着一边眺望羊群一边听见的，大队里那个羊倌的表情声调完全一样。

这使我觉得他一点也没有异化。蒙古人和汉人在某些方面是不一样的，在某些方面蒙古人不会改变。我这样想着，列车进入了乌兰巴托盆地，栉立的青色楼房和雪白的毡房同时出现了。

我们代表团四人都与蒙古缘分深远。日子像是检验朋友，而不是像检验内行或外行那样地，平淡而有味道地展开了。

乌兰巴托市的秋天清澄如洗。虽然几乎没有什么工业，但重要的是什么我不知道，这里也几乎没有什么污染。不可思议的蓝天，蓝得像假的一样的土拉河，干净而飒飒响得清晰的金黄叶子，比美国日本还使我觉得怅然。

宾馆服务简单至极，只有几台黑白苏制电视而且几乎全是苏联节目。在我们这个社会主义大家庭中，老大的民族歧视和文化侵略是根本不加一点掩饰的——当然我只这么略略吃惊了一小会儿。但宾馆服务的方式和态度却无懈可击：北京那些租界饭店里系领结的痞子们和这些拘谨寡言的蒙古姑娘简直天壤之别。小卖部里商品萧条。书店里没有多少书，而且大半是俄文书，唱片也一样。

我心里会意地点了点头，没有激动也没有不满。只有盼着见到牧人，盼着见到真正牧人式场面的愿望增加了一分。

监视并不过分，但控制是明显的。我们只有一次机会见到一群蒙古作家；其余时间只与如我们祖国一样的、指定的陪同者接触。没有机会去人家里“串营子”，当然是中国人就一点不吃惊或老外式地忿忿。太像了，我只是想。参观了一个又一个博物馆，其中豪华的列宁博物馆里那位女讲解员对答如流，考她不住。我联想回忆着我们革命博物馆里那些讲解员与她的同异。

有两台黑色伏尔加轿车为我们服务。每次当我们在大门口寒暄啰唆完毕，一步踏下台阶时，那两辆车立即悄无声息地划一个半圆弧停靠过来。我们非常感激两位司机——国内的小车司机们哪怕对老外，已经快进步到撕开乘客裤衩口袋般穷凶极恶了。而这两位司机却总是默默地、静静地、一秒不差地把车靠上台阶，像两艘可信赖的船。

我乘的那辆车由一位中年女人驾驶。她讲的蒙语轻灵而低沉。她有一种甚至撼人的冷静，这一点非常像我家额吉。我觉得吃惊。在蒙古草地上那种心心疼疼的、唠唠叨叨的、亲亲切切的老太婆是常见的额吉典型；而像我家额吉那样的、坚毅而冷静的类型非常少见。我立即对她产生了好感，因为她我才坐这一辆车。有一瞬我甚至盼着出现——像我在插队乌珠穆沁草原一再出现的那样，我盼我和她建立一种感情。我不怕她不说话；当年我额吉更不爱说话。我等着机会，但一直到回国那天这机会也没有来。

她迟疑地瞟过一眼，又把坚定的冷漠推向前来。她垂下眼睫掩饰慈祥和喜悦，更掩饰可能有过的流露。她在我们开玩笑时奇迹般地笑出声来，再突然把笑声咽下。我怔怔地盯着她那被我看破的蒙古妇女的慈祥和平易，但我知道我突破不了，我开始体会到这神情的分量。

来到了后杭爱省。这里有只有谙熟蒙古地理文化的人才感动的美丽秋色。我心中服气了：乌珠穆沁再美也比不了阿拉•杭盖啊。太阳把金箔般的枝叶照得透明，当它们抖动时我总觉得心变成了一片薄薄的金属叶子在清脆地响。

在被称为“黑锅”的火山口，我看见数不清的奶酒瓶子祭在那里。我忆着我们队祭汉敖包时牧人们把新鲜的奶豆腐和奶酒摆上敖包的情景，心里阵阵会意。自幼至老，只看见草地、草地、还是草地的牧人们面临如此恐怖狰狞的漆黑地狱大门，敬畏和恐惧的真实不是外人能理解的。用黑焦渣般的火山灰堆成的敖包密密麻麻。我拍了一张这样的敖包林，拍得仔细万分。拍完这帧照片之后我感到自己也满是对自然界的宗教感情。后来离开很远了，心里还印着一幅漆黑盔盖般的山影，我想一个骑马的蒙古人一生中只要看一眼这种恐怖图画，他的精神就再也不会安宁了。

而查干淖尔是美丽的极致。不可思议的是，这面蔚蓝得古怪、宁寂得古怪的海居然和獠牙大开的黑锅火山紧紧挨着。从东畔眺望时查干淖尔是无边的，像一个沉思的海滩。我用忍够了苦难漆黑的两眼对着这一派蓝得醉人的水，觉得不可置信，不能想象的烦闷折磨得自己筋疲力尽。半张着嘴，久久说不出话来，我轻一脚重一脚地沿着这蓝色醇酒般的波浪踉跄着，最后还是手足无措；我只好又把相机支好。有一排排的敖包被堆入海水中间，静默着笔直地浸着潮汐——我想这一排敖包大概是蒙古人祭祀的终极了。我拍了最后一张照片，心里想它的题目叫《骑马民族对于大海的思考》。

后来正如我担心的一样：可能是阳光和化学反应削减了那种神秘的蓝彩——人是不可能把一瞬间获得的最强烈的感动和崇拜拍摄下来的。

两处绝景给了我信心，也使我陷入伤感，仿佛这一对美女厉鬼的孪生自然一样，我总觉得自古以来“北方”的中心——杭盖山脉周边和它的人民，也许心中就积压着如此相悖的一对感受。

好像在后杭爱省没有遇见人。但又好像在后杭爱我曾与一个抽象的蒙古牧人结识。他高大而隐身，骑着一匹透明的神骥。我和他谈得深刻而持久；他为我总结了自 1968 年插队乌珠穆沁以来的、我拥有的全部关于蒙古的认识。

他隐着脸孔，不让我看见他的神情。只给我指出了一片森林般密布黑锅火山的敖包堆，和一片敬礼般肃立神秘蓝海之前的敖包堆。那些蒙古式的信物抑郁而艰忍，像一群群在美与恶的极限之前失去了驰骤的骏马。

很快，我们就离开了后杭爱。

在成吉思汗的和林古都废墟上，一排排藏式白塔没有烧失。还有一些劫余的石龟碑座。有一个戴黄帽穿褐衣的老牧人，我猜他一定曾是位老喇嘛，一直在废墟上蹒跚。机会难得——我靠近他，用我们乌珠穆沁的方式向他问好。

他语无伦次，似答非答。

我搜索枯肠，回忆在我们大队时，我曾经怎样和老人们闲聊的。可是我嘴中经常啰唆如流水的蒙语一句也不来临，我没有过在如此伟大的地点（这是和林啊）、以这样尴尬的身份（一个牧羊人怎么混入了国家代表团呢），和一位老喇嘛或老牧人闲聊过。

他的嘴唇一直哆嗦着。他一刻不停地用几根颤抖手指抚着那只石龟。他的两眼浑浊而无依，忽而呆滞忽而急速地转着，我猜不出他要的是什么。我忽然心里很难过。如果是在乌珠穆沁我会扶他下马，替他拴好马、松开肚带、把他搀进毡包再倒给他一碗茶。可是我在和林废墟上不知所措。该说上一句什么呢？

我们的翻译兼“保姆”突然出现了。他腆着巨大的肚子凶狠地瞪着我，用低沉的声音小声喝道：

“跟个老头一块干什么！”

他从来拒绝和我讲蒙语。但这一次他不仅用了蒙语，而且“干什么”用的是“牙嘿！”这语感是相当严厉的，我只好跟他走开。

但是，那黄帽褐衣的老人却痴痴地盯着我们。浑浊的老眼里不知是亮着什么内容的兴奋。他步履艰难，神情固执，好像他猜我们是来修复和林城的匠人。

我还两次见过……突厥类型的脸孔。用这种学术性词汇是因为我担心错误。还在列车未出境前，我就判断同车的一个壮汉子应当是哈萨克。我问了他民族，他回答是蒙古，神情冷淡而反感。我吓得不敢再问了，但我对新疆的知识使我不能收回疑问。那壮汉使我异想天开地估计他是同车的老首长（会背诵纳楚克道尔吉的）的卫士；他胳膊粗硬多块，脸部肌肉纵横，淡黄卷发下有一双微绿的坚强眼睛。虽然他对我明确地表示反感，但我却非常尊敬他。他那副冷漠几近严酷的神情中，有一种决不怕赴死的勇敢和一种决不表白的深埋情感。

还有一次。这次遇上的这张突厥式脸庞，简直活脱是我民族学院的挚友艾力肯那个日日酗酒而不露声色的内弟加勒肯！只是发色稍黄一些。我几乎想对他说几句哈语，但他拒绝得更干脆：不理我。

哈萨克，这似乎是一个人们不愿接触的话题。为什么呢？我是社会主义大家庭的老二，中国的一员，我不能不胡思乱想。但我懂得：追问者是可憎的；在所谓国际交流中。追问人感到窘迫的问题是一种无教养和欺侮人的行为。在日本北海道，我不是曾经恶狠狠地嘲弄一个问我“中国自由吗”的教授吗？在美国一次家庭晚餐上，我不是因为一个“你是否愿意留在美国”的提问就骤然变色、弄得晚餐不欢而散吗？

那个酷似加勒肯的小伙子一直不理睬我；我认罪地给他递了几次烟，但我知道这无济于事：他的神情使我感到错误已经不能挽回了。他穿的是一双开了牙的破靴子，我穿的是西服但我以前曾因为毡靴破了被冻成二度冻伤，这使我很久不能摆脱对自己的谴责。

还见过一个女人，在看杂技时。不知是因为天生资质还是因为化妆精心，那年轻女人非常漂亮，像个欧洲蒙古姑娘。她推着一辆小孩车，倚着一个金发碧眼的欧洲男人。一场杂技，我瞟了她半场。她似乎很忙，一会儿弄弄孩子，一会儿望望丈夫。我觉得她对她丈夫的顾盼之间，不可否认有一点小心翼翼或别的什么滋味。这和中国又很相似；只不过北京大妞们顾盼的男子汉是西欧而不是东欧人。她的神情已无法判断——女人是会丧失神情的。我虽然对非常便宜就挎上了北京大妞的老外早已司空见惯心平气和，但我不能容忍搂着那蒙古女人的那只野兽。

杂技精彩而快乐。草原清新而纯净。杭盖山脉舒缓一如乌珠穆沁。日子过得平淡但充满实在的心意。宁静而和平的大陆腹地内部，究竟有多少秘藏的故事呢？我不该想象，但我来自中国我禁不住想象。

惟有的一次不愉快本来不该我记述。但我们代表团的其他伙伴或者要顾全大局，或者有长者之风，或者拘于牧民的淳朴，他们都不会写的。他们有着和我的本质相同但比我深沉得多的对蒙古的情感，一诉为快不顾偏激的话只该由我讲出。

从和林归来以后，我们都禁不住对成吉思汗的联想和怀念。那几天我脑海里一直印着和林西南方的平坦坡影——那是成吉思汗的出海口啊，大军是从那里走向中亚，并迫使我们回回人的祖先涌入中国的。酒过三巡，这个话题终于被提起来了。

反击是迅速而富于作家色彩的。

主人优雅地擦擦嘴，说他要讲一个故事。

故事大致是说一个傻瓜背着一个口袋，以为那口袋里装着宝贝，而这口袋里的货已经让人倒了几道手了。最后傻子千辛万苦背回家一看，口袋里却是一堆类如马粪的东西。

这个故事激怒了我们。

如果代表团由另外几个人组成，如果是在另一个国家，也许谁是傻瓜会成为一个争执点。但这里是蒙古，这里是我们想象和向往过多少年的外蒙古，这里是使我们陷入青春回忆和使我们返归牧人心境的蒙古草原——那么，我们是无法容忍如此嘲笑的。这只口袋我们背了那么多年。最年轻的我也背了二十年。我们伙伴中的蒙族人背着一个最后的忠贞爱情；我背着的是对这种爱的深深理解。蒙古人对成吉思汗的爱是绝对的；不承认这个而且把它嘲笑为粪土，在我看来就再没有什么可谈的了。

我们的老者终于批评了年轻的东道主。

“不要给我讲故事，”他说，“我写了一辈子小说，写了一辈子故事了，所以你记住别给我讲故事。”

我非常激动。虽然成吉思汗并非苦难的回族；虽然我似乎用不着介入蒙古人对成吉思汗的感情中去作梗，但是我禁不住心里的激动。能够了解并最后理解一个民族是很难的，但我做到了。我因理解这份感情而使自己丰富了。从十九岁投身牧羊生活以来至今，我对这种感情的尊重已经成了我走南闯北的处世标准。

我记不清那爱讲故事的年轻人神情如何了。那似乎是一张久经考验的脸，能永远微笑而彬彬有礼。我只记着那张脸上没有再制造新的表情。而我方的老者还在痛苦地喃喃着：

记住，别给我讲故事。

是的，我们都是马背上颠簸出来的牧人写手。我虽然族血和你们相异，但我是一条蒙古额吉抱养催生的生命。我们应当撕下领带，踢翻会议厅的茶几，冲上山坡跨上无鞍的光背马。我们应当狂笑，我们应当痛饮，我们应当大哭，我们应当嘶哑地吼那些古老的长歌。你不能对我讲故事，不能摧残我十九岁爱上草原时的童心。我不能对你讲故事，要讲去找美国佬小日本讲。我要告诉你的是我对额吉的苦苦思念，我要告诉你我的全部小说都是假的，都是不能提的故事，惟一的真实只是这思念。

你会理解我的这一份思念。

就像我理解你的那种神情。

不是攻击，不是同情，不是不平等的态度，不是一个讨厌的追问者。你的神情刻刻都在我的脸上，在有了这样一份神采以后，人道就快要成熟了。

我们都酷爱骏马。离开草原以后，我在二十年来一直在脑海里试图画出我的那些马。可是很难，北方草地的马有一种难以形容的、不可思议的神情，古来的画马名家们连接近它也不可能。

而我真真地接近了这种神情。

所以，你能理解我对你的感激么？

国际列车驶离乌兰乌德国门，进入中国境内，继续在苏尼特大平原上奔驰时，天快要亮了。

我披衣临窗，心里满漾着复杂的感受。

车轮铿锵地响着金属之声，无情地打击着我的惆怅。额仁塔拉，塞汉塔拉，伊和塔拉；花草原，美草原，大草原，不分国籍地伸延伸延。

漆黑如蓝的万里视野正中心，突然亮起了一线鲜艳的血红。刹那之瞬，它就勒出了天地，燃成了一条透明红亮的长云。黑夜漫漫。车窗外天穹大地奔驰着向左向左。那黎明的红霞神秘得不能探究，遥遥地闪烁着它费解的启示。一切都终止了，彼岸正在这一瞬显形，让我独自在这一端悄悄注视。

蒙古，再见了……我不知在对谁说。

用一册拙劣的《金牧场》已经写坏了我对额吉的思念。踏上荒旱的黄土小道，早在很久之前我已经开始了对母族的服务。就像这令人感慨的蒙古之旅一样，该结束时，不管人愿意与否，事情总是要结束的。

列车疾疾飞行，我恍如仍骑着那匹马儿。不论我怎样一去不返，我知道这匹马是我的抱养母亲——蒙古草原送给我的。

再见——我的草原养母！

我就这样，随着我神情不可思议的骏马，满心丰富满心沉重地冲锋奔驰吧。在这个黎明，在内外蒙古分界的这个红得恐怖、黑得美丽的黎明分娩时分，我感到一个真正成熟的我诞生了。

1988 年 7 月

江南一叶

时代在交替，一切都在黄金时代的鞭挞下崩溃了。你能在白昼和黑夜都看到那些纸片般的金子怎样把人打倒打垮，再打得变出原形。原来真的如此；人们连惊叹都没有发出一声，就匆匆地一夜变了。飘渺的黄土崩垮下来，缓缓地像奏着哀歌一般迸溅，继而落下瓦解后的楼架，然后它们无声地坍塌下来。河流被堤坝挡住；我忆起我写过的话，“河闭上了，消失了筏客子的奇迹和传说”。但我不想屈服，因为我爱奇迹和传说。那一年——用中文写上“那一年”仍然是暧昧，不如雨果式的标题《九三年》之类。那一年我就是实现了一连串的奇迹：我发现《错开的花》写在那一年三月，《心灵史》开始于那一年秋天，那一年我还断了自己的后路——还不把其他几件大事计算在内。我坚信这在中国是奇迹，我不因人们没有认识它的本质而自己也不敢承认。

奇迹的一年我忘了你，那时候我靠近了神而远离了你。江南的条条河水那样饱满地淌着，只需想到它们心里便充满盈盈的感受。那江南，那楚霸王时代的江南，是你的故乡。

其实我也领受过那一方江南风土。

那时在浩淼地涌进长江的一条河岸上，错落着数不清的湖。盘龙城就埋藏在那条叫长河的水流之间的冈上。那么多水，湖与河，然后是莽莽长江。记忆中水并没有使人的脾性变软，那时发生的种种细节，都使人默默想到：天上九头鸟，地上湖北佬。刚强的骨气凝缩在南方人瘦短的身躯里，使我后来久久地捉摸过。

你在那几年里为南方宣布了他们的正义和热情。一直谢客的我家，在你第一次来访时贴了一个纸条，写着：欢迎你，人民的喊声。你在两本书扉页上题词，一本给朋友的写道：几行断肠诗，一场报国梦。一本给我的写道：我们一起——万岁。外露和肤浅，经你表达后可以原谅了。你始终没有纠正自己的浅露，你缺乏从你的南方汲取超越这浅露的因素的能力——这是你消失的一个原因。

今天不知你在哪里。在我写作长诗《错开的花》时，我斟酌了你的含义，决定把对你的印象记入那诗篇，来表示我对你的感情。江南一叶，惟有你还值得人尊重和怀念，惟有你还能够算得上诗人。尽管你在最正义的呼声中也去不掉浅薄，尽管你写到消失也有达到诗的境界。

今天找到你也没有了约会的必要。今天即使你活着我也并不愿再见到你。我不愿——在日落时分的决战中，再发现你的缺点，这种文学的决战要求一种近乎绝对的本领。

我喜欢主观地记住与我邂逅的人。我强调印象。江南一叶是个美而刚烈的印象；这个印象属于楚地的你，我不愿意看见另一种形式。

当年的西楚霸王项羽想必也是一片江南的叶子。也未必真的气势盖人，力能拔山。他很可能也不过是一个普通的南国儿子，只是因为撞击了大的时代，才演成了那样悲壮的历史剧。

我见过出土的那个时代的剑，并不是重得常人举其不起。那时的盔甲车仗都简陋——穷人的古代也是贫穷的，只不过大时代在一群群褴褛之中诞生了。

在盘龙城，褴褛的农民们赤着脚，满不在乎地趟水走过血吸虫孳生的河汊。沉重的红胶泥装满两只箩筐，压着姑娘们苗条的身子。

那时的我确实注视过她们和他们。但那时的我没有想到从这视野中的褴褛人群中，会有你，会有江南一叶的形象出生。

中国真伟大啊。当北方的战士心神宁静时，可以参考遥远的江南。无论是楚霸王别姬弃马、自刎乌江，镂凿一般留下历史的形式；或者如你——几行小诗一场冲动之后便无影无踪的形式；南方都严峻地教育着我们北方，平衡着我们北方的观点。

你消失了，江南的叶子。

我猜你飘零的魂已经回到了长江，回到了汉水，回到你阴柔无底的故国的母胎之中。缺少了你，我如缺少了一柄想象中的无形剑，这种无战友的感觉是非常奇特的。

正因此一切，拳便不是剑，如同笔不是炮一样。江南一叶的故事如深奥又亲近的寓言，教我渐渐懂了我该怎样，还有我能怎样。

最低的形式是你的形式：粗糙地呐喊后消失，若喘息之后能够再呐喊，就再来它更粗糙的几声。

即便这种形式也足够我攀援了。在文学中，在艺术中，在知识中，我们北方尚没有“江南一叶”式的生动代表。何妨说透了呢——我渴望成为它。

在人声鼎沸、音响轰鸣之中，做一丝正义而可信的声音，做沙漠中一声羊的咩叫，做一片单独飘荡的叶子——正在开始。在此刻应该把怀念、告别和总结寄给你，江南一叶。

1993 年 7 月

三份没有印在书上的序言

1

在日本出版的《红卫兵的时代》，是我仅用外文出版、没有中文版的第三本书。另外还有两本：《内蒙古大草原游牧志》和《从回教所见的中国》。但那两本与这一本不同。

《红卫兵的时代》中用掉了十五年来我的准备，包括思想的磨砺和愈积愈重的情感。然而它却没有让我充分表现自己的这一切，包括没有让我表现自己的形式和语言。反之，我不得不大量写到私人的一些事情，本来我并不认为进行一种现代史的著作就一定要公开自己。

值得阿Q一下的或者说值得申明的，只是我相信这是第一本关于早期红卫兵运动的正确的总结之作。对此我有完全的把握。因为在所谓老红卫兵的成员中，我尚未发现有谁比我对红卫兵的造反含义更肯定；也没有谁比我对特权阶级更敌对，这是第一点。其次是因为十几年来我一直留心了西方六十年代的学生运动和左翼运动，我注意到了他们不可否定的意义，也注意到了他们超过和不及我们的方面。

我说出了一些必须有人说的话，虽然忍受了不能淋漓尽致地说另一些话的痛苦。这些话也许有朝一日不仅可以公开讲，而且会大肆流行，那时我又只能沉默。因此我不再为难言之隐以及无法行动只能向语言追求，不再为仅仅只能实现有限的语言表达而郁郁不乐——我只能为自己胜利地讲出的一部分重要的话喜悦。

日文版比中文原稿多出近一倍。

这本书若再译成中文就毫无味道了，或者基本上没有味道了——我被出版者要求着，一再写进了许多其实愈写会愈糊涂、愈解释愈不明白的细末和过程。这也无可厚非：外国人确实不像我们这些当事者一样，对细节及过程那么心中有数和心照不宣。

只是书因此缺少了一种品级，如女人失去了一种韵味一样。作为一个文学追求，我只能永远地抱缺守残了；但作为某种正义的战士，我想这一切都没有什么。

我毕竟为六十年代——那大时代呼喊了一声。我毕竟为毛泽东——那位中国史上很可能是最后一位巨人的孤独者提出了一份理解。我毕竟为红卫兵——说到底这是我创造的一个词汇，为红卫兵运动中的青春和叛逆性质，坚决地实行了赞颂。

为此我知道我背负起了一种罪孽——它是由于历史转折和由于人性之恶必然会出现的。那些受难者们会觉得发现了仇人，公和私的两方都会开始注视暴露的我。

有时人做事并不深思熟虑。我不愿自己也去找那阴影，哪怕它确实存在或正在飘来。我热爱倾泻。我狂热地喜欢一种能与行动匹敌的语言。日本是一个小国。思想和文化的小国；但它也是国际社会。我为自己投进这个国际社会的近四万册（还会再印）的一声呐喊感到高兴。它是粗糙的语言，但更是真正的行动。这行动不仅是对红卫兵反体制形象的歌颂，也包括对红卫兵的血统论的控诉和我的自我解剖。尤其是，我用它宣布了我作为作家与体制从此不休止的宣战。

六十年代真的结束了。或者以美国的一个叫克林顿的六十年代反战者当选为总统、从此开始他歧视穷人穷国世界的行为为终止符，或者以我们正式开始总结毛泽东、红卫兵、知识青年，并同时准备新的反体制斗争为终止符——六十年代终结了。

在这种辞旧迎新的瞬间，在这种追忆往事和者益寡、直面前途步步维艰的瞬间——应该说，不是法国五月革命的参加者，不是美国反战运动的嬉皮士，是我们——我们这一部分坚决地与官僚体制决裂了的，在穷乡僻壤、在底层民众中一直寻找真理的中国红卫兵——才是伟大的六十年代的象征。这句话，我也写进去了。

在二十世纪结尾这几年的世纪末相中，在未来又有一部分年轻人在他们的时代揭竿而起时，他们将会在行动一开始就避免我们的错误。在他们的不会是红色也许是天蓝色的旗子上，我希望一开始就有人心、人道、对人的尊重；一开始就有底层、穷人、正义；一开始就有叛乱、造反、青春、反体制的底色。

所以，我希望这是一本给未来的书，而不仅仅是一部回忆录。

孤立无援的，我们的思想也许只能就这样黯淡了，像蜡烛终于熄灭一样。但是我们为未来的年轻人提供了一种底色。就像我们自己始终也仅仅是中国和世界的一环一样，他们也一定会在我们的熏陶下生长。在这个意义上，一切都是值得的，我早说过，是幸福的人。

2

如上一本一样，日本出版社对书名看得很重，生怕卖不出去，所以不仅常常修订书名，而且加副标题，加宣传带（一条纸包在封皮上，上面醒目地印上几句警句）——除非大名人。如亚洲国家的著者，最好是把书名干脆委托给编辑定。对于我，今天已经习惯了这种小事，但在七八年前出版内蒙草原那本小书时，我曾经非常不习惯。不过，后来我发现：核心问题是一句老生常谈——内容才是关键。《蒙古大草原游牧志》已经在日本印刷了五次，就内容（而不是思想）的深度（也就是说对游牧生活细处的描述）而言，海外尚没有能与它相比的另一册。可悲的是，它每年逢夏季日本的旅游客纷纷出门时，就被印上少少两千册；盯着它读的更多是所谓专家学者，而不是我盼望的企图为青春寻找意义的年轻人。

那书的原稿是一册薄薄的散文回想，原来盼它题为《青色的草原》，后来居然被我弄丢了，不知放到了哪里。稿子里没有出版了的这一套牧人经，是一册平静的回忆和归纳。

我不觉得太可惜。因为整个那个时期的我，对于草原的回想都存在一种浅薄。我也许要纠正它。若付诸行动的话我再重写一本。重写的部分也许将放在牧人生存和观念中严峻残酷的一面，将解剖家族和人的关系，将描写悲惨，将反对上层煽动的歧视和排外，将晚于其他知识青年作家十余年也会与他们不同地——写出昔日我们在草原上尝受的苦涩。

同样，若把日文版再还原回中文一定枯燥无味。使用某种语言的文化常常有某种性格，这是不易经过翻译的。在接二连三的日文出版中，我一再发现自己无法保留文字的感觉也很难保留内容的性格——这使我对中文再次加深了认识。

这本书仔细叙述了乌珠穆沁游牧社会的季节、生产、家族及社会构成、家畜与牧人的关系、人的特征与感情形式——大致循着所谓民族学的框架，勾勒了我插队的汗乌拉草原。

一个多世纪以来，西方对蒙古及中亚的探险考察始终未断。在这个基础上出现了日后的各种学科，尤其蒙古学更是其中的老牌。由学者创造的关于蒙古的认识统治长久，其间的一些微妙因素，如蒙古上层对列强的期待和个别长期居留蒙地的学者的功力，这种学问至今还在对后来人发生着影响。

但是从根本上来回顾和分析，这种学术是与牧民生存的真实有距离的。它并非产生于游牧世界本身更不是产生于其底层。因此，无论就学术的准确而言，或是就学术的本质而言，我不认为蒙古学研究揭示了牧人世界的真实。

六十年代由于中国的知识青年运动，一批与高等学术有缘的年轻人在身份上和生存方式上突变成了彻头彻尾的牧民，这个改变带来了一系列可能。

首先是他们接受的方法不是调查而是生活，这使他们掌握的不是枝节的而是全部游牧生产及社会生活。其次至少他们必须完全按牧人的方式思考和应付与自然和社会的关系，他们中的很多人后来被熏陶和改造，拥有了一种极其可贵的牧民性格和底层立场。第三，因为他们毕竟不是土生土长的牧人之子，因而他们在有可能肤浅或隔阂的同时，也必然保留了一定的冷静与距离——这种保留，或者会导致深刻的分析和判断，或者会导致他们背离游牧社会。

尽管受到很多限制，但是我想，这本《蒙古大草原游牧志》代表了上述的一种新学术。普及本的选择及含量，日本对思想的承受力，这些使得我没有能够藉此书清楚地提出作为学问的牧民的立场和情感；但我想书中已经有那种立场和情感的表现。它的局限，说到底是我自己的局限，就如八十年代初我对蒙古草原的文学表现不过只是《黑骏马》一样，当时我对蒙古学科的认识也不过这本小书。

此书各章的题图因编辑反对未能印上。后来题图发表在《东西交涉》1986年第5卷第1号上，我以为那些题图是以一般人不了解的真实地就游牧本质的描述和细节为基础画成的。

比如叙述冬季牧业的一章《雪国》题图，我画的是一个穿光板羊皮（黑布镶边）袍子和毡靴，皮帽耳系紧在下巴上，袖口钉着马蹄袖的牧民，清晨在用车搭成的圈里用木锹挖雪，他挖起一大块雪惊呆了：雪下露出一只山羊的脑袋。山羊呼呼吐着热气。一边的白雪蔽盖的地面上有几个小洞，也在冒热气，显然雪下面还埋着山羊。

此图被日本编辑说成"太喜洋洋了"，以被删除告终。他们不知道，这张画半点也没有夸张更没有喜洋洋，这是乌珠穆沁冬天羊圈里常见的情景。白毛风之后的清晨羊圈里，绵羊冻得趴着，而山羊却挤着团在雪里——难道这些牧人经历的细处，能够在那日本讲得清楚么？我和译者决定不多讲解，于是几张题图重画了。

也许就是这么一本书。一本描写在隆冬草原穿的是大羊皮光板、无面、黑皮镶边、钉有马蹄袖口的袍子；皮帽耳要系紧，用木锹铲雪，白毛风后的清晨山羊埋在圈里的雪下——之类的生存真实上，向旧的学院式蒙古学挑战的一本书，被我投进了日本的商业出版之中。还需要指出的是：今日西方的蒙古学及东方研究界甚至丧失了十九世纪以来那种踏实。那时尚有田清波（Mostar,《蒙语字典》），Grort（《中国宗教思想制度》）等久居十数年、著作精湛的大师存在；而今日的西方学界无非是一群乌合之众。他们的基础是教室、图书馆和外语课，他们的手段是旅游式的调查，他们主要的主张是民族分裂主义和敌视中国。

身处这样的群体很不愉快，与他们之间也很难交流与竞争。《蒙古大草原游牧志》一书有一个小小的意义，那就是它将作为中国六十年代塑造的、从边疆居民内部产生的一部书，向西方学界长期地宣布一种水准。就游牧描述的本质而言，我不认为此书会很快被他们超越。

3

在我一生的写作中，尖锐而坚决地以版税为目标而写的，是《红卫兵的时代》和这一本《从回教所见的中国》。用不着说，连书名又都是日本出版社定的。初版一万八千册，一月之后增印三千册，这本书的惟一特征是：这是我用外文写作的一本书。

1989年后我去了日本。有生以来从未体会过的可怕的生存问题紧紧追逼着我。何止世界无正义可言，何止我没有能帮助成几个急需帮助的朋友，连我自己都转瞬之间就陷入了漏船过河的恐怖。

当时我一边打工，一边紧张地思索出路。答案是简单的：惟有以学者身份写并获得出版，才能把钱挣到手。否则只有当苦力，而且挣不上多少钱。我的判断是正确的，包括对选题。果然红卫兵的题目成功了；约稿消息来临了。

我把红卫兵一题先变为四次连载的一篇长文，接着在岩波书店造成了《红卫兵的时代》一书的出版成功。就在书评还在陆续见报，人们还在议论它时，我已经在孤寂中靠一台旧的日文电脑出发了——我写出了前言、目录和一些段落，开始了向日本各大出版社的推销。

那是一次艰难的出发。我想一切文学新人和埋怨没有机会的年轻人都可以借鉴。日本是不承认你中国作家的地位的，一切都全靠稿子谈话。有过三次失败（包括用日文写散文）后，中央公论社接受了书稿。

回音是：目录要有所增删，先写一章再谈。

第一章写成后，又顺利过了关。

两册书中都有我对日本思想界的看破。他们热衷中国政治并有瘾于彻底否定它，但骂声一片的印刷垃圾也已经使他们厌烦。日本是一个读书国，出版界和读书界都在等待新鲜些的观点和资料——这使我可能不仅夺来出版机会尤其是版税，更可能向咒骂穷国革命的舆论反击。

同样，苏联裂变震动了世界。不改本性的西方学界幻想中国变成一堆无能而献媚于他们的小国。以蒙古人为首，中国各种贴着少数民族标签的家伙都在扮演委屈的受害者角色；都摇着身在竭力变成民族主义分子。而我已有《蒙古大草原游牧志》的基础和职业新疆考古工作者的履历，加上我的回族出身，我清楚他们在等待着我发言；我更清楚这不仅是我发言而且是我战斗的时机。我的生存包括孩子的生活费原来就在我对生存困苦不妥协的战斗之中——这一点回想起来真使人震惊。但在去年里我如履薄冰，怀着只许成功不许失败、抑制着激烈全力做到礼貌、同时以强调客观性和科学性为武器，开始了以对中国的正义与良心为原则、以信仰的中国人为回民概念的写作。原题是《在中国信仰》。

那台旧电脑是我无言的战友，真像骑兵和战马的关系一样。那么多孤独的时间，我只有它陪伴和回答。使用外语写作，电脑可以帮助确定许多没有把握的词汇和语法，它比口语远远富于修改可能。

无疑若用得心应手的中文，我的表达会淋漓酣畅。但我已警惕翻译过程，不是文化、而是道路的不同导致的对内容的破坏，对于半饱半饥的我已经不能接受。不使用母语无法写出有神韵的文字——我早有这种理论。但没有别的办法了，我等不及也不愿再因合作而浪费时间。我暗中有一个祈求：内容本身的力量会不会变成文字的力量呢？

一个老人的名字应该特记一笔。就像写作《心灵史》时我正确地认为无私的支持者可能是汉族朋友一样，用日文写作这本《从回教见到的中国》时，基督教徒山根幸夫教授无私地帮助了我。他不干涉内容的任何一点，只是每章写完都帮助我校对一遍日文文字和语法。印出的稿子经他用红笔改动后，我再把加红处打入电脑，文章便是日本人不能否认的日文。书出版时我表示要分给他一部分版税，他激烈地拒绝了。他的行为使我深深感到：宗教的区别是次要的，人的信仰与否才是人美与丑的区别。

在这部小书中我歌颂了伟大唐朝的外国人政策，它也就是中国，从未像今日列强一样歧视外来者。我强调了回民的起源与故乡、母语、信仰三级之间的关系，在客观地解释了失去故乡和失去母语的历史后呼吁了警惕失去信仰。我无疑地把哲合忍耶再次宣布为中国回教的中坚，使马明心的名字列在了中国回民人物志的第一位。我同时讲清楚了自清朝建立乡约制度以来中国少数民族上层背叛民族和宗教利益的传统。我强调了至今为止回民的爱国事实的重大含义，特别让日本人知道挡住了他们由内蒙古向西侵略的是回民势力。我扫荡了中国学界的苍蝇般的回民领袖评价问题的纠纷，向国际社会再次（《心灵史》是初次）宣布了杜文秀、白彦虎、马化龙是世纪农民战争的三大英雄。尤其重要的是：在国际上一片声讨共产主义的喧嚣声中，特别是在西方把共产主义描写成少数民族的灾难的声浪中，我写出了毛泽东主席和中国共产党对回民确有过的善意和努力。我不顾危险地为很多受难的历史说出了真实，但我的结论是：回民的命运是与祖国在一起。

深夜里只有电脑的机器响声。眼前只有光标的闪灭。那时近乎辛酸的许多感受，那时近于激烈的许多心绪，都已经逝去了——即使此刻用中文追忆，我也没有全数写出的心境了。

如《心灵史》一样，这是为了一个决意（用回民术语叫乜贴）不惜向十面开火、不惜得罪官私内外各种人的一本书。不同的人会因不同的段落避开我，当然若只是疏远那就太好了。我或许会因这样疯狂的一次次写作而最终招祸，或许只是心里有数地忍受说不出的困难处境。但我不在乎，生命不能总是委曲求全，人生该拼一场时就应该站起来。

这本书向西方列强宣布了中国回民不当他们走狗的坚决立场。于是他们缄口不言了。我猜他们暗中想利用我书中的线索，卑鄙地悄悄绕过我去接近回民们。他们不会放弃消灭中国的梦想，或许我的宣言仅仅是我个人的宣言。明天一切会怎样发展呢？用句回民话，只能托靠主。纵使下一个世纪是卖国者的世纪吧，我想我毕竟用这本书呼喊过纯洁与正义。我的使命仅此而已，我已经实践过了。

三册书为我的创作生涯增添了一条岔道，像树木的一根枝杈。介绍得更仔细些可能更好，但我没有心思了。行动就是一切，生命就是行动，既然已经实施完毕，过多的补充会显得啰唆多余。我也没有一点译回中文的心思；行动重复的枯燥是一回事，改变语言就是变换思维，做起来也并不省事。

用外文出版就意味着与母国的读者无关了，就像用中文写成的文学从来与外国无关一样。有少数特别想告诉自己读者的一些事情和想法，因此就这三本书写下了这篇文字。

新诗集自序

可能文章种种都可以被称为文学。就如同很难用概念规定什么是“文化”一样，人们也很难用一个概念规定什么是文学。我没有查字典溯本追根的习惯，我不知什么是文学，也弄不清什么是小说，什么是散文。只是，多少年来，我渐渐明白了有些人需要倾诉；我努力从种种五花八门的倾诉中追求甄别，我模糊地感到应该有一种高贵的、正义的、美的倾诉。这种东西应该不同于浅薄的政治弄潮，不同于阴暗的自我膨胀，不同于流俗的艺能形式。我无法正式提出理论。我的时代也没有为我提出参照的理论。只是内里的血液在驱动，我一个人匹马孤帆，在文章和文学的河流中被拥推而下。

在这条流水般的道路上，我的确曾经多次挣扎过，或者说，曾经努力地变心情为内容，也变思想为形式。也许是由于生于这样一个更替时代的缘故吧，我感觉到自己的改变频率很快——或者只是追求的愿望很急躁而已。有过中学生作文般的阶段；有过模仿小说的阶段；有过现代主义的合拍与寻找阶段——但是我一直热爱的是诗，我早就在哪里写过：倾诉在本质上只能是诗。

1986年左右我完成了第一部也许该是最后一部“长篇小说”，那个近三十万字的陷阱弄得我满心别扭。我本想自由自在地写尽二十年来的体会，写个尽情尽意——但是我不知怎么搞的让句子和段落，还有可憎的人物揪着跑，以至绊手绊脚，不伦不类地把自己喜爱的句子、思想、感受，还有激烈的感情填进了那个所谓小说的桎梏。这样，《金牧场》使我厌恶了小说；我发现真正优秀的小说家必须是一定程度的冷血动物。他们能旁观，能调和，能冷静和冷漠，能热衷于布局和故事，能专门关心他人。而我很难如此。《金牧场》应当是个完蛋的结尾但也是个有意义的开始：由于我写不下去，所以在后半我开始抒发，留下了许多我以为是近诗的段落。

1987和1988年于我是关键的两年，由于我的生命作《心灵史》的执笔决心正在急速地逼近，我似乎感到自己在个人的艺术小道上的余债应当清理。到那本书的开始还有一段时间，或者说在投入一个伟大的怀抱之前、开始一场庄严的仪礼之前还有一种私人的感悟阶段——于是在这两年里，我迫不及待地冲进了诗的形式。

并不是一个小说家已经走投无路，更不是我个人的创作面临了危机——全部体验都过于私人和神秘，全部体验都过于沉重地负载着巨大的意义和命题，因此我知道，哪怕是极其亲密的朋友也可能读时感到艰涩和陌生。

而我应该说，写不到这一步我是没有开始《心灵史》的自信的。在皈依一种无限的朴素之前，在跳进一个远离文学的海洋之前，我必须实现最彻底的文学化。

就这样，我写了一种新诗。比起流行的诗来，我的行间有散文甚至有论文。它的篇幅一般如我国所习惯的中篇小说的长短，大约四五万字，比诗人们的长诗更长一点。初次发表时，编辑们容忍了这种形式，但仍然把它们划入中篇小说的栏目内。我非常喜爱这三首长诗，它们给予我倾诉和表现的原野；给予了我无拘无束地用中文汉语指点江山、发掘和丰富这美好文字的喜悦。特别是《错开的花》，我自知不可能再写出超越它的作品。我极其珍视这次把它们结集，并且以诗的名义出版的机会。丧失自知是可笑的，但是具有战斗意义的自信在此刻的中国更为必要。十世纪时，伟大的神秘主义诗人哈拉智在陶醉中感受了信仰的真谛，于是他高喊："我是真主！"——今天，背倚着数十万贫苦强悍的哲合忍耶回民，背倚着渴望正义和美的中国青年，在这种陶醉中，我也想高喊：我是诗人！

严峻的时代临近了。列强们又一次在谋算。我们无力，我们只有背后的黄土高原，以及手中的一支笔。那么至少应当有文化的抵抗；至少应当有不可征服的、中文写下的美文，这是绝对必要的，我坚信。

1993 年

撕名片的方法

接触名片一物，是从1980年初次出国开始的，在国内看见社会上流行名片，大约是在八十年代后半。不用说，流入的名片非常多。因为我曾经见过一个老人帮助儿子整理名片，边整理边感慨：这是财富啊——因此我也确实曾经信以为真，多少年来无论怎样处置垃圾，总是收藏着那巨量的名片。后来，实在是不胜其负担了，我淘汰了一批。再过了些时间，又淘汰了一批。至此次回国之前，我注意到自己对名片的行为仅仅是“淘汰”，扔掉了一批一批自认为不再有缘的人的地址，扔掉了一批又一批实在想不起来他们是谁的名片；但重要的是留下了记着的、重视的另一部分。这种做法，在哲学上可能是一种“希望”，在人学上可能是一种恐惧——人收存名片，也许基于一种求助的心理。独自的人总有一分软弱，总觉得有那么多经过满面春风，经过相见有缘，经过相当长的交往和合作而认识的人存在，自己会在为难时获得支撑。淘汰中的心理更微妙；准确性是变移的，潜在的主导因素是对缘分的判断，以及对自己力量的判断。已经无法回忆我是否淘汰掉了真正的朋友，从而也真的失去哪些朋友了。然而大致上说来，淘汰有百分之九十以上的准确性；因为多少年来的事实证明：真正的朋友大多不印名片，比如甘肃宁夏的回族农民们。反之，世界上用名片的多是老外，而他们连名片上往往也只有一个假名字——北美老外惯于起一个中国汉名，那仅仅是便于他们在中国活动的一个符号，这种“李亚模”“魏颂华”之类印象会欺骗你，你很难凭这种印象在他或她的老家找到本人。

这些都是一般的、没有什么意思的知识。

有意思的，充满快感的体验，是撕名片。大撕特撕，一纸篓一纸篓地扔，撕光扔净，把自己与他们之间残存的瓜葛连同自己软弱的希望一阵快刀斩乱麻消灭干净，是人生一大快事。这个愉快的体验，是在我1992年秋离开国际世界返回动荡的中国前夕，突然之间实现的。

撕名片的方法之首要原则，是不要对不义的世界再存任何一丝幻想。

应该承认自己的幻想，以及求冀于人的念头太多。世界像一个顺坡往下滑的球，这个坡就是体制。坐在这个球上的人类中，很少有骨血中反抗体制的、不顾生存求完美的人。除了底层，但底层民众不印名片。你身不在底层又心在底层，那么就不应该向体制奢求——这道理浅显极了，但弄清楚它，却需要一场痛苦的磨难。

1989年冬，我由于这种幻想、软弱和奢求，开始了两年之长的流浪。由于那个欺骗人的希望，人站到了忍受和规避的刃口上，站到了孤注一掷或者委屈求活的选择的矛盾中。

两年，没有比这更长的两年了。人能有机会处于一种逆旅时，才可能靠近艺术。伪的艺术（不用说文学这种技能性很差的粗糙艺术）只有在艰难和困境中，才会从艺术的壳部剥落。残存下来的人因为不甘于屈服，尝到的滋味会很辣，但他们在考验中开始一步步向艺术家靠拢了。

这时你是孤立无援的。首先离开你的，是那些企图寄生于你的人们。他们挖空心思，费尽脑汁，不惜卖身卖命只图从你身上分一份利益和名誉——此刻他们要走了，或者是静悄悄地，或者是反目为仇地，总之他们走得很坚决，正像他们来得很热烈一样。

撕这样的名片很容易。你保留这些名片其实毫无用处：从来是他们追上门来，用不着你写信；也从来是他们纠缠，而你并无求于他们。你曾经天真地珍惜过，你错以为他们真是同道，你完全没有必要地给这些吸血鬼也留了一点温情。现在他们在患难中撕下了一切面具，跺脚，忿忿地吃了亏一般也要走了，而你能够做的，不过是快快地撕了他们那些肮脏的名片，并且快快忘掉他们的与吮吸、偷窃同名的名字。撕这种名片的时候要忍住恶心；撕时要克服的是真诚的孪生品质：柔软和惊奇。但这并不难，人在锻炼中会突然变得坚决，残酷一般的坚决。转眼间那些撕碎的纸片扔进了垃圾堆，转眼间被强塞入的印象便开始褪色。很快你忘记了他们，忘得像撕过名片后又洗过的手一样。

他们不配被人记忆。经历过这一次，你的大脑也强健了。你忘掉了他们，脑海中凸现出来的，是纯洁得多的群像。

撕名片一事并不是指上述的内容。我说的是另外的人，他们与你的关系反映着大一些的命题。这是第二批；还远不到本质。因此要回忆得平静而简略，原来写散文也有如同写小说那样的烦人过程，我已经感到最核心那一部分给我的压迫，但我非得按部就班。

这是一些与你的历史发生过密切关系的人。可以叫旧日的友人们。从你刚刚步入青春，步入这条很特殊的小道以来，你一面与社会对峙一面结交了各种朋友。

那结交曾是真诚的。有过彻夜的长谈，有过篝火的照耀灼烤。有忘情的欢唱和痛饮。在一些政治式的时期，你们有过一种战友的关系。甚至有过模拟先烈的、多少危险的考验关头。有一些人生的阶段，你们相濡以沫，患难与共，把逆旅变成了光荣的回忆。

我至今仍然按捺不住惊愕。我不明白究竟是为了什么，那友谊就淡然消褪、而且终于荡然无存了。回忆太鲜烈了，你对他们的怀念太重了，因此痛苦的自责便无从解脱。是不是背离友谊的就是你呢？是不是该被人撕掉忘掉的，不是别人恰恰是你一个人呢？为什么只有和你的友谊这样难以保存呢？即使今天，即便此刻，被人不快地、反感地忆起的，难道不是你么？

然而，人们需要友情仅仅如此。至少，我需要支援仅仅在此刻。

以往我为这种个别劲儿，为这种特殊性不安。而今天不同了。

今天我重视自己的特殊性。背靠着“哲合忍耶”——我开始急速地自尊。这是我要求中国文化接受的一个外来语借词，尽管它诞生于中国母体之中。人们向中国输入了那么多外来语，那些都是世界体制的渊薮——盎格鲁·撒克逊的货色；而我输入的是一种烈性的血，是一种义，是一种信，是一种叛逆和坚守的素质。同时，它也是最本质的“友”。

我愿意责备自己以这种“友”的尺度苛求每一个友人。但我别无选择。极端作为正义的绝望嘶吼时，人无权谴责它。

在与哲合忍耶回民结合战斗的日子里，我敏感地明白了与旧日友人的分歧。友谊若没有信仰为支撑，那友谊确实不是钢。

撕掉这些名片时，心感到了些微的疼痛。若不是在遥远的黄土高原有无数哲合忍耶人民在温暖着我，这疼痛会严重地干扰我。

但是在事实上我们已经分手。或者说，结论是我们已经立场不同。那么，感觉到残生短促的我没有余裕伤感一番了——我静静地撕碎了这些珍存的名片，包括手抄的住址录，然后转过身来。

这场撕，如同一场手术。我也许失去了重要的肉躯的一部分，但我的精神集中了，我感到自己轻装进入了战斗的状态。

撕碎的名片像雪花一样飞散了，像一场虚构的雪。我觉得怅然，但更觉得干净。那真正的大雪，那启示和神秘的雪，已经在空中密集地酝酿了。

最后是谁轮到呢？我犹豫，我很难写出这种真实。若是没有真正的逆旅，若是没有远托异邦举目无亲，若是没有濒于绝境的切肤体验，我无法写得如此残酷。

在世俗的、日复一日的普通生活中，有一两个人向你伸出了手。以往你一直只是个被娇惯得骄傲的孩子，水淹得快要没顶时，其实你是软弱至极的。这种伸来的手像救命的稻草，你死死地攀住了它。从此没有机会再讲清溺水的缘由，也没有机会再放任自己的本性——所谓恩，偕来的是难言的羞耻。扶助者的高尚与否是另外的事，然而你在感觉施恩者的负担时，就悄悄地开始准备这个告别。比一切更重要的是形象，谁都必须做一个独立的人，承担自己的一切。

在亲切的告别之后，他的名片握在你的掌心。从此应该是天涯互远，从此更要走完全相异的道路。撕到此刻，名片不是纸而是自己胸膛深处的一片带血的心叶。风吹走了它们，也挟带走了对友人的依赖。道路在冬季的寒风中肃穆地伸展着，等着你。

还有女人。爱情是那么不准确的概念，当时那样的热烈，那样的真挚，如今也都冷却了下来。这不是纸印的名片，是人最宝贵的一部分生命。而生命是会衰老的，女人的爱也许也是这样。人是无需向自己的内心掩饰的，这一天迟早要来——无论你或她都清楚。

此时不像是用手撕碎一片纸，而像火苗慢慢地舐着自己的皮肉。缓缓的灼痛那么清晰，哀伤在火焰中显得平静，在久久的疼痛后，一切都失去了，只有一些黑烬般的疤痕留在心里。

这样决绝的做法会遭到异议。谁都不会赞同你。只是你的本性，你的灵魂在要求你这样做。丈夫生不能顶天立地，至少不能仰人鼻息、累人不已！决绝是为了烧毁自己的后路，是为了使自己回到原初，决绝之后，纯洁的可能才会再次为你出现。

——你只顾这样想着，把两手的碎片朝天空扬去。它们飞舞如雪片，虚幻的雪从此不会再降下。你赤裸着肉躯，胸前没有一片箬叶护心，走向了坚硬而空旷的大路。

实践了如此的思路以后，使用了这种撕名片的方法以后，我感到了再生。

不仅是哲学术语；如今的再生是真实而亲切的。生存中再没有纠缠的枝蔓杂草，在一场场北中国神奇的大雪中，凸现出来清晰起来的朋友，他、她、他们，都是具有价值的大写的人。抬起腿来，动起手来，我们如今做着的每一件琐碎的小事，如今都与一种不灭的意义相关连。

人也许不应该学习这样的方法。如今的世相和公论都不会赞同我。这是很清楚的，不仅人们不会赞同，而且会反感。

但是，对一些人或一些民族，一些处于关口前的国家，对一种思想来说，这种方法是必须的。大破大立，只有扬弃才能获得真的东西。我大力推销这个撕名片的方法，为的是快快让稀粥沉淀，快快让汤水分开。如果有一天我们有了鲜明对立、分庭抗礼，而且都对自家的信念真挚的许许多多的思想和艺术支派，而不是只有一锅人云亦云、察言观色、应时流行的稀粥，那么曙光就出现了，希望就可见了。

无援的思想

1

当生活变得完全黑暗，而且你已经能够冷静地迎面这黑暗以后，那感受是很有意思的。拿起笔来之前，其实该先温习一下以前的、包括自己写的、优美的作品，以免这种黑暗使自己迟钝，还有防止为生存而屈就时，被他们低俗的文化弄坏的自己的水平暴露。

可是我没有如此的余裕。钝化了的，已经非常冷漠的脑际只有一个焦点，我要为自己的孩子挣脱窘境。万物都如浮云，只有她的生存真实。我宁肯用肤浅的文字毁坏着思想再卖掉这文字；宁肯抛弃我的美好的笔。没有什么，一切都可以放弃，包括我的水平和能力。只有法蒂玛，只有她永存。

在艰难中，思想常常被击打得闪烁火花。在孤寂的独醒之中，在水一般浸满的黑暗和无奈之中，我知道应该记下来。已经一千遍地证实了，我清楚我的思想和生存的价值。

写了这么几行心情就舒畅多了。用外语，用粗糙的文字，不，是忍受他们肤浅的认识——是不可能写成哪怕上面几行的。

并不难懂，我的富邻们，我从来都没有写得晦涩费解，只要你有感性你应该读得懂。这里记下的是时代更迭时分的一些注脚；未来的我们的同类哪怕远隔百年，但他们不像你们，他们会感到亲切和重要。

世界在逼人就范的时候，你无法揭露它。北美四面铁壁，只有反共的洞可以让你爬出去。你不愿意，那么，只有刷盘子一种职业勉强能够接受你。

在温哥华的一家南朝鲜饭馆里，仅仅一天干下来，我对那小老板就有了一点异常的印象。他觉得来了一个古怪的人。我不知为什么不能忍受；我辞工时他多付了几块钱，而且非常礼貌地道了再见。我觉得这是难得的温暖，一直记着他。我想，他是为我的娇气吃惊。而我却感到人不能失尽了娇气。

你轻蔑地嘲笑着加拿大又到了日本。你咬着牙不讲苦处，把东京当成自救的战场。

伪“满洲国”的臣民，伪蒙疆的后代，向右翼的日本暗示着他是未来分裂独立头目的学生，排队报名争当买办的党员，一点不假真的卖肉的女人——充斥了你的学术和文学界。你的存在使人不快，你同时压迫了那些自称蒙古通的人、那些琢磨新疆的人，还有夸夸其谈什么文学的人。你的回民血统遇到了挑战；在你的每一个企图获得饭费和贫民窟房费的工作中，都隐喻地感到了右翼式的要求。

今天是冬日的一个温暖的下午。我趁暖写下几笔。我决心再去刷盘子；哪怕那里面满是污辱。我已经习惯了，或者说不是习惯了而是冷静了。我已经决心迎接污辱的前程，并且绝不诉说。没有必要和任何人讲述这些，人心的体会，是完全属于私人的。

我心里平静。今天无论出现了怎样豪华的境遇我也再不会兴奋了。我视当教授和刷盘子为一回事，视一切异国的职业为打工。人可能发挥出非常大的能力；若是为了应付这个丑恶的世界，我可能做到在许多专业取胜。但是那不属于心灵，我不愿在那些奔波中耗尽自己。我热爱使用中文的独自写作，在真挚的、感动的、美好的写作中，我能达到谦逊也能达到坚信。

再苦再难的日子，也有一些空闲。

我要记下这暗夜的生活，记下那些降于我心的一瞬间的感觉。十余年来，它们从未欺骗过我，而且使我自尊。我不能让这种日子磨钝了我的美感和灵性。美则生，失美则死——即使文明失败了，人们也应该看见：还有以美为生的中国人。

条件不好，心境不对，我不敢保证它像《绿风土》里那些散文一般地工仗了。可是它也许记录了一些问题和预感，我不知预感对不对，也不知问题存在不存在。我只能说，或者是我在日本和加拿大患了神经质，或者是他们有汉奸的遗传基因；反正除了我，没有人有这种鬼预感，也没有谁谈论这些问题。

2

我回到了祖国。

但是那时觉察到并打算记录的随笔集呢？

没有写。我以为我能利用长夜难眠、利用苦夏等着日落、利用工作和工作之间的属于自己内心的一段段时间，在这段人生逆旅中，写满一本随笔——但是没有写。

所以开了头的前言仅仅算是给了我一篇文章的形式。我在久隔了一年多时光以后，再写上这样几页呼应的文字作为后记，那么就可以编成一本没有蕊的书，算是一种难言的、满是写作的心境，而事实上无从动笔的体验的记录吧。

人生活的环境如果叫世界的话，有两种世界。一种是缺少权利和自由，但是有时间；另一种是没有人管理和控制，但是必须变成劳动机器。这种说法不一定很准确，我知道尚有更惨的境遇；有的人被压迫得连我都很难想象。我尚有杯水支笔的余地——因此我才觉得应该记录，至少记录下这种心情。

——然而，自己感到很贵重的心情和感受，在奔波中，在一小时一小时数过的劳累中，在计算机光标的变幻中，被淹吞掉了。

我有生以来没有过那样目标准确的时期。只干有收益的活，只与具体地与自己产生经济关系的老外交往，只用可能挣钱的文字写作，只用肉体，顶多开动头脑——而不使用心灵。

那么，用美文记录感受，就不可能了。

钝化的大脑，只习惯于紧张地随着机器上的光标转动的大脑，漠不经心地以一种外国语思维工作着的大脑，是不会给我文章的。我最后承认了这件事，不写了。

再出现那种瞬间时，思想再被艰难和复杂的世事击迸出火星时，我默默地品味一下便任其流逝。我知道，重要的是存活，重要的是一个叫法蒂玛的宗教，其余一切都可以牺牲。更不用说，放弃一些散文的零星念头了。

比一切更重要的是，从生存的意义上来说我没有被淘汰出局。往昔那样的，想象中该有的，我喜欢而且热衷创造的散文失去了，或者说没有争得。不过，我从可怕的洗场挣扎了出来，用外国语一本接一本地出书，在课堂上夺来了我需要的口粮。

损耗的只是时间，生命般的时间。再有就是一些水星般的思索——如今我无法追忆它们了。我的集中不会再有它们，在我逝去的一刻刻生命中，它们也逝去了。

我并不很遗憾。人生最重要的是怎样活过，并不是生命本身才宝贵，并不是生命过程中有过的思想才贵重。

写下这篇纪念以后，对于我来说，问题依然如旧——怎样活着。

3

我留心到毛主席在晚年爱读陈子昂的作品。这个小小信息使人心中有所思，有一位评者写到这个信息时使用了“怦然心动”来形容自己。一点不假。“前不见古人，后不见来者，念天地之悠悠，独怆然而涕下”——这是一种非常特殊也非常孤立的思想家的素描，也是他们的思路。

不用说，我们亲爱的文学界——包括作家和寄生的各种家，是不做此想也不为所思的，在老舍以后（还有侯宝林以后），自我标榜是授业弟子的作家层出不穷。他们使用一种北京土语作写书的语言，并且一天天推广着一种即使当亡国奴也先乐呵乐呵的哲学——至今天，他们已经有梯队有层次有钱有权，领导潮流了。

只是，他们不讲山河二字。

执笔者或称文人有两种，铺纸研墨欲书未书之际，有的人取其大言不惭、文人无行、无耻才做文章之途；有的人则以一种言行间的约束自警。

能用钢笔刷刷地写下比如这样几个字，长城、长江、黄河，我感到我和它们分开了。自从 1990 年起，山河突然逼近，我必须这样做和写。

今天需要抗战文学。需要指出危险和揭破危机。需要自尊和高贵的文学——哪怕被他们用刻薄的北京腔挖苦。

4

我心里满盈的感受，使我依然自信。文章从来靠体验和感受而短长，甚至汉字也因见识和立场而明黯。

从两脚刚刚踏上北京机场寒伧的地板时，我就猛地觉得：长城黄河都突然近了。我没有一丝一毫的不适。恶声恶气、官僚民倒，还有狡猾的文化人以及戴造反派红袖章的居委会老太婆——都在估算之内。在飞机上我再一次向十岁的小女儿保证领她去看长城黄河。几年前当她还是一个幼儿园的小孩时，我就曾在散文《对奏的夜曲》中向她保证过。她见过日本小岛上流淌的江户川和荒川，应该也见一见真正的大山大河了。

但愿山河的灵气，能再次降给中国人。

海湾战争爆发那天，我通宵守着电视机。但两天之内我就断定：这报道经过无耻的新闻审查。西方并没有新闻自由——这使我目瞪口呆。东京云集着来自世界各地的穆斯林，但东京没有一座清真寺。海湾战争报道中的帝国主义腔调刺伤了一批批东京的外国穆斯林，周五去沙特阿拉伯伊斯兰文化研究所的空地礼主麻拜的人在减少——愤怒而无言的人们再也不愿跟随给美军以基地的沙特人礼拜了。我也一样。从那场战争打响，我也再没有去那里礼主麻拜，我愤怒地想着自己在《心灵史》中提出的一个词：媚权的宗教。我清楚地明白了，美国人完成了他们粉碎伊斯兰世界力量的事业。继伊朗和利比亚之后，下刀处选择了伊拉克。继社会主义世界阵营的裂散、拉丁美洲反对美国强权势力的屡屡失败之后，伊斯兰国际也在强权和电子武器打击下流血。下一个轮到谁？全世界都在盯着想下一个是中国。而中国智识阶层还在继续他们吹捧美国的专业，中国电台的播音词也操着一股盎格鲁·撒克逊的腔调。不知死的鬼——你这样咒骂吗？

不久后，新闻又公允了。海湾战争同样是意识形态战，当美国人打胜后，西方宣布曾有过新闻控制。像一个流氓当了公司总经理后，又告诉大伙儿这里曾经是妓院。世界没有愤怒，女士和绅士们都没有因发觉正给妓院老板干活而辞职。

5

同时，牢牢立足于奸商立场的日本，早已把三八大盖换成了冰箱电视的日军。开始章回体地琢磨中国。继他们的《丝绸之路》以后，《黄河》、《长城》都是电视投资重项。而他们的真心是在某一天拍摄《满洲国》和《蒙疆》。几乎与海湾战争同时的 NHK 对张学良的采访，竭力制造了“九一八”事变尚有内情、侵略并非是侵略一词所能概括的、张学良对日本感情其实很深的印象。

在日本的电视机上流过的黄河像一个褴褛的哑母亲。也许，有很多儿女听见了她喊不出的嗓音？也许，她正在被她的儿女们贱卖？中国为什么不制定限制日本人拍摄黄河的方针，哪怕学韩国人限制日本文化活动政策的十分之一呢？

长城更是如此。自诩是保卫祖国的人也在加油地在长城上给日本人跑腿，活像是新潮派的皇协军。然而日本人的长城观是欧文•拉铁摩尔的长城观——拉铁摩尔认为：中国这个存在，其合理的边界是长城。时间到了 1992 年，拉铁摩尔的地缘政治学，已经变成了流行整个西方七国（六国？反正包括日本）的分裂中国的舆论。我的一个朋友、六十年代的日本红卫兵，酒醉后突然吼道：“对不起！中国大得过分了！”我喜爱的一个歌手从中国回去发表言论：“初次访华，觉得中国像几个国家。”与我在杂志上共同发表对话录的一个老头作家说了句下流话：“讲句玩笑话，我觉得中国的南方人和北方人，真是从肉体到感情都不一样。”数不清的人问过我：“你知道屈原吗？陶渊明呢？——我们日本人很喜欢。你们中国人呢？”跨过黄河，跨过长城，这些短腿的经济动物在中国的胸脯上持之以恒地寻找着侵略的论据。这一回他们不用三八大盖，这一回他们不愁招不来皇协军，舆论早已充分，岁历已近甲午，确实已经有中国人，已经准备好“从肉体到感情”地出卖了。

盯着他们的黄河，我关掉了聒噪的解说词伴音。在东京郊外的贫民窟中，我盯着黄河渐渐形成了一个念头。

我开始有时注意回避争论。在行动之间，我要为自己节省一点精力。

会有我的同志者出现，大规模地写黄河。

6

其实长城于我和许多中学生一样，只是一个梦般的印象。在我当考古队员的时候，一直企图进行一次从山海关到嘉峪关的调查。后来发现是不可能的；因为我厌恶走马看花，又没有精力搞清那么宽的领域——具体说是在不同经度上的文化。

于是，我大致实现了一点纵断长城的想法；目的也是为了弄清拉铁摩尔的“长城地带”。几次在我的文章中写他的名字，确实太提高他的身价了——但是，就在最近海外还有他的新言论在发表，他主张按长城和长江分裂中国。他的言论是多么淋漓地传达了“列强”的衷情，这一点我觉得自己有义务告诉中国的普通人。比我更有地位有力量的人不会作此危言，这是他们的处世之道。我出身源头在西亚的回回人血统与炎黄毫不相干，但我是中国文化养成的作家，我感到人要知义。

纵断长城地带，北至蒙古草地南至华北北部山地，我进入过一个又一个地点。如今心平气和地写着，我心里漾着满足和一阵阵感动。用日文电脑，我写不出丰腴的句子和有力的段落，我甚至偏激地想除了中国文是否可能写出丰腴而富有质感的文章。那时进入的地点——

比如紫荆关，黄昏骑自行车冲下十八盘，突然间视野中虎视眈眈厚墩墩地蹲踞在山口之间、堵塞住通路的“紫寨金城”，在晋北的荒凉山野中静悄悄地等着我们。一个拾粪的老汉头上的手巾脏污，可是笑脸明朗。我们下了车便瘫软在地上。十八盘。北中国比比皆是的险关地名，不用说骑马，连自行车都累得散架了。我们一边修车——挡泥板上的螺丝全松了，一边问路。

紫荆关？“这就是。”

一座古老的小村庄，像被娘亲抛弃的一个穷孩子，老实地伏在黄土和黑石头之中。苍凉的暮色中，一望无际的绵延山岭中，充斥的只是寂静。种些莜麦，蒸些猫耳朵，若是有碗羊肉汤，那就是紫荆关的天堂开门的日子。老汉把我身边的一块马粪拾起来，甩进筐，慢慢地走了，他怀疑地看看我的旧棉袄，抖了抖身上的羊皮大氅。

我们修了车，趁天尚未黑透进村的时候，已经有一小群村里的娃娃紧随着。城关只是一个门洞，没有箭楼，巨匾上厚重地雕着四个大字：紫寨金城。那时我不懂为什么黄土黑石头的庄子要称为紫色，更不懂明明没有城池却吹牛说这是金城——给我印象的，是那村庄的古老和农民们的淳朴。

古老，淳朴。这两个词一一描述着地和人，而这一点有多么重要，当时的我并没有任何感觉。当时的我缺乏抓住机会的意识，这是致命的一种缺点。我太喜欢自然而然的生活方式。然而当时的我也有一种优点，那就是不满足甚至苛责自己的外界者姿态——我渴望真正的了解一切，渴望使自己与这古老而淳朴的东西结缘。

后来，后来经历过的长城关隘，我已经数不清了。不过诸如山海关或八达岭那样的旅游地我不计算在内——如同遗迹的地层堆积一样，在那种地方，诱人的和能教人知识的本质已经被一层层埋没，堆积起几米厚的晚期地层。谁也无法发掘那些楼房宾馆以及纪念品小卖部，发掘并运走几米厚的易拉罐和塑料纸的堆积层，去发现那些关隘的文化本质。

我没有意识到，但我的道路与拉铁摩尔对学术界的指导完全不同。

如果纵切开长城面北的一段，从北向南，分别以乌珠穆沁的纯牧区、蓝旗周边的沙漠化半牧半农区、紫荆关为代表的城垣农业山区、河北北部的大厂香河平原农业区——为考察基点的话，纵切开的长城地带，是艰难的百姓人生。

在这条纵线上，人从体质到语言，再到服饰、住居、风习的变化，是柔和而自然的。南下和北上，传播和接受都很模糊，共通人的艰辛日子需要南来的或北来的补充，尤其需要和平。

1972 年最北的草原纵深发生了大雪灾。由于那雪灾的极度残酷，一个新的蒙古语词组甚至都被创造出来：temor zodu ——铁灾。救活蒙古草原的是南线源源运来的粮食、药品、被服，更不用说火柴和砖茶。灾后门前圈里空空如也的蒙古人是从南部赶来了羊群，借它们再求繁殖和复苏——西方列强不愿意的报道：是中国救活了草原。

同样，自古以来，南线贫瘠山区的汉族农民以口外为谋生路。移民史与长城构筑史几乎是同期的。北部草原早在一千甚至两千年前就离不开这种有手艺、会铁匠木工、会营建房屋和打井、会熟皮镶银等一切职业技艺的移民了，所以连拉铁摩尔都写道，草地王公们离不开这些汉族人，因为没有这些移民就没有豪华的王爷府和山珍海味，以及一切能模拟北京城的享受。

贫瘠山区的山东、河北、山西、陕西、甘肃人，甚至更偏南的穷人，藉着草原单纯文化对他们的需要，在长城以北的辽阔的口外扎下了根。他们挖了一口口井，盖起了一个个村落，沿着他们跋涉的土路出现了交通线，出现了商业和城镇。改朝换代，兵燹浩劫，他们活下来了并扩大了村庄、城镇、交通和矿业——在历史的争斗时分他们从来没有扮演过主角，因为他们的生存需要和平。

这种和平是自然的，从来无须强调。

但今天必须指出这种和平的渊源及合理，必须主张边民生存的权利。

原谅我的文章变成了论证和抗议。

7

长城以南的一对两姊妹，是古老的黄河和长江。如果黄河及其流域是那位浑身褴褛的母亲，那么长城及其地带就是她的沉默强悍的哥哥。在长城穷苦而有力的陪伴和支撑下，黄河之水先是一泻千里地奔腾冲流，渐渐地变成了沉重地涌淌前移。她黄色的水浆，真的像两岸北方人的脂膏。

在出海口，在她再也没有力气但终于流到的尽头，她已经变成了一片缓缓涌动的平原。在那里，一眼望去已经分不出水和泥，辨不出土地与河床。黄河在那里已经无所谓出海，她已经是一片几乎成型的陆地。

黄河从河南省开始就遥遥眺望南方。她想乞求水量，稀释负担，她快要流不动了。

但是南方的长江对她已经竭尽全力。自古以来开凿运河编织梦想，南水北上的计划已几经实施。长江拖曳着更大的流域，被更庞大的如蚁人群和密集村镇累挂着，几千年来疲惫不堪，几千年来有心无力。

长江在一片嘈杂的声浪中，朝着她北方的长姊喊道：我的生涯更艰难！

于是黄河承认了自己的命运。她还要滋润长城——那一贫如洗又犟顽沉默的兄弟。南方暴雨又袭来了，长江的呻吟已经变成声嘶力竭的哭喊。黄河展开两翼，让血水中溶进更多的泥，咬紧牙关不再作声。中国，古老的中国，就在如此一个家族的框架中，相依为命地挣扎前行。

一切真实就是如此，一切悲哀就是如此，一切原因就是如此，一切前景就是如此。

难道由于如此的一切，小国就应该被四方列强摆上案板拿起菜刀一块块地切开吃掉么？难道由于如此的一切，中国就应该在一百年前忍受旧殖民主义、在一百年后再承认新殖民主义么？难道由于如此的一切，中国就应该咒骂自己批判自己全面否定自己，自己宣布自己该亡该死该当亡国奴吗？美国、日本以及西方世界每天都在制造中国应该肢解分裂的气氛，难道起而抵抗就是保守、就是思想不解放、就是极左思潮、就是该开除球籍吗？

庞大的中国知识分子阵营，为什么如此软弱，软弱得只剩下向西方献媚一个声音？

8

总要有人站出来。

哪怕只是为了自我，我也决心向这世界体制开枪，打尽最后一颗子弹。我的血源在西亚，我不喜欢炎黄子孙这个狭隘的词，但我是黄河儿子中的一员，我不愿做新体制的顺奴。

长城几经修复但确实残破不堪。黄河已经沉重得快要完全滞涩。长江被人口和暴雨改造着，正在变成南方的黄河。

——但这一切并不说明：中国应该由西方列强来统治。

未来的苦痛将是巨大的。也许只是从心上流血。也许是些微的富裕和深刻的屈辱。也许真理正义都一文不值。也许对手是同样喝黄河水长大的同胞。

——此刻已经应该行动，怀着哪怕错了的预感，只靠被人嘲笑的自尊。

日本的商人，美国的大兵，已经在准备出发了。

我幻想改变一种语调，或者只是呼吁这种语调——我希望有许多文学新人（老人绝不可能战斗。不是因为他们老，他们中有不少才三四十岁，而是因为他们思想的奸狡）以这种语调写起来。

应该有很多人深入生动地描写长城地带、描写黄河和她的南方的长江流域。应该是一种新鲜的文章，不像贱卖民俗肤浅猎奇的电影，也不像搜集鳞爪故作大说的实录——它们应该生动地、缓缓地淌入人们的肺腑，用真实的描写给人们以认识和尊严。

幻想不会像水一样流掉。水其实从来没有无意义的流失，如黄河长江，从来都是在流动中养育着文明和生命。文学的幻想，现在才刚刚在中国人的心中出现。

踩着贫瘠的土地，登上山顶攀上长城，远方蜿蜒的两条河遥遥在望。这就是你我的家乡，清贫的祖国。她依然缄默无声，一任命运的摆布。选择只在你我，抉择只在你我，在这既充满希望又充满险恶的二十一世纪。

在一切预感被推翻之前，在一切预感被验证之前，人的自尊和高贵比什么都重要，文学的正义和品级比什么都重要。

9

你总在强调第二次新大陆。你欣喜若狂地发现了一种认识，那种认识在我们贫瘠过分的教科书知识中和在我们丰富激动的革命史知识中，都没有出现过。你那么真诚，那么热情，这两者在中国和亚洲太罕见了——而你注意到这种时代特征之后更加十倍的真诚和热情。

我总在悲观主义的深渊中不能自拔。我竭力掩饰你的发现对于我的刺激，这种刺激过去在内蒙草原，又在天山南北的美丽新疆，最后在西海固代表的黄土高原，已经降临于我多次了。除了真诚和热情，我还倾注了你不可能想象的——能力与行动。而我最终的结论是我们无路可走。这样说，本身就是难以被饶恕的，好在这里秘密的交流，甚至可以是一种独白。

我们面临的世界，也许远比我们想象的更无耻。我没有根据证明，我只有不祥的预感，加上一些线索或蛛丝马迹。

你知道，我们的声音有多么微弱——当你为我的诗和那些动人的歌感动不已时，你知道世界的声音是什么，世界的耳朵在听什么，你知道么，我们的声音和草地上羊羔的一声咩叫，和西海固荒山里的一丝草响，并没有区别。它们消逝了，流走了，失败在我们不屑一顾的世界的噪声之中。

你的弱点在于你忘了你属于一个失败文明的象征物——中国人。我的劣处在于我重新明白了我属于这被我反击过的中国人。无论血怎样变，无论人怎样走，无论条件和处境怎样变，我们不会摆脱这个命运——落日时分的中国人。黄昏之后，景象将黑暗得不容忍一点点浪漫联想；奸狡型的中国人早已经占据好苟活的位置了。无论从旧大陆到小岛屿，还是从旧大陆到新大陆，你只要坚持你的色彩，那么你的命运很可能只有一种——被歧视。

你能想象被那些唱着你喜爱的摇滚乐曲的歌手们歧视么？你能想象被那些清贫执著的神父们歧视么？你能想象被同一战壕的六十年代人歧视么？你能想象被黑人和印第安人歧视么？

——我没有说这是结论。我只有不祥的预感。这是一种思想的友谊：在你上路前我就当提醒你。这并不是务实，这是企图寻找正义。

如果你读着感到震惊，那么我想说：我爱你。

10

我一直想，文明的战争结束时，失败者的废墟上应当有拼死的知识分子。我讨厌投降，文明战场上知识分子们把投降当专业，这使我厌恶至极。

也许这道算式错在——我们把人家错当了失败文明的同类。

也许惟有我们亚洲人，惟有我们中国人才被世界视为失败者。人类在层层歧视，集团之间彼此隔阂，同室操戈，煮豆燃萁，谁都只为利益结党——难道我们有自作多情的地位么？

在草原插队时，那时是二十年前，我有生以来初次感到过人之间存在地位的差距。太遥远了，太模糊了，你可能忘了，像忘记蒙语从一到十是什么一样。或者你根本没有体会过。而我铭心镂骨地记住了。我记得在家庭、金钱、血缘方面的弱者曾经多么低贱。二十年后，我面对世界重新感受到它时，我震惊，我沉默，我背后有许多我的亲兄弟正在盼望，我不能告诉他们无望二字？

对于我，此刻我活着，那么就把明天当成末日，只为此刻而写作。我不需要读者，我不需要世界听见这一丝微弱的喊声。我只写给你，我的影子，我的回声，我的爱人。

失败的大陆像一艘下沉的巨船。我是它还给卑鄙海洋的一个漩涡，尽管我不能成为桅杆上的旗。中文是不死的，我知道用中文这样写的只有我一人——这就是我追逐的道路。

出发吧，到这条道路上来，我等着你。

关于那朵错开的花

——向往的旅途

1

和许多人也许不太一样，我对去比如美国英国之类“胜地”旅行，一天天变得毫无兴趣。不是偏激地厌恶欧美；我想，如果你憧憬的东西怀疑你歧视你、使你觉得自己在他们那里并不算个人，那还能有什么去他们那儿一行的心气儿呢。

但是即使如此，也并不是说就对老外的豪旅只剩下眼巴巴的艳羡。

老外的旅游之所以让人看不起，是因为说透了，他们不具有旅心和旅情；更毫无与旅途上的人们的缘分。他们的导游广告、职业翻译、面包车、摄像机加支票兑换的全部形象，只不过使世界多了一种宾馆动物。

而我们的旅途又在哪里呢？心比天高、族蒙下贱的我们，本想学习欧美列强的风物文化，可是被他们坚定不移地判定为经济难民。可以自尊，但是行路难。我们怎样在自己的人生中，实现具备学习和对自己改造意义的旅行呢？

遐思，畅想，神游，也许都是必要的、并不可笑的办法。

就像打猎；至少可以不做别人的捕获物，是一句有名的话。我也常常这样，我津津有味地想象着自己到了一些美丽而神秘的地方。那里不仅没有上述的、世界患上的恶疾，而且充满着使你珍惜不已的内涵。在那里，摄像机和面包车都不灵了，对不起，那里只认人的品质。贫穷而优秀的人如鱼得水，粗俗的脑满肠肥者呢，他们在那里本相毕露、语言不通、又窘又苦、满头大汗、寸步难行。

你可以不相信一切，但你一定要相信：世界很辽阔，并不是如同电视用肤浅节目介绍的那样，世界已经被钱买光。不是的，远远不是，他们只能沿着交通线和服务线，做欺骗自己的伪旅行；而世界的大部，世界的纵深，世界的心灵，不仅没有被他们玷污，而且与低能的他们无缘。

2

我常常盼望找到时机，去我心目中想去的一些地方，继续吸引我的长旅。总觉得，道路和人之间，不仅只有走上去的时候才实现关系。憧憬和呼唤，渴望和吸引，准备和蕴含，如同信仰与约束的关系一样，应该更多地被注意。

比如很久以来，我一直想去看看一些历史的大通道。那时考古中发现的淅川下王冈很有名，我就想去走走鄂豫陕甘的交汇地。在新疆，最初体验了那种美妙的音乐以后，我便一直打算哪怕找到印度伊朗，也想搞清楚这种音乐的源流。后来，事事感到中国人的失耻的轻而易举，我就特别想去感受那些在美国佬面前骄傲自尊的拉丁美洲人，看他们的高山和火山群；感到古代传统的沦丧，就想去求教住进城市也不变牧人风格的哈萨克人，进入他们的大漠和草原。认识到信仰对于人道的紧要，更向往去找信仰的源泉，去瞻仰养育了伟大的三大宗教的神圣之地巴勒斯坦。

我对纽约和巴黎毫无兴趣。我只是在条件成熟的时候要去壮阔的非洲和伊斯兰的西亚旅行，去浪漫热情而左翼正义的拉丁美洲旅行。不过，这些都是可做可舍的，并非紧急得好像已经生命攸关，那不是生命的必须之旅。

但是，有一个例外，就是扎拉丁·鲁米的陵寝。那是我不仅要去看看，不仅要去学习，不仅是渴望一定要到达的地方——我把深入那个地点，视为我人生的下一个可能和关键。

十三世纪后叶，在土耳其的一个叫柯尼亚（Konya）的地方，埋葬了一位苏非派的领袖。前些年，当我沉浸在苏非主义的神秘学说和事迹时，在杂志上见到了他的陵墓的照片。

他就是扎拉丁·鲁米（Jalal al-Din Romi）；长诗《玛斯纳维》的著者。

在照片上，那座我无缘瞻仰的拱北之上，刻着一朵云彩般对称的花形图案。我在看到那朵花形图案的第一瞬，就被深深地吸引了。当时，那一瞬的感受很特别，不知为什么我过目便再也不忘。至今已有多年，我说不清魅住我的，究竟是那没有读过的长诗，还是那花朵的丰满匀称。那时我并不知道，那花形图案是一个双写的花体字。

它是一个从右向左书写的阿拉伯文字，整个字只占图案的一半。另一半，是这个字的如同剪纸的倒影，与它组成一朵完整的花。

奇异的是，以前，我曾把它错猜为察合台文之类的文字，以为它的发音应该接近波斯语的kuday；但是我却一直解释它为一朵花。由于这个思路，我甚至构思了《错开的花》。而今天，我总算能拼出一点它的读音了，读着又感到惊奇：这个音居然那么接近Huwu，难道它真的就是“花”吗？

这个花形的半面是一个字。即——他，意即真主。它的另一半是这个字的倒影。它使用的语文其实不很难懂，只是一个“他”字。但是它的寓意是多重的：遗体和灵魂，他与民众，他与主，生与逝，造化与世界，人与信仰。

当然，后来我对它的喜爱，应当说是一种折服。我因它概括了我的思想而离不开它。我求朋友把它绣在一方深蓝色的天鹅绒上，缝成了我私人的拜毡和旗帜。它曾随着我飘零天下，曾挂在日本和加拿大的墙壁上。

房间里有了绣着这朵花的深蓝拜毡，我的心就不会过分地迷乱。无论多么紧张劳累，无论承受着怎样的压力和矛盾，就最终的本质而言，我的心是安宁的。

原因仅仅因为它简洁的概括。

——右侧是真主的称谓，左侧的倒影是万物和我们。字在右边，真主；倒影在左边：世界、事情、追随者和我自己。

不必过多地解释了，这是一种伟大得朴素至极的，以一句解释天地、以一滴概括大海的认识论。近十年以来，我满心都是对它的体会，但是讲解则立即遗漏肤浅。我只强调我的感受。这个简洁清晰的双体，这个饱满神秘的花体，久久地，直至此刻仍充斥着我的心胸，使我深深地、沉重地、莫名地感动。

原因和结果，外表和内里；追求和归宿，人生和前定——我说不尽这个双体的字、这朵神秘的花降示的认识。

3

1988 年，我写作了长诗《错开的花》，我在作品中有意地使用了这个双体花字。但是除开在杂志发表时以外，几次结集时都忘记了把这个图形字收进书去。这个疏忽非同小可，我的描述怎能代替那个图形字呢。

看来《错开的花》确实需要一点“解释”。这部作品应该是我的三部诗里（还有《黑山羊谣》和《海骚》），含意最广泛的一部。包括亲密的朋友在内，显然读懂的人很少。我猜，造成难懂的几个原因中，有一个就是这个花形双体字。大概人们阅读时没有注意插图。

不过，我想我无法为思想的生疏而解释，更不敢奢求以我的作品解除人们之间的隔膜。

信仰的中国人与中国知识阶层之间的隔膜，广泛普及的知识与严重缺乏普及的知识之间的隔膜，不是我所能突破的。关于这一部分隔膜，应当要求读者提高自己的水平和教养，更应当追及我们现存的全部教育、宣传和知识结构。

那里毕竟是乃格什坂丁耶伊斯兰苏非哲学的渊薮。扎拉丁·鲁米的神秘主义长诗《玛斯纳维》不仅是毛拉维派的经典，而且长久以来受到中国黄土高原上的农民的敬重和钻研。世上还有哪些诗作能成为民众的经典呢，世上还有哪些被底层民众如此崇敬的诗呢？

不用说，我们也没有《玛斯纳维》的中文译本，就如同我们的知识中没有那朵花、没有那个双体倒写的字一样。我们的教授作家津津乐道于美国的宣传品；读过《玛斯纳维》的中国人，只有一些对汉语目不识丁的贫苦的回族农民。

这种修养的鸿沟，这种知识分子营垒的分裂，使我感到惊心动魄。如果从底层的回民阿訇一方来看，也许应当为人民获得的文化而感奋；如果从都会的教授作家一方来看，他们难以置信的无知是危险的。

几年来，出于在边疆底层获得的体验，我努力向中国文学的大雅之堂多少输入了一些这样的消息。我愿它们是新鲜的血滴，至少能染红一泓清净的水。中国的年轻一代永远在汹涌而来，这样的努力不会是无益的。

4

然而我一直不能找到机缘，去踏上追寻扎拉丁·鲁米的足迹的道路。

应该细细地走，沉入他的时代和行为。他的幅员辽阔，我若成功要走遍半个中亚和西亚，还要一步步走遍南部西班牙和北部非洲。我在以往的经历中，发现在战斗者的身边，总是簇拥着很多崇拜者。他们一哄而来，又溜个精光；崇拜是假的，原来他们都是一些附庸者和剽窃者。这使我警觉。至少在我对人的崇敬中，我要和这种行径彻底区别。

追求，也包含着做人的哲理。

我的旅途，要我等待真正的渴望到来时的举念。我此刻在屏住气息，倾听静处的讯息，感受自己的矛盾和脉搏。我反复地问自己，你的举意是为了什么？

我要把他的长诗《玛斯纳维》同时当成历史、宗教、文学来字字精读。既然有世间的附庸者和剽窃者的卑污行为存在，那么，在一切的一切开始之前，我要刻苦努力，我要先成为他的知音。

我不知行期。有关信仰的大事，不能轻定。

我不能像那些玷污者一样，我并不认为——我就一定有权走进宗教的圣地。我畏惧，我的不洁可能会玷污逝者的心灵。我只是祈求，只是盼我的前定里，真的有着使我出发的指令和使命，我们通称它为“赛百布”。

酷烈的西亚大地，给我们解答的柯尼亚！

真不知那里的风景，会怎样的苍茫雄壮。

在我如此向往仍没有机会去一次的土耳其柯尼亚，我判断扎拉丁•鲁米的拱北，还有他本人的故事，一定都深深埋在难以探测的机密里。那座庄严的陵寝或许也是改筑，早期的墓穴——会像我的大西北一样，也是悲怆的黄土吗？

我见过的陵寝照片上，没有标上背景，这也像考验的机密。

但是我大致地明白那道路的性质。古代不仅为了存活，更为了解脱的人们，早就在沙漠和铁色的枯山干沟里，为我们踏出了道路的痕迹。我走过甘青边缘的大力架山；在钢色的阴坡以南，烈日晒碎的半面山岭上，不易察觉地印着古代的小路。在新疆的南线丝绸之路的咽喉铁门关，尖棱般的石头上根本看不见路。一切苏非之路都是这样的：旱渴和绝望，通向领悟的前方。

在世间，紧急的感觉一分分地增加。在南方的都市街头，有一些孩子用一把尖刀插透手腕，沿街行乞。满街都被孩子们血淋淋的手震惊了，那尖刀贯通孩子细细的腕部，刀尖带着血露出来，刀把子插在疤上。

我沉默地凝视着，电视上的画面鲜血四溅。如一个象征，如一种信号，世界的狂风巨浪猛烈地把人们驱赶向对信仰的寻求。在清冷的深夜里，我在反复地向自己质疑：你为什么出发呢？

十年以前，因为我问答成功，所以举念全美了。像毛拉维教团中的一个普通人一样，我完成了我的功课。所以，在那一册我的信仰记录中，我能写道——我没有抓住火中的金子，我没有捞起海底的珍珠——今天，难道今天我要把自己逼向更大的质问吗？

此刻，我需要四周的安宁和心的沉静。此刻我只能等待，不能破坏禁忌。

在灵魂必须出发的时候，双脚就会走上道路的。

在我没有私欲、摒除轻浮的时刻，在我不再缺乏能力的时候，我会等来那新的出发。从熟悉的黄土高原，踏上未知的一望无际。从山峁和坡地之间的小路，走近沙漠和崇山峻岭。我欢喜地又遇到了茫茫的大雪。风景千里万里一派迷茫，大雪如天降的纯白音乐。再也没有世俗化的苦痛和人事的纷扰，人的心，那时是清纯的。柯尼亚会终于迎我而来，拱北的穹顶在炫目的阳光下闪烁。我会虔诚地轻轻地走近他的拱北，走近那个神秘深沉的花形，走近那个概括一切的双体字。

当然，满盈的感受无法描述。那朵奇异的花，在今天的世俗中只是一朵不合时令的错开的花。无论用一页插图，或是借助一扇窑洞上的窗棂，都不能传达。渲染不能代替感悟；我的再热情的渲染，也不能代替你生命的感悟时刻。

——但是迹象证明，中国人正急切地渴望着感悟真理。

我对此坚信不疑，而且唯恐自己落伍。为了中国的这些同类，我愿耐心地解释，而且领先去寻找。但是，在一切之后，在全美和回答之后，必须要讲明的最后一句话是——

清洁就在你的心里，圣地就在你的追求之中，柯尼亚不是惟一的。

但是，远远地迎来的穹顶上，那朵花愈来愈清晰了。那上面应该还刻着他的墓志铭，文字是这样的：

不要在地上找我们的墓碑，去人们的心里找吧。

接着，我能看到那朵启示了我的花。

撕了你的签证回家

1

那海是一条窄窄的峡，对面的北山上房屋鳞次栉比。山后是笔直的原始林，高山森林远去了，通向不知尽头的北极。毫无一丝污染，万物恬静如凝，人想：真美呵，真静——但是突然又觉得怅然若失，连感慨也停止了。费力地收回视野，再望近处，白云静止在高天，平静如镜的海面上，久久不动地停着一条船。

船不走，可是人的心不能不走。我爱海，可是如此的海使我突然伤感，我被它施了魔法一般，眼不能移，心不能思。

这真是一片无人区。痴痴地望着，我久久地这样想。这样的风景在地球上多吗？白雪深湖，森林冰峰，但是方圆数百上千公里，没有人，也没有历史。

我几乎有一点时间都要来到海边，在各种地点接近它，寻找角度，然后几乎是祈求般地，一连几个小时一动不动地，凝视着这片大自然。

真的，我对自然没有偏见。我至今喜欢那片自然。只是我明白我不能向它寻找我的人生答案；它无语，自从山海分离地壳变动，自从它诞生以来，无论人卑鄙地侵略或残杀，无论人如飞地建设和发达，它不回答人的问题。

已经一览无余，已经尽收眼底。那时，我不知是已经失望，还是怀着希望。

我只是长久地注视这片自然。在我内心的矛盾最激烈的时时刻刻。在这里停留的时候，我只有信任它。从来大自然都宠爱我，从来都惠我以机密的回答。可是这次不同；我几乎每天都来到这里，但是没有启示。

2

传闻实在不可靠。

百闻不如一见，亲自来此一行，见识了这种现代化的荒漠以后，也就明白了另一种传闻，明白了为什么那些为了舍弃祖国、为了一张移民卡，女舍身男舍义的中国留学生们——突然间又都出现在北京或上海。

因为这儿几乎是一个无人区。

温哥华没有什么文学发展的可能可言；就文化水准来说，它很像我国的一些比县城大些、比地区级市小的大镇子。我把它划分为中国式的“地区级市”。而温哥华还是加拿大西海岸的第一名城——其余地方就更可想而知了。纵使还有多伦多之类大些的城市；简言之，这个国度整个只是一个大乡下，美国的大乡下，而且是人烟稀少的乡下。

乡下应以自然取胜。对大自然是不该怀有偏见的。但是，自然的水平高下，又应该说是确实存在的。我觉得我这样写对不起这里的大自然；但是我确实感到高处不胜寒，我觉得这里一片死寂。

为什么呢？

在北美，在纬度偏北偏得比新疆的阿勒泰更北；比外蒙古的北边国界更北的这里，暂时还不算冻漠和北极冰封地区。

就在北极冻漠世界，与我熟悉的北方之间，是加拿大这种特殊的寒冷、多湖、森林发达、积雪不化的地带。

明信片上印着它们。航空摄影拍下的这种风景，天湛蓝，湖幽深，白雪寂静，起伏的森林无边无际。初次看见这种明信片时很兴奋，好漂亮的自然！似乎自己已经走上旅途。

而在这万籁俱寂的清冷森林旁，久久望着那片深谷里连环般嵌着的湖时，心里出现了古怪的感受。

一切都只凭一条公路。若是没有这条公路或那条公路坏了，那么谁也别来，谁也别走。永恒的时间和永恒的死寂统治这里，没有车，这里便是墓地。这样想着，人心里会出现恐怖，怪不得离开城市的加拿大人特别害怕车坏。

有路和车保驾，清冷的世界仍然冰冷。人会执拗地想：为什么这里没有过去？为什么这里没有故事？——都是森林和雪山，为什么这里没有如同哈萨克天山那样的传说、风俗、道德和美好的文化呢？

3

文化、历史、故事，过去有一个。不是完全没有而是只有一个：大不列颠日不落王国女王陛下的花园。

地名在这里枯燥地重复着：昆士兰，女王领地。伊丽莎白park，女王公园。不列颠哥伦比亚，英属哥伦布的地盘。然后是，新奥尔良、新约克、新盎格鲁、新撒克逊。

反正，纵目远眺，这未开的蛮荒和冰封的森林，都只有一个莫名其妙的烙印：英国女王陛下。你不由地联想到香港和英国的第一商品——鸦片。

山河冰冷地冻结着表情，一言不发地在寒冷中沉默。从殖民主义者的爪子伸到之日起，它们就再也无话可说了。体制沿着海水浸漫过的一切地方，建立起来后便一副公理相；谁也不再追问它是否血腥，是否正义——反正这里是无人区，它是否真是英伦三岛的女王，其实并无紧要，并不影响这片沉默的、清冷的大地。

我仅仅短暂地站在那片自然中，由于无人，我注视时心情也和那些冰湖原始林一样，冷漠而不动情。

可能有过一些印第安人，但他们早被残忍而悄然地消灭了。用悄然这个词也许是非常不对的，殖民者入侵时期的屠杀，不可能没有撕心裂肺的哭喊和怒吼。只是我们永远地听不见了。我们听不见，或者不愿听，或者社会体制制造了不再提起那些声音的气氛。有谁为历史的不义抗议呢，有谁抗议不会被说成是虚伪呢？

由于无人，因此山河不抵抗。因而也没有留下任何感伤的，或英雄的故事。我也忘记历史。忘记并不难。可是，对现实呢，可以对现实的不义抗议么？可以在经济世俗、衣食生计的滚滚潮水中向不义批评么？你愿意回答么，我的世界？

我喜欢说一种牛犄角理。我在说这种白人不爱听黄种人听了也不激动的道理时，我觉得孤单真可怕。

但道理确实如此。在东方的中国时代里，中国人也曾这样随意涂抹地名：三家子，独山子，甜水泉，铁匠营，穆家渠，王家堡子。土气是土得掉渣，我确实反对地名的俗下。但是它们也毕竟是一种底层的产物，土气中蒸发着芸芸民众的气息。它们不像女王花园之类地名系统，只有媚权和侵略的臭味。

你以为这些言论，在女王的各个花园里有发表的自由么？同时，你以为这些言论在中国不会有人反对么？

一个不知从哪里钻出来的、迟钝平庸的土包子，千载难逢地出了国。他一眼看准了这块地方。于是，他本能地决定了。

以后只是行动，他不惜采用人类想象得出的一切法子：交出肉或交出魂，结婚或离婚，生第二胎或生黄头发的；黑着或“白”着，人血馒头或登记商社——他的全部目的就是一张纸：一张英文写的签证。

他成功了。他批评我说，你懂得什么人和人生？你还配写小说？我无法否认，他也在说着一种尖锐的真理。他已经在目的达到后发胖；脸上已经露出胜利者的神色。以后他至少是一准美籍华人。但是，也许我也曾盼望过同样的成功，但我绝不愿成为他那种人。

人生而有权，人有绝对自由的居住和择籍的权利。我没有权利因为我选择了中国，就歧视和蔑视选择了美国及准美国的他们。不，我没有歧视和蔑视，我像盼自己顺利一样，盼他们顺利。我只是做不到他们做的那些事，我做不到为了一张签证，把我自己丢得那么多。

有一种人，一种新人，已经出现了并企图继承古老的中国。他们如同上述也正在“走向世界”，成为世界的一大势力。他们的伦理和动作分析起来很复杂，但简单讲只有两个字：无耻。我的人生和文学也可能很复杂，但简单讲，也可以只用两个字：区别。与他们在一切的一切大大小小方面区别，做与他们完全不同类的人，我一直竭力如此。

据说，吃不到葡萄的时候，人没有批判葡萄的权力。

人生而有权，这不是一句真话。

4

我是在把葡萄拿到手的那天，才决定写这篇散文的。

文学中有一个永恒的主题，叫作“你不能再回家”。我想，也有一个对于生活在这个世纪末的、穷人的永恒主题，姑且叫它——撕了你富得流油的签证，回我的穷家。

自然不语，我要依仗多彩的中文生存。

中文，我说不出它给予我的感动。它有无限的可能性，它变幻而沉稳，使我即使在禁忌的框架里也可以丰富地抒发。

撕了它的签证那天，我感到再生般的快乐。

我写不出那一天的种种感受。追忆是困难的，描述更困难。

如又成了个婴儿，可以无忌地喊叫，如发现了大陆，充满了抒情的自信。心中混乱而狂喜，没有合适的表达。胸中涌动着思绪，但没有形成章句。胡乱中想起的，不知为什么却是杜甫的句子：却看妻子愁何在，漫卷诗书喜欲狂。白日放歌须纵酒，青春作伴好还乡。即从巴峡穿巫峡，便下襄阳向洛阳——久违了，人的感觉。

尽管沉重甚至不祥，但那确实是人的、尊严的感觉。

这个无人区显然不会体会我们神奇的、美妙的中文。蓝湖白雪和树林都不声不语，与我对望着。

最后离开加拿大那天，我又去瞭望风景。我和它相视良久，然后告别了。自然是无罪的，它其实并不愿被打上标签。它从亘古以来就等着人，等着人类在自己的怀抱里创造出美的历史和文化。只是它只能顺从命运，就像你我一样。

望着这片孤单又广阔的大地，我不知为什么感到一丝怜悯。宁寂留给你，让我回到嘈杂。原始植被留给你，让我回到水土流失。英吉利女王的殖民体制留给你，让我回到穷苦但是正义的文学吧。

不用汽车，不仗着混凝土高速公路。在我的广袤深沉的领土上，我的双脚踩着真正的泥巴。我穿行在寒伧的村庄之间，结识着时饥时饱的人们——我们是文化的主人，是心灵的富有者。

我离开那个世界的时候，经过了最后一片森林。风在高高的梢头上行走，带着一阵长长的呼号。

致先生书

一

当身为后辈，却真切地感到某种把握在沉静中逼近时，那感受是新鲜的。也许确实应当放纵这种瞬间的感受。他身边纠缠着那么多无聊至极的异类，如成群苍蝇在纠缠一具死骸。1991 年的我突然觉得应当站出来了，应当有人将心比心，以血试血。

这原因是由于参照的必要，十余年来我一直寻求参照，但大都以失望告终。我习惯了以血统区别和判断，因为我曾这样认识了自己。托命一支笔以来，我曾非常注意向文人寻找，但结论是否定的。否定之中，又见识过《活动变人形》（王蒙）、《慈航》（诗，昌耀）、《边城》（沈从文）；艾依特玛托夫（苏联）、斯坦贝克（美国）和岡林信康（日本）的各式艺术，以及有一篇仅一页的兼论毛泽东和鲁迅的李志华（李新华？）的小文——因此，我同样不能否认他人的潜力。

这样，对自己的“类”的孤立的自信和无力感，便在每一夜中折磨灵魂。

我坚信，我读着《野草》、《故事新编》、《药》、《伤逝》、《故乡》、《狂人日记》这几篇时，我相信有了一种把握。我不愿重读。中学生教室里念一遍而如今却日觉鲜烈的印象；也许错，也许对，也许是关于先生上述作品的印象，也许不过是自我感觉——都无关紧要。如果我有能力出版先生一本选集，我只选上述几篇。其中《野草》和《故事新编》只选半部左右——我此刻寄人篱下，身无分文，资料全远在彼岸中国，但是我有如上把握。

就像王蒙依据他作家的内心体验戏做《红楼梦》研究一样，我也只凭自己的内心体验写这篇关于先生的随笔。

曹雪芹固然伟大，但是太中国人味了。或许曹雪芹是满洲人，但满人比汉人更北京化、更市井化、更充溢着孔孟之道的霉味。中国从来只能由曹雪芹型的人物代表；但中国需要的却是另一种人。腐朽的古文明不该再增添什么“遥远的东方有一条龙”之类陈言滥调。中国需要公元前后那大时代的、刚刚混血所以新鲜的“士”；需要侠气、热血、极致。

先生弱也，丈夫气短。但是现代中国仅先生一人属于这个类型，因此，我遵循中国人称“主席”则不言而喻即专指毛泽东主席、称“总理”则不言而喻意在周恩来之用语习惯，以上以下，文中以“先生”二字尊称特指鲁迅先生一人。

二

有过一个非常善意的外国人问我："鲁迅真可以被称作文学家吗？"——他的意思我懂，他是指先生文章犀利有余；政治论战、投枪匕首有余，而纯粹艺术意味的文学性不足。

就这个意义而言，我也觉得，先生确实一直没有能够写成一部代表作。他缺一部或几部长篇小说——就纯粹艺术意味而言，我似乎早在他那些阴暗文字中品味过某种有苦难言的滋味。是责任感和区别意图——真的对祖国大前途的沉重责任逼他的文章不得不理论化与学术化；同时，区别——他不愿与活得轻松甚至妙趣横生的同时文豪们（比如郭沫若、林语堂）共伍，就如当代中国在牧区和田野忍受辛苦沉入底层的民族语言学家和考古学家不愿与那种媚世无节的"民俗学者"共伍一样——他没有宁静下来或疯狂起来，著作一部大书的余裕和心境。

而我盯住了他的能力。不错，就是能力二字。从《狂人日记》中可以判断他的现代主义能力，从《故事新编》中可以判断他的变形力。《伤逝》显示了他的"基本小说"的创作能力，没有对此种能力的确认，一个作家会丧失自信。（若容忍举一劣例，我想说，我本人若没有写过《西省暗杀考》和《北望长城外》两个篇什，我将长久自卑而不能自拔，尽管我有过不少铅字）。更重要的《故乡》，闰土这个形象关键无比——前面失礼罗列的名人们是不会牢牢记住闰土的。让闰土成为自己心底充盈的深情，这种能力对一个大作家来说价值连城（我在同样意义上尊重王蒙的《在伊犁》）。此外还有学者式的能力；做学者态的文人古而有之，身具真知灼见者不见几人。沈从文后日潜心服饰史，但并不见他有控制古代之力。钱钟书一部《管锥编》，未必经得住后人推敲。——具备全部能力者，言则过严——但确实仅有先生一人。以我人微，作此大说必招大嫌，但是我在破题时决心已定。

由于种种原因，无力无暇写自己的人生之作，却眼见对手（文学战场上，总有高低较量）新书大著层出不穷——先生的苦涩，包括无法表白自己能力的苦涩，是他文章阴郁沉重的原因之一。

——这里引出一个深具意味的问题；究竟什么是文学呢？艺术性是否绝对是第一前提呢？

我也长久地为这个问题痛苦着。

暂时，我觉得：先生在这个问题上吃亏了。比如他花费精力援助过不少年轻人，让他们成为作家。但是年轻人未必有青春，年轻人易于背叛。萧红萧军都未必是先生同类。先生放弃了一部分纯粹艺术性，也浪费了已有的条件。先生不知道：当年阜成门内的大四合院，以及上海的上层物质条件，对于他的后来同类来说，已是不可企及。除此以外，政府对先生的特殊容忍，在中国史上也是罕见的。他缺乏一种残酷或者说坚决，也缺乏一种判断，他吃了亏，苦在心里。卒年出版的《故事新编》，正以其一副末世相的怪诞狰狞，向后来人诉说着先生再无大作品的痛苦。

三

尚不仅仅是无法再写下去，而且既然小作品已经道破深机，便无心再写大作品；尚有更大的危机。

人最难与之对峙的，是自己内心中一个简单的矛盾。《故事新编》据我刚刚打电话向专家询问：恰出版于他的卒年，这不可思议——先生很久以前就已经向“古代”求索，尤其向春秋战国那中国的大时代强求，于是只要把痛苦的同感加上些许艺术力气，便篇篇令人不寒而栗。读《故事新编》会有一种心理的感觉，它决不是愉快的。这种东西会使作家自知已经写绝，它们的问世本身就意味着作家已经无心再写下去。

但是，先生向古史钩沉是不能自救的。一生看破了学术也看破了文章，更看破了孔孟之道这一天敌的先生，并没有出口。绍兴一带，正是孔孟之道的深潭。出身绍兴，几乎断定了先生无法打破障壁。

——我在结识了、投身于回民哲合忍耶教派以后，常常胡思乱想。我总觉得毛泽东和鲁迅这两位南方人应该知道中国存在这样一个教派。但不可能，人生有限，知也无限，他们两人显然都缺乏这种特殊知识和认识。他们应当遗憾，尤其鲁迅先生应当遗憾——他可能对这种顽强地在中国活下来的人群一无所知。

痛知中国文化之毒，苦无中国自救之理，又憎恶形形色色的媚外媚洋，而自己最终又不得不向中国无限的存在去求活——宛如魔圈，宛如鬼墙，先生孤身一人，自责自苦，没有答案。他没有找到一个巨大的参照系。

在没有解决这巨大的矛盾之前，优秀的作家很难写作长篇小说。1936 年先生辞世，留下了费解的《故事新编》勉作答案，但更留下了《狂人日记》为自己不死的灵魂呐喊。何止没有写成鸿篇巨著，先生只差一步没有疯狂。

读者既然读了，也应该做一个理解者。干扰的阅读是讨厌的。

我想，我可以反问那位不乏善心的外国人了：你真的可以被称为读者吗？你有什么资格议论别人的文学呢？

四

臆想和胡说一发便不可收拾。我追忆着一些曾有过的对我的美好臆想，我觉得先生不会讨厌我的思路——据我的胡说，先生或是“胡人”后裔。当然，这是绝对无法实证的。

先生血性激烈，不合东南风水。当然，这仅仅是少数民族对当代汉族的一种偏见。我只是觉得，他的激烈之中有一种类病的忧郁和执倔，好像在我的经历中似曾相识。中华血脉复杂，历史上几次大规模混血；似乎血的继承是奇异的——并非是混血后形成了新的人，而是人们各自继承着遥远的某种秘密。就这个观点，我请教过遗传学专业人士，他们对我胡说不予同意。因此，以上仅是妄言而已。

但我的心灵却坚持这个感觉。先生特殊的文章和为人，实在是太特殊了。对于江南以及中国，他的一切都太显得格格不入。我怀疑他的血缘，因为我极端地尊重这血缘。也许胡说更逼近一种把握。胡说应该节制，就此止笔。

回忆中，印象中，他的文章是多么不可思议呵，眉间尺行刺不成，人变怨鬼，两颗头颅在沸腾的鼎镬中迸跳追咬，最后大王和贱民两颗头颅都安静下来，安静成一对不能区别的白骨——追忆着，心里阵阵激动。两年前，当最终我也安静下来时，我满心杀意又手无寸铁，突然想起了这个画面。这才是短篇小说，有哪一位小说家创造过这样的文章画呢？写出来以后，怎能再写长篇呢？

——“当我沉默着的时候，我觉得充实；我将开口，同时感到空虚。”是的，并不需要长篇。

我手头只有一薄册《野草》。它在1973年的中国印成的精美的单行本，定价只有两毛钱。三万字，两毛钱，这些数字都有寓意——今天这样短的散文集没有一家出版社愿意出版。那时如此便宜的定价，使任何穷人都买得起。

而先生本人，序这本《野草》时，他想到过那序文几乎是一篇近主的宗教誓辞了吗？“地火在地下运行”——把它解释成革命和阶级斗争，是多么天真；“友与仇，人与兽，爱者与不爱者”的环境，难道不是现世么？回民称之为“顿亚”（Duniya）时，对这种现世与精神世界之间界限的强调，难道不可能成为先生的参考么？对于“智识阶层”的讽刺和蔑视，如果有一个温暖的出口，是不会导致“我希望这野草的死亡与朽腐，火速到来”的伤感的。哪怕他们有长篇。

但毕竟是先生向中国大声喊出了孔孟之道的本质。中国的小学和中学强求当年还是孩子的我们背诵这呐喊，实在是太残酷了。好在那时教与学双方都不理解。但那时童声的背诵又太奇妙了；它使我心中留下的印象一直鲜活，心没有受伤然而心也没有麻木。

是的，“吃人”的孔孟之道将反复成为我们心灵的敌手。中国人，尤其是有宗教信仰的中国人，应该牢记先生那沾血的呐喊声。

怀念你，我的先生。

1991年4月，日本

再致先生

1

喧嚣又一次沉静了。又一轮的研究潮也退去了。你又能从公众注视的折磨中，从有闲者的打量中，暂时地休息。自视道破真相的，自视专家里手的，自视理解你的人，都走马灯般地趁时潮而登场，然后又消失了。暗中的执拗敌视，预感的侧后包围，又一次仅仅是偶有浮现。

在这一轮中，榨取成分虽然明显，但大体上还是甜美赞歌。它没有敲响警钟告诉人们：潮一般从此明涨暗涌的，将是对你攻坚的神圣讨伐。哪怕跨过世纪也要实行，他们决不会放弃。

已经不能速朽。你只能痛苦地，与这个卑污的族种共存。

赞美不一定都可疑，因为这至少是一种掩护的枪声。也许在今天，那些被你定义的“智识阶级”，比你更难受。他们之于民众，既无信任更无亲近。而且，居然在科学技术已获全胜的今天，依然不是智识阶级的世纪！在不易察觉之间，人们收起了正要投身清算的亢奋，忿忿咽下了未得发泄的情绪。

于是新的围攻，和新的鲁迅热都过去了。文章和作家，都已无需疲累地辩白。可以松弛警觉，静静地回到本意。

而我们依然如同盲目，围着先生聚散。读你的人，应该说不是少了，而是愈来愈显多了。虽然，你对有些读者来说是消费品，对有些教授来说是衣食树；但是应该说，对鲁迅的描画还是清晰了。

近年来，每逢岁末，都是特别想读鲁迅的时候。在这个岁末，我发现已经有了很多参考书。它们重印着早已经进化成一个专业、但是我一直缺乏阅读的资料。一些资料纠正了我因想象也因体验的单薄，而错误导致的观点。独自读着，我检讨着被人批评、自己也想究明的点所；包括确实“偏激”和失真的地方。

参考书，构筑着一种九十年代的先生及其时代的形象。脱政治、被利用、虚无主义，都是重彩的流行色。参考书都尽量把篇幅弄得长长，把先生热炒冷议，使鲁迅的形象更加暧昧。

其实，研究鲁迅最有力的参考，并不如考证的那么遥远。参考就近在眼前。它就是不变的中国，不平的世间，和不义的智识阶级——是他们的步数姿态、眉眼嘴脸。谁也没有见识过鲁迅的时代，但是，我们每天都看着“后智识阶级”的表演。

2

包括先生在内，人们误以为墨的谎言掩盖不了血的事实。其实不一定，原来速朽的是血。

所谓鲁迅，不仅是在《新青年》杂志上，更是在“三一八”血案中诞生。对“三一八”流血的立场选择，不仅导致了事件之后的论战，更导致了鲁迅的论战风格。因为无法淡忘——于是鲁迅超越了名作家的限界，自愿地成为了战士——要知道，今日风靡中国威慑异类的庞然大物、从 ××× 到 ××× 的大师们，都是不屑降低“层次”，去当什么战士的。

尽管在立场凸显之前，他为中国文学提供的，已经是颠扑不破的伟著。阿Q狂人，闰土伤逝，人血馒头。但自“三一八”以后，从对民众的血，到入世的道路，他与逍遥乖巧攀附上流的文豪们，渐渐不能同路。

在历史流血的关头，并非每个中国作家，都这么不能忍受。“惨象，已使我目不忍视了；流言，尤使我耳不忍闻”，这些话，对于当时和现在的中国文人，都不过是应时文章，涂抹而已。

这不是老生常谈。这是一个中国式的、永远的选择。它如天方夜谭故事中的岔道口，迟早一定会出现在每一个知识分子的路上：一边是凄惨的民众的血，一边是丰腴的上流的“趣”。

五四以来，名士如云，惟他因那血的影子而心绪黯淡。他虽然难忍一个以义士鲜血去“蘸馒头”的民族形象；但他更不能容忍轻薄为文，无视民生，文章学问自慰自娱的知识分子道路。

民众在这个国度无权无望。但他们发觉：当他们在暴政官僚的重压下绝望痛苦的时候，“智识阶级”却是政治金钱之后的、又一个凶恶的压迫者。大众但求温饱而已，但他们需要知识分子始终对社会和权力保持基本的批判火力。否则，底层的处境不堪设想。

百姓们并没有发现，大多数文人学士并不以批判为己任。但他们却发现：有一个鲁迅在刺耳地骂，在独自地批判。这使他们觉得痛快。虽然通俗但是准确，鲁迅象征着一种不签订和约的、与权力的不休争斗。百姓们在需要的时候，就可以想起他，就可以去翻弄一回他那些不好懂的书，试着向他寻找。

那么本来就没有打算“速朽”。暗色的遣词行文，只缘过分的孤单。智识阶级的压迫使人心里阴暗。先生并不虚无，死后仍是百姓民众的牛。倔犟的孺子牛，这仍然是大众发现和接受鲁迅的途径，也是所谓鲁迅的形象。他是孺子的牛，是权力的克星，是孤勇一人地、与长袍大褂或革履西服的智识阶级大军对阵的打鬼（抑或称打假）钟馗。

3

按如今思想史的不成文惯例，如此对知识分子攻击，尤其是如此对城市知识分子质疑，是注定要被打入保守党、被归纳为专制主义、恐怖主义或新纳粹的。质疑知识分子，似乎就等于五七干校、压迫知识分子。就如信息并不等于良知一样，对真伪知识分子的区别界定，是最本质的也是最难辨的。

鲁迅出语特殊。

他有过一句深奥的话："伪士当去，迷信可留"。后来的他并没有对这句话展开阐述。但是他以实践证明，他不惜舍尽前途，投身此阵，不顾毁誉，与"伪士"及其学问文学，一生为敌。

伪士是什么？——他们看似学富五车，人云贯通东西，尤其熟一门学术。假科学主义时尚，他们获得举世崇敬。但是他们敬远学问大义、谢绝布衣之士的精神。不仅如此，他们的深厚奥学如若深究到底，未必经得住推敲。在中国，难得有人敢凭知识与之对垒抗礼；垒墙之内，尽是大师。

惟鲁迅，不仅有那一份愤慨，也有那一份学问。一部先生的履历，或许就是一本"伪士"的名簿。他发难时，冰山不胜其灼热，滴答地融化了。

确实，伪士无定义。但伪士以权威变成了规矩方圆，变成了一种体制。他们愈多地晋升为中国文化之大师，这个文化便日益萎靡无望。更有吹鼓手充当宣传机器，上下师承，汇为一党，鲁迅为之命名：是为智识阶级。

他们的一股味儿，和他们营建的一种透明温厚的霸道，程度不同地，人们多少有所感触。在中国，谁遭遇了中国智识阶级的贫血气质、伪学、无节以及下流的动作，谁就能接近鲁迅先生的本质。

随着历史不是终结而是残酷地展开，科学主义的宗教，会日渐更多地被怀疑。鲁迅与群儒为仇的学理意味，还将会逐渐地凸现。是的，虽然稍稍难懂一些，但是在一个又一个"伪士"被神化的今日，这是更本质、更深刻的命题。

先生先是被迫、然后是决绝地，与看似新潮其实伪学、看似真理实则毒鸠的智识阶级，不能容，战不止，抗礼至死，虽死不宽恕。——所谓鲁迅如此而已，只怕是专家们不愿循着这思路想下去！

说明真与伪，是不可能的。

只不过，一种病态的传统会稳定长存。一种实用、冷漠、毫无大义的气质，会稳定地统治中国人。但是同时，一种情绪也会如幽灵般游荡。不知是幻觉是错觉地，受到压抑的人、流了鲜血的人、得不到知识分子正义支援的人、不能容忍麻木的国民性的中国人——都可能自认感到了鲁迅的亲切。

他们会以为，自己理解了鲁迅。

4

什么叫被政治利用？未必毛泽东就不配做鲁迅的知音。由于他，鲁迅得以在中国经久不息地被宣传、被普及。这绝非毫无意义。本来先生是可能被丑化、被遗忘、被另一种文章的大海淹没的。

是毛泽东的激赏，普及了鲁迅先生。但也恰恰正是他，在他的时代里，残酷地迫害了鲁迅的学生胡风。读着胡风的受难史我感到心悸。因为胡风的招祸，仅仅因着一种——骄傲的气质。那正是鲁迅呼唤的气质，奴隶没有的气质。

人们在吹捧公开的忏悔。但是那些干净的忏悔没有显示，他们有如同胡风的气质，天性就不会做奴隶。

若是如此，我们何去？我们也正使劲地往这条路上跑，而除了浅薄和软弱，我们一无所有。

谁都可能成为先生的知音，若是他在关口能够牺牲一点。无疑这是痴人说梦。在这个国度里，牺牲都是被迫的。何止三五精英，试看茫茫的众生，只要有一星半点的既得利益，谁不用惯使的中国功夫呢。

年前有年轻学人评论俄罗斯史事，叹息中国人先天的民族性少血缺钙。文章一出，精英们都摇头，说他缺乏基础立论轻浮。

但我想，不管精英们多么不喜欢这样说话；——关于个性的命题、关于民族气质的命题，已经愈来愈严肃地被提上了中国思想史的前台。

窗外正是黄金时代，费厄泼赖正在全面推行。所谓鲁迅待人的度数薄厚，文字的一攻一击，早已无关轻重。已经不用再为一文一语纠缠。

喧嚣退去了，在鲁迅的旧时战场上，一片平安景象。

其实，谁和谁都没有讲和。没有在任何一点细末之上，人们最后达到了一致。环境与先生的当时，是那么类似。看是泱泱天下大族，中国人，其实缺乏共同的心理素质。社会没有共识和公认，争斗将永无终期。人们缺乏共通的气质，悲剧正方兴未艾。

不管有多少枝杈，还是应当说，又有一批人，在朝着先生跋涉着。时至今日再听先生的呐喊，他们认识到文明的病重。读着先生的孤立联想自己的得失，他们自省着付出的渺小。强大的体制帮助着他们，永远的“智识阶级”也帮助着他们，向前走就是，无需后路。

这只是无数之中的一次而已——先生回到了向他求学的后辈中。

1999年2月

以笔为旗

几乎让人信以为真的大热闹突兀地收场了。八年前或更早就被同道们欢呼的新时期不仅旧了而且进了古董铺了。肉麻地欢呼黄金时代的人，庄严地总结新时期的人，“东施”抹上魔幻口红，正和“西施”一起以色售文。几十年纠缠在稿纸卷头却意在高官流水的人，因不逞和无才而小心翼翼但求人和的人，高喊冲锋可是不见流血的人以及种种这棵树上附庸寄生的人——都在几个月里蜕壳现形，一下子溜了个空空荡荡。所谓三春过后诸芳尽，各自需寻各自门。不过一古脑儿都涌向了商人门了。白居易曾用“老大嫁做商人妇”来感慨艺术生命的夭劫，今日大概只是他价值观念陈旧的暴露了。未见炮响，麻雀四散，文学界的乌合之众不见了。占据着这儿的已是视此地为商场的股民——他们进场就宣布过没钱就撤，毫不遮羞，这不能不说是历史包括文学的一个进步。

不知资历深厚的老者们如何回忆。我虽然仅仅执笔十年左右，回忆着却不禁倒抽凉气。幸亏，在心理上和行动上我并没有与他们依存；我远远不曾预言，但我多少有过预感。

在预感到他们——酸点说，并不爱文学的日子里，我朦胧地有一些估计。这就是：文学在相当程度上还是空白多的领域，中国有十二亿人和几千年文化，会有爱文学的人逐渐与这领域结缘。我自己该判断的，只是自己的经历、资质和能力而已。大热闹的收场，大混乱的世相，隐蔽着文学者进入文学天地的动静。到了彼时，无论是与他们结伴或是与他们竞争，都决非一桩易事。如果上一个浪头没有把人们赶向这本质的问题，下一个浪头是一定要逼人们面对它的。人不一定需要文学，但是有少数人一定需要文学，这里有严峻的被选择，更有自由的选择。

我终于明白了：选择之际，人必须两脚落在一片大陆上。我懂了为什么在异国我能制造胜仗甚至是险恶的打胜，却一直无法选择的原因。

狭隘的、右翼的、冷酷的民族主义泛滥全球。在异国的两脚连一块稳定的土都踩不住，何况做深刻的选择呢？我先迈回脚，踩住了大陆。

而此刻我敢宣布，敢应战和更坚决地挑战，敢竖立起我的手中的笔，让它变作我的旗。

我没有兴趣为解释文学的字典加词条。用不着论来论去关于文学的多样性、通俗性、先锋性、善性及恶性、哲理性和裤裆性。我只是一个富饶文化的儿子，我不愿无视文化的低潮和堕落。我只是一个流行时代的异端，我不爱随波逐流。

哪怕他们炮制一亿种文学，我也只相信这种文学的意味。这种文学并不叫什么纯文学或严肃文学或精英现代派，也不叫阳春白雪。它具有的不是消遣性、玩性、审美性或艺术性——它具有的，是信仰。

船从空中落向了岸。看见大陆的迷茫轮廓时，心里的感受真无法形容。海岸线向远处的天边勾画而去，山峦静静地起伏而来。严肃的是：这不是一片信仰的大陆。自从两三千年前孔子先生和阴阳先生分别奠基，把儒学和风水分别变成在朝与在野的统治思想体系以来——这片大陆便不太尊重崇敬价值。无论审美价值怎样一度时髦，思想的关山从来难以逾越。

然而凝视着大陆时，心里的感动更真实。真是千金难买，真是值得一死。我觉得自己已经变得非常彻底：只要出城三里，便陶醉于视野里的音乐之中。真好，大陆像一首无休无止的、川流不息的音乐，我注视着它，全身全心都在共振共鸣。这绝不是轻薄为文的同行们可能遭逢的感受。这既然真的仅我一人才拥有，那么就让我把道路走到尽头吧。如此之道是天命，如信者认知的主命。人并非能够轻易遭逢这一切，不要再奢求朋友们为自己挺身前阵，让脚踏上大陆的泥泞吧。

从黄海之滨的沃田原野，直到边境帕米尔那墙一般的高原，是你我最大的立足场，也是你我最可信赖的朋友。再多走几步，再用些力气，走向这圣的旅途吧。应该知道，背后跟上的人越来越多了。

旗帜不追求成为石头砌造的墓碑。我总在想，旗帜的本质是飘扬过。不管飘扬得高不高，人们看见没看见，飘扬之后留下了什么——旗的追求是猎猎飘扬，激烈地抖着风，美丽地飘扬。

清洁的精神

这不是一个很多人都可能体验的世界。

而且很难举例、论证和顺序叙述。缠绕着自己的思想如同野草，记录也许就只有采用野草的形式——让它蔓延，让它尽情，让它孤独地荣衰。高崖之下，野草般的思想那么饱满又那么闭塞。这是一个瞬间。趁着流矢正在稀疏，下一次火光冲天的喧嚣还没有开始；趁着大地尚能容得下残余的正气，趁着一副末世相中的人们正苦于卖身无术而力量薄弱，应当珍惜这个瞬间。

(一)

关于汉字里的“洁”，人们早已司空见惯、不假思索、不以为然，甚至清洁可耻、肮脏光荣的准则正在风靡时髦。洁，今天，好像只有在公共场所，比如在垃圾站或厕所等地方，才能看得见这个字了。

那时在河南登封，在一个名叫王城岗的丘陵上，听着豫剧的调子，每天都眼望着古老的箕山发掘。箕山太古老了，九州的故事都是在那座山上起源。夏商周，遥远的、几乎不是信史仅是传说的茫茫古代，那时宛如迎在眼前又无影无踪，烦恼着每个考古队员。一天天地，我们挖着只能称作龙山文化或二里头早期文化的土，心里却盼它属于大禹治水的夏朝。感谢那些辛苦的日子，它们在我的脑中埋下了这个思路，直到今天。

是的，没有今天，我不可能感受什么是古代。由于今天泛滥的不义、庸俗和无耻，我终于迟迟地靠近了一个结论：所谓古代，就是洁与耻尚没有沦灭的时代。箕山之阴，颍水之阳，在厚厚的黄土之下压埋着的，未必是王朝国家的遗址，而是洁与耻的过去。

那是神话般的、惟洁为首的年代。洁，几乎是处在极致，超越界限，不近人情。后来，经过如同司马迁、庄子、淮南子等大师的文学记录以后，不知为什么人们又只赏玩文学的字句而不信任文学的真实——断定它是过分的传说不予置信，而渐渐忘记了它是一个重要的、古中国关于人怎样活着的观点。

今天没有人再这样谈论问题，这样写好像就是落后和保守的记号。但是，四千年的文明史都从那个洁字开篇，我不觉得有任何偏激。

一切都开始在这座低平的、素色的箕山上。一个青年，一个樵夫，一头牛和一道溪水，引来了哺育了我们的这个文明。如今重读

《逍遥篇》或者《史记》，古文和逝事都远不可及，都不可思议，都简直无法置信了。

遥远的箕山，渐渐化成了一幢巨影，遮断了我的视野。山势非常平缓，从山脚拾路慢慢上坡，一阵工夫就可以抵达箕顶。山的顶部宽敞坦平，烟树素淡，悄寂无声。在那荒凉的箕顶上人觉得凄凉。在冬天的晴空尽头，在那里可以一直眺望到中岳嵩山齿形的远影。遗址都在下面的河边，那低伏的王城岗上。我在那个遗址上挖过很久，但是田野发掘并不能找到清洁的古代。

《史记》注引皇甫谧《高士传》，记载了尧舜禅让时期的一个叫许由的古人。许由因帝尧要以王位相让，便潜入箕山隐姓埋名。然而尧执意让位，追许由不舍。于是，当尧再次寻见许由，求他当九州长时，许由不仅坚辞不从，而且以此为奇耻大辱。他奔至河畔，清洗听脏了的双耳。

> 时有巢父牵犊欲饮之，见由洗耳，问其故。对曰：尧欲召我为九州长，恶闻其声，是故洗耳。巢父曰：子若处高岸深谷，人道不通，谁能见子？子故浮游，欲闻求其名誉，污吾犊口。牵犊上流饮之。

所谓强中有强，那时是人相竞洁。牵牛的老人听了许由的诉说，不仅没有夸奖反而忿忿不满：你若不是介入那种世界，哪里至于弄脏了耳朵？想必你洗耳不过是另一种钓名沽誉。下游饮牛，上游洗耳，既然你已知道自己双耳已污，为什么又来弄脏我的牛口？

毫无疑问，今日中华的有些人正春风得意、稳扎稳打，对下如无尾恶狗般刁悍，对上如无势宦官般谦卑。无论昨天极左、今天极商、明天极右，都永远在正副部司局处科的广阔台阶上攀登的各级官迷以及他们的后备军——小小年纪未老先衰一本正经立志“从政”的小体制派；还有他们的另一翼、Partner、搭档——疯狂嘲笑理想、如蛆腐肉、高高举着印有无耻两个大字的奸商旗的、所谓海里的泥鳅蛤蜊们，是打死他们也不会相信这个故事的。

但是司马迁亲自去过箕山。

《史记·伯夷传》中记道：

> 尧让天下於许由，许由不受，耻之逃隐……太史公曰：余登箕山，其上盖有许由冢云。

这座山从那时就通称许由山。但是在我登上箕顶那次，没有找到许由的墓。山顶是一个巨大平缓的凹地，低低伸展开去，宛如一个长满荒草的簸箕。这山顶虽宽阔，但没有什么峰尖崖陷，登上山顶一览无余。我和河南博物馆的几个小伙子细细找遍了每一丛蒿草，没有任何遗迹残痕。

当双脚踢缠着高高的茅草时，不觉间我们对古史的这一笔记录认起真来。司马迁的下笔可靠，已经在考古者的铁铲下证实了多次。他真的看见许由墓了吗，我不住地想。

箕顶已经开始涌上暮色，视野里一阵阵袭来凄凉。天色转暗后我们突然感慨，禁不住地猜测许由的形象，好像在蒿草一下下绊着脚、太阳一分分消隐下沉的时候，那些简赅的史料又被特别细致地咀嚼了一遍。山的四面都无声。暮色中的箕山，以及山麓连结的朦胧四野中，浮动着一种浑浊的哀切。

那时我不知道，就在那一天里我不仅相信了这个古史传说而且企图找寻它。我抱着考古队员式的希望，有一瞬甚至盼望出现奇迹，由我发现许由墓。但箕顶上不见牛，不见农夫，不见布衣之士刚愎的清高；不仅登封洛阳，不仅豫北晋南的原野，万物都沉陷在晚暮的沉默中，一动不动，缄口不言。

那一天以后不久，田野工作收尾，我没有能抽空再上一回箕山。然后，人和心思都远远地飞到了别处，离开河南弹指就是十五年。应该说我没有从浮躁中蜕离，我被意气裹挟而去，渐渐淡忘了中原和大禹治水的夏王朝。许由墓，对于我来说，确确实实已经湮没无存了。

（二）

长久以来滋生了一个印象。我一直觉得，在中国的古典中，许由洗耳的例子是极限。品味这个故事，不能不觉得它载道於绝对的描写。它在一个最高的例子上规定洁与污的概念，它把人类可能有过的原始社会禅让时代归纳为山野之民最高洁、王侯上流最卑污的结论。它的原则本身太高傲，这使它与后世的人们之间产生了隔阂。

今天回顾已经为时过晚，它的确已沦为了箕山的传说。今天无论怎样庄重的文章也难脱调侃。今天的中国人，可能已经没有体会它的心境和教养了。

就这样时间在流逝着。应该说这些年来，时间在世界上的进程惊心动魄。在它的冲淘下我明白了：文明中有一些最纯的因素，惟它能凝聚起涣散失望的人群，使衰败的民族熬过险关、求得再生。所以，尽管我已经迷恋着我的鲜烈的信仰和纯朴的集体；尽管我的心意情思早已远离中原三千里外并且不愿还家；但我依然强烈地想起箕山，还有古史传说的年代。

箕山许由的本质，后来分衍成很多传统。洁的意识被义、信、耻、殉等林立的文化所簇拥，形成了中国文化的精神森林，使中国人长久地自尊而有力。

后来，伟大的《史记·刺客列传》著成，中国的烈士传统得到了文章的提炼，并长久地在中国人的心中矗立起来，直至昨天。

《史记·刺客列传》是中国古代散文之最。它所收录的精神，不可思议、无法言传、美得魅人。

（三）

英雄首先出在山东。司马迁在这篇奇文中以鲁人曹沫为开始。

应该说，曹沫是一个用一把刀子战胜了大国霸权的外交家。在他的羸弱的鲁国被强大的齐国欺凌的时候，外交席上，曹沫一把揪住了齐桓公，用尖刀逼他退还侵略鲁国的土地。齐桓公刚刚服了输，曹沫马上扔下刀下坛。回到席上，继续前话，若无其事。

今天，我们的体制派们按照他们不知在哪儿受到的教育，无疑会大声叫喊曹沫犯规——但在当时，若没有曹沫的过激动作，强权就会压制天下。

意味深长的是，司马迁注明了这些壮士来去的周期。

其后百六十有七年，而吴有专诸之事。

专诸的意味，首先在于他是第一个被记诸史籍的刺客。在这里司马迁的感觉起了决定的作用。司马迁没有因为刺客的卑微而为统治者去取舍。他的一笔，不仅使异端的死者名垂后世，更使自己的著作得到了杀青压卷。

刺，本来仅仅是政治的非常手段，本来只是残酷的战争形式的一种而已。但是在漫长的历史中，它更多地属于正义的弱者；在血腥的人类史中，它常常是弱者在绝境中被迫选择的、惟一可能制胜的决死拼斗。

由于形式的神秘和危险，由于人在行动中爆发出的个性和勇敢，这种行为经常呈着一种异样的美。刺客之道的开辟者，专诸表现得更特殊：他不像曹沫行为那样以严格的原则性限制。他从一开始就把这种特殊的献身行为用于私——因此，人的烈性、人在个人利害上的敢于舍己，压倒了是非的曲直。

——事发之日，一把刀子被秘密地烹煮于鱼腹之中。专诸乔装献鱼，进入宴席，掌握着千钧一发，使怨主王僚丧命。鱼肠剑，这仅有一件的奇异兵器，从此成为家喻户晓的故事，并且在古代的东方树立了一种极端的英雄主义和浪漫主义。

从专诸到他的继承者之间，周期是七十年。

这一次的主角豫让把他前辈的开创发展得惊心动魄。豫让只因为尊重了自己的人的惨死，决心选择刺杀手段。他不仅演出了一场以个人对抗强权的威武活剧，而且提出了一个非常响亮的思想：“士为知己者死，女为悦己者容。”

第一次攻击失败以后，他用漆疮烂身体，吞炭弄哑声音，残身苦形，使妻子不识，然后寻找接近怨主赵襄子的时机。

就这样行刺之日到了，豫让的悲愿仍以失败终结。但是被捕的豫让骄傲而有理。他认为：“明主不掩人之美，忠臣有死名之义。”在甲兵捆绑的阶下，他堂堂正正地要求名誉，请求赵襄子借衣服让他砍一刀，为他成全。

这是中国古代史上形式和仪式的伟大胜利。连处于反面角色的敌人也表现得高尚。赵襄子脱下了贵族的华服，豫让如同表演胜利者的舞蹈。他拔剑三跃而击之，然后伏剑自杀。

也许这一点最令人费解——他们居然如此追求名誉。

必须说，在名誉的范畴里出现了最大的异化。今日名利之徒的追逐，古代刺客的死名，两者之间天壤之别的现实，该让人说些什么呢？

周期一时变得短促，四十余年后，一个叫深井里的地方，出现了勇士聂政。

和豫让一样，聂政也是仅仅因为自尊心受到了意外的尊重，就决意为知己者赴死。但聂政其人远比豫让深沉得多。是聂政把“孝”和“情”引入了残酷的行动。当他在社会的底层，受到严仲子的礼遇和委托时，他以母亲的晚年为行动与否的条件。终于，母亲以天年逝世了，聂政开始践约。

聂政来到了严仲子处。只是在此时，他才知道了目标是韩国之相侠累。聂政的思想非常彻底。从一开始，他就决定不仅要实现行刺，而且要使事件包括表面都变成自己的，从而保护知己者严仲子，因此他拒绝助手，单身上道。

聂政抵达韩国，接近了目标，仗剑冲上台阶，包括韩国之相侠累在内一连击杀数十人。——但是事情还没有完。

在杀场上，聂政“皮面决眼，自屠出肠”，使自己变成了一具无法辨认的尸首。

这里藏着深沉的秘密。本来，两人谋事，一人牺牲，严仲子已经没有危险，像豫让一样，聂政应该有殉义成名的特权。聂政没有必要毁形。

谜底是由聂政的姐姐揭穿的。在那个时代里，不仅人知己，而且姐知弟。聂姐听说韩国出事，猜出是弟弟所为。她仓皇赶到韩，伏在弟弟的遗体上哭喊：这是深井里的聂政！原来聂政一家仅有这一个出了嫁的姐姐，聂政毁容弃名是担忧她受到牵连。聂姐哭道：我怎能因为惧死，而灭了贤弟之名！最后自尽于聂政身旁。

（四）

这样的叙述，会被人非议为用现代语叙述古文。但我想重要的是，在一片后庭花的歌声中，中国需要这种声音。对于这一篇价值千金的古典来说，一切今天的叙述都将绝对地因人而异。对于正义的态度，对于世界的看法，人会因品质和血性的不同，导致笔下的分歧。更重要的是，人的精神不能这么简单地烂光丢净。管别人呢，我要用我的篇章反复地为烈士传统招魂，为美的精神制造哪怕是微弱的回声。

二百余年之后，美名震撼世界的英雄荆轲诞生了。

荆轲刺秦王的故事妇孺皆知。但是今天大家都应该重读荆轲。《史记·刺客列传》中的荆轲一节，是古代中国勇敢行为和清洁精神的集大成。那一处处永不磨灭的描写，一代代地感动了、哺育了各个时代的中国人。

独自静静读着荆轲的纪事，人会忍不住地想：我难道还能如此忍受吗？如此庸庸碌碌的我还算一个人吗？在关口到来的时候，我敢让自己也流哪怕一滴血吗？

易河枯水，时代变了。

荆轲也曾因不合时尚潮流而苦恼。与文人不能说书，与武士不能论剑。他也曾被逼得性情怪僻，赌博嗜酒，远远地走到社会底层去寻找解脱，结友朋党。他和流落市井的艺人高渐离终日唱和，相乐相泣。他们相交的深沉，以后被惊心动魄地证实了。

荆轲遭逢的是一个大时代。

他被长者田光引荐给了燕国的太子丹。田光按照三人不能守密、两人谋事一人当殉的铁的原则，引荐荆轲之后立即自尽。就这样荆轲进入了太子丹邸。

荆轲在行动之前，被燕太子每日车骑美女，恣其所欲。燕太子丹亡国已迫在眉睫，苦苦请荆轲行动。当秦军逼近易水时，荆轲制订了刺杀秦王的周密计划。

至今细细分析这个危险的计划，仍不能不为它的逻辑性和可行性叹服。关键是“近身”。荆轲为了获得靠近秦王的时机，首先要求以避难燕国的亡命秦将樊於期的首级，然后要求以燕国肥美领土的地图为诱饵，然后以约誓朋党为保证。他全面备战，甚至准备了最好的攻击武器：药淬的徐夫人匕首。

就这样，燕国的人马来到了易水，行动等待着实行。

出发那天出现了一个冲突。由于荆轲队伍动身延迟，燕太子丹产生了怀疑。当他婉言催促时，荆轲震怒了。

这段《刺客列传》上的记载，多少年来没有得到读者的察觉。荆轲和燕国太子在易水上的这次争执，具有着很深的意味。这个记载说明：那天的易水送行，不仅是不欢而散甚至是结仇而别。燕太子只是逼人赴死，只是督战易水；至于荆轲，他此时已经不是为了政治，不是为了垂死的贵族而拼命；他此时是为了自己，为了诺言，为了表达人格而战斗。此时的他，是为了同时向秦王和燕太子宣布抗议而战斗。

那一天的故事脍炙人口。没有一个中国人不知道那支慷慨的歌。但是我想荆轲的心情是黯淡的。队伍尚未出发，已有两人舍命，都是为了他此行，而且都是为了一句话。田光只因为太子丹嘱咐了一句“愿先生勿泄”，便自杀以守密。樊於期也只因为荆轲说了一句“愿得将军之首”，便立即献出头颅。在非常时期，人们都表现出了惊人的素质，逼迫着荆轲的水平。

风萧萧兮易水寒，壮士一去兮不复还。荆轲和他的党人高渐离在易水之畔的悲壮唱和，藏着他人不晓的含义。所谓易水之别，只在两人之间。这是一对同志的告别和约束，是他们私人之间的一个誓言。直到后日高渐离登场了结他的使命时，人们才体味到这誓言的沉重。

就这样，长久地震撼中国的荆轲刺秦王事件，就作为弱者的正义和烈性的象征，作为一种失败者的最终抵抗形式，被历史确立并且肯定了。

图穷而匕首现，荆轲牺牲了。继荆轲之后，高渐离带着今天已经不见了的乐器筑，独自地接近了秦王。他被秦王认出是荆轲党人，被挖去眼睛，阶下演奏以取乐。但是高渐离筑中灌铅，乐器充兵，艰难地实施了第二次攻击。

不知道高渐离举着筑扑向秦王时，他究竟有过怎样的表情。那时人们议论勇者时，似乎有着特殊的见地和方法论。田光向太子丹推荐荆轲时曾阐述说，血勇之人，怒而面赤；脉勇之人，怒而面青；骨勇之人，怒而面白。那时人们把这个问题分析得入骨三分，一直深入到生理上。田光对荆轲的评价是：神勇之人，怒而色不变。

我无法判断高渐离脸上的颜色。

回忆着他们的行迹，我激动，我更怅然若失，我无法表述自己战栗般的感受。

高渐离奏雅乐而行刺的行为，更与燕国太子的事业无关。他的行为，已经完全是一种不屈情感的激扬，是一种民众对权势的不可遏止的蔑视，是一种已经再也寻不回来的、凄绝的美。

（五）

我们对荆轲故事的最近的一次回顾是在狼牙山，八路军的五名勇士如荆轲一去不返，使古代的精神骄傲地得到了继承。有一段时期有不少青年把狼牙山当成圣地。记得那时狼牙山的主峰棋盘砣上，每天都飘扬着好多面红旗，从山脚下的东流水村到陡峭的阎王鼻子的险路上，每天都络绎不绝地攀登着风尘仆仆的中学生。

我自己登过两次狼牙山，两次都是在冬天。那时人们喜欢模仿英雄。伙伴们在顶峰研究地形和当年五勇士的位置，在凛冽的山风呼啸中，让心中充满豪迈的感觉。

不用说，无论是刺客故事还是许由故事，都并不使人读了快乐。读后的体会很难言传。暗暗偏爱它们的人会有一些模糊的结论。近年来我常常读它们。没有结论，我只是喜爱读时的感觉。那是一种清冽、干净的感觉。他们栩栩如生。独自面对着他们，我永远地承认自己的低下。经常地这样与他们在一起，渐渐我觉得被他们的精神所熏染，心一天天渴望清洁。

是的，是清洁。他们的勇敢，来源于古代的洁的精神。

记不清是什么时候读到的了，有一个故事：舞台上曾出过一个美女，她认为，在暴政之下演出是不洁的，于是退隐多年不演。时间流逝，她衰老了，但正义仍未归来。天下不乏美女。在她坚持清洁的精神的年代里，另一个舞女登台并取代了她。没有人批评那个人粉饰升平和不洁，也没有人忆起仗义的她。更重要的是，世间公认那个登台者很美。晚年，她哀叹道，我视洁为命，因洁而勇，以洁为美。世论与我不同，天理也与我不同吗？

我想，我们无权让清洁地死去的灵魂湮灭。

但她象征的只是无名者，未做背水一战的人，是一个许由式的清洁而无力的人，而聂政、荆轲是完全不同的类型。他们是无力者的安慰，是清洁的暴力，是不义的世界和伦理的讨伐者。

若是那个舞女决心向暴君行刺，又会怎样呢？

因此没有什么恐怖主义，只有无助的人绝望的战斗。鲁迅一定深深地体会过无助。鲁迅，就是被腐朽的势力，尤其是被他即便死也“一个都不想饶恕”的人们逼得一步步完成自我、并濒临无助的绝境的思想家和艺术家。他创造的怪诞的刺客形象“眉间尺”变成了白骨骷髅，在滚滚的沸水中追咬着仇敌的头——不知算不算恐怖主义。尤其是，在《史记》已经留下了那样不可超越的奇笔之后，鲁迅居然仍不放弃，仍写出了眉间尺。鲁迅做的这件事值得注意。从鲁迅做的这件事中，也许能看见鲁迅思想的犀利、激烈的深处。

许由故事中的底层思想也在发展。几个浑身发散着异端光彩的刺客，都是大时代中地位卑贱的人。他们身上的异彩为王公贵族所不备。国家危亡之际非壮士们无人挺身而出。他们视国耻为不可容忍，把这种耻看成自己私人的、必须以命相抵的奇辱大耻——中国文明中的“耻”的观念就这样强化了，它对一个民族的支撑意义，也许以后会日益清晰。

不用说，在那个大时代中，除了耻的观念外，豪迈的义与信等传统也一并奠基。一诺千金，以命承诺，舍生取义，义不容辞——这些中国文明中的有力的格言，都是经过了志士的鲜血浇灌以后，才如同淬火之后的铁，如同沉水之后的石一样，铸入了中国的精神。

我们的精神，起源于古代的“洁”字。

登上中岳嵩山的太室，有一种可以望尽中国的感觉。视野里，整个北方一派迷茫。冬树、野草和毗连的村落还都是那么纯朴。我独自久久地望着，心里鼓漾着充实的心情。昔日因壮举而得名的处处地点都安在，大地依然如故。包括时间，好像几千年的时间并没有弃我们而去。时间好像一直在静静地守护着这片土地，以及我崇拜的烈士们。我仿佛看见了匆匆离去的许由，仿佛看见了聂政的故乡深井里，仿佛看见了在寒冷冬日的易水河畔、在肃杀的风中唱和相约的荆轲和高渐离，仿佛看见了山峰挺拔的狼牙山上与敌决战的五壮士。

中国给予我们教育的时候，从来都是突兀的。几次突然燃起的熊熊烈火，极大地纠正了我们的悲观。是的，我们谁也没有权力对中国妄自菲薄。应当坚信：在大陆上孕育了中国的同时，最高尚的洁意识便同时生根。那是四十个世纪以前播下的高贵种子，它百十年一发，只要显形问世，就一定以骇俗的美久久引起震撼。它并非我们常见的风情事物，我们应该等待它。

2004 年 6 月再校

日本留言

（一）

日本是一个古怪的国度：数不清的人向它学习过，但是后来都选择与它对立的原则；数不清的人憧憬着投奔过它，但是最终都厌恶地离开了它。它像一个优美的女人又像一个吸血的女鬼；许多人在深爱之后，或者被它扯入灭顶的泥潭深渊，或者毕生以揭露它为己任。

为什么呢？

我不知道其中太深的东西。

百年以来两度侵略战争过后，尽管那么多的亲日派还活着，尽管一代代地在青年中被培养出了那么多的媚日派，作为中国的基本舆论和心态的一个外观，就是人们对日本的普遍反感。直至今天，简单地说，我欣赏中国人对“小日本儿”的反感，哪怕只是嘴上的不服气。

这不科学，也不认真，但是多少藏着一点正义。

是否应该认真一些地归纳一次呢？我觉得应该也有必要。如果对于一个国家的认识只是昔日的仇恨，如果对于一个扩张的殖民主义传统只是反感而已，那么肤浅的反感是可以只隔一夜就变味的。从偏激地排外，到媚骨酥软变节卖国，其间只隔着一层纸。从挨人欺负而膨胀起来的狭隘民族主义，到对内大汉族主义对外大国沙文主义，也只有一步之遥。在批评人家的时候，特别是当这不是牢骚和取笑攻讦，人家也不是鸠山而是一个民族的时候，我们中国人应该学会严谨。

但是放弃批评更危险。半个世纪后的事实证明，蒋介石宣布放弃对日本的战争赔款时的名言，即所谓“以德报怨”，是错误的。在今天，日本的媒介几乎言及中国必怀讥讽，日本的许多人提起中国语必不恭。不是为了自尊，而是为了正义，可能有几件事值得一提。

（二）

我也相当长期地在日本滞留。所以用滞留一词，是因为日本希望外国人只用这个词来表示他们的居日。根深蒂固的对岛国之外一切的恐惧，使日本的极其善良的国民总是小心翼翼地盼望外人最好快点离开。于是代表他们国家的警察和入国管理局就露出了狰狞的脸。据我个人的但是真切的感受，日本最可憎的两大物，一个是gokiboli即一种大臭虫；另一个是简称“入管”的入国管理局人员。

岛国的闭塞性，是一个老得起茧的话题。据我看，他们一点也不闭塞；倒是文化小国的恐惧心理，酿制了日本的排外气氛。这首先对他们自己是可悲的：因为有着大量真诚的日本人渴望和世界交流，为了洗刷他们历史和家族史上的淋淋血滴，他们做了不知多少努力。

关于日本红军的经纬，要费些笔墨讲清。

我总觉得，作为中国人，不知道日本红军的故事，是可耻的。

日本红军的原称是日本联合赤军。用最简单的方式解释的话，日本赤军是在六十年代波澜壮阔的反对日美安全保障条约的群众运动失败以后，包括其中的“日本红卫兵”学生运动失败之后；不承认这种失败现实的一部分日本青年拿起了枪。他们的纲领和目的，非常清楚地讲明是：建立世界革命的根据地，实现革命的武装斗争，打破对中国的反动包围圈，支持巴勒斯坦人民和一切革命的和正义的斗争。

他们多次阻截过日本首相的飞机，企图制造反对日美勾结包围中国的舆论。他们劫持大型客机甚至占领大使馆，借此成功地救出了被捕的同志。他们抢劫枪店和警察，其实至终也没有什么武器——浅间山庄枪击战，主要是用猎枪打的。他们逃到中东，在那里直到今天还在为巴勒斯坦人民的生存而战（这是一个对巴勒斯坦问题的非常深刻的注解）。他们使用土造的定时炸弹，袭击美国基地和美国大使馆。他们计划和实施过各种各样的对驻日美军的拼死袭击，包括用火焰瓶烧美军飞机和机库。

被当代西方国家体制称为恐怖主义的日本红军的行动，其实是伟大的六十年代开端的左翼运动的一部分。在越南战争发展到美军把战火延烧到老挝时，他们决心扩大包括抢劫银行在内的武装斗争。而同时的日本，著名的三里冢反对机场建设斗争已经如火如荼，农民，学生和左翼活动家们组成了 28000 余人的队伍，建筑堡垒，遍挖战壕，把身体捆缚在木柱上，与两万多警察决战。在冲绳，由于美军占领军的军车交通事故（美军车轧死一名孕妇，但被美军事法庭判决无罪），冲绳人愤怒了。在以前的侵略战争中，20 万冲绳人死于战火，包括日本军的屠杀。冲绳是日本领内的一个特殊的岛。在激烈的民众蜂起中，73 辆美军军车被愤怒的群众烧毁。1971 年，美日冲绳条约签字；一次就有 92000 日本人投入游行，其中 837 人被捕。再举一例：东京左翼学生抗议集会中被警察袭击，被捕数惊人地达到了 1886 人。日本红军派是这种正义的人民运动的产儿，在风起云涌的正义左翼运动中，日本赤军的青年进行了 43 件炸弹攻击。事实上是使用过炸弹 312 个，爆炸成功的仅 44 枚。

——无疑，我们中国今日的风流一代看了上述句子，一定会捧腹大笑或恨得咬牙。而我，当我读着他们至今仍严肃地记录下的这些句子、和他们为实现这些幼稚的思想而作出的赌命行为时，却几次忍不住要落泪。

有一个突然唤起记忆的体验。

一个名叫坂口宏的年轻人最近出版了他的珍贵回忆录。他是死刑囚。1971 年，他和他的战友在浅间山庄拘质笼城，与警察进行了震惊日本的枪击战。他在浅间山庄陷落时被捕。回忆录中他平静地回顾了赤军的历史。我边读边琢磨——这很少见过的，平静恬淡的笔调。他们走过了复杂的路，我也读得心情复杂。但是，当回忆讲到国际形势，讲到他们不惜用一条命夺一支路口警察的手枪，不管狭隘的日本地理在山岳地带设置营地，决心采取最激烈的武装斗争方针——从此也在事实上加快了毁灭的步伐时，我读到了下面一段：

> 1971 年 1 月 30 日，美国在严厉的新闻管制下，使西贡军侵入老挝境内；从而使战争扩大于整个印度支那全域。在激烈的战争发展之中，中国的周恩来总理一行到达河内，他使用了最大限度的表达——如果美国继续采取更大的侵略行动的话，中国将“不惜作出民族的最大的牺牲”——宣布了对北越和老挝解放势力的支持。
>
> 《浅间山庄》上，彩流社，P.302

我记得这一小段往事。甚至连“新闻简报”上的周总理的英俊大度的风貌都记得。读时，我突然一阵鼻子发酸，不知为什么。

它记载了一个昨天的我们的中国。

那时的我们和中国也许充满悲剧和充满错误，但是，就像周总理和毛主席象征的一样，我们是那么的正义、勇敢和富于感染的精神力量。当时有不少红卫兵越境去越南，投入了抗美援越的战争。当时的北京人，应该都去天安门参加过示威游行。是我们，是中国革命有力地影响了他们。

可是必须说，又是他们勇敢地支援了我们。日本赤军派审判结束后，出版的几本回忆录里，比比皆是他们昔日要“打破反华包围圈”的初衷。

关于他们的行动，早就应该有人厚厚地写过几本书。可是在我们的接受日语教育的大军里，没有谁有这么一份正义和血性。那么我来干，尽管我只有写如此短短一篇的精力。尽管，我仍怀有一点奢想：我盼望我的文章换来专业的详尽介绍，改变我们对正义的可耻沉默。

（三）

不久前听到一句新闻：旷日持久的日本教科书诉讼结束了。我马上想起了一盆翠绿的万年青。

那盆万年青，是我赠送给一个日本老人的。在外国，我专程拜访一个人，而且见到后表示并无他意，仅仅想向他表示尊敬然后就告辞的经历——惟此一次。

那老人惊人的瘦弱。在一米五左右的瘦小骨架中，隔着衣服觉不出他身上还有肉。我不详地想，他不会再活多久了。但我还在沉默之间是他先开了口。他说，据诊断他身上一共患有七种病，他呵呵笑着。

我不愿再看他那真正是骨瘦如柴的形容，只管把刚刚从花店里买来的万年青送过去，讲解了一些中国人对这种盆栽的常青植物的吉利说法。喝过一杯茶后我告辞了。我想，除了我大概没有谁这样做，但我一定要这样做。

著名的日本教科书诉讼案，是以家永三郎老人一个人为原告，以日本政府为被告进行的。这件事又是很难简单讲清——原谅我又要攻击我们亲爱的知识分子，我真不知道为什么凡是对祖国干系重大的事，他们就一定不介绍。即使低能也不是能解脱的解释，因为有些事做起来很简单：只须翻译些不难的资料（不是他们不懂的文学语言），也不犯忌。

又是只能用几句话归纳全案。

事情是这样的：日本政府审定中学教科书时，把对中国等国的侵略一词，改为一个汉字写作“进出”的词。这个词很暧昧，只能译为“进入、扩展、挺进”之类的意思。当然，修正不止如此一处而已，从用语到史实，日本政府的文部省（教育部）竭尽了掩盖，否认，粉饰战争罪行的全部吃奶之力——然后一届届地教他们有点傻的学生。

东京教育大学家永三郎教授出于正义，勇敢地向日本政府文部省提出起诉，这就是长久以来，久久地震撼着日本的教科书诉讼案。此外，日本取消了原东京教育大学的建制并建立了一所惟一由日本文部省直接领导的大学——筑波大学，家永三郎取道清洁，也毅然辞去了大学教授之职。

诉讼案漫长地持续着。谁都知道，一人对政府的案子会有什么结果。笃信民主主义的人也许对家永三郎胜诉报有过希望，然而我想，日本不会出现这种结果，那里是一个透明的尼龙监狱。

日本，也许它的憧憬永远只是脱离亚洲充当西方一员。也许，它的导师，永远只有使侵略和殖民主义成为了世界秩序的英吉利。

它的逻辑是，怎么美国和澳大利亚不骂英国侵略呢？如果当年“进出”到印度的是日本；如果当年“进出”了香港，如今世界还不是老老实实地接受现实？挨了原子弹还不让说“进出”，本来已经早早就“进”了日本的韩国不但又出去了，而且还禁止日语的文化运动！君不见大闹台湾独立的民进党已经在讲“日本对台湾的五十年殖民统治是重要的”，而且中国留学生的报纸也在这么宣传么！

（见《留学生新闻》1993 年对台湾民进党党首的采访）

这才是他们心底的话。

世上确实有一种谁都知道，但谁都不讲出来的东西。它使世界成了如此景象。日本教科书诉讼案反映的就是这样的本质。家永三郎以一人之身向国家的宣战，伟大之处不仅在他的勇气更在他坚持的正义。

于是我选定了那盆万年青。

这桩案子耗日持久，官司打了约三十年。家永诉讼案中牵连了广泛的哲学、历史、法律和思想领域的命题，可惜的是中国民众并没有听过几句介绍。

真正惊人的，我觉得还不是家永三郎的勇气学识；而是日本政府的寸土不让的顽强态度。侵略已是天下皆知，已是常识，但日本政府却坚决要把它从课本上改掉。事实上就是被改掉了，今天日本中学生在学校学着的历史是：他们的前辈曾经“发展”到中国和半个亚洲。此事八十年代初曾酿成以韩国为首，席卷了新加坡、中国香港和台湾，中国大陆的声讨日本的风暴。

风暴过去了，时代也过去了。

两三年前听说，教科书诉讼案以家永三郎败诉结案了；后来又听说诉讼还在继续，不知究竟发展到了怎样的地步。我们的电视台和日本的电视台一样，对此事一字不提。最后在电视上听过家永三郎的简单表示，他说要彻底地争到底。诉讼案已是千思万绪难以概述。世间已经差不多忘记了它，即使家永三郎还在呼吁但是人们已经听不见。一片无声，这个纷争之角已告沉寂。

我从这无声中深深感到了一种无义。

时代和人对义举的冷漠，比什么残酷的判决都可怕。我有时偶尔想起那年我送的那盆万年青。事隔久远了，无论那盆植物还在不在，今天我觉得万幸，觉得自己那一天做得正确。

那盆万年青非常结实，叶片鲜绿肥嫩，枝干又粗又硬，阳光浴满的时候，它抖烁着耀眼的绿色光芒，充满生命质感。

它纵使渺小，但也是一份小小的意义。——在那种不说出口的阴暗心理中，他们在等着家永三郎的死。拖了三十年，老人已是八旬。谁都想到了这一点，但是谁都不说。老人无疑也会常常想到这一点，也许，他有时也被阴影笼罩。那一天，当我送去了一盆植物时，当他听说有一个中国年轻人只是要向他表示——中国并非没有人理睬他的诉讼，当他发现那个中国人放下那盆植物就一去不返时，他会感到阴暗多少被平衡了一点么？

在新殖民主义正在逼近世界时，给殖民者阵营里的反体制派以正义，就是对新殖民主义的抵抗。世间正鼓噪着合资合文，友情生财。但是，宿命的是，我们和他们之间，今天的关系形式，很可能只是战斗。

重要的是，不管世道怎样得胜，正义仍会像常青的生命一样，不断生长，不会决断。哪怕彻底地孤立，哪怕只有一个人。

（此节原以《万年青的裁决》为题收于散文集《清洁的精神》中）

（四）

浪迹天下，人会走过许多有缘分和没有缘分的地方。我从来不觉得自己与日本有什么缘分，特别是当它作为国家正处于一个歧视中国，并且恶意地盘算中国的时代的时候。但是对人和民族不能简单臧否，有时一群人或一个人就能平衡一个民族的形象。

我不是什么日本研究者，我对日本的兴趣远远没有对波斯和巴格达繁荣的西亚，对哈萨克的天山，对未知的安第斯山脉，对我的黄土高原那么息息相关和感情深重。但是由于没有人写，那么我必须最低限地写一些有关日本红军，关于教科书诉讼，关于高桥和巳的文学，关于冲绳的历史。

而关于日本赤军的介绍不仅如此而已。他们也有复杂的一面，但惟他们是中国的以命相托的支持者和挚友。对这样的挚友的失义，会万劫不复地失去支持。

世间有一个关于日本的传说。

但是很难概括日本的味儿，很难讲清楚这个民族的传统和血统、情调和气质，更难讲清它的恶和美。

据我看，赤军，家永三郎，只有他们的行为，才称得上代表了真正的日本味儿。那种孤胆的，无望的，疯狂的战斗，潜藏着一种使人回味不已的唯美精神。

他们的斗争只可能失败。只有在精神上他们的一切才具有意义。我体味到，在他们的轨迹中，与其说贯穿着争取胜利的努力，不如说充满着对于极限和纯洁的追求本能。

借这篇想了很久的文章，我总算多少还了心中的一个夙愿，或者说，减轻了一点负罪的痛苦。从一开始读到赤军的资料以来，这种负罪的感觉折磨了我很久。同时，我也大致地写清了我理解的日本。我想，我学习了它的优秀，也做到了对它的对立。我开始了对它必须的宣战，更深深地感知了它的美。

写到这最后一笔，我觉得异样的轻松和舒畅。

1994 年 4 月

接受《羊城晚报》电话采访

——谈旅行，更谈敏感问题

最近，刘心武等作家在座谈中对张承志作指名道姓的批评，张承志对此作出可算激烈的回应，文坛新一轮争议将拉开序幕……

羊城晚报 1996 年 4 月 8 日

记者：张承志先生，你是文坛舆论关注的焦点人物之一。请你谈谈去年做了些什么？

张：去年我干的最大一件事是旅行。去年我得了“爱文文学奖”。钱对我来讲是重要的，我没单位，没工资，也没职称，不是什么几级作家，没有医疗保险……

我只是一个作家，稿费外没别的收入。……我把这笔钱（指的是爱文文学奖的奖金——张承志注）用来旅行，跑了“四大名镇”

中的佛山镇、朱仙镇及大运河的河北段。夏天，跑了祁连山、天山山脉和帕米尔高原上的“冰山之父”，后来又去了云南贵州。对我这样一个在黄土高原跑的时间可能有点过长的人来说，南方的绿色令我陶醉。

记者：除南方的绿色外，其他印象如何？

张：到了像广州、南京这样拥有巨大历史感的地方，你们南方人可能无法想象对一个北方出身的知识分子是多么重要。

记者：主要是感受历史？

张：对。别的我没太留意。

记者：历史之外，你还感受了什么？譬如说南方的商业化？

张：我没太注意这个问题，也不想评价商业化过程中的某些弊端，我只想说，广州人在商业化过程中并没有把广东历史上的一些传统丢掉。作为作家，我与广州报刊、出版社的编辑常打交道。我发现不管男女老少，他们都多少具有一种“广东好汉”的侠气。他们都敢作敢当，说话算数，不吹牛，一般都说到做到，这同有些地方的风气形成鲜明的对照！我想，这大概也是广东的报刊杂志、出版社在北方知识分子中走俏的缘由之一吧？

在外面跑，去年我写的东西很少，勉强在《花城》开了一年的专栏。其他就顾不上了。

记者：对了，今年《钟山》第一期的《历史转型与知识分子定位》一文中，谈及你的话题不少。你本人如何看？

张：舆论界可以发表针对作家的批评，不管这种批评多么的严厉，作家也要学会并习惯这种批评；但文学批评应遵守一些最基本的原则和道德，不能污蔑造谣，不能搞“政治诱导”。

那些人，除刘心武外，没一个是我认识的。同刘心武，十几年来我与他顶多有过三次接触，时间全部加起来也不会超过两个小时。第一次是他从《人民文学》主编位置下来时，我觉得应该去看看他，我去了，待了几分钟就走了。在这篇文章中，他说我主张“妇女就是应戴面纱，应该禁止饮酒，取消一切娱乐场所，组织生产……”他在造谣。我在什么地方发表过这样的文章或言论？

从他们的话中，我感觉到了什么是思想的仇恨（我与这些人没有交往），但他们并不想同我发生思想交锋，也不具备同我发生思想交锋的能力。他们用“顺口溜”和“起外号”的手法，企图漫画我的思想和形象。先是什么“二张”，后是什么“原红旨”。张炜就是张炜，我就是我嘛！若以其人之道还治其人之身，我看有些人才是“原官旨”或“原王旨”、“原托儿旨”，舍不掉“主编情结”和“霸主情结”，总把政治和文学的宝押在王蒙同志身上。凡是他们想象中的王蒙同志的对立面，都当作攻击的目标。他不懂得王蒙同志思想中的哲学、历史和文化构成，不理解作家面临的时代大问题的思想性和理论性。他们不是王蒙同志的诤友，只是一些帮闲的“托儿”。我同王蒙同志有十多年的友谊，我在去年《花城》上写了一篇《三舍之避》，你看过没有？

记者：没看过，但听人说过，知道其大概内容。

张：这篇文章表示了我与王蒙之间我应持的态度。“三舍之避”，这也是起码的礼貌。

岁末的总结

——《清洁的精神》后记

1

心平气和地回忆一下，居然从事写作已有十五年了。初作的1978年宛似昨天；那一年真是初生之犊，童言无忌。然后由长长的目录，串连着自己的脚步和心事；更被一种马不停蹄、书被催成的忙碌心境裹挟，几乎没有喘息，也忘记了时间。已是九月。这1993年已经残存不多，今年就是这样了。尽管没有什么迹象明年即第十六个年头会给我带来特殊的机运，我仍该总结。

这是我获得的一个长长的岁末。我多少想动作，但更想沉沉地休息。我想长长地、充足地利用这个岁末，享受冥想的愉悦。其实我已经把该干完的都干完了。我能认识到的文学的意义，和我自己崇敬的文学形式已经被我多少地实践和见识——我特别想洗手不干。

可是人有不尽人意的处境。我没有寻觅到洗手不干后的生计和一块立脚之土，因此我又回来了：如歉收的灾区农民，背得出来使得顺手的，还是旧日的家伙。

——因此十五年后还有多久，我不知道但是必须面对它。趁它开始之前，我盼自己神清气爽，心中有一点自己的章法。

我觉得还应该对我的读者还一些债：对于我没有写好的作品、写错或写臭了的篇什，应该由自己的笔剖析一下。若有余裕的话，对于自己各个时期的主要作品的思想，也想多少对自己的读者总结一下。

这部散文集为我重视，有一个原因也是因为它比其他作品更贴近一种思想的总结。其实一切人，而并非舞文弄墨的作家——都应当试一试每过若干年后就用写的办法总结一下自己的思想。当然不包括嘲笑思想的腐烂的人；他们的脑袋已经变成苍蝇头了。

写一写可以获得宁静，获得清新的梳理，获得一种哪怕是暂时的干净的体会。写起来会如同被水冲刷，随波逐流中也许得不到章法条理，但一定能得到沐浴一般的冥思和休息，以及精神饱满的结果。

然后再去开始下一年的日子。

2

奢侈地总是获得结集出书的机会，多少使我感到不安。在我至今印出的约二十本书中，只有散文集《绿风土》、《荒芜英雄路》和这本《清洁的精神》；加上《心灵史》与诗体的《神示的诗篇》，还能令我自己喜爱。小说除了个别的篇目以外，都写得没有什么像样的价值。

出于这一点点内省，我在今年拼命摒除了一窝蜂般的出版机会，坚持把这本《清洁的精神》编成了一本新书。

这本散文集比较粗糙。这一年来，我几乎一直集中精力在写这本书。不是把几年来陆续发表的文章结集，而是专门写一本散文随笔，也是没有过的体验——但是遗憾的是我仍然没有使集子形成一种布局和呼应。是形势，是我在西方国家深深感到的中国所面临的危险形势；以及我在北京感到的中国文化的可怕堕落这种形势，使我无法挣脱近乎暴怒的一种激动。本来自《心灵史》完成以后，我已经考虑不再执笔并结束自己的文学创作——但是我无法做到旁观。

这一次的选择使我感到危险。已经不再是初生之犊，而且没有足够长的较量期。我早与知识分子的营垒分离，失尽了阶层的与思潮的支持。本来艺术性是一个非常具备可能性的碉堡，但是暧昧也许在今天不再是规避而是自私。今天我轻轻写着，北京的空气浮躁而猖狂。人声鼎沸物欲横流中的我的文字，不仅是不合时宜的更是危险的。其实我在每一步都犹豫过，其实我在所有的岔口都能转到艺术或学术上去。回到知识和技能的通路，对于我来说比别人更多一些。只是我有我的天性和血质；我服从的，永远只有一个神秘的命令。

今天这样总结着，沉默的我分辨不清自己是在感伤还是在喜悦。时间带着著名的北京之秋巡回，十五年来的往事漶漫不清。这么多年的流逝可能已经快要耗尽了我的一条命，但是这么多年丝毫也没有改变我的年轻的激烈。

这本散文集只是我的横抡竖砍，没有开仗也没有休战，只不过戟从肩上取下，锋刃对准了内外的体制。说透了只有一句话：我虽然屡屡以反叛中国式的文化为荣，但在列强及它们的帮凶要不义地消灭中国时，我独自为中国应战。管它别人，我行我素，我为一派媚洋媚俗的后庭花合唱中出现了我的破坏，感到自由和正义的快乐。

边疆、民族、古典，中国不仅有它存在的合理性，中国更是一种哺育的母亲。中学时读过方志敏的《可爱的中国》，他塑造的清贫的母亲形象，是永恒的。我在这个时节里的事情，只是用我得天独厚的专门知识，用我被襄助的旅途体验，证明世界和每一个人都应当对中国做到有情有义。

——无疑他们一定是觉得我疯了。而我也觉得他们已经堕落得与汉奸差不多。究竟是我的时代判断与思维感觉出了毛病，还是他们扮演着一群出卖者的卑鄙角色，我想今后的日子会做出结论。

3

写着这部书的时候，旧作《黑骏马》正要改编为电影。十年前我对改编的态度是拒绝的，那时的态度来源于自己对《黑骏马》的私爱。而现在，十来年后的今天，我对那篇作品不那么重视了。

那篇小说的情节语句不是关键。我今天不再敝帚自珍的原因在于：《黑骏马》引发的思考，并没有指向那一方土地的严峻生活。什么人性母性，什么进步守旧，什么哲学文学。我只是怀着过分单纯的善意决定了写它，我又使用了过分软嫩的语言写出了它——它与永远在我眼前栩栩如生的蒙古真实之间，存在着一种巨大的不同。

这种因善意造成的严重失真，比比见于我对蒙古及天山游牧世界的描写之中。包括散文，比如《北马神伤》、《杭盖怀李陵》等篇，甚至存在于本集中被我再次收录的《荒芜英雄路》之中。

而真实会触犯禁忌。我一直认为以犯禁为取胜手段、为自由标榜的人，是不洁的。过分的写真会侵犯人心；过分的善意会导致失真——其实这是一个文学的，非常基本的矛盾。

我猜散文也许能使这矛盾多少获得融解。散文形式，也许要高出小说很多，就思想的传达而言。

既然提及了《黑骏马》，更应当对自己惟一的长篇《金牧场》做自我批评。我已经在散文《重写一个金牧场》中提到过，写那部长篇的那一年，是我以往的十五年里，不知为什么陷入轻浮、无主见、失去分析力的——总而言之是非常糟糕的一年。《金牧场》写得吃力而施展不得，整个设计全错了。我这个相当讨厌模仿外国文学的人，那次深深受了结构主义文学的骗，莫名其妙地追求了一个失败的结构。在框架（即陷阱）的诱导下，思路和文字两方面都别歪了劲儿。我真必须向我的读者道歉；同时老老实实地承认批评家们的批判。可惜的是，失败的形式消灭了许多重要的体验和思想。那毕竟是二十年来自己久久怀着的思想，毕竟是自己走了二十年才记忆住的体验，我真觉得可惜极了。

有两种可能，或者在将来一个契机下，我把它删削更改，重写一遍；或者我用今后的散文来补救。当然，两种可能的实施与否都要看有无必要。

散文是无形式的文学，我终于明白了。

4

至于《心灵史》则完全两样。

如今回忆起来觉得惊心动魄。哪怕是今天我也仍然只能隐喻地讲。那是一次深刻的选择，我的选择和被挑选，那次行动使我终于获得了所谓的生命之作和毕生之作。《心灵史》不是小说但最大限度地利用了文学力量的掩护，它也不是历史学但比一切考据更扎实。比起《热什哈尔》等纯粹宗教著作来，它保留了世俗的、广义的、个人的权利。其实我也无法对它实行分类——也许它的著作性质就如同它的书名，它只是我本人以及千百万信仰的中国人的心情。

永远地将给我以感动的，是它的立场。我至今在我自己的行为面前惊异，简直觉得不可思议。感谢让我不能容忍的学术界和文学界，没有它们的逼迫和我对它们的厌恶，我不可能发现如下的真理——正确的方式存在于被描写的人们的方式之中。

这一立场像一支暗夜中的火炬，它不仅照亮了温暖了我，更使我在自己思想的迷惘体验中，一次次地获得了支撑。因此，不信仰因而怀疑的人们其实是没有能力假装评论《心灵史》的；这册书里活着的不是我，而是无数与他们采取完全不同的生存原则的人。他们既没有必要因我叙述中的戏剧性而廉价地感动，也没有必要因为听说了信仰世界的世俗因素而得意。人遵循着艰难的处境生存，人的社会中存在着利益、矛盾和分歧。根本的区别在于那些人信仰。这是无可置疑的生存的高级形式。

书出之际，我正在异国漂泊。从大西北到新疆云南，农民们把字迹歪曲的信件寄至我的身旁。独自一人读着他们村言土语的话语，读着《心灵史》引起的滚滚惊雷般的震动，读着农民们对我的夸奖和想念，我真正地、惟此一次地体味到了“幸福”的滋味和含义。

而这一切“文化”界像白痴一样什么也不知道。他们得知的反响与我上述的一切无关。黄土高原在我们独特的语言中颤动过，而对他们又是沉默的机密。我们的大地又沉默了，褴褛而真诚的农民们在激动后，变得比以前更深沉。这景象又在教育我，使总是毛躁的我在纷扰时静了下来，只管紧紧地追随着锄地割麦的农民。

几年来《心灵史》中的设置取舍、倾诉隐藏也都经历了一遍考验。那不是随意乱写的结果，我当时有过孤注一掷的决定。在严峻的几年里，我的火候受着铁锤击打般的质问——而今天我能简单说一句了：我被暗中襄助了，书中的骨架没有坍塌。

今后这严峻的考验还会闯阵过关般来临；我仍像一个赤裸的孩子，不安地一次次被推上前去审定。但到达今天后我已经懂了，我怀着希望迎接审视——若是哪一天的事实宣布我错了，那时我会甘心情愿承受处罚，因为我等待那样的升华或进步。若是哪一天的历史宣布我对了，那时我不会轻狂，因为这一切都是追随民众的结果。《心灵史》对于我和几十万哲合忍耶人民，对于八百万回民和两千万穆斯林，对于千千万万信仰的、有理想的、渴望清洁的中国人，永远会是一个纪念。我的分析和判断，我的写与不写，我的设于大问题上的论点和落在具体处的分寸，会长久地埋藏着，除哲合忍耶回族农民与我自己无人能解读。

只和朴素的黄土高原上的民众在一起，和他们在一起占据着我们的水平，这一点使我心醉。人世间再也没有比这更动人的事业了：让尊严和高贵，让学术和文学属于褴褛的底层，让知识的命运与人民的命运牢牢地在一起。

5

于是，人有一种不愿再回到低级形式的心情。短暂地瞬间地达到过诗、深沉地宿命地达到过心灵的历史——这使我觉得小说索然无味。生活本身比文学生动得多，但我的生存又只能依存于文学——那么剩下的路只有随笔散文，好像没有别的什么了。

近两年我连续编了两本散文集，上海知识出版社出版《荒芜英雄路》之后，我集中精力写了这本《清洁的精神》。

我盼望这是一种新方式的开始，盼望自己逐渐能纠正缺点、逐渐习惯写出平易生动的文章，并让它们负载新鲜的思想。

几年前出版的第一本散文集《绿风土》，是以约十年之久的文章积累编成的，它不同于这一本，那些文章中的宁静和潜心，字句间的推敲和光彩，也许少了。我要引为自警，在下一个时期里，我要努力为自己制造出写作的心境。我想不会太难；使自尊心不安的、多事而混杂的海外逆旅就要结束了，我认为故国虽然一片危机，但只有在这里才可能有优美的中文诞生。

好像大家都在等待，都在等着这个岁末的结束。

不应该过多地对别人指责，重要的是自己的状况。如此书标题的洁，要紧的是自己在精神上保留了多少洁的因素，以及自己是否准备追求洁的道路。

十五年，写下来以后才觉得真的漫长的十五年，居然消逝得如白驹过隙。

不仅十五年的经历淡忘了，连十五年里写下的文章也被淡忘了。记得住的大致如这篇总结的后记，这里记下的印象是清晰的。

幸亏有这样一段充分的时间。

除了《心灵史》之外我从没有请人为自己的书写序，大多都是自己写一篇后记。今天浏览一下，以前的后记里有不少让自己脸红的废话、酸话和大话。白纸黑字，我涂抹不了自己以往的浅薄和张狂。我难过的是，由于它们，很可能一些正确的东西也被破坏了。

我必须承认，自己的经历和性格中，确实有过不少虚妄讨厌的东西。其实包括这本散文集在内，除了《心灵史》一个例外，我没有任何一点骄傲和自我肯定的根据。

这样想着，心里真感激我的那一小批读者，他们容忍和谅解了我，使我一直没有失去想象中的支持。我猜我们一定是怀着相似的矛盾和思路；我们之间的共鸣，宽恕了我因一意孤行而落下的毛病。

作者不能与读者见面。但我该真心真意地向我的读者说声谢谢。在这个长长的岁末中我要纠正自己，争取在以后做到——节制理论、抒发、修饰、语感上的各种超出分寸。

记下来了就好像小学生向老师交了保证书；以后我可以从这篇后记中回忆起今天的总结。

我也对未来的我的文章怀着兴趣：在我的所谓“后《心灵史》”阶段，我盼我的文学有独立的思想和新鲜的文风。但是它将具体地成为怎样的东西呢？我也不知道，但我要多少有意识地寻找它。

中国文化迎来的危机，以及知识分子们在商业化潮流中可能的选择，会使我的思想依然激烈。但是，我要警惕偏激。

对于中文的一种感激和守卫的意识，会使我今后更加注重文学语言。但是，我要防止矫饰和过分。

未来的我的处境和内心矛盾，很可能会使我经常地怀着不平和愤慨。但是，我一定要努力达到沉静。

还有几个月时间，这岁末的几个月里，我打算反复地琢磨，做如同这篇后记一样的总结。

※　　※　　※

十五年前，我曾用一个拙劣的比喻形容自己：一个牧羊儿童，扔出了鞭子，打开了文学的门。今天此刻，我还是没有多大自信，十五年只给了我一条道路，并没有给我蓄积什么特别的能力。

终旅之后还不得不上路行走，这件事非常令人厌烦。不过我总不能胡说文学是讨厌的，总不能否认文学的吸引力。何况那些离乡的农民都紧攥着手里的锄把子。我和他们差不多，为生存下去也必须握紧手中的钢笔。他们并没有因为活得艰难就丢弃了信仰；那我也能，我要守住一种源于清洁的精神。

写于 1993 年 9 月

南国初访

二十一世纪将是一个古怪的时代。

豪富和赤贫，餍足和饿死，脑满肠肥和瘦骨嶙峋，艾滋病和饥馑，摩天楼和贫民窟——总之，一切对立和差别，正义和背义，都将在这个隆隆来临的时代并立共存。

时代鞭挞着催人抉择。所以开始心向南转，盼望去看大江大海，看近代的英烈故里。不仅如此，总觉得山雨欲来，已经十分紧急，我该去看看南国，近代的人才及革命的故乡。

事由心成，情至时来。晚春得知，我今年一次便能瞻仰南方的两块土地，湖南和海南，心里高兴极了。

（一）

有眼不识大海；从港汊水道中辨认出海，我用了好一阵时间。直到海夹着一条笔直又狭长的陆地，后来我想那就是岬——波光粼粼地凸起着开阔起来以后，我才明白，此刻已在南海，我已经置身于大名鼎鼎的雷州海峡之上。已经是身置有生以来最南的地点，而且还在继续向南。我拼命地把脸挤紧舷窗，竭尽全力地盯着在视野里凸起的，满盈着闪烁光点的海面。突然，迎面突兀地浮起一道陆地的边棱，气势雄大，一字排开。心像是一亮，就这样我看见了海南。

一座大陆般的巨岛——我不知所措了，它沉默着，逼近而来。

在飞机上读完了一篇关于海南岛的文章，说海南岛是女性文化云云，心中不以为然。可是我的关于海南岛的知识，又和一个幼儿园小班儿童无异。贪婪地看完了飞机上的旅游电视片，我也知道了五公祠万泉河等诸多胜地，以及黄道婆的功绩。然而我不是来温习这些，我盼望的，是在神秘的楚粤故地，试试求得一些激励和补充。北方旱渴不毛，很久以前我就留心到，烈士美文，多出南国。

海南的边棱疾疾地迎来了，我突然想到：这是我第一次走向一个中国的岛，而且是如此一座大陆般的巨岛。

迟至今日我才看到南海。长久以来，海洋是奴役、掠夺和鸦片的帮凶。有一个词，海洋时代，其实就是殖民主义的粉饰形。于是常常忘记，中国人也领有如此大海。

琼州海峡平滑碧绿。南海中的巨岛正伸开襟岸。我禁不住心里的一丝感动。以前经过津轻海峡眺望过日本的北海道岛，从温哥华眺望过应该说是英国殖民者的维多利亚岛。但那时只有地理的感觉。有生以来，这是我第一次凝视着一个与我有关的岛屿，中国的岛屿。忆起我瞬间般的海军履历，不禁一阵感慨。那时连做梦都想着大西北，最终也没有能到达南海。如今世事两异，旅途艰难，我却上学补课般地来了。

真是功课；其实我没有奢图发现什么，如此的日程和形式，当然不可能有什么发现。只是中国人都应该知道大海，也应该知道南中国的底蕴。我只是完成修身的功课，只想亲身到达一些地点。如同回民的朝觐；一切其实是已知的，只是一定要怀着虔敬，让身体经过沐浴，让双脚粘上泥土，让心灵完成体验。

（二）

转眼间，那条岸线的边棱已在背后。巨岛在缓缓远去，观光客般的日程结束了。当然，如此离开海南的我，缄口不敢浪言。

使劲地从舷窗向后扭着脖子望去，那条沉默的岛岸使人惆怅。海还是如那天一样碧绿，一望无际的、和平的涟漪。

不过，我还是多少捉住了几根蛛丝马迹。

路过通什，浏览海南民族博物馆的时候，非常偶然地看到了一通古代伊斯兰教徒的石刻墓碑。说明牌上注明着：唐代。

我大吃一惊。在三亚羊栏村草草问时，回民的历史记忆是清初。赶快找到馆内的考古人员打听，结果就了解了古代在崖州榆林港和陵水一线发生的事情。

在远离海岸的山城通什，夜里心想着无数的港名。陵水望楼港、陵水桐栖港、陵水碧潭港、陵水番坊港；还有崖州榆林港，它“西南与安南的陀林湾对望，为印度洋所必由之路。”

就是说，当时几乎在整个岛的南缘登陆。尤其是榆林和陵水，真遗憾与它失之交臂。它们才是古代海南的入口，它们才使一切合理。果然如此，人们谈论着海口和三亚的五星酒店，却没有留神榆林和陵水的历史意义。中国人，即使昔日从海上被打入半殖民地的地狱，即使追求金钱到了海边，也不会关心航海。

唐宋是古代东西方沟通的全盛时代。所谓东，即中国依靠的，是广州和泉州两大港以及丝绸之路；所谓西，即阿拉伯和波斯，依靠的是随伊斯兰教兴起而文明的船队和驼队。古代的东西方以此为轴而运动。因此恰恰在广州和泉州，分别有一座全国仅此两座的、建筑于唐宋的清真寺。

但是在泉州，与泉州清净寺互成呼应的，有巨大的泉州古代伊斯兰墓地遗址，和举世闻名的泉州伊斯兰宗教石刻。而在广州，大名鼎鼎的光塔寺却没有陪伴。流逝的历史，密集的人口，放弃的信仰，使得应该在广州发现的墓地和石刻群湮没了。

然而海南岛南岸有力地补充了它，整个南岸布满了伊斯兰石刻和墓群。海南南岸使广州的意义更清晰。也使海南岛的本来面目突然显露。在陵水和榆林的古港附近，梅山、福湾、干教坡、番岭坡，处处静卧着古代从阿拉伯和波斯航海而来的穆斯林的墓群。

百姓烧石灰，发现了墓地上的石碑。都是抗腐蚀的珊瑚岩，上面刻着即使在阿拉伯也失传了的古体书法。不知烧了多少年，但是今天番坡岭和梅山上，残存的石刻仍数百上千。

这是一件注解古代东西交通和海南岛开发的大事。

保护这一群石刻，首先要了解使泉州自豪的那一群石刻。我不知为什么激动，只因为通什博物馆的朋友缺少泉州资料，我就说由我负责，从北京为他们寄来《泉州宗教石刻》（中国历史博物馆的馆长已经答应，为通什民族博物馆寄去此书复印件）。

但是，没有对今人的尊重，是不可能有对历史的尊重的。在被钞票撑得很狂的海客政客的口气之中，已经能嗅到对羊栏和番岭坡的后裔、以及对黎民百姓的蔑众臭味。海南人，被物欲大潮裹挟着不问明日的海南人，他们愿意成为遥远的唐宋先民的继承吗？

踏上海南岛的土地时听说，海南的面积是台湾的五分之四。我觉得兴奋。这么大！那么它就可能平衡台湾岛。十三个世纪以前，我的那些祖先在陵水港或者榆林港上陆时，面对这大陆一般的巨岛，他们也有过这样的喜悦和兴奋么。

所以沿着海岸，他们的踪迹布满了整个海南岛的南缘。不用说那时海南岛的荒凉。在前途的决心未定，广州港还太遥远的时候，他们沿着东西海岸，顺着北上的河谷，进入了蛮荒的巨岛纵深。于是就有了处处生计，点点血脉。

孤单者放弃了，溶入了本地人。成群者坚持着，今天被叫作回族。我隐藏着一种震惊。我没有去过泉州，与唐元古代的蕃人来华之源有关的地点，对于我，这里是第一处。我不愿矫情，我们还没有关系的形式。若有缘分我会再去陵水一线，那时我会了解得水落石出。世上正是烈日炎炎的季节，此行我不做深问。

他们可能有过的痛苦，他们可能受过的侮辱，只有从他们今日仍举步维艰的境遇中，只有从他们孤傲不群的血性中，才能辨出一些痕迹。

（三）

一个痕迹是海瑞，没想到他的故里就在海南。以前，读争论他的族属的论文、特别是读回族学人强调他应划为回族的文字时，我总不以为然。我不喜欢拉扯伟人入自家门坎的风气。

但是，漫不经心地，在陈列得极富政治味的海瑞墓浏览时，偶尔从玻璃柜里读到了他祖父的姓名——史志记载着："海答儿"，一个再简单不过的阿拉伯语名字。

这是一个有趣的例证，也是一个悲哀的例证。那么没有疑问，他的血统源于回民和伊斯兰教。但是同样没有疑问，他的选择归于政治和中国伦理。在他的埋葬细处没有穆斯林丧俗，他的述志遗墨中，不见异族的影子。

但他抗拒不了血液里的刚烈。他的极其罕见的激烈血性，不是孔孟之道的文化可能孵化出来的。或许连他自己也不知道，虽然他的气质在中国的政治中几乎绝无仅有，但是他失却的中国底层的母族，却经常以这种气质为特征。

他的行为使中国震动，但是人们并不仿效他。其实他一生都与中国政客的形式为敌，但是他的墓上却恰恰涂满了他们的骚墨。我简直不知所措，在他的墓前，我不知我是否该为他接个都瓦尔。

如果他坚持了信仰，那么今天海南岛上不会有这座墓，而会有一座拱北（圣徒墓）。不会如此门庭若市熙熙攘攘，但瞻仰的上坟人会为他换水沐浴。可是回族的宿命就是向中华大地输出最优秀的儿子；我无法解答——他的灵魂，究竟是应该感到欣慰呢，还是应该感到愤怒？对于逝者，究竟是给他清洁的仪礼更好呢，还是给他壮大的伸张更好？

不知道，谁也无法衡量宗教和国家两种选择，也不能评价宗教和国家两种形式的悼念。一切都是对等的：他得到了公园，但失去了拱北。他获得了天下的承认，但失去了母族的悼念。一切都源于选择，一切都是宿命。就让他在自己的选择里获得安宁吧，做中华的儿子，为中国输入烈性的血，永远是值得的一件事。

(四)

不过一日之隔，海南岛又远不可即，眼前是缓缓流淌的汨罗江。

南方的江和水使人留恋惊讶。这么大的河流，这么宽的对岸，这么丰沛的水量，在灼人眼目的黄土高原难以想象。

我至今不敢相信，我到达了屈子的汨罗。

蜿蜒在辉煌的楚国旧地的汨罗，流向湘资沅澧和八百里洞庭的汨罗，被起伏的绿色丘陵挟裹的汨罗，挟带着呛人的蒿草苦味，笼罩着南国五月潮湿的苦热，接待了我这北方的儿子。

今天我如一个小学生，我满怀崇敬之情地到了圣地。我心怀忐忑，生怕没有受业的能力，尤其怕不懂方言。

在海南，我感到，我无法把海瑞墓当成我概念中的墓。而在汨罗，我却像是在——用大西北的术语来说，我像是在“探访拱北”。

到了湘江，到了汨罗，目的就消失了。在汨罗楚塘的大堤上步行，在湘江资水的合流处乘船，我心中空白一片。

二十年前在湖北的江陵，也就是他的郢都，我看见过楚国的华美文物。精致得不可思议的器物，比如说黑红的漆器和镶嵌的短剑，使人对楚地的文化可能一阵阵想入非非。

其实屈原不仅年轻，而且是楚之贵族，他藉楚俗而放歌，把一系列招魂典礼、国事民风都书刻入简。即使生逢战国，在流放中也有车骑女须，巫祝随童。他的自疏远流，也许并不是那么苦。也许他只有内心的极度苦楚。

诸说之中，我取屈原未到湘西溆浦说。他应该一直没有去楚国都城太远。他不过流放于中央之外，常哀哀回顾，望郢都日远。他大体顺长江沿岸，沿洞庭湖滨，步步踌躇，且驻且行。

但是流放令追来，他此次必须“涉江”了，远流西楚溆浦。可以肯定的是，在抵达汨罗前后，我想屈原已经走到了穷途末路。郢都已不可归，王宠已不可求。渔父女须，再无相知，江流草野之外，他只有诗歌。逆旅成就，神明襄助，中国文章的极品出现了。

（五）

站在汨罗江的长堤上，口如噤，人踌躇，只是茫然地望着滔滔的汨罗江。千里迢迢，神牵魂系地来了，但脚踩上了这块土地以后，我不知所措。

那时年轻太偏信物证，而今却只有体味文章。

汉语在此刻向我传达着奇异的感觉。不管怎样，南方的一切方言都用中文表述，无论古今。这是一个给我勇气的事实。藉着屈子的华章，我总是寻找和南方在深处交流的可能。

然而太难了，屈子楚辞是怎样一种文字呢？

它是使人销魂的、神秘的美文华章，但也是难以尽解的、方言古语并用的失传文字。在汨罗边的楚塘，我努力字字体会，望着流逝不已的江水，我总觉得该有一种使楚辞新生的转写法。

楚辞太古僻，这使得它渐渐沦为了遗老的考据和智力的竞技。一代代咬文嚼字之中，被忽视的正是屈原殉道的美丽精神。楚辞太美而和寡，它和楚地苗汉、和中国底层的民众之间，愈离愈远了。

避开口语的俗丑，复活文语的典雅；替换费解的异字，保留洗练的韵奏——然而一切，都应该是为着呼唤他的英魂，都是为了不至于在秦亡楚、汉亡秦、新亡旧的无情沧桑之中，淘汰了他求索得颜色憔悴、形容枯槁，于举世浑浊之中抱石怀沙，投身汨罗殉了生命——才为我们换来的精神。

根据楚王的严令，屈原必须向南向西。他当时应该在这里“运舟而下浮，上洞庭而下沅江。”

但是，涉过长江，走向洞庭，到了这里，到了汨罗的一股清流之畔时，他已经心力枯竭，再无自信。想象着继续流放湘西的现实，那将只能“哀吾生之无乐兮，幽独处乎山中”。他不愿走下去了，他感伤地叹道：“吾不能变心而从俗兮，固将愁苦而终穷。”

于是他举意：“知死不可让兮，愿勿爱兮”——今天这个“兮”字也许是阅读的障碍。“爱”字之后是否有什么呢，愿勿爱命呢还是愿勿爱生？都不能也不该强究了。

他继续写道“明以告君子，吾将以为类”，绝命辞《怀沙》著成了。后日司马迁知音，特意在《史记》里抄录了《怀沙》。据这篇述怀，屈原是在“陶陶孟夏”到达了汨罗一带，接着，在著名的五月初五怀沙沉江。

无论是授受遗墨简帛，或是告别一行徒党，沉江应该是一个仪式，应该有过巫祝的颂祷。他的楚国应该给过他最后的典礼，一如他描写过的招魂国殇。但是中国总是把圣的仪礼消融成俗的闹剧；不知始自何时，感人的端午变成了体育。

清晨在渡口上等船时，绿草在此岸拂摇，人影在对岸晃动，汨罗江一片悄寂无声。

（六）

短短地彷徨着，从琼州海峡到天涯海角，从汨罗到湘江。在碧透的海边，在浩渺的河畔，心里时时惋惜。

南方决不是女儿国，我想。因为在我这个北方儿子的心目中，最激烈的行为和最完美的人物，都产生于南方的水土之中。

生逢这种时代，文学需要依据和力量。久闻“惟楚有材”；但不知为什么越来越感到这四个字中，好像深藏着神秘的意味。特别是二十年来体味着毛泽东，近几年来迷醉着屈原，就愈发觉得此语决非狂妄。的确，屈原和毛泽东，楚地迤南，有此两例就可以出此言。

告别的那天，湘江上大雨滂沱。水雾一派浑朦，江面阔如汪洋。我凝视着漫江的大水，它满盈着向北，不息地涌向洞庭。

日月忽其不淹兮
春与秋其代序
惟草木之零落兮
恐美人之迟暮

迷醉般怔怔地走着，一刻刻地，渐渐觉得肌肤和肺腑都被这荡漾的绿色滋润。或者就是应该这样，我厌恶凭吊二字，我仍无法行礼。如同在海瑞墓一样，楚塘不是拱北，汨罗江沦为了赛艇场，我们怀念他，但已经没有了仪式。

此行南国的日子结束了，我就要回到北方。

1994年6月13日　端午节

大理孔雀

（一）

不知是在多久以前了，那时第一次读了郭沫若的《孔雀胆》。但是像那时可能对世界的理解一样，读后只留得了一个感人的佳话印象，而没有哪怕稍稍捉摸过这个写着孔雀的题目。

孔雀，从树林到舞台，好像都只是一种漂亮的饰物。

以后，是在读研究生学蒙古史时，我对着郭著《孔雀胆》引用的一首诗，咬文嚼字了一阵。那首诗是在元朝破灭之际，由一个嫁了大理段氏诸侯的蒙古女子写下的。是一首因为用语难解，所以非常著名的怨情诗。

那时有一股不知天高地厚的浅薄。只是因着学了一个专业，当然也由于身上打着蒙古草原的牧民烙印，那时的我怀着对蒙语的酷爱和自负。读它时，心中多少还带着一线破读的野望。因为，这首诗里的那些难解词，学术界多说可能是蒙古语。

诗以“吾家住在雁门深，一片闲云到滇海”开头，诗味其实平平，但是偏偏有几个怪词，使得它久久惹人，不能像很多诗那样，淘汰般被搁置了起来。

比如“欲随明月到苍山，误我一生踏里彩”——什么叫“踏里彩”呢？注家解释“踏里彩”。我咬来嚼去，觉得蒙语中只有一个“踏里克”有点音近；不过，那个词是“布面袍子”。

再比如，“吐噜吐噜段阿奴，施宗施秀同奴歹”一句，一般被认为是诗中最俚僻、最古怪的一句。注家们解释“吐噜吐噜”，是蒙古语“可惜”。可是当年，蒙古的大嫂老妇们，在怜惜我们的脸上冻疤肩头褴褛时，发出的感叹音是“呼噜黑，呼噜黑”。即使“黑”音脱落，“呼”在中古蒙古语中为ku，也应该是“哭噜哭噜段阿奴”。不用说，对古代，凡企图解明，就难免流于牵强。更不用说，由我立志破译，更是毫无可能。

——那时我人愚心钝，忽视了段氏与蒙古女人阿盖故事中，其实真正的主角，是挑动了郭老的灵感、也给了人们以刺激的——孔雀胆。

（二）

凡人不可能不被孔雀之美迷醉。

大概这是共通的感受：谁都记得当孔雀开屏时，心里漾起的那种惊讶。人会感叹得难过，造化的主啊，同在一个世界，它怎么会这么美呢？无论鹤叟孩童，凡是人，在凝视孔雀开屏的时候，都会不觉陷入一瞬的沉默。那是一种美的绝对打击，被击中的男女老幼会瞬间地失语，手足僵硬，感觉迟滞。关于孔雀开屏的体验和记忆，乃是人的宝贵经历。

来到云南，心里只想着孔雀。但是，尽管我也和他人一样被孔雀的美丽迷摄，但是我寻找她，却是为着她另一种致命的部分：她的胆。

在段氏与阿盖公主的故事中，十四世纪的蒙古女子阿盖，拒绝了使用孔雀胆谋杀异族的丈夫。所以，那出名剧虽然借孔雀胆为题，但是悲剧中并没有孔雀胆的发效。杀死段氏的是丑陋的刀斧，丝毫与孔雀的形象无关。

与其说，在郭沫若的名剧《孔雀胆》里孔雀胆是一件使观众惊愕的道具，不如说是这部戏宣传了云南的奇特的物藏与人情。不知别人，我自己久久地为之困惑难过，想象过物质的它。我无法从别的思路去理解，我猜郭老也许是不忍割爱。即便剧中没有真的用上，但毕竟有过孔雀的登场。

也许也是初次知道后，郭老就对这个情结难舍难弃；也许他的感性也曾不堪折磨：孔雀胆是毒药，但是她的形象太美了。这里挣扭着一个令人难以解脱、逼人求证终极的、使人久久痛苦的矛盾。

但是云南风土养育的，不仅是一个例证。十九世纪末的云南农民起义英雄杜文秀，在大理落城之前，曾服孔雀胆自杀。

战争中，帮助清朝政府镇压农民军的法国军火商 E. 罗舍，在其

《中国云南省志》里，记载了他当时就获得的杜文秀故事：

> 1873年1月15日，杜文秀，这种精神痛苦的剧烈情况他失去所有的精力，……他安然等待让他脱离最后苦恼的时刻的来临。他的妻和他的子女不愿活在他死后，乃在他面前服毒自杀。……他最后一次举目瞭望点苍山，他平时喜欢游散其中的有名山岭。走出居室之前，他吞食了一撮大烟及一颗孔雀胆。到大理南门的路途上，被渴望向他匍匐敬礼的老百姓们充填。……他的知觉渐渐因为服食的毒药而开始麻木，当他到达城门，他用尽力气下轿，对民众表示感谢。……杜文秀神志不清，艰于回答。……晚上六点，这位有名的囚人已经不省人事了……

当我潜心杜文秀的史料时，我已经敬远了蒙古学。无意再为细末劳神，渐渐地喜欢幻想往事。读着杜文秀的孔雀胆，不禁猜测着郭老的选择。在云南的两例史料中，他选择了段氏故事。也许，他要成全剧情的爱情线索。

读着想着，从孔雀胆的记事里面，我察觉到，云南其地，好像有着某种外省不及的特殊之处。

好像，美在那里易于存活，所以孔雀只在那里成群。那里的人，不奢张扬，但是他们常常演出教育中原的活剧。不仅是有名的杜文秀和蔡谔，无名的英烈更多。孔雀胆使我们懂得，人的死，要与美结合。孔雀胆，是滇史特笔的毒药，孔雀胆演绎的故事，是云南特有的悲剧形式。

孔雀胆，一想起这三个字，我就久久地不能平静。久而久之，我一直为此震慑，甚至，因此我一直悄悄崇拜云南的风土。

孔雀只生在云南最为湿热的两隅：德宏与西双版纳。世间正是烈日炎炎不宜车旅，我暗暗想，等时机到了的时候，我再去细细拜访它们。所以，在城市里，见到有人在卖孔雀的羽毛，但是问不清孔雀的产地时，我并不着急。

不可思议的是，两例孔雀胆故事，都与大理有关。但即便在大理我也没有奢想

我没有敢幻想小住几日，就能找到渊源。毫无疑问，孔雀饲养的古风，不是轻易就可以造访的。由孔雀胆象征的、美与死的话题，更不是可以轻易谈论的。

（三）

我们坐在大理城门前面，看着城壁上的烟痕火印，心中感慨。凝望眼中的云南，一阵阵不知是梦是真。

居然就在视野之间，左右已经显现着黛色的雪峰，静谧的海水。还有圆圆石子铺砌的乡间车路，两侧耸立的银叶桉树。几天里我不敢相信；看惯了大西北满目疮痍的黄土高原以后，人不能理解如此姣好的风景。

而现实是真实而温柔的：眼中正清楚地绵蜒着——昔日如雷贯耳、此刻历历在目的，苍山洱海的秀色。

烟色的古城东南角，连着一片平坦的苍绿田野，踏上石子路，步行三五里，在一个称作下兑的村子里，有一株遮天的巨树，树下

有寺。村落围绕，农家多是小楼。离那巨树不远，有杜文秀墓。

离家时，母亲逝去后的四十日刚满。我一直在寻找给我平衡、给她安慰的仪礼。因此，此行有这一层的举意。昨天，冬季踏青，村中借水，我已经去墓上念过悼词。

一羽美得惊人，美得神秘的孔雀，在我心里，似开似闭地波动着她的屏，遮挡着也引诱着我的心思。

孔雀是彻底的神秘的产物。它的一切其实早就不可理解：它的碧绿又生着美目的羽毛，它的蓝黑闪烁的脖颈，它的隐藏和怒放的七彩之屏，它的仪态，它的完璧的美丽——其实早就是不可理喻、不可想象的。

那么，为什么又有大理的孔雀胆呢？

大理的孔雀胆，把美丽的边缘重重地加上了一道黑色。它使我永远无法摆脱这种战栗。传说和记载中只是说：服下了孔雀胆的义军首领，慢慢地垂下了头。天色终于黯淡了，大理的北门，被暮霭映出了破旧。

当他出了这道城门，走向挟在山和海之间的南方原野时，当孔雀的一部肉体，在他的肉体之中苏醒时，他是觉得疼痛呢，还是感到迷醉？他是咀嚼了痛苦呢，还是享受了美丽？

若是在孩提时代，人接受了这样的传统，或者说受了这种刺激，那么，人会沿着一条唯美的路成长。伴孔雀而生，籍孔雀而死，若是深沉的民族，会代代珍惜如此的风俗。

离开的前一天的傍晚，我们厮守着城门，舍不得离开。

多年以来，已经不惯于这么留恋。徘徊在城楼下，想等着这一天结束。游客早已散尽，城楼左近，人影稀疏了。一个下兑村的农民，从角落站起，高声问候着，好像已是熟人。依着城栏，我们一直目送着，一直等到黯淡如水的暮色，吞没了被浓烟烈火烤得斑驳的，大理的石城。

1995年2月

击筑的眉间尺

一

我是退役的考古队员，对文物，常能享受先睹先快的特权。

夏天听说，在长沙的一座西汉大墓中，出土了三件木器。认出后人人震惊，原来它们就是在司马迁写过、但世间久已失传的古乐器——筑。

恰逢我正在湖南求学，听说了这个消息，赶快求湖南的同学。于是获得了长沙市考古队特许，参观了这批尚未脱水的古筑。

筑一共出土了三件，都已残断。它们还在水中泡着保管，任涟漪徐徐抚摸着断体。一刻面对着筑，人便不知言语。是司马迁的美文使得它如此地著名呢，还是它给了司马迁以难逢的感悟？是惟独我对此物牵念太久呢，还是凡人心都砰然一动，尽管无言，一时都不及深究。

只有一点是事实：筑，已经又破土出世了。

筑身窄长，筑颈呈三角形。可以看见，以前曾有五根弦；一根压三角顶棱、两根贴着左侧的斜面、另两根顺着右侧斜面。五根弦，分在徵、羽、宫、商、角；两侧的筑弦被扼住后，又分别变成羽、变宫、宫、角、变徵五声。（参见《考古》杂志，1994，8）

两千年前，司马迁著成了《史记》。

这部书中有一篇《刺客列传》。由于这篇特殊的记述，中国的烈士传统得到了文章的提炼。《史记·刺客列传》从孩童时代便给了我以镂刻般的记忆，不仅使我不能忘却，而且使我评定它是中国古代散文之最。

我已经两次写过关于它的读后感。但是，或因初作太短，未能尽兴（若《静夜功课》）；或已遭删涂，更怕曲解（若《清洁的精神》），因此借传播长沙考古队的功绩之机，第三次清夜命笔，吟唱我钟爱的异端。

二

我没有资格，对那个时代妄加议论。若是再有哪怕一位前辈执笔，我也决不敢涉及此界。读着那时的文学，总是心惊手颤。

长久以来，我发觉，这种心绪一直伴随着我，如影随身。

鱼肠剑，已是湮灭太久的故事。“士为知己者死，女为悦己者容”，早变了口上的常谈……可是，那时的精神，比如荆轲高渐离的形象，却不会褪色。它们如出土的宝贝，只须擦拭掉粘裹的泥巴，便又闪亮起优美的光辉。

荆轲也曾因不合时尚潮流而苦恼；与文人不能说书，与武士不能论剑。他也曾被逼得性情怪僻，赌博嗜酒，远远地走到社会底层去寻找解脱，结交朋党。他和流落市井的艺人高渐离终日唱和，相乐相泣。

出发那天，由于荆轲队伍动身迟延，燕太子丹对他产生了怀疑。当燕太子婉言催促时，荆轲震怒了。荆轲和燕国太子在易水别仪上的争执，具有着很深的意味。这个记载说明：那天的易水壮别，不仅是不欢而散甚至是结仇而别。上层和太子只是逼人赴死，只是督战易水；至于荆轲，他那时已经不是为了政治，不是为了垂死的贵族而拼命；他只是为了自我，为了诺言，为了表达人格而战斗。那时的他，是要同时向秦王和燕太子表现抗议。

图穷匕首现，荆轲牺牲了。继荆轲之后，高渐离带着到今天已是阔别两千年的筑，独自地接近了秦王。他被秦王认出是荆轲党人，被挖去眼睛，阶下演奏以供取乐。但是高渐离筑中灌铅，乐器充兵，艰难地实施了第二次攻击。

高渐离奏雅乐而行刺的行为，已经应该说与燕太子的事业无关。他的行为，已经完全是一种不屈情感的激扬，是一种民众对权势的不可遏止的蔑视，是一种已经再也寻不回来的、凄绝的美。

风萧萧兮易水寒，壮士一去兮不复还。那一天的故事脍炙人口。没有一个中国人不知道那支慷慨的歌。

司马迁不是音乐家，但是他特笔记载了高渐离送别荆轲时的演奏："至易水之上，高渐离击筑，荆轲和而歌，为变徵之声，士皆垂泪涕泣。"

如今筑可见，声难闻，不知"变徵"之声的韵味，不知当时的风苦水寒了。

三

两千年后，鲁迅写成了《故事新编》。

这部书中也有一篇特殊的小说和一个主人公：眉间尺。不过远远不及司马迁，鲁迅此篇没有得到很多注意。应当说，半个世纪来，在我们的风流前辈中，司马迁此篇的知音只有鲁迅。

《故事新编·眉间尺》是鲁迅文学中最后的呐喊与控诉，也是鲁迅文学中变形最怪诞、感情最激烈的一篇。钩沉古史的小说集《故事新编》几乎与鲁迅的逝世同时出版，因此，可以视此书为鲁迅的遗书或绝笔。

但老实说，这是鲁迅作品中最古怪、最怨毒、最内向的一部。读这部书时，人决不会愉快。

读取典于《刺客列传》的短篇小说《铸剑》（原题《眉间尺》）时，读者也不会有读司马迁原文的快感。

《眉间尺》还是这部怪集里比较易读的。比起他描写的离异的奔月时代；比起射日的伟业已成过去、嫦娥和后羿两口子天天吃乌鸦肉炸酱面的描写，这一篇写得比较正常。我想，似乎也离鲁迅的本意更近。

鲁迅的文字很难叙述。最好还是请你重读。

在《眉间尺》里，他创造了一个怪诞的刺客形象“眉间尺”；还有一个更怪诞的黑衣人。在鲁迅的描写中，眉间尺和那个突然出现的黑衣战友断颈舍身，在滚滚的沸水中追咬着仇敌的头，直至自己的头和敌人的头在烹煮之中都变成了白骨骷髅，无法辨认，同归于尽——不知这算不算恐怖主义。

尤其是，在《史记》已经那样不可超越之后，鲁迅居然仍不放弃，仍写出了眉间尺等篇章。

这值得注意。从鲁迅的这部书中，也许能看见鲁迅思想的漆黑、激烈的深处。

青年鲁迅为什么要这样古怪地写、为什么会有这种漆黑不祥的念头呢？

同样，作家鲁迅的最终一册书，为什么偏偏是这本最为不祥的《故事新编》呢，为什么这本书成了他的绝笔呢？

多如牛毛的鲁迅研究专家们，没有面对这个问题。我们也无法诠释；我们也只能以自己私人的、不准确的直觉去感受。

人们都知道，所谓鲁迅，就是被腐朽的势力，尤其是被他即便死也“一个都不想饶恕”的智识阶级逼得一步步完成自我，并濒临无助的绝境的思想家和艺术家。他一定是深深地感到了绝望。或许，因此他才写出了眉间尺；以及那想象的黑衣人。

四

长沙西汉墓中出土的三件筑，今天尚与其他发掘品在一起整理。由于《刺客列传》的影响，湖南考古工作者考虑到这些筑可能引起的关注，决定在发掘报告发表之前，由音乐史研究者先发表对筑的介绍。

隔了二十个世纪后，今天，你能看到司马迁描写过的、古代的筑了。

它细颈窄箱，并不太长。比起吉他和小提琴，共鸣的音箱太窄太直，一掌宽长，很难想象它能够发出浑厚的音响。但是，这窄长的音箱若是装高渐离的铅条，则又太合适了。

据研究，筑的奏法，是以左手扼住细细的筑颈，五根弦围细颈，绷紧又弹开。奏者在筑弦张弛之间，用右手持弓击之。可以想象，如此奏出的筑曲不易轻浮灵巧，它一定浊重铿锵，喑哑古拙。

实物已经出土，又有了对它乐理的解释。现在只盼着，早日听到它的演奏。

筑静静地浸在水里。若不是两千年来如此的注释，今天我能从它身上认出古代那极致的、烈性的美么。

我凝望着它，如同瞻仰烈士的遗容，心胸里莫名地堵噎，唇齿间说不成一句。

感触如割如痛，其原因，或许仅仅在于音乐与刺杀，这难以协调的二者之间。

不知为甚么在古代，乐如兵，人如文。不知究竟是高渐离看中了此种如兵的乐器，才成为音乐家——还是筑为了高渐离这样的勇士，才衍变成这种激烈的形状。

五

不知自何时起，世间已经不容极致的美。

礼赞牺牲，歌颂烈士，时时会使人不高兴。比如，我在一篇写狗的散文里，批评了电视播音员在念到“恐怖主义”一词时、嗓音里有股英美式的西方腔调；这句批评被要求删除。这使我感慨。日本天皇访华时、我看到日本的电视（准确点说，是由一个叫木村的胖子主持的晚间新闻节目）上出现了一个得意的标题：“中国正就反日宣传自肃”。自肃，好一个来自中国又用于中国的词；若不是它，还真难形容今日小有实权的智识阶级。

不仅国人，老外也会生气。比如，我在《读书》杂志上撰文介绍了美国黑人领袖马尔克姆·X。黑人领袖很流行；不过这个是信伊斯兰的黑人领袖。是否就因为这个原因呢，文章使得一位友邦人士惊诧。这美国佬居然投书挑刺，嫌我在文章里看不起一些美国的“大街和高速路”，而且把它们演释成了中文的“胡同”。

我深深地蔑视他们。我们与他们之间，言不同语，生不同道。

重要的是我们有了筑。

在浸漫着的禁忌中，在存活着的悲哀中，在川流着的体味中，我们今天更富有了。今天，我们不仅可以读鲁迅；而且我们已经找到了变成了神话、失传了两千年的乐器；我们已经找到了筑。

盼望见到筑的形状的读者，可以留心考古杂志上的消息。当然，更好的办法是去参观实物。

冬季已近，如蝇的旅游者已经不见了。此刻你正好上路。

在肃杀的风中，可以先去河北易水。然后一路南下，向着楚天湖南。冬季里心情和工作都会正常，只要沐着寥廓南国的长风，只要看见茫茫北去的湘江，你的身心会为之一震。你去恳求长沙考古队，你的诚意会使他们破例。虽然展览还没有开幕，但是，你仍会看到久逝的筑。

1994 年秋

简帛橘子洲

去年初夏，了却夙愿，拜访了湖南的汨罗江。其实再早若干年以前，依稀记得，是在长沙马王堆汉墓被发掘，考古惊天动地的时候，曾经草草地参观过湖南。比如毛主席在韶山家乡的故居、洞庭湖畔的岳阳楼，都是那时去的。

再推溯，早在插队内蒙古草原的知识青年时代，我还有过对这楚国湘地的初访——我去广西探望姐姐，北归时她给我买了一张十日有效的长途通票。于是，乘慢车，睡候车室，吃酱油拌面，揣着十元钱见识了几省都城，途中见一条河游一条河。从桂至陕，竟游了包括长江、黄河在内的若干条河流。在毛主席青年时的口号“文明其精神，野蛮其体魄”的感召下，游泳江河，沐浴自然，小小年纪对自己实施了一番主动的锻炼。

——当时，在衡阳和长沙橘子洲两个地点，我把一条湘江横渡了几遍。不是逞强记数，实在不愿上岸。那时的湘江，在记忆中是深色的碧绿。偶尔卷过浑浊，也是干净的细砂，没有油渍，水暖而纯，任着孤身一人的我，以二十岁的年龄在它怀中恣情游荡。

夕阳西沉之际，时尚模仿伟人，我裸着坐在橘子洲头，望着湘江溶入晚暮。满心想说，却无同伴，记得反复地默诵过的，只是毛主席的“到中流击水，浪遏飞舟”。

那时浑然不知，自己其实是置身文章之国。那时何止不知道岳麓山上刻着的“唯楚有材”，我根本不知有汉有楚，不知竹简帛书，不知贾谊在此凭吊屈原。不知屈原的华章，乃是文化的灵魂。

二十五年后却固执地只是思索文章二字。确实，再也没有什么地方，比橘子洲至湘阴的一线水路更适合于体味文章了。

战国时贵重的帛，低廉的简，至今几乎没有出土。屈子的《离骚》、《怀沙》，虽然被人们那么珍贵地传世，但是还无缘从简帛上读到。不知为什么我想象着他的著作的韦编，想象着那湮没的修纂。

时隔二十五年，已经不是硬席慢车和候车室的水泥地了，但我身如禁锢，没有能在橘子洲的端头上，再默默注视一回暮色。湘江如旧北去，确实唯楚有材。怅然地从汨罗的屈子祠归来，在大雨滂沱中渡了湘江，我表达不出心中如堵的肃穆。

自他肇始之后，简和帛渐渐退色，木版和纸张次第问世。一个字生出新义：书，如汨罗流入湘水、如湘资沅澧涌入长江一样，进入了中国的生活。不仅《楚辞》，还有——谁能哪怕最省略地拣几本列举呢，比如《西游记》和《毛泽东诗词》，都流淌着，伴着中国的盛衰，伴着中国人的愉悦苦楚，川流不息，长流不止。

如今书如洪水，泛滥不已，居然连我们这些愚钝的人，虽然连我这昔日只知戏水的儿童，也在编辑书卷了。不想时万事皆无，若想到全身战栗——偶尔瞟着湘水，念头转到屈原，忽然感到此界的渺小。我怎敢说，湘江上再逢沧桑之后，我手头正编着的这部选集，不会变成污染江水的垃圾呢？

在橘子洲附近，我和编辑友人正在紧张地工作。承海南出版社错爱，这套我的作品选集，就要橹桨篷帆，被推入我畏惧的文明长河了。

想起关联书籍的方块字，我碰上它们中的哪一个都心中不安。卷字衍生于帛；册字串编着简。我们因袭了古人的用辞，却无力承继古代的精神。

尽力做过筛选，仍然心有余悸。

匆匆一度，浅踏了汨罗、湘水和橘子洲。还有岳麓，我总觉得悬于书院门上的那句“唯楚有材”，像是一个揭破的谶语。惟一感到踏实的是——我意识到上述自警的问题，或许为时不属过晚。还有，我对文章风土以及美文流脉的注意，对楚的刮目再看，也许能给自己一点补救。

橘子洲突入湘江中流，洲头如探如吻。这个地貌生得奇，不知堪舆风水怎样解释。

或许汉朝贾谊之吊屈原，就在这洲头行礼。湘水中心这一道长洲，真是再恰当不过的地点。

中国若有文章之教，真应该让文人编书之际，都来长沙橘子洲举礼，追想屈原，以心比心。虽然文章不能追及万一，但总能获得些约束和净化。

冷热四章

（一）1995年7月14日《北京青年报》载采访记节录

今年新春以来，作家张承志继八十年代以后，又一次成为评论和瞩目的焦点。报刊上成批地发表着关于他的评论、议论、描写乃至断章取义的转载。这与读者熟悉的张承志形象之间，似乎有着一点误会。同时，面对着二十世纪结束前的复杂文坛现状，我们也想直接地听见作家们的内心想法。最近听说，张承志婉言谢绝了中央电视台的采访，我们从这个信息里感到，张承志作为一个极其重视语言的作家，一定希望只用文字发言。于是，我们向他建议作一次严肃而正式的采访，以求得到这位作家的准确见解。果然，张承志欣然同意，并在两次长谈之后为我们核对了这篇采访记中的他的发言。

张承志说："作家发言的形式，是通过笔写出自己经过深思熟虑的文章。我只对自己的文章负责。我只想作为一个作家，在中国辽阔的大地上，与自己接触的一部分民众结成尽量密切的关系，并同时写出能代表我自己，也为那些民众喜爱的作品。"

他说："对于我来说，中国，总使我感到题材和激情的无穷无尽。我一出门上路就满心喜悦。我惟一自负的，就是我准能和老百姓交朋友。上个月在呼伦贝尔草原，我使用二十七年不忘的蒙古语和牧民大聊其天。我们家的来客，有很多是穷乡僻壤的农民。我觉得，找到集历史承负、人生真实、真知灼见和特殊风情于一地的，以前人们不一定熟悉的一个地点，并把握住种种学问的深厚和文字的轻重，写出一篇有所发现、于人有益的文章，是件不容易的事情。仅仅在这样的水平和范围里，我愿意和同行们进行友谊比赛。我也希望中国作家们，在比对中国的了解、比对民众的熟悉、比文章的见识这样的分寸上，进行公平的、文学的竞争。"

在记者问及当前文坛的一些论争，以及报刊上愈来愈多的关于他的议论时，张承志说："我永远是一个独立活动的作家。我在过去、现在和将来都绝不参加任何文人之间的小派别、小圈子，或者'哥们儿关系'。我面对批评的时候，哪怕是针锋相对的批评，只要它们是严肃的，我就靠自己判断。我将对其中错误的表示沉默，对正确的表示欢迎。对那些非文学的和怀有恶意的议论，对可能出现的人身攻击甚至政治中伤，我也想说，这是在一个真正作家的生涯中，很难避免、必须忍受的一种东西。我提前宣布：不回击、不分辩。读者们会在将来，根据我走过的道路和我的文学，做出他们的判断，并代替我做出回答。"

记者对张承志的这种原则表示理解，并希望他讲讲新近创作的具体情况。于是张承志介绍了他的长篇散文《夏台之恋》。他说："夏台是新疆山里的一个小小的村庄。发现它并和它交谈，把握它的内涵，感受它的象征含义，都是对作家火候的考验。这篇散文，通过在新疆天山腹地的一个小村庄里，九个民族共同依存、共同生活的感人现象的描述，向西方国家中右翼势力的分裂中国的舆论，进行了作家的应战。"

从新疆的小村庄，话题自然转到了影响很大的《心灵史》。当记者问张承志对这部他自视为毕生之作的作品，还有什么要发表的想法时，他激动地说："把中国回族的精神追求与中国文化相对立的说法，是别有用心的观点。汉文明海洋中的中国回族，以它的决绝、坚忍，树立了一种难能可贵的信仰精神。它同时也是中华和东方文明的一部分。他们在坚持信仰和宗教仪礼的过程中，也同时坚持了中国文化中的知耻、禁忌、信义、忠诚等观念。中国回族的心灵追求，与汉文明中那部分健康的精神价值之间，从来没有本质的区别。"

最后，记者请张承志谈谈对文化形势的看法。他不假思索地说："我只忠于中国土地和民众人生对我的教育和启示，我只写出我的认识和感受，我会尽我全力。很多人都会尽力。中国的文化形势蕴含着多种可能性，青年中存在着非常活泼的追求。中国幅员广大，人才继往开来。一时横行的堕落现象，连同西方的霸权主义和新殖民主义，都会受到中华民族不懈的反击。"

（二）1996 年 4 月在第二届爱文文学奖颁奖会上的发言

我非常仔细地听了刚才王蒙同志在获奖后的致辞，我觉得王蒙同志在刚才致词中的讲话非常诚恳，至少对我是有启发意义的。对王蒙的文学的评价和文学创作道路的评价，也许不是我们这一代人的任务，我也没有这个资格谈及这个问题。我只能说一点自己的阅读的感受。

从八十年代初期开始，也即评论界所说的新时期开始以来，我自觉不自觉地形成了一个习惯，即在许多同行的或者国外的文学作品中，注意读王蒙的言论、散文、杂论和小说。他刚才在致词中讲到了自己作品跟历史之间的限制和突破限制之间的关系。可是我们更多的读到的，是从他的字里行间，感受他的整个的修养、见识、对社会的看法、见解。我觉得对我这样一个年龄的人来说，经过整整一个八十年代，这种阅读非常有意义。我没有机会就这种阅读，来向王蒙同志表示感谢，因为，单纯只就私人的关心而言，我也一直没有得到致谢的机会。所以在上一次，我误获这个奖的时候，我就说过："我平常并没有机会表示我对前辈的感激。"我觉得，阅读王蒙的各式各样的见识，从政治观点，到哲学思想，对待事物的态度，大至天下、宇宙、国家民族，小至待人接物，各式各样机智、丰富、充满思辨的体验和经验，对我来说，起到了十几年之久的参照作用。作家必须有自己的参照系，谁也不能说自己是囊括天下的绝对天才。人人都在包括环境气氛、个人体验、系统教育、文化背景等参照中生活。比如，今晚的气氛（指邀请了大批新疆少数民族朋友），对大家就有某种教育、启发和刺激。这是一种说不出来的学习。

从对王蒙的长久阅读中，我得到了很多说不出来的东西，这就是他的人生经验。他这种经验和人生，反映了过去二十世纪巨大的革命和中国的五十年，这政治色彩非常强的历程，带给他那一代人的思考。这些东西往往表现在他的主题之外，往往是以用词、用句、用说法的不同来表达的。我觉得对这种思想的参照学习的意义是非常重要的。大家都在这种学习之中，尤其是我更是这样。

刚才王蒙在致辞结尾的时候，他更向大家显示了他自己对这种参照的注重。比如维吾尔语，比如他朗诵的大家很不熟悉的那首可能是波斯诗人海亚姆的诗。这是一些在中国传统的教育体系和文化知识体系之中不一定有很多人都很注意，更不一定有很多人都真正认真学习过的知识。而他注意了，而且消化了，变为自己思想的一部分。我自己对王蒙的认识也是这样一个过程，长期以来，我觉得，王蒙一直在作为我的最重大的参照系给我以营养。我觉得我应该借这个机会说一句感谢，这比说一句祝贺他得到这个奖的话更有意义。

当然我也想提一点希望，即这个时代，大家都很清楚，是中华民族面临变革和发展的时代。出现了很多新问题，和这些问题所依托的哲学、思想、社会问题、各样的事物，关于这一切的知识在非常激烈地变化着。我希望王蒙同志能够像过去一样，继续对新的问题进行学习，而不仅仅是用过去的经验来判断新的问题。我希望王蒙同志对各种新的问题进行新的研究，补充新的知识，来继续为我们整个中国文学，提供重要的参照。

（三）李江树《沿着额木尔河的划行》代序

刚刚结识江树的时候，我们都像一种儿童：喜欢起劲地、使用夸张的语气和词儿大讲自己正热衷的见解。有过些微的、一怔般的感觉。彼此（至少是我对他）有过句句投机、言酣意畅但是不能洞彻对方奥深的一点滋味。是什么呢，那时眼睛看着他如数家珍地摊开的、亚当斯的一张张凝静得不可理喻的黑白风景，耳边听着他对这位美国摄影家的激烈赞美，我没有觉出他的下意识的冲动。

以后不仅谈亚当斯少了，住得远了以后，合作和交流都少了。我虽比他年长，但从来是倚赖他的照顾。他不在身边，我便只是被自己的事驱赶无歇，弹指十数年，如果说遐思时想起江树的种种，成为一种象征的，也许就是那个亚当斯，那些黑白的空山冷石，无声的断崖残月。江树为什么总是在赞扬亚当斯呢？对于我，这可说是一个谜，对这个谜思索多了，渐渐地我警觉到了其中的意味。

对一个天性内向，而且决心拒绝喧嚷暴露的人，这类谜无法解开。除非你有一种类近的体验。近来，我也常常针对自己几年前对画家梵•高的狂爱，陷入独自的思索。我感觉或者说我盼望这是同质的。于是，我开始觉得，也许应该为着他需要的参考，写下几句揣测。

我不敢评价亚当斯的摄影。如同梵•高的生前的悲剧和今天的闹剧一样，确实存在着一个无聊的问题：即究竟是因为作品好人才出名，还是因为人有名作品才被叫好。我判断李江树是在热情地想象亚当斯。在他热烈的夸赞中，我品味出，他盼亚当斯成为一种摄影的依据——即不仰仗发达的机械、不借助夺目的色彩、不偷用瞬间的运气、不剽窃政治中的血和社会中的苦，仅仅凭着朴素的做人和顽强的追求，达到摄影界人人都恨不得贴在镜头上当符咒、挂在嘴头上做饭碗的“永恒瞬间”。他渴望着永恒；但他不善取巧。亚当斯对于李江树与其说是一位前驱，不如说是一张巨盾。执著已经很像执犟。亚当斯对于一度信心缺乏的江树的鼓舞是长久的，甚至包括一些人不易察觉的细微处。

换了我，也许我觉得亚当斯描述的大自然未必那么感人；我偏激地强调大自然与住民的一致、与历史而且一定要是底层的深厚壮美历史的一致。但是对于江树，当他在一片以近乎奸狡的机智、近乎无耻的摩登为手段争夺成功的喧嚣中，非常孤单地走上艺术小路的时候，比一切更重要的，是他必须发现一个真实存在的成功人格，以及一种可能攀登的艺术例证。

这样出现了一个艺术成功的问题，一个不应纠缠的问题。但是，这个问题在当今的文艺各界实际上早已竞争白热。为了世俗的成功，为了世间（尤其友邦）的承认，老不守节少不知耻的连续剧一直上演不歇。

如果允许说，文学是一门易于粗糙的艺术的话，那么摄影可能是一门易致投机的艺术。即便亚当斯还像那些冷寂大山一样矗立着，但亚当斯毕竟遥远，他离穷国孩子的艺术小路实在是太远了。面对这浮躁的世相，无论如何不可能重做亚当斯。江树不愿讲明他善良的内心，但他遇上的是一个与他生性相克的命题。独自想着他，我猜想，那些深夜，当江树对我热烈描述亚当斯的时候，也许，他正在对这逼迫的命题和世界，沉默着下意识地挣扎。

不知是顽强的准备，还是本能的寻找，十年里人们很少注意到他不懈而不露声色的努力。

从散文到小说，很难判断他是倾斜于文学、还是在用文字补充无言的画面。他写了很多，相隔日久一读，我觉得大吃一惊。他的散文小说写得早已相当熟练，对一些地区也已经相当熟悉。

字里行间还看出，他同时接触了很多理论。特别在摄影评论里，已是术语连珠，涉及宽阔（我个人感到，术语使用的必要与用量，已经应该斟酌）。

——更不能忽视的是：他稍晚了些但是持久地，还缺乏某种决绝但是一直没有停步地，走向风景壮观的大自然，特别是东北边疆的大地。他的动作很快；其实已不同于亚当斯，他和一些他结识的、同年的可信伙伴一起，一直急剧地向中国的底层倾倒。

当年藉着百废俱兴，在一片快门的响声中，有人出形式的奇想，有人闯禁忌的红灯，有人趁潮流而制作，有人媚世俗而得名，把江树衬映得无影无踪。但是，永远的出发比“瞬间”更难追逐；不知准确与否，他以他的摄影作品和这个文学作品集，已经说明了一种成功或胜利。昔日的风流同行们不一定知道，李江树的胶片后面已经拥有了一种厚度，这不是轻佻的大量废底片可能堆起的、艺术的底蕴。

不一定全是源于努力，人天性中的朴实同样很难更改。事实上，胜利和成功都不存在。只有深不可测的前方。如大陆的巨影，在默默蹲踞着。它几乎是不可能捕捉的，无论是用文章描其全貌，或者是用胶片记其瞬间。

对于江树来说，他敏感地面对的命题永远不可能解答完毕，如命运一样，这大问题将伴随他终身，除非他背叛生性去加入投机的一群。对于我们大家都一样，不会有终极的判决，只是，我们今天这样决定了。

（四）题词辑录

难忘美栖身的新疆
守卫我心中的草原

——为新疆《中国西部文学》题

Subhan Allah-i
神秘的新疆，
——你区分文章的等级
你锻炼人的质地

——为新疆《中国西部文学》题

放浪生命于雄浑大地
追求真知于民众底层

——为河南《东方艺术》题

知识的终点是对主的认识
文学的终点是民众的苦痛

——为宁夏《黄河文学》题

Al-salam galaykum

在喀什噶尔，
人能懂得关心他人的尊严
懂得和平与正义的意味

——为《喀什文艺》题　1997 年 4 月 5 日

刊于 1997 年第 1 期特刊

bi-ism-i-allahi
先觉不可俗译
白话暂做填空

——为“中国回族文化典籍白话丛书”

一谏　1998 年 3 月 8 日

bi-ism-i-allahi
沿着无尽的古路
负着难言的艰辛

——为昌吉《新疆回族文学》百期题

1998 年 3 月 4 日（1998 年第 2 期刊出）

活在路上

我一直没有系统地读过王彬彬的作品。当他一度成为论争一方的时候，我没有就论争中的“人脉”，也没有就其中的是非发言，尽管那些是非也许更多地包围着我。因为我更想知道的是潜在于争辩之后的人、人的感情倾向和人的思想倾向。我盼望见到的是，能够在大节大义之上羞耻愤怒的、所谓正常的感情。比起莫名其妙的新潮理论，我喜爱直截的思想倾向，此外，我们的特殊环境制造了种种声音和道路；那种其实是体制可以容忍的肤浅批判，那种决不会承担责任的激烈撒娇，那种刻意表演的哗众渔利，实在是太多了。

直到前天，我才读到了王彬彬的文集。其实对昨天，我已经无权一语一句追加赞否。我更不是表态对王派的加入，尽管我早就被划入智识阶级企图讨伐的、哪怕是莫须有的派别并列为头目。我只是想，在思想被有意地漫画和歪曲的时候，应该更加追求思想的分析。

当整本地通读这部集子时，我感到了一种奇异的震动。尽管书中辑入了那些论战的篇什，但必须说王彬彬此书表达的，并非是对某一对手的攻击，在一个已经不短的时期里，他面对席卷中国的一种自私自贱的思潮，做出了处处的直言和抨击。从这一册文章里，我没有读出与人为恶的刻毒，也无法把它们视为大字报、骂架集。这些篇幅短小的文章涉及了一系列文化的范畴：自尊、清高、操守、孤独、表白、洁与不洁、批判与宽容、西方与东方、宗教与世俗、名与实、物欲与精神……王彬彬无非是在为自己的文明尽力阐释；他不过是对过分夸大周作人、张爱玲、金庸、顾城，还有王朔的潮流和时髦，以及潜在其中的对历史正义的无视，提出了一个古老文化应有的异议。

读这部文集使我意识到，王彬彬并非是戏剧性地成为论战的一方。无论是否抽去王彬彬论辩中的对手，他的论述本身也已经涉及了与文明前途息息相关的许多命题。这样的基本文化命题，本来是应该由老一辈文学家引导着究明的；如果言而无罪，能够说中国面临着文明的危机的话，文明的抵抗也应当由老一辈知识分子率先拍案而起。但是，遗憾正是今日的历史。我们只看见年轻人的单薄身影，在遥远的一隅独自为战，而且黯然把自己的文集题为《死在路上》。

我为这样的集名难过。就像多年来我一直为遇罗克的殉道难过一样。如果不能说这是一本为私的骂人，那就要承认王彬彬曾经独自承受的思想压力。谁也不能替代当事人去咀嚼压力，只会在突然的剖露面前难过。我猜与王彬彬争论过的王蒙同志，也会感到难过。我甚至盼望他能有勇气承认自己的一时失态和诸如黑驹等等失言，同王彬彬一起探讨文明的前途。

并不是许多民族都有一部被侵略、被侮辱、被打败以后再被教育的历史。自从被上一次的西方体制用鸦片和战争的肮脏手段打败以后，百年的失败和受辱，百年的苟活和自卑，就使这块贫瘠的土壤不断地孳生着冷漠、扭曲，特别是自私。这是一切的症结。多少人对着它抱恨倒下了。思想在出发之前必须抱有一个决意，对于一切高贵的个性来说，思想的压迫是必然的。

读着《死在路上》使我更加感到生的艰难。活在求索的路上，就像在不洁中追逐清洁一样。即便如此，这个天地依然辽阔感人，尚有更重大的宝藏可资鼓舞，尚有更坚实的立场应该踏上。对于王彬彬来说，或许路还刚刚开始，而且问题永远都将是——路上的自己，能否坚持下去。真的堪称严峻的时刻还没有来到。但是应该坚信，对文明的真挚卫护，一定会从文明的母体中获得支撑。

1996 年 6 月 12 日

文责初检

流年又近岁末，在浏览旧日的文字时，又发现了自己的一些错误和败笔。大的问题不能三言两语说清，有些还需思索并等待出现讨论的语境，因此容让另纸；现在必须做出检讨的，列出数条于下。

① 我在一些散文中，对英雄包括成吉思汗，有过随俗的或过分的赞美。主要见于《北马神伤》和《荒芜英雄路》等篇什。我是有意识地那样写的；因为那时觉得，尊重一部民众的感情是一种作家的立场。但后来我感到单纯立场的薄弱。历史和世界还要复杂，真理确立的依据也还要严峻。即使在十三世纪，贵族和大汗虽然率领着由平民和底层组成的战士，但是未必他们的方向毕竟不等于平民及底层的方向；他们的成功更不意味着永恒真理。“英雄和民众”

的范畴费人捉摸，就文章而言，即使尚未找到坚持的原则，也应该找到更深沉的表达。

类似的矛盾，也表现在散文《杭盖怀李陵》中。如著名伪作《答苏武书》代表的，我也偏爱李陵；但毕竟文章涉及“个人与国家”的巨大命题，我其实不仅缺乏把握，而且正在矛盾中迟疑。同样的暧昧，还存在于《夏台之恋》。面临“国家与民族”的历史盘问，我虽然呼吁了和平的珍贵，但是无力触及民族的权利。我并不觉得这样做是错误的，只是，两篇散文各自强调事物之一面，隐藏了一丝逻辑的诡辩。这一点，应该对读者有所说明。

② 激烈的情感和严肃的分寸，也许是文学的一个基本品格。回顾近年的散文，至少以下几处掌握的失误：

《致先生书》中，笔锋触及“活得轻松妙趣横生”文豪时，言及郭沫若。这是错误的。我无权因对譬如《李白与杜甫》的印象，就对大气磅礴的早期郭沫若讥讽。还有对沈从文议论的一句，没有落在服饰史的学科特点即常被新的考古资料刷新之上，而是胡扯“控制古代之力”，出口不逊。

另一篇《以笔为旗》中，写得失去自制，结果写出了“竖起我的笔，让它变成中国文学的旗”的败笔。我虽然马上意识到不妥，很快把它改成“让它变成我的反旗”；但是，错字连同认识虽然都可以改正，虽然以后我愈来愈认识到文学的个人化原则，而劣迹已经存在。无论如何，失误暴露了自己的张狂，此刻写着觉得羞愧。惩罚其实早已降临，文章既然没有守住分寸，那么，就很难使有据的激烈成立。

③ 刚刚出版的《牧人笔记》（花城出版社，1996）里，又出现了严重的转写错误。我已经必须彻底检讨自己的语言问题。由于蒙古语言的书面语和口语的差异，使得我感到拉丁转写的困难。其实应该下决心求教专家，解决它以对读者负责。而我原谅了自己书面语功底的薄弱，并竟自对口语尝试转写。写了几个以后，觉得不可行，于是从第二章开始，取下策改用汉字转写音译。但是编书时又出了遗漏：第一章的拉丁转写没有删除干净。加上错排（如字母 γ 全部印成了 r），第一章的所谓“转写”简直惨不忍睹。这样一来，前言里关于术语问题的苦心解释，也等于失了效。

我想，不要再晦气地举例说明了，惟一的办法是彻底完成正确的转写。我已经与蒙古族的语言学者联系过，开始认真制作一份术语对照表，以做补救。书万一有幸再印，届时可以纠正。

其实为《热什哈尔》一书所写的序言《心灵模式》中，对“热什哈尔”一词的释义也缺乏明晰。阿拉伯语 rashah 的原意是“渗漏”，著者的本意也更接近“泄密”。对语义的缺乏把握，源于对语言使用者的思维的缺乏认识。我对黄土高原回民的历史观还在琢磨之中。他们视历史过程的规律为真主的机密；因为这种历史观点，《热什哈尔》的著者认为，自己的书，只是机密之海“渗泄”出来的几滴。这种认识论和这种自识都具有深味；但是我没有能介绍明白。我把它文学化地解释成“露珠”时，没有强调使露珠渗出凝结的本体、即机密的大海。虽然我后来在另一篇文章中做了补充，但仍没有能够简洁地给读者讲清楚。

④ 还有一处不妥之笔，应该对它怎样反省我还没有想清楚：1991 年，在《心灵史》前言（花城版 P.11）里，写入了把中国回民

与犹太人相提并论的字句。其实这是一种在中国穆斯林知识分子当中多少流行过的说法。后来，几次有人向我严肃地指出，这个比拟有误。一个外国友人甚至特意给我买来关于犹太人的书，他觉得我的突兀联想简直不可思议。

我逐渐感到此界的深不可测。正因此，我不能草率地论述这个问题。能说的只是：前言 P.11 的提法至少是不妥的。这个教训使我感到，刻意的表达好意是不必要的和错误的。具体的表达中又使用了所谓“主的选择”；这是一个我并未究明的、旧的宗教概念。用选民概念来形容信仰的中国人，也许是一个更大的失误。

只是稍做打扫就有这么多，禁不住心中吃惊。黑字白纸，已经难以追回了。只能说，我的知识修养体系中存在着很多毛病。确实，一路的顺风往往诱发病灶，释放出自己浅薄的一面。谨向读者致歉！我将常怀自警，时时清算自己的文责。

今年就以此文谢岁。

冬日平静

晨起经常很晚，躲过车吼马聋的时候。那种时候出门，要闯过每一座立交桥，都要有董存瑞的决心。如今北京的距离正如立交这个词象征的一样，仿佛被人施加了立体和交叉的古怪计算，走路的感觉愈来愈远了。

以前过一段时间，就需要去科学院图书馆翻翻杂志；现在科图萧条，应该过一阵去三联书店看看新书。我多次验证过一个感觉：在豪华的韬奋图书中心溜达着浏览，和在东京新宿的著名书店、纪伊国屋不花钱地“立读”，其滋味毫无二致。书架上刚刚印出的《老照片》，被立读者人手一册。

依照约会的地点，午前我找到三联二楼的咖啡馆，一位长辈正等着我。《热什哈尔》在台湾商务印书馆出了繁体字版，我们约会就是为了交接带来的支票和刚出版的样书。我曾为该书做过零星杂务，今天来接着把事情办完。译者住在大西北的乡村，书来信往多仗了老前辈的热肠。书记载的是二百年前民众的牺牲，但书从来不为人知，民众的心情也长期被忽视了。前些年三联出了汉译本，今天更扩及到台湾。真是，好书是不会湮没的，很多人都愿为有意义的事尽力。同席有两位台湾编辑，听了书的故事都感到有趣。

书印制精美。我迫不及待地浏览着，沿故宫北墙的筒子河散步向西。不打算早早返回，在这都市里，这一条散策路如今更显得古雅幽静。柳枝还没有褪尽绿色，河水泛起清黑的波纹。一路走到红楼，找到一个芝麻般大小的邮局。我在小桌上填写地址，小心地写信寄往黄土高原。

街上五光十色。路口上，小贩们的叫卖响成一片，熙熙攘攘，活泼健康。十块钱一个剃须刀，五块钱一支玫瑰。每天看到他们，每天都因他们而感慨人求生的潜力。一个农村妇女擦肩而过，她不动声色地说："VCD！ VCD！"

觉出饿了。这一天虽然是好日子，心情格外轻松，但是仍然没有顾上午饭。迎面是装潢一新的店铺。吃了兰州的牛肉烩面套餐，一顿饭喷香滚烫。吃着想，那些远在西北山地的朋友，接到了邮来的特快专递该有多么高兴呢。不觉又暗数着成全书的一个个人。这里烤的锅盔焦黄香脆，离开饭馆时买了几个带上。出门时，天色已近昏暗，又油然想到正在写着的东西，好像胸中隐约添了些分寸。

已经是天短夜长的节令，一会儿工夫，天黑了。坐在一辆小公共上，听着售票员吆客。随着这辆车的停停走走，依次闪过的车站上满挤着各色人的表情。很快就变成了漆黑的夜，车灯和路灯照着喧闹的声浪，突然在暗黑中雪亮地映出密密的、等车人的群像。他们不上大轿小面，不上小公共，他们的表情焦急而坚毅。我每次看到这种车站的表情时，心里都禁不住感动。在这种表情上，百姓的生存和北京的精神都流露出来了，使我觉得回味无限。

晚上，和女儿讨论了一会语文习题。她必须对一句古文画勾，指出应该翻译成 abcd 中的那一种。我接过来，读了 abcd，确实四种都不准确，只有 a 还勉强可以沾边。而标准答案是 b，女儿盯着我，问我怎么办。

我说怎么办呢，我说：你首先要学会给 b 画勾，同时又要学会把 a 藏在心里。会好起来的，我证明般朝女儿扬了扬崭新的《热什哈尔》。她一直做功课，我一直看电视，直到夜深人静。

1997 年 11 月 22 日

三舍之避

近年来，故知旧友之间，误解多了起来。企图辩明或解释的心情，一转之间，让给了听之由之的态度，所谓误解便渐渐淡忘。这种经验，以前没有留意。

近年来，文坛社会之上，罪恶多了起来，举意私报官仇的心情也渐渐出现。岁月逝去，一直没有获得痛快的一报——或者永远也不会有那种自由吧——恩格斯所讲的“公敌”，渐渐快要变成了公敌的子弟女眷。投鼠坏器，杀敌及族，不是人道。这样，所谓天理良心也渐渐朦胧。这种感受，年来日益清晰。

无雪越冬，花不开而春至。出城偶然看见田地渠河，已经是土壤湿黑，流水潺潺。无论是否差强人意，又一个携着生机的春季到了。

我喜欢四季。我喜欢四季分明的时间、地方和大自然。我习惯于在隆冬思想，在岁末总结。而一待春树蓬勃，芽发成苞，怒放成花，大地上流传着涌涨着力量和希望时——就出门去。

可是去年一冬无雪，（或许下过一场半场？）今春阳历尚在二月，天气已经大热。我想到这些蔓延心里的思绪，觉得应该以春为冬，把过去年月残留的种种，多少梳它一梳。

一

比如前不久朋友来电话，说某某新作一文，似乎语多对我讥讽，劝我一阅核对。

我答道：查阅属实怎么办？不去查对又会怎么样？即便他真的批评我或攻击我，今天的他，是否应该吃我一顿手榴弹爆破筒还击呢？——所以，我不去读，你勿再传，这样最好。

——并非我突然学得宰相肚量。其实，针对着与“前辈”之间，立场有异、语言不通甚至于大是大非难以调和的现象，我常常想起春秋时晋国公子重耳的一句话：退避三舍。

不用说，只是借其形而不敢附其意。

手头无书检索；记忆还是初中时读过的白话文《东周列国志故事新编》。大致是晋公子重耳落难年轻之时，曾受楚成王收留之恩。楚王问他日一山不容二虎时，有何打算，重耳诚恳地回答说：我将退避三舍，然后再与您交兵。显然这个说法比那些海誓山盟可信，楚王感叹不已。日后竟不幸言中，晋楚刀兵相见，晋兵“退避三舍”。一舍即一日行军一夜驻营，三舍就是三天路程。

向研究过古代兵书的李零兄讨教，他又告我古兵法云：“逐奔不过百步，纵绥不过三舍。”纵绥，就是追击退军。换句话说，败者退至三舍后已经不为胜者再追；晋重耳的礼节，应当说是很重的。

一舍一舍，规避的是义理的情债。一步六尺，三天百里，锻炼的是蒙辱的自尊。

在中国成语中，“退避三舍”一词的语感里，藏着一种强者的虚伪，以三舍避后的大捷来诠释规避行为。所以，我若说我将对某某和某某退避三舍——读者就会看见一个恶狼疯狗、报复成癖的形象。

因此我的主张，只在体味三舍之途上，每一里每一步的感受，不仅以后没有大捷，不仅不求捷报甚至不求争战，不仅不欲战而且放弃显示自己能战的作为，不仅不辩白战力而且承领庸众对这种耻辱的讽刺——晋重耳率兵后退时，我深信他一定也感到了这一切。我猜这是古代的感受。对此语，对此等行为，我想应当这样领会。

二

这样看来，若再说前些天与朋友电话中谈及的，某某文中可能微言于我的事，结论就简单了：

首先某某是位有大节的作家，他在国家存亡民族危难之际，行为文章，不可或忘。再之某某是位优秀的作家，他的作品无论如何丰富着我们赖于存活的文化，而不像蠹虫硕鼠们，一个劲儿刨中华文化的墙角。第三，这是更重要的，某某作为长者，于我个人多有关怀。我虽然没有经他的门坎获得过任何有关金钱职业的便利，但我确实获得过他的关心爱护。虽然常言道此一时彼一时也，然而决不以此一时彼一时为训，正是我家本色。

冬春不明之季，二月燥热之日，一一往事浮上心头。何止不能反唇相讥？简直历历在目的都是他往日的亲切！

“往日的亲切”，这是一句岡林信康的歌词。打开音响，找到这曲《Sanya blues》，房间里立即飘荡起他的低声。心更静了，微微伤感。回不来了，往日的亲切。你未衰老，我已成熟。血质原殊，取道又异，分歧是难免的。但是分庭抗礼，仍然要讲恩报情存。三舍避后我还要再避九舍。请您原谅——在不追求水落石出你优我劣的成败——这种态度中的，我的自信。

三

若是面对着无节无守、出卖民族与文学、甘做“四人帮”强权的走狗，而且以搂着一堆破绽百出的作品、使人又厌恶又蔑视只想臭骂一顿的人呢？

这个念头纠缠了我好久。

缺乏言语自由的问题制约着我。无法不感慨那些生了时髦病的理论家们，他们把人微言轻一词实践得入木三分。做下贱无聊的人，发胡说八道的言。对他们来说，没有犯禁的词条，沿着他们空洞的脑壳，一路放肆而轻佻。

然而我不同。手莫伸，远在他们双手攫住文学的良心，血淋淋地献上去换取权力之前，我在与他们尚有私交的时候，都多少地对他们亲口说过，不能伸这个手，否则身败名裂。我暗寓了宣战的界限。但是人居然能亮相叛卖喊价样样精通，人常常一身集中了一切卑污。那一天，在后来天空哀伤地落下淅沥的雨时，我如起誓般想，我要揭露。为了天空的雨和地上的血，为了长城和草原，为了北方和南方，为了祖国和母亲。你们已经灭亡，你们这肮脏的……

我不能说他们对人就从来没有过热诚，他们是被权力和私利腐蚀掉的。

时间太久了。曾几何时，第二代、第三代畜生都已问世并成灾。谁能使苍蝇灭绝？我的心里，渐渐淡漠了批判他们的誓言。

但是淡漠不是忘却。我一直记着他们。我总觉得大义不行，就会亏欠公理。我与这种人无一例外地都断绝了来往，但有时我觉得我有为历史作证的义务。直至最近思考“三舍之避”的古典时，才决心将这种人推敲仔细，判定他们能入三舍规避的类否。无论入否，为了纪念也好，我想快快把他们忘掉。

想了很久。

我觉得，对这种不问节不知耻者，我仍应做三舍之避。我想得很长久，甚至想到他们鞋上的血和身后的族党。但是我体会，晋人重耳的深味，也许就出于此。

他们已然行将就木，当不得我三舍之避。先于性命，他们的文字已经被淘汰了。也就是说，我放弃了向历史的罪恶问罪。恩格斯在马克思墓前留言：他可能有过很多敌人，但没有一个是私敌。这样的境界令人神往。但是，我总爱想，马恩面对这种“公敌”时，能会怎样。

他们有过诚挚。有过好心好意。有过不坏的过去尤其是童年。有可爱或可敬的时候。也有过相当的才华。但是，用句他们的时代的术语，已经烂掉了。我突然联想到，海上的规避，是指舰船之对渔舟。我若避时，不分舍，不计里，只有一种行至“沉舟侧畔”的叹息。

四

今春偶尔翻阅了一两本鲁迅的杂文，用的是人民文学出版社1981年版的注释本。对于如我这样一个只凭印象去想象鲁迅的人，其实对他的文章非常生疏，读了《且介亭杂文》及其二集、末集，以及《故事新编》、《朝花夕拾》以后，我感到一种无话可说的惊讶，还有难过。

那是无奈的流血：难怪他一个都不饶恕。

无疑他会感到文坛如同垃圾站苍蝇窝，但是我仍然不敢相信他居然如此争战。我不知该去恨那些文人墨客的存在，还是该惋惜先生的文章——若是依我意见，自己蔑视的人（及其语句）无论如何，不能进入自己生命一般的文章。

但是鲁迅先生是不惜被污的。以牙还牙，究竟是为什么呢？我不清楚。是否这乃是先生的缺点？或者，是他受到的压迫，远远超过了世人的想象？

如今阴暗的矛盾又如雨后生笋般出现着。不仅仅在长幼之辈。而且在“同代人”中，在貌合而神离的同行同道之间。

轻浮的记者业偏偏又在这个时期兴旺。几乎每一次破例面对记者和媒体的发言，都被修正、歪曲、比附、解释，变成危险的自害。不胫而走的、小报上的“你的”言论，不仅为你树敌招怨，而且漫画了你的思想。而仅仅是这种歪曲了的思想才受人注意。瞧，又有一家转载，按着那一家的口味你已经变成了一种商品。

当然，中国成语中，所谓“貌合神离”一词也许最准确地描写了作家的阵营。因为共同之间无“神”，彼此之间不仅缺乏共同追求而且渐渐地失了控制，没了规矩、不顾面子也就是不管它貌合貌不合。这个阵营就像躺在簸箕之中的砂子石头一样，永远地经受着分裂与不和的震荡。

神不仅离而且各个相异。貌合的社会面子，值大势已去之际，更难求苟合。于是狗咬架，小集团，文人无行也不要脸了。

缺乏理论原因的分裂，反映着人们之间已经缺乏最基本的道德和约束，以及共生意识。

问题是：今天我们就打算点燃辩论的火吗？

我又想起了古老的“三舍之避”。

我是无论如何也不相信今天能解决那种世纪的难题的。今天读着鲁迅，我更敏感的是他曾享有的言论自由。

神虽离，文化同。尚有最后的利益，尚有最大的原则，尚有时间和可能性。三舍避，并不是放弃战斗，而是为了背水时的决战——在忽喇喇大厦倾，黄河溢泰山崩之前，中国的士子们应该数数自己囊中的自由，也数数民族的前路。不必奢谈神的一致，但应讲求行业的规矩道德，各避其舍，各行自律。

当然，面对一个毫无约束的阵营：一个对“洁”与“耻”毫不在乎的人群——谁也不敢乐观。他们还会怎么糟蹋呢？不知道。

写完这几行时，天气已经不再骤冷骤热。天道毕竟是有序的，我突然觉出远行将临的快感。暖和的风，潮湿的土，远方的路，突然都像是在出声地唤我。

我懂了：对他们，我持着三舍之避的姿态。

对自己，我要快快上路，让自己回到那迷人的热情，回到那淳朴的风景，回到那正常的艰难生存的人们中去。

1995年3月

无题

你生在一个最难以选择的时候。你可以去庙里或者道观里来上一签然后挑个专业，记住你进的门要是太冷你这一辈子就可能要低三下四。大学专业早就和理想无关了。你也可以抓住机遇也把住一个门，加入到大家一块刨墙脚的事业中去，比如干个新闻。你还可以下海经商，试试学着把国土变成腰包里的钱的技术。不用说你还可以玩艺术，要知道中国大市场里裤裆文学、泡沫电视、炒假成真都可以使你发财致富。你无疑可以从政，要注意台阶上的跑步者们已经年轻化了——你回家先对着镜子练习几天“全方位工程、优化、环境”等等新术语；千万记着是时代推着官腔变。你若害怕或者小谋深算必须选择出国，你爸爸将来可以移民而且有规定他的国内工资照发。呵，你多愁善感，那么你可以学学气功或者去找某某，他是你中学同学但已经有了特异功能，他每天四处宣讲宇宙和世界末日。你要是还觉得不够安生，不妨找个宗教入它一入，没见到美国留学生都为了绿卡入了教了吗，管它佛教道教天主教还是新教统一教，反正有卡就是教。只是你不能杞人忧天念叨祖国的命运，小心你这么木连女朋友也腻得跑了。或者先捞钱；有了钱再文学再爱情再理想就气足了，一切先要有经济基础——人人不是都在这么说么。

因此没有什么孤独可言。所谓gudu是个又臭又酸的词，让我们约定了再也别提起它。只有选择；只有你到底要什么这么一个问题。就像当骗子也大有学问一样不管是上学、贿赂、假话、房地产、新术语，玩艺术、当官、申请难民和加入宗教都不容易，都够费尽你小小短短的生命。你选择什么，以及你可能被什么选择，才是惟一的问题。这里有宿命，甚至有血统的决定。有些人，看他獐头鼠目察言观色的一副贼相，他怎么可以从事真诚的文学呢，让他去给老板们提提包跑跑腿，是多么人道的事！

至于我，感谢你们的关心；但我想的一切和做的一切，也只是一种选择而已。

一个旧日的朋友批评我说，真不知道他究竟从哪儿来的劲头。我也奇怪，他怎么扔破布似的一下就扔了青春期的赌咒发誓。你扔我不扔，咱们各有各的路，我倒怕他gudu。其实，为狗进出的洞并不好钻，为人进出的门倒是一直敞开着。

在如此时代，我只是倍加珍惜——使我的笔得心应手的中华文明。我没有胜利的乐观，但我打算抵抗。在一篇散文中我写过：文明的战争结束时，失败者的废墟上应当有拼死的知识分子。我讨厌投降。文明战场上知识分子们把投降当专业，这使我厌恶至极。

最后一句是，泱泱中国的文化深不可测。在文化的危机中应该相信，在未来的年轻人手上，前途的可能性是可塑的。也许，他们回忆起我们时，会忍不住笑呢。

马甸寺碑

小引

己亥春某日，接到马甸清真寺电话，要我为历时三年的翻修工程竣工写一碑文，问我是否太忙没有时间。我一听大喜，一种莫名的快乐洋溢着，似乎人也忽然健康了一分，连声应答道：有时间！有时间！这是求也求不来的光荣！便抢一般地应承下来。此情从略，只附注几句。搜集了几种资料：一，全国著名清真寺的古碑刻；二，古文中著名的寺观重建记类范例；三，碑铭的文体格式资料。细细读了一遍，天天费尽心思琢磨。这是一次非常难得的写作体验。略其思想意义，仅就文字而言，首先有现代书面语与文言文的权衡。完全模仿古而又古的文言文，对我这种年龄的人是很困难的；

更重要的是，对它的读者即大多文化水平不高的回民来说，过于冷僻的文言是不合适的。

而当代口语更不宜。在五百五十字的规定字数内，完成地理、源流、历史、始建考证、此次修建始末、还有叹赞语——口语缺乏凝炼。其次是撰文者口气。对于我这个以往喜欢强调个人抒发的作者来说，必须注意清真寺的主人们大家共有的认识和心情，而应当忌戒与他们的脱离。但是，各种范文前例却多以撰文者口吻行文——我觉得我应当于此做大的舍弃。再后，就是体裁文体了，学习一次古汉语和岁历的用法，非常有趣。比如对仗、标点、还有公元纪年对天干地支的删除；以及因为是一方清真寺碑而把“公元”写成“西历”等等，都是一次有益而不可多得的学习。最后拟成方案，打入电脑，再查询，改又印，几易其稿，碑文写成了，寺里还在磨石备料，吟味全文，觉得文字实在平平。但是毕竟一村寺之碑，不宜夸张过度。在这次罕见的写作中，除开思想领域之外，还接受了一种文章的小小磨练。

百五十年后再修马甸清真寺碑记

马甸位置，在元之大都夯墙里侧，明清北京砖垣郊外，正当北出京都之古今正道。南接繁华人间都会，北连绵延百里平原。昌平路上，烟村不断。行至南口，燕山次第耸起，遮蔽坝上茫茫牧地。塞外严冬，羸羊难度，马甸回民不避劳苦求之，风餐露宿赶回。庇养牧放之畜，使之存活渐壮。间有微薄所得，生计即在其中。是为羊行。

生而为人，不信仰何以为证。自古中国回民，虽身居棚户泥屋，而心怀真理高贵。盛世乱世紧靠清真寺求生，温饱饥寒仰仗伊斯兰迎送。想马甸一村寺耳，考古不能比攀唐宋古建，若论真诚，则自信与大方无异。庭院有古树婆娑，叩树问史，多藉陕西。树四百岁，推测立寺亦有四百年之久。若据前碑，现存寺始建于清康熙时。道光三十年曾大举落架重修，渐渐城北名寺，远近传闻。

然则其后一百四五十年来，天灾人祸，谁能尽数。神圣之所，凡遭辱劫。幸而天道凛然有序，岁历巡回至今。穆民并无外援，但凭艰辛经营。日日积蓄涓滴，终于举意全美。三年迅忽，清真寺已照古式翻修。如今进寺望雕梁画栋，上殿见一尘不染，心之喜悦，言辞难表。依例，修复之始末，当勒石以铭记。然而石碑难免于漶漫，生命终有其无常。即便圣洁之寺，亦有衰兴前定。痛感最应刻于石、更应镂于心者，惟有安拉乎，再无其他之主，惟有他永存不息。惟此一句而已。

1995年阳春三月　中国作家协会理事山东张承志领命撰文

思想重复的含义

——《金草地》跋

一

《金牧场》可说是我的惟一的一部长篇小说；原来写于1986年到1987年。后来，如《后记》所说，我萌生了重写的念头。这个念头使我紧张地思索过，但是我渐渐认识到，已经没有余裕，也许也不应该完全重新写作。这次改写，简单说，就是删掉了原作的结构和情节；保留并在思想上坚持了原有的抒情和独白。

可是，既然最终用的是删的改法，就没办法做得天衣无缝。我担心原结构和情节的残句残词，以及气氛在这部改写本里，可能仍然时隐时现，妨碍读者的阅读。所以，我企图通过这篇注释的补充，使那些妨碍尽量减少，力争挽救原作中有意义的思想，并再次使用独语的抒情，使思想得到重复。

原来的《金牧场》一书的结构是，用七十年代初的牧民口吻，描写一次知识青年和牧民的反抗的大迁徙，同时描写知识青年的种种。在这个部分里用仿宋体插入对红卫兵时代长征的回忆和思考。全书的这一半，用表示蒙古草原的M为标号。另一半，是用八十年代的在国外求学的学者的口吻，描写一个解读古文献的研究过程以及异国感受；同时用仿宋体插入对西方国家六十年代学生运动、前卫艺术的思考和对中国边疆的心情。书的这一半用表示日本的J为标号。书的两半两条线，始终并行对照。

这样，两条线和其中的回忆独白，概括了从六十年代到八十年代的种种最重大的事件及其思考。内容涉及知识青年的插队、红卫兵运动的内省、青年走进社会底层的长征与历史上由工农红军实现的长征、信仰和边疆山河给人的教育、世界的不义和世界的正义、国家与革命、艺术出现时变了形的面目、极端的理想主义与青春的精神……企图包涵的太多了。

这样，尾大不掉，求全不能，我强烈地怀着为它们咯血呕心的愿望，但是我没有把它们写好。我写得非常不顺利，大概也没有得到应有的效果。不过，这一切都是过去的事了。

二

作品中原有的一些人物及其概略，大致如下。

原作J部分，平田，与主人公合作研究古文献《黄金牧地》，日本原左翼学生运动参加者，性格正直内向的中亚古文字学者。真弓，出身被歧视的部落民的日本基督教徒，主人公的女友。小林一雄，传奇的一代歌王，没有在小说中出现的人物。书中引用的所谓小林的歌词，实际上均为我的朋友、日本著名歌手岡林信康真实歌词的译文。

在这次重写的书里，上述日本情节已全部被删除。但是，一个没有出场的声音和歌声，以及那些歌词被保留。原作的J部，已经只剩下原来用仿宋体印出的，对中国边疆的各种回忆，以及与岡林信康歌词对应的对日本六十年代左翼学生运动的介绍。在新书中比例很小。

原作M部分，小暇，主人公的知识青年女友、美的象征、会舞蹈的漂亮姑娘。因脚残，更因对草原生活的绝望，与主人公分手。越男，被家庭出身压迫的女知识青年，主动地选择了与牧民结婚的方式，并蜕变成为一名地道的蒙古大嫂。戈切即蒙语母狗，一个知识青年的外号。他先“左”后“右”，走过了比较复杂的道路，后与一名外来户女人结合。兰猫，主人公的同学和朋友，爱写诗，原来越男的男友。查氏家族，当年草原上的极“左”派，对主人公下包的家庭心怀不轨。八姆，主人公与额吉对话中，提到的一个女人，命运悲惨。李小葵，北京知识青年，主人公在草原上结识的挚友，朴实，无语，外号假李逵或达布苏（蒙语盐）。额吉（蒙语母亲或奶奶），主人公的交流对象、影响者和教育者，一名伟大的草原女性，久经磨难但是不失游牧民族本质，在六十年代到七十年代中国的关键时刻，完成改造红卫兵为人民之子使命的、中国底层人民温暖和力量的象征。

上述情节基本上都删除了，只留下了主人公向一名真正牧人的蜕变：他与额吉的在一座毡包里相濡以沫的、母子般的关系，这关系中实现的宝贵情谊，以及这情谊依托的大迁徙——强行迁向阿拉坦•努特格（金色的牧场）的故事。

主线是发生在大草原的，在这个知识青年和这个草原女人之间的久久进行的，反复的独白和对话。

三

这样，原来分别以内蒙古和日本为地理地点展开的故事，变成了对一生中只有一次的大走场（迁徙）的感悟。这感悟中，又插入了以下内容：对长征的回忆，对国家的认识，对越过冰山的回忆，对红军和革命的提问，对天山山麓和黄土高原的礼赞，对前卫艺术的倾听，对六十年代左翼世界的介绍，对浪漫主义和青春、对人道主义和正义、对信仰和生命的向往。

今天我觉得，比做自我批评更重要的，是保护思想的结晶。装二十年经历于一个金牧场的设计，今天看来是不妥的。因为，不应该强求把二十年思索获得的思想装进一个框架。但是从反面又应该说，小说形式的不成功，也许也是因为小说形式不能容纳它的含量。

我为这部长篇小说的不成功遗憾，但并不是说我要否定上述写到的思想。今天我加倍地感到它们作为命题的重大；而且盼着和我的读者们一起，再思考一次。

这就是改写的内衷。

放弃包括受结构主义影响的框架在内的小说形式，以求保护我久久不弃的心路历程。放弃不真实的情节，以求坚持真实的精神追求。放弃三十万字造作的辽阔牧场，为自己保留一片心灵的草地。

反正今天比昨天更使我明白：我只有一小批读者。只有很少的人不改初衷，只有很少的人追求心灵的干净，只有很少的人要求自己生则要美。那么，我呼吁这一小批朋友，与我一起再一次地思考这些命题吧，我再一次说：这些命题是与我们息息相关的。

如果有人说你不识时务不务实际，你就告诉他——他是地道的行尸走肉。

已经到了——保卫人的最后的清洁的时候了。

1993年元旦前后，我发表了一篇写给散文集《荒芜英雄路》的序文，后来发表在《光明日报》，题作《重写一个金牧场》。在那篇小文里，我流露了对自己惟一的长篇小说《金牧场》败笔的不安，也流露出挽救它的企图。我说：没准，我会重写一遍金牧场。重写一遍吗？我正在想。

一年里，这个念头在我的很多文字中出现过。

此刻，谈不上一个五内俱全的牧场，而是一块小小的留给自己内心的草地，在海南出版社的美意支持下，被成全了。

重写没有彻底做到；但是我企图挽救的部分被重印了。应该说，那些思想得到了重复的表达。书成之际，我不知道自己一年来的这个念头究竟是为了什么。我只能说，我觉得这件事对我自己，是紧急的。这再一次使我明白了在中国，作家的基本幸福是存在的，在异国或者哪怕你有能力用外语，你很难做到表达复杂一点的思想和感受。

我应该珍惜这种条件，以后既然还写，就一定努力写得好一些。

（此文为《金草地》跋）

把黑夜点燃

对我来说，云南，一直仿佛是远在天之外、云之南的远方。可是去年头一次试探，它的风土人物，就使我震惊并且感到了不可抗拒的吸引。我感到欣喜；那时我刚刚从旱渴不毛的大西北走来，突然间，茫然的心里涌进了这么一派湿润与美色的浸漫。南方，彷徨中我已经几次捉摸着这个词儿。体内仿佛生出一丝音响。我自以为早已于我无缘，早已决绝地放弃了的滋润和美色，颤抖着复苏了。

站在曲靖郊外的旷地里，云南的风满怀扑来。在司机熟识的这个修理棚兼小饭馆，一车人独有我一个不吃饭。

但我心情舒畅。两口一个地吃着芭蕉，我尽情地眺望着。眼底茫茫无尽的，是不平地起伏的、让我欣喜不已的南方高原。

此刻，是这一次云南探访的最后前夜。心情清淡又自在。视野里，云层中的最后一抹橙色已经褪尽。十数个村庄的浪游刚刚结束，满腹都是新鲜的事情。云南特有的晴朗暮霭，正渐渐变成一派黯淡。曲靖郊外的这个小站地势很高；能看见层层的高大山脉的影子。迎着一阵阵都吹透了肌肤的南方劲风，我在这里向云南告别，等着进入贵州。

我吃着芭蕉，等着车，回想着这一次——还是始于去年岁末的，小小的旅行。司机回来了，乘客们涌向车门。巨大的车厢蠕动了，车外已辨不出天和山。离开曲靖的时候，天黑了。

1．星

夜行开始了。两省边界的道路很坏，颠簸摇晃中，长途卧铺车开得很慢。我暗暗想，看不见两省交界的关口了，记得地图上它被写作胜境关。邻座是一个汉子。他递给我一支烟，问答间判断出我是北方人。“你们吃不惯大米饭吧？”他问。我否认说：不，因为我带了饭。感于他的留意，我赶快也递给他烟。漫长的夜路摇晃着，车熄灭了灯光，里外漆黑一片。

首先看见了星。好亮呵，我不由地想。好像，比在刚刚过去的这个月，住在寨子里每夜看、已经看熟悉了的那些星，还要明亮。我被莫名的感触吸引，探身出窗，把脑袋浸入了清冽的夜风。

真是星汉灿烂，满天璀璨。如银如雨的晶莹星群，使人忆起往事和旧地。我马上想到自己一生的浪费。比如，除了金钉星（Alten gades，北极星）之外，我根本没有在乎过草原上空夜夜繁华的星群。还有后来，在新疆的阿勒泰，在西海固的沙沟，它们都曾在夜晚与我相伴。我总是凝望它们，想着别的心事。

此刻望着这南方的星空，我觉察出，这是第一次，心思全在星星。因为只有注视着它，人才能相信天道的恒定。远处似乎传来世间的喧嚣，隐约的围攻和诽谤。但是在夜和星的俯视下，人好像触着了身近的微渺。

我怕风吹着同车的乘客，就放下窗子。可是它们那么明亮，那么临近，那么闪耀得逼人。“星星亮哟，”黑暗中，邻座的汉子突然说话了。我吃了一惊，忙答应着，又打开窗探出身子。

我的头浸在星河之中。我感到了一种抚淹摩漫，一种强大的托扶。

就像在草原一样，每当给羊群下夜总会孤单。那时，满头顶的一天繁星，常常向身体里注进一丝古怪的情绪。难怪绕着羊群踱着走着，下夜人会忽然间唱出声来。浪漫就是能够对抗平庸。

在大西北的山村里体验更会清晰；贫瘠的日子，更使人容易注意到夜里的星。在那几年，我习惯每天晚上都出门走走。灿烂的星空下，穷苦得使人愤怒的景色不见了，不平得使人哀伤的世间消失了，只有苍茫的星河，在上方闪灭移变。在那些年里，我常常觉得自己真看到了——天上的彼界，完全压摄了黑暗的此界。

而今往昔早已逝尽。我没有如他们盼望的那样死去，也没有如他们害怕的那样创造。我只是恍如迷子，独自一人，随风游荡，惟恐失语。一年来，有时完全忘了白昼黑夜，有时好像也曾留意过顶上的点点晶莹。春季在洞庭，苦夏在祁连，凉秋在运河，现在节令已是冬日，又从云南走向贵州。洒满一天的银星高高护苫，任人们怎么行走，任地理怎么改换。它永远不熄不灭，闪耀在处处的暗夜。

远投万里，节节规避，我只是转移于远离敌视的土地，在收容我的村寨里喘息。在这种路途之上，不可思议的只有你，神秘的夜星。

我入迷地凝视着缀满一天的密密星云，心中想入非非，心事渐渐重了。不过我警觉得很快。不，我同样有沉默的勇气。哪怕只说一句话，也需要这横蛮语境的改变。等待斗转星移，等待鹊桥出现，等待黎明替代黑夜吧，云贵高原上空覆盖的繁星如同真理——应该高贵地闪亮本质，更要坚忍地渡过沉默。

在黑夜里翻越胜境关的山地，看不见山，但是看见了星。我一直注视着，倦意一直没有袭来。它更是须臾不离，护苫在我的上方，璀璨地闪烁着。两岸山影变移不定，但是天上的它广漠无限。它不停地明灭，仿佛重复着一个决心。我满心喜欢。夜路漫漫正好遐思。眺望着，星光中，心好像也渐渐地扶摇而去，飘向夜空。我目不转睛地看着它，支离碎散，融解结晶，轻轻地缀上了如墨的天穹。

2. 灯

过两省界山的时候，路上发生了阻塞。堵车在夜半，使人不安又不免好奇。寂静了好久的车里活跃了，黑影里，我邻座的那个汉子爬起来，坐到司机旁边的发动机盖子上，议论一个他们熟悉的路边加油站，说一定是那里错不开车。

停了一会，前面的车蠕动了起来。我们的车赶紧跟上。我看见路左停着的，大都是载重卡车。辆辆满满载着货，而且大都是超载。高高的车厢危险地晃动着，错车的两辆之间，几乎只剩下拳头大的距离。夜漆黑，不见路，指靠的只是车灯。光柱射在车身一侧，每双眼睛都紧张地盯着这一侧。在几乎是一线的余地之间，一辆车又一辆车地，危险又准确地摩肩而过。

不像北京的堵车景象；没有那种出口污秽，更没有那种下流的厮打。我感到一种边疆人的思路——同是天涯山里人，都为糊口走夜路。不让这一寸一分，谁也没有好下场。没有一辆车不守规矩。真是的，已经在这夜路的沉重颠簸中出现了一个规矩；车缓缓地爬行，马达单调地响，云南车在上坡，贵州车停着等待。

我好奇地数着车，因为我很想知道如此彻夜奔波的，究竟是些怎样的人。毫无疑问，大半是各式各样的载重卡车，然后是小卡车和拖拉机。零星可见几辆吉普，但是几乎没有小轿车。也就是说，当官的不知如此壮观的夜路。

很多卡车上装着石头样的东西，在车灯的照射下颜色青白。我们的晃动在保持，云南车流动了起来。灯光里，看着我们的贵州司机都不说话，他们靠着车门，脸上的表情和车上的重载一样粗糙。

在滇黔交界的深夜大山中，在漆黑和寂静中，在险峻的盘山道上，劳作的司机们默默地建立了一个秩序。甚至我觉得，这墨黑深夜的险恶山路上，出现了一派高贵的气氛。

好像车攀上了界岭。我听见司机换挡，开始下坡。车速快了。那一幕出现得太突然，我完全不曾提防——当车身猛地转过一个急弯的一瞬，我大吃一惊，下意识地一下子从铺位上跳了下来。

前方的黑夜之上，遥遥地直到看不见的极远暗处，扭动闪跳着一条灯火的河流。像是一股红黄的彩色，斜斜地涂抹在天地六合之间，这黑色的夜幕之上。

这么多车！邻座的汉子和司机也都失声叫出了声。但是让人震惊的不是车，而是突然出现的，满视野中的一条灯火之河的流淌。而这里是偏僻的荒山边界呵，我想，谁能相信呢，黑夜的穷山野岭中居然也流淌着如此的灯河。在沉默的灯影中，我清楚地看见了人；在与生存的搏斗中，人们已经不问安危，不舍昼夜。

路左的车也驶动了，沉重地顺次爬坡。它密集地排成队，抖闪的黄灯试探着，蜿蜒成一串不尽的灯笼。

在前方，云南车已经像流星一样疾驰。在弯道上，车尾齐齐地闪着一侧红灯，如同司机们交换的暗语。而在左侧，在被我们的车灯照射得一瞬间雪亮的左侧，移动着一个又一个司机的脸庞。它们沉默冷峻，一半白炽一半漆黑，如一座座闪过的塑像，目不转睛地注视着我们。

风从滇黔两省呼呼地对流，在黑色的高处逝去。夜的存在，被灯的流淌涂抹衬托，似乎变得温柔了。它更黑更静，深不可测。这么多人都和我们同在，在生的艰辛中奔波。是的，而且是清洁的奔波。这么辽阔的天空和山岭也和我们同在，向我们显现着神奇和庄严。是的，国破山河在，天道更是亘古不变，它们都会永远支撑着人的精神。

我们顺着右侧行驶，追着前面的一串红色。对面等待的贵州车亮着大灯，黄色的灯光密密相连。在黑夜中辨不出边缘的山峦上，红色和黄色的一条光带蜿蜒着，流动着，延伸着。它在天空和山峦的巨大黑幕之上，明亮地画出了一个个满满充斥了黑暗的，狂草疾书的之字形。

灯，灯，灯……它如同水银，随意恣情，闪滑不定，游荡不羁。我渐渐看得入了迷，觉得自己正扶着这辆车的方向盘，在簸动中疲惫地驾驶。渐渐觉得两眼中流进了幻觉般的彩色，再也不用费力辨别夜和天，山和路。我只是努力提醒自己，把一个自己也不懂的暗示，努力地记在心里。

就这样，我越过了以为再也看不见的、在遮蔽滇黔边界的崇山峻岭中埋藏着的，胜境关的凶险山道。

3. 火

过盘县的时候已是下半夜。星光淡了，没有月亮。夜深了，四望都只见浓浓的墨色。早就进入了贵州境内。

黑暗里忆起行前的准备，我叹了一口气。本来，原定的第一站就想到盘江，多少见识一下黔西南的山地。好久了，我想踩一踩昔日那些造反农民走过的旧路，看看有名的六广门、大河铺，还有三家寨。其实在出门前，我读得最多的就是关于盘江的资料，只是由于在云南步步留恋，拖滞了日程，用掉了时间。

此刻我正在夜过盘县，而盘江南岸的朋友，却一定正空空地等候着我。尽管如此的夜行一刻千金，我心里还是滑过一丝遗憾。正等待着我的，是盘江流域的溪流江河呀。何况，它们还拥着一个黄果树，那天下的名胜。

冬日贵州的夜半，挟带着冰粒霜雾，扑面打来的寒风中，隐隐含着怒气。我没有办法打开地图。举目黑夜沉沉，大河铺和三家寨大约都已在侧后。已经该是盘县地界，我猜车轮正碾过它的土地。

夜路上，又不知走了多久。如瞽如盲地，车载着我，穿行着盘县的黑夜。

经过第一个火堆的时候，我全然没有察觉。可能是因为这一夜的经历；天上的星河，路上的灯流，使得我困倦了。我没有留神——在黑黝黝的山坡上，那一堆火像一个圆盖，火苗从压抑下燃烧着，它不是取暖的篝火。

道路真的能带来一切；随着车的颠簸驶动，当我们登上一道山梁时，壮丽的场面出现了。

不是一处篝火，不是一簇黑夜的火苗——眼前是不可置信的一片火海。

高处低处都是火堆，漫山遍野都喷放着火苗，坡坡坎坎都亮了。西南山地的黑夜，被红亮的火焰遮盖，被灰白的烟雾吞没了。

呛人的烟涌进车厢，弥漫在个个沉睡的旅客身旁。我不明白；我忍住呛鼻的烟，坚持着把脑袋探出窗外，想看个究竟。

火堆象低矮的蒙古包，又像倒扣着的铁锅。股股恣意的火苗，就从锅底的每一个缝隙中冲出，竭力地灼舔着薄薄的黑锅。蒙古包或黑铁锅被烧透了，白炽的火，蓝紫的火，从碎裂和洞口吞吐冲击，把一个个圆堆烧成一座座红得透明的小丘。它们紧挨着；如疯如痴、大喜大怒地喷射着熊熊的火。看不见一个人，也似乎没有了风，只听见猛烈的呼呼火声。

我禁不住一股爆发的兴奋。为什么呢？是谁在这荒凉的边境深山处处放火呢？

现在不是我们在赶夜路，是一堆堆一簇簇的鲜艳的火，在徐徐地围着我们旋转移动。有些锅形火堆显然刚刚点燃，一簇一缕的火苗，在黑顶盖的紧压下，舔着咬着倒扣的锅边。有些却如同撤了支柱的毡包、如同变成碎块的铁锅，已经成了半圆形的大堆余烬。在往来的风的煽动，在低浮的烟的卷裹中，它们一下一下地，在灰白中闪着透明的暗红。但是更多的火堆正烧得不可遏止。烧破的黑顶盖坍得又薄又软；冲破了压抑的火焰，凶狠地轰轰吼着，狂噪地窜跳挣扭，它们正在疯狂地破坏，痴醉地狂欢。

能辨出火堆是人工的，有的还能辨出十字形的石头压在火堆上。是烧炭吗？问邻座的汉子时，他说：没看见那些车么？炼钢的焦炭！我想起刚才的贵州车，满满载着灰白的大块。不是误入了火焰山，这是人烧起的满山的火。开山挖煤，就地烧炭，路边烧，路上卖，把荒山腹地的煤，烧成值钱的焦炭，运进云南。

不知谁点燃了这火，黑夜与烈火中，一个人影也看不见。

没有人，只有火。可是火堆太多了，密密地紧挨着的火堆后面，亮色后面更加漆黑。好像在醉痴地舞蹈的火焰背后，低低地蹲踞着一个个黑色的人。火堆连接着极目的黑暗，如雨点般坠落野山的陨星。这么多人！但是他们沉稳地隐蔽着，只把烧遍一山的大火留在世间。

我沉默着，但我强忍着心里的激动。我的眼睛一阵阵失明，越看那黑暗，我就越觉得那是一个个一群群黑色的人。他们跃起又伏下，他们吆喊又无声。他们围着我又歌又舞，但是不给我蛛丝马迹。

不知是振奋还是伤感。在我的眼界之外，曾有过无数人的劳作。这是原始的劳作，是底层的拼争。他们奔波运搬，他们吆喊纵火。现在大火蔓延，他们却隐遁了。车费力地转过几个脚边的火堆，滚烫的气浪烤得我一时闭上了窗。那火的深处是透明的暗红，闪跳的是白炽的橙黄，劈啪炸响的黑煤，一阵阵显出又红又白的颜色。火苗放肆地跃跳着，像要舔咬车轮，像要烧烫我的肌肤。

后来我才知道，这是徐霞客走过的路。不仅如此，这是徐霞客游记中纷失于战乱的、那令人痛惜的一册里，应该记载的路。他的数册黔游笔记的后面，遗失了滇游的第一册。我觉得说不清的遗憾。他一定传神地描写过，但是没有能够传世。他的遗作中空留着两个地名：一个是胜境关，还有一个就是——火烧铺。就像《西游记》里的火焰山曾经真实地燃烧一样，无疑这个地名不会凭空而来。来不及了，我后悔没有准备充足。难道火堆从徐霞客的明代就一直在这里燃烧么，难道这些看不见的黑色人影，从古代就一直隐遁不露么？

但是，在这滇黔交界的大山黑夜里，我仍然触着了人的决意。绵延的火光，不停地撩拨挑动，使人莫名地想象。不，让我学会沉默，让我学会在围攻、中伤、熬炼中的沉默吧！我也要像这些山里的炼焦人一样，点燃自己的一堆火，然后消失于黑暗。

遍野的灼烫光炎，淹没了看不见的道路。车在火堆中摇晃，在浓烟中游动。随着视野的变移，火在跃动，火在追赶，两翼远近，四极八方，举目上下，到处都是熊熊的烽火。夜风躯着白烟，遍地灼灼通红，遍地火焰烟雾。猛烈的火，强犟的火，横挡着路，直逼着心，在这无人知晓的荒僻天地里，山点燃了，夜点燃了，世界正在燃烧中转变。简直不可思议，简直身在来世，我被震慑住了，浑身已经僵硬，只剩下一丝神秘的念头，在紧张的思想之间游走。

也许是因为后来疲乏得睡着了，也许是因为走出了盘县的大山；总之，我记不清怎样离开了大火，记不清怎样又回到了寂静的夜路。

等我清醒过来，时间已是凌晨。耳朵堵住了，听不见声音。

静极了。周围的一切都不动声色。我还在兼程前行，只身伴着长夜。我感到不解。好久我都不能判断，眼前的黑夜和死寂；还有刚刚经历的，那些转瞬已逝的星、灯、还有火，——我不知哪一些更真实。

我睁开了眼睛。胸脯般起伏不尽的，还是黑暗而荒凉的大地。

不知什么时候，眼前凸显出一些水墨画似的，淡淡的山峦的影子。已是贵州地貌，气候骤然一变。四望灰蒙迷茫，窗外落着冬雨。车笔直地朝着东行驶。前方的雨雾中，已经显出了乳白色的一抹微明。

1996年2月

日文《鞍与笔》自序

昔之中国男子及二十岁，始戴帽子，施行冠礼。因此在所谓“弱冠”一词中，有着年少、学习、追求生之意义——等等意味。

然后作为成人，一生探索真理之道。诸如忠孝节义以及报国之志，都受教于从家至国，并且渐渐成为被称为士子的、知识人的日常意识。

一部中国史，可以说，就是由这种忠烈、仁义、多才等类型的名士装点而成。如仅仅一介农夫时就立誓“达则兼济天下，穷则独善其身”的诸葛孔明。如向后世呼吁“先天下之忧而忧，后天下之乐而乐”的生存方式的范仲淹。更如听说帝尧要禅位于己、就以为污脏以至于洗耳河畔的许由。都已传为美谈、但却是久远的逝事了。其中最为完璧者，或许当称哀国之亡、流浪故乡大地之末，自沉于河的屈原了。

由于难忘的殉国行为，留存的诗被代代传诵。楚辞即他的文学应说是中国文化辉煌的极顶。徘徊于洞庭波打之岸，吟咏着“路漫漫其修远兮，吾将上下而求索”的屈原的形象，衍变成了中国的求道知识人的象征。

但是，尽管绵绵两千年赞美屈原不已，选择了屈原之道的例子，却意外地少而又少。屈原的文言诗句，渐渐变得难懂。取而代之，从市井到农村，无人不知的句子，已是孔子的“学而优则仕”。流行中国的观点，已经是先读书然后做治人之官。

这样，屈原变成了非文人难懂的古典。在必须实干的时候，中国知识人大致都是选择了升官之道——也就是仕途。

对于“道”的言与行，就这样分离了。

应当说现代也没有什么两样。

若研究原因，首先应指出对于权力的恐怖。比如，从今天知识阶层对文化大革命的诅咒式态度中，就能看到一种绝对不允许“四人帮”极“左”时代重现的、认真的责任感。被体制与权力强加于身的恐怖，或者，会使人们为体制与权力效力。

其次，所谓之穷，也是个非常能改变人的东西。

远在懂了人口问题的今日以前许久，此国之人就知道：只有极少数人才能饱足；活得得意的人，无论什么时候都是极少数——这种认识，在人的意识中盘根错节，被坚信至今。

甘肃省有个黄土高原包围的农村小县。几乎连年，大学入学率在全省名列前茅。中学生之志，就是离家远走。哪怕自己一人从黄土中解脱，也会使双亲安慰。

中国古语中，有“皮之不存，毛将焉附”一词，毛泽东曾使用此语，解释知识分子与民众之间的“毛”与“皮”的关系。毛，已经绝望于对故乡严峻贫穷的斗争，已不愿意在僻远的乡里耗尽人生。想逃离皮。想背叛皮并扔了它。

从来都只是若干人才能登高官财主之位；其余者则永远穷苦、无权、受辱、被压迫、成为牺牲。残酷的历史，一直在如此教育着。毛，已经不再相信屈原的诗了。

今天也一样。不可能全国全民全民族十二亿人，全都变成有钱阔人。道路，就像扔在那儿的东西，看得清清楚楚。不快点迈出脚去，它就要落入别人之手。路上已经很挤。美国式的生活，人人都在瞄着。只是，只有极少数人才能把那富裕弄到手。

对政治的恐怖，对个人富足的追求，改造了中国知识人的命运。——向权力妥协！——嘴上虽不说，这是心底的结论。只要有了权力的支撑，何止美国式的小汽车小洋房，——包括在体制容忍范围内的对权力的批判，都是可能的。

古典之道，已经被逼向终结。再言及屈原其诗其行的人，不仅仅要被女人嘲笑为迂怪，更会被视为危险的说谎者，为社会所孤立。

毛，脱落着飘散着，从皮上分离不已。那头被叫做“祖国”或者“文化”的牛，正一天天消瘦和丑陋。

这本小书，就是在这一世纪之末，基于著者被时代大潮胁裹、得于各地体验的一本——为自己一毛而求其皮的心事录。被人说成国家主义者也罢，被人说成原教旨主义者也罢，于我都无所谓。思想正在疼痛之中。虽然没有援助那牛的能力和勇气，但是望着那牛流淌的眼泪，我要写下——这传遍周身的战栗。

1999 年春，北京

小寨新年

1

已经是岁末的最后一天。我在这个云南大山中间的小小院落里摆开桌子，不知怎样开头。清晨时弥漫一院的大雾，随着阳光的射入已经散尽。粗粝的石头台阶上，丛生的绿草被阳光强烈地照成透明的鹅绿。有墨绿的松树，落了叶的桃树，还有一株老人干脆叫它“叶上花”的、大瓣大瓣的鲜红花朵开在梢尖的树。

对着白纸，转动着一支圆珠笔，我毫无写字的心思。南国温暖的平静，使我心满意足。我后悔没有带几筒颜料，一两支笔和一点调色油来。在这比春天更暖和的十二月的最后一天，为什么要追究那些沉重的念头呢？

嫩绿的，厚厚的甘蔗田，淹没了远处隐约的一条线。那是古代输送移民和文明的路；南去印度支那，北上四川中原。

如今远远望着那一条线，上面似乎有如虫的车辆在蠕动疾行，匆匆地去寻找都市的烦乱。都市里刚刚闹完圣诞夜，明天又要庆贺新年。而我在横断山脉东缘的大山之麓，在一个被密密的甘蔗田和雄浑地拔地矗起的大山夹着的，这个小小的石头寨，等着步步临近的1996年。

云南人以健美、淳朴和口齿清楚闻名。以前见过的云南人，都讲一种比南方各省人更准确一些的普通话。可是我的这个印象显然是错了几分——石头寨的老人们讲方言；我总是在次要的地方听懂了，在关键的地方怎么也听不懂。

不过，主观的印象和观点更重要。我和老人都没有对语言问题在意。因为谈话之外尚有一种腹语，有一种不用说出的话语。怎么说呢，有一种伴随着每句交谈的，话里的话——那就是：他们一心一意希望我在这个小村寨里多住几天；而我呢，恰恰也只是盼着在这大山小寨之中，尽可能地多地逗留。

几天以后就进入了静谧。对我说来，这种获得信任以后就能享受的安静，是非常难得的。偌大的院子，只有我，还有老人两个。他姓李，有一笔惊人的“硬笔书法”。寨子里，家家都挂着他写的含意深奥的中堂。我用他的竹笔涂改稿纸上的错字，他在院子里用大竹帚扫地。

每隔一个时辰，我就走出石头小院，登上山坡，远眺一会儿。那似淹似浮在甘蔗田之间的一条线，果真就是出关蜀、下越南的旧道么。不愿想，觉得累。更使我惊奇的，是眼下这一派雄浑又绿透的视野。云南的风景对我是一个深邃的谜，我总忍不住捉摸它。太阳绕着山移动，垂下的山脊一刻刻变成了深绿的重色。被禁止的农家糖锅废弃了，小屋顶上的土坯烟囱坍塌了一半。蔗田正在收割；水牛、马儿、拖拉机，都拉着满满的甘蔗。我漫步走回我的小小院子。李老还在忙碌村人委托的事。我写了几笔，听见他在给小树丛浇水。多好的两相无言；他见我过得习惯欢喜，就不再陪我。

饱饱晒够了太阳，看完了山明山暗。沉吟了半晌，何必写呢，我懒懒想着，收起了纸笔。若是带来一点颜料，随便找块板，大概就能画一幅不坏的写生。可是我只带来一支圆珠笔，和一叠云南的稿纸——找块石头坐下来，黛色的山峦愈来愈暗了。望着风景，我发觉，又是一天悄然渡过了。

2

我和李老一块去龙潭玩。他大步如飞，我连连拉着他。急什么，我说，慢慢走多舒服。他答应了。但是几步之后，又照旧疾行起来。我再说他时，他不好意思地笑笑，立即一停；弄得我只好加快步伐。

正是收甘蔗的大忙季节，虽是傍晚，在高原明快的日照下，待割的和收过的甘蔗田颜色亮暗参差，显得大地上的植被很厚。

我对李老讲过几句北京的事，李老并不回答。一直如此，他不对任何不熟悉的事插嘴。他领我看了山上流出的泉水，那水清澈得像淡绿色的玉。从刚来的那天，就听说这泉水是个名胜。我跟着老人，初次见识了南方大山的，惊人的含水。

看起来都是山，可是这山和西北的山正相反。西北的山只有黄土，恨它深得无底，叹它干得冒烟。黄土山，没有水。一旦来了雨水还要两相作恶：洪水狠狠地掠夺土壤，山沟凶恶地逼水泛滥。越是熟悉大西北，就越是为云南惊奇。这里的大自然，阴阳协调，水土两宜。山脉美而不娇，而且壮阔苍凉。不仅令人羡慕地有密密的森林遮盖，还是石山。在这种大山上，剑麻如同水壶，树木好似缸桶，森林已经带水无数，地下泉又从岩缝里潺潺流出，一座山，简直就是一个水库。唉，我不得不喜欢这个石头小寨。

泉水下了山，被住在山脚的农民用石头围住，然后叫这水塘为龙潭。看了三处“龙潭”以后，这是一个吉祥的通称，沿着这架植被厚密又岩石裸露的大山，龙潭一个个地绕山分布。我猜着，这不是地名，这是对水源的一种描述。

不用说，龙潭水先由靠山的村寨享用，但是老人仔细地告诉我，自古的铁打规矩，是给龙潭下面的坝子，就是给那些隐现在甘蔗田里的村庄送水。一定要分水给坝子，不然就会打起架、甚至交起战来。我说，这个规矩我能懂，就像甘肃的河西走廊，山里流出的一股水，若是不让给下游一些，那就等于喊下游人来拼命。

只不过，河西的大渠水可不能与这龙潭水相比。我喝了一顿，又净又甜。出口处，清水漫着涌进渠里，去灌溉坝子，去浇灌甘蔗。就像北京西郊的玉泉，浇出的稻子香甜绿润；我猜，绕着这道大山的坝子上的甘蔗，也一定特别好吃。

好福气的甘蔗，我随口说。我总是觉得甘蔗不可思议，总是联想起那些旱渴的冬麦。看了一会水底的清晰石纹，抬起头来，见老人正微笑着。他在清亮的水边正襟危坐，表情放松而满足。

我明白了：他觉得最好的办法，就是让我看看这潭。造化的龙潭就是幸福的象征，谁也不能对着龙潭唠叨命苦。我哈哈大笑起来。这个道理真是太简明了。真是，哪里有这样的、造物的慈悯呢？比如甘肃，比如海固。

走吧，天晚了。老人说。

3

在回我住的房子之间的路上，总是可以看见三头两头的粗大水牛，在路边嚼着甘蔗叶子。水牛一身青青的滑厚皮色，永远使我赞叹。我毕竟是北方佬，又在蒙古弄得看惯了黄牛，所以见了水牛就新鲜得不行。我忍不住想和水牛合个影，将来让蒙古草原的家人看看。就像插队那时，特别想照一张斑马，渴望把斑马照片带回草原一样。

牛大吃其甘蔗叶，我和牛的主人扯了一会儿。几句话没说完，我又吃了一惊。原来这牛并不是土生家养，更不是刚从水田里劳累归来；这牛，是从越南贩来的。

你可真行，去越南贩牛！我说，为什么你不去缅甸泰国呀？

没想到，他憨憨地答道：大理人走那边。

我笑起来：嘿，你们还分片包干呐。难道越南你就熟么？

他腼腆地说：反正我们只要牛。运回来的路，熟。

后来李老告诉我，贩牛不是人人做得的事。在云南，也只是久远以前，一些被逼上了绝路的人，渐渐地在生死边界上摸出了这个路数，后来才成了一方的传统。这些人不可貌相，他们可是敢做敢当。他们眼力尖锐，肯吃大苦。沿着大西山，出了山沿着元江红河；在滇东的南北大道上，一连串多少个寨子，致了富的人，多是些贩牛的。一条大水牛，买卖几次以后，可以赚上三千元。石头寨里，每天都有牛赶回来。我看见的那些在路边吃甘蔗叶的漂亮水牛，大都来自越南。

这种故事听得人心里痛快。特别是，我正好住在这种心大意高的人家里；这些敢闯天下的人，恰恰是敬我待我的一群，这就尤其使我高兴。

回家路上，又看见了三条水牛。我从来没有见过身躯如此巨大的水牛。它们摇着平平的大犄角，欢喜地大嚼着甘蔗叶。我非常高兴，跳进甘蔗叶，抓住犄角，和它们合影一张。

4

小院傍山，日射多被山影遮住。光线好的时候，我总是摆开一叠稿纸。但是我不明白为什么要放开大好风景，而偏偏写它。李老是个读书人，他看出我这个人并用不着陪，也就常常铺开他的纸笔。

这种民间知识分子与众不同。他们虽写，但用竹笔。

不用说，南国的竹子，无论质地的疏密、干湿的适度、还有竹子的曲直、篾片的弧度，以至花纹青绿，都可以随心选择。李老制作竹笔，首先有上乘的原料。

他的竹笔有各种大小。写中堂的竹板；写半分宽、一分宽、一分半宽、两分宽的不同粗细的平头笔，还有用于极细笔道的竹针。竹笔就像以前常见的蘸水钢笔，笔尖中央必须劈开一条裂缝，不然不会走墨。李老的竹笔上，那一条缝根本看不见，劈得精细之极。

在农民家里看到他写的条幅中堂，甚至是字拼的图案画，我总是对他用墨的浓淡有致，一次次地暗暗惊奇。可是一块摆开摊，我不写他写，我渐渐看他写字看得出神，琢磨着他竹笔的飞白，以及用墨枯饱的讲究。

不仅写，他还会自己装订。用道林纸裁开的单页，被他装得刀削般齐整。翻开来刷刷作响，每一页的墨迹都匀称黑亮。加上裱过的、几乎是钴蓝色的蓝布封面；那种蓝色又深沉又明亮，蓝得醉人。蓝布面上，贴了一个鲜红色的书名签，那红色亮得像压暗的火——他自制的书，真是素雅美丽。

外屋的条案上，堆着他的旧藏。我经常一本本地取来浏览，渐渐看得眼馋。

女人做好了饭。我特别喜欢吃炸的洋芋片。还有萝卜，这是不易吃到的云南特产，又甜又软。他们告诉我，它不知为什么出了名，近来大多出口日本。我就给他们讲，日本叫萝卜为大根，笑女人腿粗就说她“练马大根”，因为练马地方的萝卜最粗大。而云南萝卜呢，比练马萝卜粗一倍。我一边讲着，吃得很欢。他们却听得半信半疑。问：可是，你为什么不吃干巴呢？我说，肯定硬的铁一样。女人男人都笑了：不，你吃一点看看。

于是，我吃了云南的干巴。这就是挂在省城顺城街集市上的，那种晒干的黄牛肉或者水牛肉。在昆明逛街时，满街黑褐干硬的牛腿密密挂着，一市斤就要卖三十块。我看着摇着头，啧啧叹服。我根本没有想过我会吃它。切成薄片，滚油一炸，奇怪，酥酥的，不硬了。只是嚼着有劲。

绿蚕豆角，黄土豆片，喷香的干巴，甜甜的萝卜。微微粗糙的白米饭。我陶醉了。这是幸福，我提醒自己。

5

天黑了。李老怕我睡得冷，忙着给我的床点上电褥子。我看看日历，薄薄的，是 1995 年的最后一页。现在是元旦的前夜。

我们老少爷俩终于熟悉了。几天来其实闲聊不多。他性格和善，不擅言谈。我只想休息，也不攀他闲扯。在这小小石头寨，几天的休养下来，嗓子的肿疼，心里的毒火，都一时平息了。我微微品味着一丝感激。我明白，这云南村寨里的短暂休息，于我是宝贵至极的时光。

也许这是非常值得纪念的一个元旦前夜。我突然说：李老，咱们写个庆贺新年的字吧。今天夜里，要是在城里面，孩子们都要听新年钟声呢！

他的兴致也来了：好呵，你来写吧。

我跑到外间，取来他的大号竹笔，墨盒。又平翻开一本旧杂志。可是我还是不习惯用竹笔，“1996”几个数字，写得歪歪斜斜。

就这样，在云南大山中间的一个石头小寨里，我们度过了西历的除夕夜。

靠着那一页“1996”，高兴的李老又找来两三种乡里土制的饼干点心，还有一篮橘子。然后把电炉烧得热热的。我们浓浓地泡上茶，一个个剥开橙黄的橘子，甜甜地吃着。我们开心地闲谈了许多故事。他总是用三两句话，就活灵活现地讲完寨子里的一个人物；用一个小故事，就数过了往昔的一个年代。

我小口小口地，喝着滚烫的云南粗茶，听着老人的娓娓而谈。不觉之间，我好像陷入了痴想。突然听见李老在问：

你想要一本我那书吗？

我听了猛地惊醒，飞快地想到——在我的书藏里就要出现一本奇书；一本竹笔墨书、蓝布装裱的自制奇书，禁不住大喜若狂。我连连回答：是，是，我要那种蓝布面的！书名也要那种红纸的！您愿意给我么，我一直想要一本，我一直没好意思跟您要！……

老人慈祥地笑道：我给你专门写一本。接着他屈指算了起来，最后补充道：可是要过两个月我才得空写。过了节，我就有时间了，那时写，不晚吧？

窗外听见山风的响声，但是屋子里很暖。不知是因为大山挡着风口，还是因为屋里烧着电炉。如此的静寂，还有如此的亲切，使我总是喧嚣的心，终于平静了。

我忽然想象起离开石头寨以后的日子。想象起遥远的战场般的都市。还想起一字没写的稿纸。但是我觉得这样不好，竭力摆脱了这个念头。只是一阵珍惜涌上心来。我觉察到，其实自己是在一刻刻地数着，度过着这个夜晚。

这一夜，距离这个世纪结束，还有整整，不，还有仅仅四年。

1996 年 3 月

弟弟们

在家里我是独子，小时候和人打架缺少帮手，一直让我烦恼。可是连我自己也没有料到，走进社会以后，人在中年却结识了许多宛似同胞的兄弟。他们逐渐增多，各有特点，但是都活泼爽朗，对我关心爱护。

我在他们陪伴下，在大西北的广袤土地上如鱼在水。我向他们学知识、问解数、念经文、了解社会。他们陪我上路、上山下乡、探亲访友、进村入寺；使我的长旅安全而生动，使我的孤单病，十来年里奇怪地不治而愈了。

进祥弟

他喜欢把辽阔的河州四乡，那十万莽莽的旱渴大山，当作自家园子让我参观。十几年前我若是动过一念想过去哪儿，十几年后我早忘了他却惦着，一再提醒我可以去了。他为了我的寻寻觅觅，连父母两位老人都动员过，我分别和两位老人在河州的山野里同车奔波，真难为了老人，心里至今抱着歉意。

进祥弟擅长人际周旋。他像每个从底层出世的年轻人，对社会和人有着深刻的掌握。我随他去河州，或者去甘肃任何地方都很轻松，他安排一切，然后披着他的皮夹克，背靠自家园子一般背靠着黄土大山，给我滔滔不绝地讲解。有时我也阵阵迷糊，好像对面的茫茫大山真的归他所有，只要我俩想，愿意去哪儿就可以去哪儿。

我们不常见面，想念得太多了，通电话也不过是三句两句。他说：我恨那个电话，有了那个东西就念不上你的信了！你还记得你给我写过什么吗？

我听得默默无言。我确实记不清了。也许我记着的只有一点，那就是必要时我有弟弟可以依靠。

川里弟

他如今是阿訇，当年是满拉，其实本质上是个学者的胎子，天生的研究家。那时他还没有今天这么显眼的汉文，就给我抄过材料。我的兴趣是刺猬式的，不知会突然问到哪儿；他渐渐变得敏捷灵活，一边给我讲一边迅速捕捉我的思路。我作为学生可不是好教的，我很快又问及了阿拉伯文——川里弟对答如流顺手写下的每个阿文词汇，后来的事实证明，没有一个错字。

我和川里弟在宁夏川考古，访遍了偌大一片世界里的乡间名士。川里弟本身就有相当大的名声，这自然使我的寻求大得方便。后来听说他一进京便考取了埃及使馆口试的进修生，我毫不意外，他缺的只是机遇；给他一分条件，他从来会汲取出三分。

共同感情当然是友谊的基础。我和川里弟调查时，看见同治年间被屠杀的民众的白骨，经过一百年淘涮仍然堆积如丘。那激动是不易形容的，既然称兄道弟，总要有一个基础。那堆白骨带给我们的刺激，就是这个基础。

川里弟天生的学者命。学者在阿文中叫阿林，其实就是阿訇。有一阵子他居然一个人同时负责两座清真寺，两处的百姓都非他不请。我听了写信劝他只管离家近的那一座，因为我听着他那么忙，自己先觉得累。

虎儿弟

念过经可是害怕当阿訇，和川里弟正好相反。他活泼爱玩，大娃娃脸，身高一米八。姑娘们成队地跟在屁股后面追，让小伙子挑得两眼昏花。一见他那天真无邪的笑容，谁能不喜欢呢？其实他是个有着丰富打架史的锤头。我去南疆，虎儿弟来缠：大哥带上我吧。我忖思路上正乱，带上他，讲经、外交、自卫都是把帮手。于是我们一块度过了让人心荡神驰的天方夜谭之旅。

至今我还常常接到虎儿弟电话；我们之间要说的很多，说罢了他总要问问我的出游打算。我猜，他的玩心还没有散，一定是在电话那一头，盘算着能否跟上再玩一趟。

女朋友终于定下来了：一个苗条勤快的小姑娘。我盼他俩快点结婚，省得我总看着他们在 BP 机上卿卿我我。不过我的心情也复杂，他那帮小伙子若都成了家，我就少了旅行时的落脚处。那年在虎儿弟的同学“经理”家他们深夜宰羊，给我开了一个“退役满拉烛光晚会”。

三英弟

三英弟则是严峻型满拉，不消说如今也当上了阿訇。他坐在一伙猴子般不老实的同学当中，独自一个不苟言笑。在一次和我对面的时候，他黑虎般地突兀问道：“我们见的都是山里人穷才信教门，而张老师——你，我们不理解！”

他后来总想为那天的问题向我道歉。而我却觉得，他提出了一个重大命题。过去说，只有地主阶级有文化，农民没文化。其实还有一个更尖锐的现象：只有农民阶级有信仰，知识分子没信仰。文化层次与信仰追求的矛盾，一直是中国宗教世界的病灶，也许还是中国文化的病灶。

我们并没有用道理和语言讨论这个难缠的问题。在如水的日子里，像挖隧道一样，我们从两头慢慢地感到了接近。大命题不是用理论，而是在我们的作为中，自然地接近着一个解释。

三英弟对他掌管的一座大寺，感到压力沉重。不知为什么我很同情他。一夜，我觉得应该为他做点什么；于是从不卖弄墨纸的我，主动为他写了一幅字：“如负崇山，如履薄冰。”后来，他居然花了九十元裱了那字，挂在自己的室内。

马兰弟

他人如其名，羞涩寡言，有一丝姑娘气质。当然人的深沉，不是表面能涵包的，马兰弟其名只是他家乡的地名。

大西北诸兄弟中，我第一个认识的是他，那次他的一句话，震动了我的灵魂。他抬起眼睛，仍是怯怯地含着羞涩，说：“若是离开了哲合忍耶这样的集体，活着就没有意思了。”

我们相离得最远，一数多少年，就是难得相见。我曾给他一个从日本带来的罗盘（指礼拜方位的，阿拉伯造），他给我捎来枸杞子、干葡萄。有一次听说我去了，他已经为我铺好了床上的被子——我却擦肩而过。

但是我们狠狠地聚了一顿！在新疆的一个大湖边，马兰弟的家族全数出动，一辆夏利，一辆五十铃，把我们和几十个年轻人拉到一起。那是痛快的野餐；下湖网鱼，岸上宰羊，在清澈的湖中戏水。直到湖面浮光跃金，天山现出暮霭的时刻，我们才班师回家。

屈指算算，那次湖边野餐以后，我们又是数年不见了！这么写着，我心里想，今年之内，我应该设法再和马兰弟见上一面。

延辉弟

虽然都是回族，延辉弟却与上述那些弟弟有些不同。他和进祥弟一样都居住都市，对我像一块绿洲，总是等着给我帮助的时刻。

延辉弟不似那几位，教门精通熟识经文。但是他从另外一个方面，用他的冷静平和，轻轻地调节着我。他不是寺门出身的经学生，而是芭蕾舞男演员。从艺术的荫凉里他舀来一瓢瓢水，浇在我从西北抱回来的、干硬火烫的黄土上——我意识到这种调节的必要。

芭蕾舞演员，小美男子，不知怎么却使他老实巴交。我多少对这种气质也担心，从西北回来，我脑海里鲜明地刻着被清政府凌迟杀害的、十九世纪回族义军的墓，就把那印象涂画下来，送给了延辉弟。

我是在北京把那张《青砖小墓》交给他的。他要出门开会，竟把那一幅油画，从北京背到昆明，又背到上海，最后才背回山东。这样，我脑海里刻着的印象，就不仅仅是蒿子草墙里面隐蔽的小墓本身——芭蕾舞演员背着我们心中的情感和愤怒，数千里跋涉的画面叠印其中，使这印象层层丰富。

不喜外露的他不多谈这事。我在他的墙上，看见了用画框装好的、那张其实画得拙劣的画，心里觉得，延辉弟对它看得比我还重。

——这样的弟弟帐，我还可以洋洋洒洒列下去。可以从伊犁河口，一直数到云贵高原，有文有武，有人格典范，也有刁顽之徒。一种传统的“承同”，介绍我们四海兄弟，天涯近邻。我一想到他们就觉得气粗力壮，胸有成竹。真是，其实我早说过：我是个幸福的人。

1998年6月

补记

人们不知，处理这篇小文，让我费了很大心思。就像我常为自己被人强求写下的不多几篇序文一样，不知是文章耽于美化，抑或是人多不能如文——文中涉及的人物在岁月与时俗的洗刷下，有些已经令我遗憾地变了，变得与我的小文互成悖论。但不同的是，这篇《弟弟们》不是纠缠难辞的为人作序，而是我满怀兴致一气呵成的。

但我最终还是不打算删除它们，就像我已经学会不为朋友的中途离去大惊小怪一样。很简单，在中国渡世，要习惯孤身一人。此外，所谓人各有志，其实是人各有前定、人各有血缘气质。不同的血性气质，引导着每个人做了不同的选择。何不再写几个兄弟朋友的续篇呢？既然已经懂了朋友之道切忌强求；既然也懂得了——拨转一切的是前定的主导者。

这样想着，不觉微笑，文章也排进了目录。

2014年4月4日

风雨读书声

多年来与研究当代文学，尤其一小批研究我的劣作的朋友谈话时，总发现他们的思路有某种类近。而时代和条件都严峻而尖锐，若谈话总循着一个陈旧圈子，那就不仅是对一些无足轻重的习作的理解了。去年岁末因这个念头，我有意与两个文学研究者谈了一次，然后再独自修改我的发言。我希望这个小稿能达到一种自我的总结，如以前我喜欢每逢岁末便做一次总结一样。当然也不否认奢望；在这个愈来愈令人瞠目结舌的世纪末，我希望我唤回以前有过的、我们文学曾有过的真诚与水准。

问　能否请您先谈谈中国作家对外国文学的接受情况？

答　中国作家对国外文学的阅读，大概是全世界读得最勤勉的。比如，我在日本期间所得的印象，日本作家读英文作品的人或许有但不多，读中文就更寥寥无几。读翻译的中国作品，则是为了了解中国政治和社会情况。言及中国，遗憾的现象是对中国的“warukuchi”（坏话）泛滥，加之中国则成减号的负面东西，多受青睐。因为，那能使日本人的某种——由于读物与其对中国的判断丝丝入扣，而得到快感和满足。日本尤其有一种潜意识存在，那就是——当今的中国的文学应当如同当今的中国人一样，猥琐、不洁、缺乏丰满的内部。日本其实代表着一种傲慢的西方观点：中国若有文学，它就应基本是暴露的，它涉及的哲学和人生范畴应该是已知的。它当前的艺术则如电冰箱；应该晚于欧美日一代；又在东西洋的合资下，终于迈出了一步。要注意三寸金莲迈出历史性步伐时显现的“美”，它是应当获奖的。还有一条是——在屈原陶渊明的古典结束之后，中国文学已经不可能、所以也不应该表达高贵的精神。

被西方激赏的中国作家，往往被装进了上述的玻璃瓶、无形框。解密这些作家的数码是：他们确实具备才能，但就本质而言，他们对西方是已知的。所谓虽在意料之外，又早在意料之中，正是今日东西交流依据的心理。

加上中国人几近绝对的实用、合理、功利主义，百年翻译未必旨在尊重他人文化。小语种毕业怨天恨地，阔语种出身数典忘祖。与日本人对当代中国的歧视声音里，中国之日本文学“绍介”，呈着一脸尴尬的媚相。学术的浮躁，造成了一连的负减，也使深刻的交流更困难。

当然我不能说，交流史整本都是误读连续。对人类文化包括交往的积累，谁也不能一概无视。我只是说，我强调的现象也是真实的：一般说来，具有强大文化包容的，具有强烈自尊的（我说的并不是民族或国家的自尊），以及游移出了西方现代文学步伐但又具备现代主义意味的中国文学作品，恐怕今后相当长的一个历史时期，还不是它们与日本或其他西方知识分子（而且是左翼的或进步的知识分子）交流的时候。

若举例——不，我不去嘲笑愈是不懂一句外语愈是对外国文学如数家珍的现象了，揭人家短，不是一件有趣的事。回忆他们那种得志便猖狂的、愚蠢的神色，也毫无意思。

更逼我记着的，是数家珍者不知道的、被大师的复杂怪异描写掩护住的，令人心动的崇高内心。我只想说，我们很少留意小说背面那些外国作家的立场；他们对我们的眼光也差不了太多。自八十年代以来，我从不加入“数家珍”，虽然我也喜欢一些外国作品和作家。

对某些中国文人来说，他们不过在抄袭技术。注意，我没有说他们抄袭细节、构思和故事。他们的文学，说到底，不过是抄袭或模仿国外成名作家的外在的感觉和技术而已。

然而对我来说，我阅读的外国作家于我的影响不是技术，而是立场和文化。

我习惯了用独自的路尝试对他们的接近。弹指二十年，他们使我在立场和一些重大观点上，获得过很要紧的参照。

但这参照是沉默的。在巨大的惯性与闭塞中，人要吸些新鲜空气。只是，呼吸的行为不等于交流。

必须承认：交流的愿望愈来愈淡漠了。因为我也在自己的土地上，在我的广袤伟大的穷山野岭之中，找到了一种土文学。完全对等，这土文学也挺难和人交流，在他们自身发生了改变之前。

问　都说您是学者型的作家，又在国外工作过，对外国文学，您是否有一些自己的了解呢？

答　由于上述原因，我几次滞留日本，都只与中亚学术界来往。也只是在休息，或工作中需要外语的句式措辞等参考时，才读一点日本文学作品。

现在该说话题的另一面。人家对我们的，一种彻骨的蔑视并非毫无道理。至少就文学而言，我们的文坛流行的和横行的，与他们是太不一样了！

顺手举例：在我极其有限的阅读中，我很留意日文作品中引我羡慕的唯美情绪，此其一；还有表现在一部分作家身上的、使我叹服的“知行一致”的精神，此其二。此外也许还可以提提第三点，那是特别在部分女作家中醒目的，一种天助作家成名、则作家之声名即正义之利器——的现象。那种惟女性才有的正义感，使我难忍地喜欢。

在六十年代学潮中，三岛由纪夫曾企图与占领东京大学造反的左翼学生沟通。在乱糟糟的教室里，挤满的学生和三岛之间的谈话记录，无疑是一份宝贵的文献。事后，三岛在与和他政治立场完全相反的、左翼作家之星高桥和巳对谈时，两人话题大量言及造反学生。惟高桥记录了三岛如下的宣言：

> 与其刻于语言，不如刻于行为。
> ——既然他们不相信语言。

不久后就是他的自杀。确实，在中国本土早已荡然无存的王阳明知行一致说，有了一次淋漓的实践，但却是穿着皇军军装的实践（围三岛而结成的右翼结社“盾会”服装酷似军服）。反之，做出如此行为的作家，其“刻于语言”的本意也因此光芒逼人。不知行家里手们是否心有所动；我面对如此的“语言”和“行为”，躲不开强烈的羞耻感。

我想高桥和巳也一定有过类似的羞耻感。文坛上默默演出的，简直是一场残酷的比赛；如果右派都不惜命、如果苟活的惟有左派那岂非讽刺？于是不久后高桥也死了。他留下的遗稿题为《遥远的美之国》，只写了序章。人们说，他以酗酒自伐。

这几页遗稿很难懂。高桥和巳早在以前的《邪宗门》等作品里，就显示出他对宗教的可能与否，进行过拷问般的探索。既然他不愿随波逐流，他必须据有一个精神靠山。早就不为人觉察地表述过异端思想的他，从起步到终结，怀着的当然只是一个梦。理想且虚无的，美之居所的梦。斟酌再三，我译了这序章的几节。序言如是说：

> 我在到达那国土之前的遍历中，……偶然自幼小时便听闻的这国度的风光的名媚、人情的温纯敦厚，以及清洁且知于礼仪的民族性，等等，都在我的内部几近绝对化了。……在我生国，久远以前便已寂灭的宗教，而且那是我此刻正求皈依的慈悲的教示——在这个国度里，正如出淤泥之莲花开放。在幽玄的美术里，在文学显现的悲哀中，尤其生活感情带着喘息的微末传闻——使我憧憬这个国度都已足够。
>
> （引自《文艺——高桥和巳追悼特集号》P.167，1971）

读书如黑暗中的发掘。但是其中有一丝游移的暗暗思路，我已经可以辨认出来：他也是从荡然无存之中，发掘勾沉塑成憧憬。尤其特别重要的是：他以朦胧的古中国，做了心目中“美之国”的模特。

这是与三岛对谈之外的对话。至于二人的对谈，以及三岛自杀后高桥在病床录音做成的《自杀的形而上学》，则理解深刻地解释了三岛的行为轨迹。

> 据我的观察，成为一个契机的，依然是全共斗左翼学生的抬头。……三岛对当时笼城于东大安田讲堂里的学生非常在意。他说，他们的行动作为政治行动不是太无效了吗？对他的话，我说，不是那样，全共斗运动在属于政治运动的同时，借北一辉的话说，作为正义运动的一面也很强烈。他立即说，“啊，那就懂了！好，那就作为这样来接受。当然但凡正义运动，可以理解自会有它的表现。
>
> （引自《做为人》，P.84 新潮文库，1979）

如此的文人纠葛中，藏着一种不易解释的彼此尊重。派翼的对立，地位的竞争，没有遮蔽了一种对更大的荣誉和原则的承认。美意识暗潜其中，使我久久地感到魅力。

这与蒙古的体验很像。在去蒙古人民共和国的火车上，蒙古的一位副总理邀我们共进午餐。他背诵起著名的《Mini nutaq》（我的家乡），神情就和一名牧民一样。我对他说，这首诗也曾影响我，这是诗人达•纳楚克道尔基的不朽之作。蒙古人民令人永远羡慕，他们有如此深厚的共同感情。而我们即便不是没有，也已经非常淡漠。

更有正义的主题，如早逝秋瑾的遗教。人们通常以为，女作家天然该是正义的看守者。可惜我们的这几根风骨，更是蛀空蚀尽。坊间在无休止地吹捧张爱玲。她在母族被蹂躏、民众为国奴的时代里，居然与一个汉奸（而且是主管宣传的汉奸）大演风月戏——我不知道哪一个健康的民族能养出这种女作家。

远观日本女流勇敢介入战争地域、营救难民、募捐并亲自运送；处处谴责暴行帮凶、具体地为一个个的人权奔波的行为，我难忍心中的感动。她们以声誉为弱者呼吁的形象，那才是女作家之美。这令我心仪不已。日本女作家犬养道子的散文《武器》（刊 1997，9，《世界》），是我在九十年代读过的印象最深的作品。

我确实不拥有——愈是对手，愈是知音的环境。这么感叹是否多余呢？我们的作家无论男女，并不以他人的尊严而喜怒。虽然大家都在叹息说：作家愈来愈多了，真正的作家却那么少。

真正的作家，必须具备良知和艺术，必须拥有独立的知识分子立场与气质，包括高贵的行为方式。

在八十年代，包括我本人在内，中国作家呼吁过“形式本身就是一种重要的内容”；而今天已是二十一世纪，要知道那些百废俱兴时的一些热点，并不是太高级的命题。二十年后的现在，应当呼吁的是——人道的立场，文化的尊重，惟这些才是我们需要的参照。

问　关于作家与原文阅读、与接受的外界文化的关系，会逐渐成为一个问题。您对此怎么看？

答　语言是我心中的一个最有魅力、也最遗憾的大问题。由于年轻时突兀地被抛到了完全异语并且异文化的蒙古大草原，我便养成了听听“原话”，不管人家怎么说，我要听见“原来的声音”，哪怕只是一声半响。拒绝原话，听不见声音，而哇哇论述的作风，是一种作伪、霸道、低能的作风。

人们通过中译本获得一些启发，一般不会无益。开卷可能有益的原因在于，人人内心都有一种模糊的东西，通过一个哪怕蹩脚的译本，模糊的基础可能被唤醒。若是作家，自然会施以职业的聪明，这可能促成一种提高。只是要补充说，启发在能够唤起模糊的文化基础同时，也能诱惑投机的心理。

而我先是受了经历、后来是受到专业的影响，特别向往原文和母语。我喜欢至少稍做探求地、接近语言的秘密。我将永远为自己没有能多学几句外语，比如为自己不会维吾尔语，而抱憾终生。我也将永远怀着那一点我尝到的异族语言的滋味，而悄悄欢喜。

我用蒙古语开始过自己的作家生涯，我用日本语写过两本著作。但这不意味着我有可资狂妄的水平，它只是记录了些微语言的感觉——我只是想说，哪怕仅有一瞬浸泡于语言，尝到它无可替代的魅力、也被限制于它的规矩——那感觉太神奇了。

语言各自独有的美，和语言的结实力量，使我永远地赞叹着。对语言不可替代的体会，使我总是警觉地留神别人（尤其别的民族）的不同立场；总沉湎于——真正朴素的，人与人互相懂了的想象里。

问　评论家认为您的创作受到了苏联作家艾伊特玛托夫的影响，您自己对此是怎么看的？

答　我本人的确受到艾伊特玛托夫的很大影响，不过我同样希望话题离开旧式的思路。应该主要注意的，是天山的文化本质，是天山住民的渴望，以及作家与文明母体的关系。

他的天山小说于我，确实起到过对天山的文化、对哈萨克——柯尔克孜以及天山民族的心情入门的作用。不过我要说，这个阶段早结束了。

对艾氏优秀的民族入门书，我国汉语读者对它的误读是以轻松的、欣赏的方式进行的。

比如《查密丽娅》是一部很著名的作品。但译成“查密丽娅”就很像一个欧洲的或俄罗斯的名字，其实它是哈－柯等族常用的女孩名字“江米拉”（Janmila）。题目的给人的影像，勾画了读者头脑中多少走样的天山牧民影像；它是一种旧的、对柯尔克孜－哈萨克的想象，与本质存在距离。不过，这个误解不十分要紧。

早该在50年前解决的题目既然阙如，那么今后的一个大题目，仍是对天山、对天山这个地理和文化世界的理解。待到历史打算审视的时候，我猜不少今天的文人骚墨，将为自己的浅薄，为自己有意无意对他人文化的歧视而羞耻。

对于我来说，艾伊特玛托夫帮助我懂得了蒙古之外的另一种游牧民族。对我来说，阅读直接与视野的开阔关联，也是一次重要的体验。那以后，我常独自比较这些不同类型的牧民，年轻时代在蒙古草原插队的经历，以前是借助学术，这次是借助文学，得到过一种很大的展开和归纳。

语言的问题在这个例子中非常突出。只举一个小例子：

他的通过俄文在中文里被译成《骆驼眼》的一个小说，题目译得远未尽意。“骆驼眼”的原文为“bota köz”，“bota”是一岁的骆驼，也就是驼羔，“köz”是眼睛。在牧人看来，羊眼睛难看，但骆驼的眼睛很美，而“bota köz”则应该译为“美目”。哈萨克和柯尔克孜人一读到这个词，就会马上联想到美女，而她的特点是眼睛特别漂亮。此类细节掌故，充斥在艾依特玛托夫的作品之中。

还可以指一条捷径——若你对天山东部诸族的心情有本事感受，那么你就能看懂艾伊特玛托夫对西部天山的描写。

问　您在这里不仅谈到了对外国文学的误读，还涉及了一个被忽视的、国外文学与中国少数民族文学的关系问题。您能否就此谈谈？

答　上面的话题刚刚说了一半。我们的评论家们不会知道，同样在天山的母体里，还有许多远比艾伊特玛托夫重要的作家。比如，哈萨克著名诗人恰克里姆（Shakrem .Kuday berde）等因文学而惨遭杀害的知识分子。他们用生命与作品一道要求着良心的判断。八十年代末，恰克里姆的冤案得到昭雪。当他的诗《Jurke》（心）在演唱会上，被一句句重新唱出的时候，全场泣不成声。而艾伊特玛托夫呢，在他的后期，也许是由于地位的高高在上，作品追着环保轮回等时髦，显现出一种萎缩，比前期要差得多。

前些天我曾在北大地理系做讲座，有一个学生提了这样一个问题："你怎么看待你过去的比较艺术化的写作？"他的意思，可能是担心我后来有不重艺术性的倾向。而我想，稍有些聪明，收获一、二果实，并不是难事；难的是做一个真正有灵魂的知识分子，一个在历史激流中最终不被淘汰的作家。

恰克里姆说，"这条道路上，托尔斯泰是最伟大的先行者。"他还说："我是托尔斯泰的学生。"——同样作为天山之子，恰克里姆的思索要深得多。这说明了他的水平，在这样的思路上，恰克里姆使我感到极大的共鸣。

如恰克里姆．K一样的作家，用他们的人生乃至生命，当了作品的注释。文学的圣殿里，就终极意味而言，容不得作家的一点作伪。哪怕社会暂时处于承认赝品的时代，哪怕以学识指导社会的学者也多是赝品，哪怕思想家没有能力指导时代，既然寄生文笔就要提醒自己：作家的成色，在经受着历史老人严格的审视。

或许，当我们的教授还在打磨那把生了锈的艾伊特玛托夫小刀的时候，那些挂在天山树梢上的、血淋淋的心在呼喊着历史的公正。无疑还要等待；当人道的水平提高的时候，人们对文学的见解也会提高。

只是，一方面让关于中亚文化和人民命运的知识付诸阙如、一面却把艾伊特玛托夫的命题反复提出，这表现了我国评论界基础的陈旧和眼光的偏差。虽然艾伊特玛托夫确是我非常喜爱的作家，我还是想问：是否所谓阅读，也应该接受历史老人的审视呢？

> 六十年代的插队，使我身临异样文化的奥深，身体灵魂都被荡涤一过。确切地说，那以后我的文化和思想，也被冲刷一新。这种变化的过程是一个历史时期，它艰难而富有深蕴。因此我很难容忍（也为此被人们愈来愈不能容忍）对少数或者弱小民族的形同侮辱的采风，以及炒作“发现西藏走过新疆”之类的动作。

不用说，对国际流行写法如数家珍地絮叨不已的人，不光大都不懂一句外语，也大都是少数民族文化的文盲。

问　您的《心灵史》同时吸取经、史、诗的特征，大胆穿越问类边界，创制了一种特异的小说新文体，形成了一种独特的叙事模式。除了创作主体的创新意识所起的作用以外，它是否也是您直接或间接受到阿拉伯 - 伊斯兰文学 / 文化影响的结果？

答　《心灵史》中没有阿拉伯文化或波斯文化的影响，虽然它有强烈的宗教性质。它描写的和它经受的，一切都是最中国式的。至于我，无非是我接受了百姓的委托，为他们执笔，写了他们的一部历史。它无非显示了我的气质和道路——我作为一个知识分子，一定要找到与底层民众结合的形式。

这样一步走完，我可以平等些地读——比如恰克里姆.K 的诗歌，和三岛由纪夫的文论了。我们都生于太沉重的时代，那么多人为之死了。直接影响我这部作品的或许是日本和哈萨克的文学。我用这样的行为，表达了我对六十年代的忏悔与坚持，对体制和异化的大声抗议。它同时是我对血统和文化的母体的报答；是我生而为人，一世只求一次的“语言”和“行为”。

作家的选择其实命定于他的本质。三岁看大、七岁看老。每当我观察健康的民族，总为他人的气质迷醉。无论高桥和巳，无论恰克里姆，他们的一句话一件事，都显着气质的美。然而我们周边，若当真地显迹张扬，哪怕暴露了你的一丝气质，风必摧之，人不能忍。

只是，文学的前途，最终要归结于气质的底色。

至于穆斯林文学，那是一个不小的世界，它当然是形形色色的。与环境的维系，与文化母体的维系，与宗教的维系。从地理上，它有具体的国家地区，如中亚的文学、波斯的或阿拉伯的文学、马格里布的文学、安达卢西亚的文学……从文化上说，有持具体的伊斯兰文化观点的，有的则不然。作家的选择和道路，形形色色无法归纳。

至于我自己，在知识分子中流行对穆斯林的歧视的时候，我喜欢宣布自己的伊斯兰教信仰。但是当身在穆斯林之中或生活在他们的聚集区时，我留意是否发生过我们对更弱小者的歧视。讲得多了可能不好懂：但《心灵史》不仅是对中国文化的一个建议，也是对穆斯林们的一个建议。这个建议中，包括以苏非精神反对缺乏悟性的原教旨主义。

请允许我就在这里借一页纸角，写几句结束语：

同步地受惠于中国文化与伊斯兰文化，是一种难得的幸福；如果你有悟性看见其中的宝藏。如我自己，我的书写语言是汉语，我受到的是中国文化的启蒙和哺育。我幻想用这么一生去追逐一点沟通，倒不是由我去沟通中国和伊斯兰的文明；而是沟通——腐烂不止的文学，与古代中国的精神。

2001 年元旦

2000 年 2 月再改

从石壕村到深井里

那是几年前，也在同样的干燥冬日，我们在大道上奔波时，谁偶尔说到了石壕村，“就在前面不远”。同行伙伴听了大喜，于是减低奔命似的车速，留意路上的字迹标志。时光正近薄暮，暮投石壕村，老妇出看门。当年杜甫投过的主家，是好奇的过客能寻访的惟一线索。

那一家人居然还有后代，只是不知迁到了哪里。唐时古宿当然已无踪影，村民们引过客到“老妇”的遗屋院内，就算完成了导游。——也就是说，一两代人以内，远不过民国年间，石壕村民尚在议论杜甫投宿、一篇诗流传千古一事。有人承认祖宗为店户，且得到一村人的认同。站在小院当中，见窗棂漆剥，石磨闲置，门框挂些红辣子，一串串鲜红而又蒙满尘垢。品味（该说是勉强背诵）那几句诗，觉得这家人仍然该是开店为业，否则杜甫便是错过宿处借农家，多少出乎情理。

“这院就是那家的！老汉跳墙跳的是不是这？那不敢说。”院里一土色农民，笑着介绍。我则一心盘算留个影。忽见迎面墙上挂着块小黑板，不知是孩子练生字用的还是生产队算账用的——我捏块粉笔头，在黑板上写了“石壕村”三字。

然后我们一行朋友，挤在那小黑板下，合了一张石壕村照。暮色真的袭来了，肮脏的小村，被铁路公路的煤灰粉尘涂抹得黑灰懒旧。我猛然悟到，为什么一入河南河北，见人便觉得面如土色如灰了。日夜任一条古今通衢疯狂轰鸣，耳朵和神经百年不变地忍受折磨，何止人乏累不堪，连村落也要皮剥骨散了。

可是，无论同灰脏面孔的农民攀谈，无论在小黑板上用粉笔写村名，无论在后来怅惘地离开石壕村没有再来——我心里总在咀嚼杜甫的那首小诗。它近乎白话，童叟可读，竟然一经传世就是千数百年。这是为什么呢？“暮投石壕村，有吏夜捉人。老翁逾墙走，老妇出看门。吏呼一何怒！妇啼一何苦！听妇前致辞……”

我默诵着，望着浓暗下来的天色。天黑了，就不用再看恶心的陇海线两岸的厕所式建筑，不用再为猥琐的灰色表情烦躁。小小村落已是在用它最后的气力，坚持着火星般的这一丁点记忆。

车愈驰愈快，石壕村愈离愈远。那向导的憨憨农民，那不知踪影的“老妇”一族，那已经不愿标榜姓名的小村庄，都永别一般溶消在一派黑暗里。好像它们在我背后说：村子消失了，那一家人消失了，历史也消失了，只有那一篇诗活着。

同样的乏味风景又一字排开。如今若想呼吸几口清新之气，先要憋住气，从北京南下，直至洛阳，忍住满眼的厕所砖、方块楼、满耳的嘈杂下贱之声、满鼻子的废气热浪，忍住了这千里折磨之后，再睁开眼睛呼吸空气，再试试自己旅行的运气。

自北京向南跳跃千里，风景在升起的山峦影像中复活。太行，王屋，次第耸起的崇山野岭清贫苍茫，驳杂有火红的黄楝秋叶。

车路引向山西。我是济南人，寻觅到济源，让人惊愕的，是济源一带交通的发达。屈原有句：“朝发轫于天津兮，夕余至乎西极”。如今高速路上，虽然并无那样美感，却也是朝发南阳，夕至济源，昨夜王屋飘渺如梦，今日王屋缓缓升起，迎头挡路。

——与朋友们闲谈着这些今昔感慨，忽然见一路标：“东轵城6公里”。

我大吃一惊！几乎忘得干干净净，我自童年起便一直心仪、至成人后几次执笔描摹，我崇敬的古代中国精神——司马迁在《刺客列传》中细致记录过的聂政，其故乡就近在6公里处！

我一把扳住司机的肩头：“左转！”

果然，6公里过轵国残城遗址，稍一问，西轵城尚有几步。过一石桥，田野间一拐，一座古墓封土便映入眼帘。

封土堆南有一小院。正打算叩门问路，一推门，猛地一副对联跳出：“聂公英灵垂（青史），除暴安民贯古今”。心突然激动难忍，再迈一步进院，又一副对联写的是：“人生自古谁无死，留取丹心照汗青”！

同伴感慨地说：这里的句子都和别处不同。有趣的是，这座聂政祠和几年前去过的石壕村一样，也是厢房住着农民，正屋供奉念想。和石壕村不同的是，聂政祠的农民自发募捐，已经为聂政一家塑像立祠，刻碑护墓了。

在聂母和姊聂莹的彩塑之间，聂政被塑得粗糙而天真，一见简陋，却耐人看：他通红的脸上不知是肤色还是鲜血，一双大眼炯炯，眼神单纯而坦荡。我凝视着这三尊像，心里不知是什么滋味。于是随便说了句：“该有一把宝剑。”不料旁边老汉摇头说：“他使的不是剑。”

我听了一怔，赶快刮目再看这位农民老汉。他完全无法貌相，平平凡凡，头发花白，话语不多。

后来不觉间多在想聂政的姐姐。确实，她使这个刺客故事泄露的人情，如今回荡在小小的院子里。

小院里有几通新旧碑石。我仔细读了九五年的新碑。作者署名北岸，以六行字（大约两百字）勾勒如此人物，居然沉稳周到，句句大气。特别是束尾：“余以为聂政一屠夫耳，所以名垂后世者，在其人格。士遇知己，感恩图报，仗剑而行，志在必达……”使我吟味不已。

离开时一脚踏着门槛，同伴故意又问了老汉一句：“为啥非塑他姐姐的像呢？”花白头发的农民老汉不假思索地答道：“没有他姐姐哪有他的名！”

看来，这里的人们早把聂政的故事反复揣摩透了。还想问问农民们对“恐怖主义者”的见解，但是似乎有什么不妥，我们不敢再多说，就这样离开了聂政的墓与祠堂。济源的远山已经朦胧可辨，转瞬过了东西轵城，过了 6 公里的路牌时，我猛然想到——聂政祠墓，他的葬处，是不是《史记》所说的深井里呢？

该向那花白头发的老汉问上一句。无疑他知道得一清二楚。想着不觉苦笑：也就是说，这个地方，我至少还要再来一次。遐想之间，车子已经转弯，回到了指向济源通向山西的大道上。

公路干线上，车马风驰电掣。迎脸扑打着激烈的风，呼呼鸣叫不歇。无论是离开深井里，还是离开石壕村时，人都会有一种稀罕的感觉。它们太苍凉太壮阔，如今已经不能企及。但是它们又确实存在，里程精准，泥土新鲜。

隆冬出门，又无降雪，景色是肃杀又无聊的。幸亏满地遮盖的厕所式建筑中，散在着石壕、深井这样的去处——它们使人永远不能否定这块土地，而且如同着魔，总打算背上行囊走过去。

1998 年 11 月

东本愿寺

看过的佛庙太多了，虽然其中数不清的名寺古刹，但是反而留不住太深的印象。若数一下，只东本愿寺一座，却一直难以忘怀。似乎只有它超越了一宗一教的门坎，给我奠基般的教示。

在日本京都，一东一西有两座本愿寺。都是粗大斗拱，古拙石阶，以及素色的妆画。都有众多信者和堂皇的大学，都是出名的胜迹。

那一年，在“花的日本”和世界排行榜上顶尖的旅游天国——红叶锦绣美丽无穷的京都，我却不是旅游更不是享福，而像是专门去展示中国三好生实况。一连两周，每天随着日本最考据派的学究，大步流星地我奔波在京都。人流迎面来，我却逆着走，穿过古迹公园，钻进阴森森的研究室，找一些干巴老头子，请教“新疆”。

那一天去东本愿寺也不例外。记忆中像是去“见学”大谷探险队的文物藏品。那一天风清日丽，心情很好。在人流中进了山门，没想到，就在古色古香的大殿门口，在砂子铺地的庭院中央，扑面看见一幅巨型的墨字巨牌，白板墨书，写着这样两排大字：“只要人遭歧视，吾则不为人”。

我觉得受到了强烈的刺激。这句话的激烈和罕见，使我如被击中，不能再挪动脚步。它的字面意思更尖锐：“只要人被差别，我就不是人”。“人间”（人）和“差别”（歧视），一组汉字排列对比，像是宣布着决绝的原则。

同行朋友发现了我的惊奇，也停下来欣赏。看着那块黑字标语，他问我，是否知道所谓部落民差别。我只知大概，似乎那是日本式的等级和贱民制度。而差别作为一个词，却广泛用于我们所讲的歧视范畴。

在中文里，虽有语义更精确的“歧视”一词，但我们对它感觉迟钝。差别比中文的“歧视”含义暧昧些，但语感却重。在寺庙里读着尤为如此，至少在山门以内，歧视是为教义禁止的。

朋友说，因为这两句标语，人聚于旗下，东本愿寺吸引了大批部落民出身的信者。望着一些领着两个孩子的中年游客，我暗自猜想，也许它还吸引着失意的、原来以抗议部落歧视为己任的左翼学生。兼之建筑本身极具唐风，用漆素淡，石头青苔，斗拱二分立柱，一派庄重气息，所以寺里香火很盛，人群拥挤。

奇怪的是，自从那一日起，对这两句话，我再也不能忘怀。好像正因只有两句，才是原则。河西山东，我常以它自警，思考自己对大陆上的各色百姓的态度，与他们交往相知。渐渐地，似乎带着这么一个心理原则，我不尽地描写内蒙古，默默地悼念遇罗克，从吐鲁番到西海固，经历了作为一个知识分子的一幕一幕。直至今日，那墨汁淋漓的标语，依然满视野地挂在我的眼里。

而那天在京都的主课，西域文物的参观印象，却无影无踪，忘得精光。有过几次，同学朋友听说我不单看了大谷藏品，还复印了尚未发表的资料，都羡慕不已。我结巴着说不清楚；解释是困难的，只那两个词就够绕人的。我忙说复印件我不要了，可以白给学兄。但是回家一翻，已经寻不见了。

确实，不论北亚西域，在求学路上，我算是歪歪地上了一条不务正业的岔道。已经很难再争取当好学生了。不论是敦煌还是哪儿，对那些世纪发现，我已经不愿顶礼膜拜。我眼中总映着那震撼我的墨迹巨牌，它虽遥远，有过淡漠，但已经不会磨灭。它已然不是日本语，总变幻影像。有时像浓稠的鲜血，淋漓不干，有时又像嘶哑的叫声，从心底朝我呼喊。

2000 年 4 月

沙漠中的唯美

1

不少人听说过，有一个能歌善舞的美女，生逢乱世暴君，她以歌舞升平为耻，于是拒绝出演，闭门不出。

开始人们都很敬佩她，即便陌生人闲谈之际，也对她赞不绝口。几个男女朋友簇拥着她，信誓旦旦。可是时间长了，先是众人对她显出淡忘。世间总不能少了丝竹宴乐；在时光的流失中，不知又起落了多少婉转的艳歌，不知又飘甩过多少舒展的长袖。人们继续为一个接一个的新人迷住，久而久之，没有谁还记得她了。

她逐年衰老，褪尽了红颜。家人的话语中，有了忿忿的不平，也悄悄地有了埋怨。等她觉出忍让的不易后，她便离家索居，避开与亲戚们的来往。

再过了些年，旧友们不再青春年少，一个个都被生计挟制。他们一旦务实世故，就感到与她相处的不自在。守身的她如在谴责，旧友们躲着不愿和她见面。知音一旦失去，她的日子就真冷清了。

她走到池畔，引颈看去，水中恍惚摇动着一个丑陋的老妇，头发脱落，满面锈斑，身材佝偻。她吓得失声叫起来，又马上掩口噤声。她环顾四围，没有人跟随。

后来，就没有了她的音讯。

2

不少人听说过，有一代军人，远古时是这里的人民。可是来访者四顾太平，不闻战叫。只能听听艺人弹唱。

史诗弹唱中说：当敌人来掠夺古老的家乡，骁勇的军人们出征了。仗着祖传的宝刀，他们杀死了食人的恶鸟。他们一身血迹凯旋，母亲搂住他们痛哭。国王发给他们奖赏，艺人把他们编进史诗。

可是终于有一天，国王要他们屠杀人民。他们拒绝了残暴的国王，把杀死过食人鸟的宝刀，扔进了铁匠炉里。国王怒不可遏地扑过来，但是那宝刀在铁水中迅速销蚀，发出尖锐的声响，冒出青色的浓烟。转瞬间宝刀无影无踪，炉中只剩下汹涌的铁水。

史诗就在这里结束了。那些传说中的军人，他们究竟是被国王杀害了，还是被监禁至死；史诗里没有唱。随着时代更迭，连熟悉传说故事的人也少了。路上时而列队走过荷着武器的队伍，小孩子们也照样玩着打仗的游戏，虽然没有宝刀。

不过，那里还使用铁匠打的锄头劳作。

3

不少人听说过，有一种乞丐，他们一贫如洗沿街乞讨，却一丝也没有失落了气质。阳光里，迷路的鸟儿和狗只有他们喂食；寒夜里，倒卧街头的濒死老人只有他们递过一块毡片。接过一口干粮时，他们感激的是神；被暴风雪逼进角落时，他们埋怨的是运气。他们不去附和官府，不盘算哪怕一个糊口的营生；富人和老爷刚刚施舍一过，就被他们忘得干干净净。

在街头，我看见一个长髯的老者。他并不言语，只是唱歌。他的沙哑喉咙难言的迷人。路人掷下小钱后，不知为什么总是连忙逃走，他使人们不敢正视。时刻到了，他在熙攘的人群街心当间就地跪坐，旁若无人，竟自祈祷。人纷纷停步，不敢打搅，连汽车都开得缓慢——那时十字路口出现了罕见的气氛。

等他起身，街路才恢复了忙碌，又是车水马龙，人流滚滚。一个好奇的孩子紧跟着他，可是不知他要到哪儿去。人人都在路上奔走，只有他，蹒跚走着却是在奔向梦境。

4

不少人听说过，有一头犍牛，它在漆黑如墨的夜里抵挡着一群饿狼。牛圈里都是柔弱的乳牛和牛犊，房子里的人正在酣睡。它独自苦战，狼轮番向它扑来。它用一双断角挑穿了一只狼的肚子，黑臭的污血溅在地上。又是一只狼扑来，被它撞死在栅栏一旁。狼群仍在冲上来，它渐渐力气耗尽了。

第二天早晨，睡足的人心满意足地走出房子，突然看见一断角牛四腿斜斜地后蹬着，血迹斑斑的头颅古怪地死顶着墙。在牛头和墙之间，一只狼被两只断角牢牢地钉着，钉死在墙上。牛已经死了，但它的致命处并没有受伤。人看了好久才明白：它是在极度的拼力、巨大的狂怒、和再不回头的决意中，“挣”死的。

5

不少人听说过，有一匹白马，它有纯白一色的皮毛，即使一身汗水，颜色依然如银似雪。

后来它自然老了。马在长到了十多岁以后，骨架就开始改变形状，再后来，马的骨架开始粗重宽低，呈出老马的形态。牧人们只要看见一个马影就能认出马来的本领，主要是根据骨架和毛色变化的规律。但是，这匹马却特殊；它一身的白颜色一直不褪。鬃纯白，蹄踏雪。内行的长者们常常欣赏地打量着它，啧啧称奇。

终于一天，它的主人走了。它站在草地上。头低了下来。它不吃草，不饮水，垂下的头像是在嗅着草地的气味。一连几天。在草原，牲灵的殉情并不少见，人们有些沉默，但是没有惊奇。

大概是在第三天，一个路过的牧人发现：老白马的毛色变了！由于这个原因聚了不少观看的人。大家眼看着，在太阳不变的照射下，马儿身上的白颜色，却一刻刻愈来愈暗。傍晚时分，它轰然坍倒，伏卧在黯淡黝黑的草丛里。

6

不少人听说过，有一类孔雀，只是由于造物的钟爱，它生得天生丽质，美羽如梦。它总是仔细地挑选宿地。因为它不能容忍树杈荆棘，生怕在熟睡时，不觉间会损坏了自己那金莹蓝亮的羽毛。

而山野中，择木而栖的习性谈何而易呢，往往是绕木三匝，无枝可依。往往只能潜伏荒草杂树之间，度过长夜。

动物的唯美中，也许孔雀是最极端的例子。视美甚于生命的孔雀并不迁就。仅仅为了保护羽毛的完美，它选一株高些的枯木，立身其上，睁着双眼，彻夜不眠。这种行为，于人类是不可理喻的，于动物也是不可仿效的。尽管有痴情的雌鸟一同落下，在旁边依偎做伴，它仍然被如此的夜不能寐折磨，渐渐身心交瘁。黑暗里它有时孤独地开屏，默默地注视着混沌六合。然后勾过柔颈，梳理着背上的金碧，蓝绿的尾屏。据说那时的树林会幻变，在那种时刻有幸靠近一窥的人，能看见涂金镀银的梧桐森林。

7

不少人听说过，有一首藏之山野的好诗，它不肯出世。但是人们听说了它，代代追求，为了得到它不惜呕心沥血。有过一些诗人，由于苦心渴求，几乎靠近了它。他们形同中毒，得句不合时尚，发想抵触众人。节祭集会时，他们不能与人唱和，同仁切磋时，他们不能与人答问。他们放浪空山旷野，独自吟诵久了，不觉又凄然落泪。因为他们心中明白：自己并没有获得那首诗篇。

有一个放羊的小孩，性情快活，喜欢大声唱歌。他的歌唱得非常动听，据说连羊群听着都会忘了吃草。放羊孩子听说了诗的故事，他被深深迷住了，每天都对着大山诉说祈求。他对着大山高声呐喊，群山回响着，声浪遥远又缥缈。他倾听着，捕捉着，想记住这空谷绝音。

谣传凭空而起，外面传说山里某处埋着一个铁函，里面锁着那卷神诗。暴君也听说了，为要抢夺神诗，大兵进驻了山里。不用说，诗自然是不会这样出世的。暴君得不到神诗，就把放羊孩子杀掉，把村庄付之一炬。

奇迹出现了。以后每逢大火点燃，群山就如同苏醒。在连山之巅，显示出一线炫目的光，同时从山腹向四方六合传出动静，送来一片天籁般的音响。

人们说，它就是那首诗。

1997 年 2 月

中原迷茫

1

如今的中国，居然还有这样的思路。不，是连续的后代也一路追寻到了这一处断层死角，这使我心中震动。在苍凉的大河冬日，北方的风景一片残破。飘动的青青衿带，如今遥遥地一去不返，如同不来相助的衰落文明。

能够如此细致的读解，就使得关心已经超乎我一己之上。质疑者应当是我；是我要替退出了的一代、替颓唐了的一代、替分道扬镳和彼此敌对的一代，替疲于生计和逃脱收敛的一代，向你们提问。

2

在追踪那些飘舞青衿的时分，你们可曾想到过，其实即便在烈士们还活着的古代，他们也只是决绝地离别。和同类是多么难以交流；荆轲幸而没有留言，所以青衿不曾被污水泼溅。他们都渐渐活得习性沉默，与文不说书，与武不论剑。对着这简练的阙文断语，从司马迁到鲁迅都有过一丝失语。你可读出，他们谁都有些难于措辞。他们不求归纳强做歌颂的，只是一些无援绝望的战士。区区人格不该是依据的岩石，那是土崩瓦解之后最后的兵器，如同那几柄和这个历史一样古老的，鱼肠刀、徐夫人匕首、雌雄的剑。

3

本来中原应该是大器之极，守如山林，动如风火。于拙朴中静听他人倾诉呻吟，在出世时一发千钧天下震动。可是百年来不知为了什么，孳生着如蚁的喧嚣侏儒，代谢着乏情的铜臭女辈。风潮欣赏下流，公论嘲笑正义，这是一个多么畸形的人群，这是一个多么病重的文化。我自孩提时想象和热爱的大陆——它衰老了。

屈辱的历史，残暴的权势，苦难的人民——每一个青年出世，都面对着这三位一体的矛盾。鲁迅又指出了第四个：卑污的智识阶级。

这古文明中还有简练的利害一词。利，如香喷喷嘴前摆的一块肉；害，如明晃晃头上悬的一把刀。鲁迅感慨没有“敢抚哭叛徒的吊客”；可是他知道吗，吃刀前先要割喉毁膝，烈士们都是跪着和无声地饮弹受死。并没有临终高呼一声的、那最后的人道的可能。其实已是噤若寒蝉，但是智识阶级还要追着送一个高调煽情、表演凶猛的恶谥。孤魂的鬼，谁愿意去充当呢。

4

寄托应当只在青年。但是青年多不可信。不必说从荆轲到鲁迅都曾经对青年失望；微小如我，青春做伴的朋友也大都没有践约。

曾几何时，英雄气短，世上仅余暧昧一途。文字不敢暴露气质，做人谨慎显示血性。即便这样舍舍规避，还有同类的追逼，刻毒的剿杀。举义也是可能使人疲惫的，文明的失败太多以后，人会反感文明，放弃责任。特别是，它一边呼喇喇地大厦倾，一边还镇压弱小杀伐人道；看是土崩瓦解，却又构筑体制。

只是人各有性，咂吮过的稀薄乳水，如今发酵成了浓烈的情义。别又来，舍难弃，人生就这样地度过和巡回。谁曾矫情冒险，谁以好意为主义？不过是交还养育一场的奶水之恩，不过是虽知不可勉为其难，不过是旷野一人独自举礼，胡乱祭奠那飘飘青衿的影子罢了！

5

最后求索于无名的民众，最后把秘藏和心灵和盘端出。一瞬间有过儿子的满足，为着你接济过这枯水的大河。但是且不说以自由为交换，且不说这需要特殊的前定和神秘因素——脱口而出和剖腹取心的惩罚，是最深刻的。

疼痛的感触告诉你，再也不要存着幻想。在这里，保留和隐瞒、识时势和守中庸者才是得胜的。这样的交流是值得的么，以后的每一天，都会这样自问不已。还会自问，民众难道不正是由于怕当孤魂的鬼，才结成了那样奇特的一群吗。那么，像民众一样淡漠地看待世道吧，万物都是造化的意欲。前定应该消亡的，也许就该让它消亡。终将难免一别的，也许就该揖手相别。这是最后一个也许：与其忧天如古怪的杞人，不如顺天如淳朴的民众。

在中原的厚实土地上，我行走，我住宿，我缄默，我寻觅。“青青子衿，悠悠我心”。今天，青衿就是黄土高原上，结群做鬼的、农民的黑棉袄。世界和百姓轮番地教育着，我的心不再焦躁。

6

不知多少次，不知从多少个省份，我总是竭力寻到一处渡口，接近黄河。只要抵达就够了，仿佛这方式是人生的一部。若是连这都嫌奢侈，那么就在支流、在边界、在这大网拖曳的任何一个点和结上，竭力接近。

风景虽然因地而异，但都涂着北方的旱渴黄色。屏息于大河之畔，我如一块锈石，凝望一派浩渺。冷冷的流雾如黯淡的襁褓，此刻的感情悄然而真切。这是中原，难离难舍的大陆。尽管混沌中没有一点亮色，但是感激如一股医药的苦汤，滚热地淌过，穿透了堵噎的胸口。

尽管，我依然不能排缱胸中的一丝憾意。我辨不出那些古代的声音和影子。风声水声，没有浊哑慷慨的古乐。烟村峰峦，没有青青的衣影飘过。我依然每一次都觉得，视野中的苍茫中原如死灭的古谶，它不解不答，不惊不动。

1997 年 4 月

长江社版《黑骏马》跋

《黑骏马》这个书名一直没有使用过，原因是因为我曾经想写一批草原小说后，再用这个题目为集名。但是后来一切都事不由己；主要是内心世界的矛盾和抉择，使我总是急着做下一件事或再走一步，而不能把每一次的感受写饱满。

我很不喜欢在集子上添序加跋，尤其当觉得该讲的都在正文中潜在之时。不过有时也有随波逐流的轻松心境，尤其是当我写作并出版了《心灵史》一书之后。

此集中我附了一个作品目录，看着它时，我明白了这几年自己走过的步伐长短。大约一年左右就有一次形式的变化，我总结时认为这是不容易的。比起早期写作的《黑骏马》，这个目录上列满的，是完全陌生的作品。

我并没有追求在这个丛书中获得再一次表现。选入此集的作品大多仍是易读的。真正的与时代与世纪相匹敌对峙的文学，还要在远远的以后才能被珍视。要等待，要等待一种完全不同的价值观，并等待一种新的人；否则任何对于超越时代的标榜都不过是简单的广告。我一直这样想，也相信会有那个时代到来。中国是博大的；无论何时，把中国理解成一片肤浅和庸俗，都反而会证明自己的肤浅庸俗。我对中国充满了期望，而且一想到此，心里就觉得很充实。

1993年3月

彼岸的浪漫[①]

年前曾在东京的橱窗里看到一本文化批评期刊。封面上有一个一语中的又极度戏谑的通栏标题："献给濒死的当代文学的最后的心脏按摩"。望着它只觉又开心又惊奇，于是就记住了它。

后来多次觉得，这句戏言也可以馈赠给我们亲爱的文学界——因为他们已经完成了使这世界没人看、更没人喜欢小说的伟业。确实，如今的多数小说，不消说也包括空洞的散文乏情的诗——已经不能感动任何正常的人。

尤其是那些火鸡露屁股般炫耀技巧的作品（那是人们早在八十年代就玩剩下的）招人哈欠——我打听过不少读书者，大多都是翻个一页半张就随手扔开了。大都是，开头已猜测到作者小小的伎俩；

① 《彼岸的浪漫——我最喜爱的浪漫小说》，张承志编，新世界出版社版。

读完更发现了作者空空的瓤芯——真实比预感更可悲。

我也一样。出于职业的需要，虽然我常告诫自己：一定要对同行秀做大体了解、要定期地抽点时间阅读、要注意作家最要命的病是自闭症和自恋狂、你这种一读就睏的毛病是危险的——但是，阅读的条件之一，是作品的吸引力，以及必要的感动。而它们没有如此资质，如无磁的塑料制品。我着实读之不进，也实在无法喜欢。

渐渐地，我不再尝试对它们愚公移山。原因很简单，我自知并不是在蔑视小说艺术。不仅确实存在我喜爱的小说，而且存在着相当深地镂刻于我心的小说。它们不仅曾经给我启发，而且还永远地对我启发滋养。为了读懂那样的小说，我已经不止一次背着行李省下饭钱，一步步踏寻它的场景；或者费了大劲学习外文，以求咀嚼原文体会本意。

——这就是我答应编选本书的一个原因。

1

一个初遇的作家是前苏联的艾依特玛托夫。不知今天的民族主义风潮是否使他打算取消姓氏中的ov，恢复突厥式的艾依特玛特。

前苏联作家对中国的文化输出，真算达到了极致。政治的严峻前提，至少使中国人极细致地研读了他们。我读苏联作品读得少，但认真读了艾氏从一个天山牧民的代言人到藉民族为标签的官僚的很多作品。停止于他的长篇《断头台》，一部庸俗的败笔；开始于他的《江米拉》（查密丽亚）——令人类自豪的美文。

那些对天山腹地高山牧场及其住民的抒情，换了谁都可能写坏，而艾依特玛托夫写得淋漓尽致而不失分寸。我因为有多年在东部天山调查的体会，因此对他的西部天山描写目瞪口呆。

在中国他的理解者，是有双语的哈萨克和柯尔克孜小伙子们。1982 年（或是 1984 年），我曾在新疆和一个这样的柯尔克孜小伙子邂逅，记得在乌鲁木齐文联附近的一个小饭馆，我们俩居然谈着艾依特玛托夫这一个话题，从傍晚直到深夜。

我们逐字地讨论着艾氏的用语，把音译或意译的汉译还原为突厥形式。那天的小馆人影稀疏，只有我俩对坐着，时而滔滔不绝，时而为一些无法译出的美感，叹息不已。乌珠穆沁的知识有力地支撑了我，否则我根本不是这突厥小专家的谈话对手。关于小说《骆驼眼》的话题是我提起的，因为我藏有蒙语所谓 botag（一岁驼）的容貌。他为我确认了那是固有语词 bota - köz，一岁驼羔的眼睛。此词意为美丽的眼睛——蒙古牧人一听便啧啧声羡，因为他们熟悉驼羔的美目。哈萨克人则自豪，因为是他们完成了从驼羔眼瞳到观念中美目的抽象。

若想体会到文学的这一层，需要地道的而不是教授圈所云的“文化”。面对力透游牧本质的文学，需要深刻的牧人体验才能理解。所谓才华恰在这里，他不仅写了而且写到了极致。这一切，对哈、柯朋友讲半句就彼此意会了，而对修养不足的汉语文学界，讲述是困难的。

当然还不仅这种草地掌故。艾依特玛托夫主要依仗的是有底气的抒情。那些大段大段的描写、随意掺杂滴洒着马经草经的妙笔——真是太美了。那享受无法忘怀，读一遍像是洗了一场美的沐浴。他凭仗的是神奇天山的灵气，所以他拥有无敌的艺术。回忆起来，若是没有读过他，可能人生不至于因之残缺，但是那将太可惜了，没有那样读过简直不算读书、没有那种在阅读中被美好感觉浸泡的经历的人，简直太不幸了！

在七十年代初的内部书《白轮船》里，他已在顶点。他写到了死，那个敏感的柯尔克孜男孩无法接受世相，在激流和憧憬中淹没了。

以后他的分量在减轻。《花狗岩》这个词组不再具备那种突厥式的情绪和寓意。《别了，古丽萨雷》的马名（花黄马），大概不一定会使牧民喜欢——当然不仅题目，小说像在凑篇幅。对于一个巨大而深奥的领域——游牧的中亚突厥民族的伊斯兰教及其穆斯林生活方式，他没能突破桎梏，无一字触及。最后是一本败笔，时空倒错、环境保护的《断头台》。全苏作家领导人、还有国际名人的高位，使他异化并退出历史。

用不着感叹。他已经足够幸福，他的母族柯尔克孜已经足够自豪。他已是天山之王，很难想象更好的天山作品。

他小说的文笔其实是旧式的。他急着要表达的那种浪漫，其实只是一种游牧民族的心情。他成功于此，因此而不朽。我本人特别向他学习了一些修辞知识，以及模糊的“游牧民族的心情”。

2

记得那时，有一次几个北京作家和一个美国作家见面。说到海明威时，他吞吞吐吐左旋右绕。我发现外国人对海，并没有像我们那样推崇。如今我不再觉得奇怪了。海明威并没有“影响了一代中国作家”，倒是八十年代整整一批作家都人云亦云地言必称海，就像这些年又在言必称略萨或《似水年华》、必称坡力哈特和《国家地理》一样。

当企求表达、机智地晓得了要经过形式，当作家意识到要“变”一家伙才成的时候，海明威和他的句号排列的电报语言，他的硬派写法，给人提供了最对写家胃口的资料。虽然也有眼光更深、洞知阴柔克阳刚真理的作家（如阿城若贾平凹），但海明威的确是国产小说转向现代派的一大桥梁。

他确实是个影响作家的作家——不过比内容更多的是他那亦我亦你、亦叙述亦烟幕、亦念叨亦神经的形式。对于一部分人（包括此刻汗颜的笔者）来说，他们正渴望那种快速而易于速成的笔法，于是海明威的“影响”成功了。

不过老海对中国的影响没有多久。老辣的中国文化，显然不是区区海明威所能驾驭的。曾几何时，连海明威作品中的正义和连同那硬汉子派头，都已经暴露在中国人阴损的嘲笑之下了。

比起艾依特玛托夫，也许海明威更没有获得“永恒性”。艾依特玛托夫还会保持着更长的被欣赏和怀念的价值，而海明威则旧了。他没有成为小说的新古典，他只是旧了。因为当年只是一个新，所以后来他旧了。

语言还是新鲜、简洁、一泻而下的，但已能清楚看见雕琢和刻意。看着作者在凭能力而不是凭打动人的内核长篇大论，我心里开始不以为然。包括《老人与海》，它不能如那种伟大作品一样面对读者。

《老人与海》不过以形式取胜。这样的小说怎样影响了人们，其过程应当很有趣。不能说它内容苍白，但也很难说有力。我猜在拉丁美洲寻找自己的别墅，是美国佬的一个风尚。住在古巴的美国文豪海明威，与古巴渔民之间有没有一种微妙的隔阂呢？

或许第三世界的知识分子已经有权说，文学或学术的潜意识中的殖民主义气味，最终会招致反感以及清算。海明威有没有传染了这个病呢？当看到他那部庸俗电影《乞力马扎罗的雪》，画面上架着帐篷的一对白种男女，使唤着黑仆、眺望着雪山、并用现代派语言谈论一只死狮子——真让人恶心不已。

原来打算选上《老人与海》，毕竟在一时为我仔细研读过。但海氏版权已被我国某出版社买断，本书不能选用。

这样也好，省出篇幅选更好的。本来我就暗暗觉得那打渔的老头，形象里哪儿有点毛病。海式语言中的电报技巧，在本质上是做作的，经不住重读，不是大家手笔。他作品中的一股“外人味”拂之不去，而这正是文学的大忌。

3

真正值得叹服的，还是梅里美。如果你要我不是从全面而是从文学性——指出自己最佩服的作家，我选法国作家梅里美。

最近我写了自己追寻梅里美名著《卡尔曼》场景的一篇散文（《临近的卡尔曼》）。我说过这样的一些话：

> 一忽儿我猜到了梅里美的思路，他恐怕曾经沉吟良久。他需要一位底蕴与卡尔曼精神相当的美男子，为了给将要出场的吉卜赛美女配一个合适的伴儿。——怎样才能达到不是阅读的、而是一种如视觉如画面的匹配感觉呢？我明白了：渊博的他选

择了巴斯克人。

小说开篇处，有一大段对古战场孟达的学究式语言。后来我才知道，那段看似随口道来的引子，是梅里美借小说一角，相当认真地（虽然口吻轻松）发表着自己的学术见解——他对孟达位置的研究。梅里美提出的甚至不仅是一家之言，他很可能是最早的一位古孟达地望的正确诠释者。

抑或梅里美就是在与某些语言学家抬杠？作家不满意低质地的学者的现象，在文学史上总是间或有之——孟达古战场和巴斯克民族的精湛例子，使我直觉地意识到：对这个结尾，梅里美是在有意为之，他是较真的和自信的。

梅里美大概给了我如下的、关于“浪漫”的启示：

第一，小说之内——流畅如水的叙述。比起梅里美的白描，艾氏的强抒情加风景画如同儿科；海氏的打电报和硬汉子更是作戏。

第二，小说之外还有思想、主义、发现、学识、异调、立场。比常见到的小说多几重的内涵。小说中的知识乃至学问，不是为了显示过人一等的丰满，而是预言作者的先觉。

如今看来，《卡尔曼》里的孟达考证不过牛刀小试；作者对吉普赛抑或巴斯克式的人的存在方式，以及对他们悲剧的预感才是大家的着眼之处。前者在纳粹时期（吉普赛人是纳粹种族灭绝的对象之一，约死亡 25 万人，而且最早被使用毒气室杀害。但在纽伦堡审判中他们的受难无人提及），后者就在当前（巴斯克曾被弗朗哥右派军人政权剥夺了包括语言在内的民族权利。因此导致的巴斯克部分人的武装对抗，至今是西班牙的绝症）——都被逐一验证了。

第三，对爱情和性的写法高人一等。不做官能的描述，但给人以更大的空间和静态的磁力，使人难以忘怀，因此也更具魅力。我无兴趣顺便言及国产女写家的肉体写作，但因此选编了我国古典，冯梦龙之《杜十娘怒沉百宝箱》。它也是这个道理的一个例证。

第四，数十百年后，依然使人对故事和人物回味。这种作品，使人浮想联翩，但是难生狎念，良久余香不散，只觉绵绵慨叹。那浪漫是刻骨的，不是勾人的情节，而是内里的什么。那种浪漫，左右和指导知音读者的一生。

他笔下的小说是不朽的，他笔下的文化也是不朽的。这一切——故事、人物、文化构成了一种美感，别人难想难及，魅力如蚀如刻。

他描画的“异族”那么光彩夺目，使得当年羊皮为服酪为浆、正值身为异族的我，一下子就被牢牢抓住了。远在艾依特玛托夫之上，是他影响了我的文学趣味和笔法，也影响我开始了类似的观察。

梅里美的异族描写含意无穷。

异族不但给了他驰骋天地和抒发学艺的可能，也使我愈来愈认识到——尊重他人的立场，即真的人道主义。

4

感动于当下的中国，看来不但已是一个多余的词，而且是一个招致围剿的、穷酸而虚伪道德的词儿。我们的新潮精英，因为他们自己本质的下流，所以对一切具有美感的东西都充满敌意。但文学虽然对他们本来就是厕所，而对更多的人而言，却仍是人生苦恼的良友。我不对当下听着刺耳的“浪漫小说”加上自家一解；但我想我划定的与厕所精英的边界，基本上是“感动”。真情的感动，经验的感动，认知的感动，大约就是它了，除此还有什么。

就文学的学术概念而言，我不知把它们归类为浪漫小说到底是否正确。但我已经提出了感动的原则。它们是我心目中的伟大的小说，它们永远地感动着我、它们是给我以人生各个阶段的关键指导的文学遗产。

这种浪漫作品，不是现实主义也不是抽象主义，不见得写异性更不见得写故事。它们未必使用抒情手法，有时金子般的真知灼见、有时一种终点般的知识，能使度尽沧桑的老者潸然泪下。它们如春雨落地，寻找等着的草籽。一些人因它们而开始了人生。没有他们人类就不能奢谈文明。它们拥有永恒的吸引力，如地球的一个磁场。它们有力量夺取人的心。它们使人从十八九的中学生时代一直到悲叹白发的五十七十，不能忘怀时时感动，它们使人们一代代地反叛世俗，非要步堂•吉诃德先生后尘投身逆旅，不顾惜地赔上自己可怜的生计。

出于这样的思路，此书还选入了托尔斯泰的《哈吉·穆拉特》和鲁迅的《伤逝》以及一章《一千零一夜》。它们都不能简单概括，都是一线牵动远近，可涉及到许多话题。

尤其托尔斯泰，更不用说这一章《一千零一夜》，它们拥有的内涵，都远远超出了区区文学的框架。我几次犹豫，终究还是无法以这样的短论，几句带过如此的话题——我们面对的是一个或几个浩渺博深的大海啊。既然无力做最低限的概括，那就干脆不写一字。伟著是不死的，读者是无限的，在如此的分寸地步之上，无需我愚蠢地介入。

5

最后一段，留下我也不甚懂得、但我时时都在捉摸的堂·吉诃德，让我们大家一起猜谜。

我说不清对他的感受。但我直觉，他是我的浪漫榜上的第一人。

这里节选的是连续的两章：讲脍炙人口的大战风车故事、和书之缘起的第8、9章。像《红楼梦》的第四回是“全书的纲领（毛泽东语）”一样，我想《堂·吉诃德》一书的纲领，也许藏在第九章里。

刚刚从西班牙回来，回忆起在那里与人谈及堂·吉诃德，便觉得以前中国的介绍不得要领。没有什么对“陈旧的骑士小说”的清算和嘲讽，只有那个悲容瘦马、神经兮兮的难忘形象。

谁都忘不了他。谁都把他当作倒运的良心、正义、以及自己。以前的骑士小说早就灰飞烟灭，鬼知道它们是否存在过；若说骑士惟他莫属，倒不如说——它是继承了包括骑士小说在内的传统的一名人们心目中的惟一骑士。面对一切强权和不义，惟有他给予人们和弱者以一种纯粹象征的援助，和一种温暖的阿Q式的心理安慰。只能自嘲的我们的生存，证明了塞万提斯的半做自嘲半是宣言的写法，是正确的和必要的——否则谁对付得了如此恶毒的伤害。我觉得中国人会对此体会得最快，所谓"嘻笑怒骂，皆成文章"，中国的文化语境，教训得每个人都渐渐学会以嘲弄为发言方式；近代的例子，你可以看看鲁迅。

这是一个不谋胜利、奔向失败的骑士，一个与盎格鲁·撒克逊的"绅士—骑士道"完全相悖的骑士。当然，它也同日本的"武士道"风马牛不相及。

这是一种弱者和败者的、无力民众的、被侮辱和被压迫者的骑士。他取胜无期，活该倒霉，一次比一次惨，但他就是不认输。

他甲胄在身，人在鞍上，继续着给我们大伙儿表演奇异的示范。他使失败者破涕为笑了，使他们获得了满意的暗示。

对此书深意的发掘尚未开始。所以中国的几种译本，对读解这部奇书，对探讨它的一些隐喻和疑点，显得缺乏敏感。在旅行西班牙的日子里，虽然我听说了一些对本书原意的新鲜探讨，以及一些发人深省的颠覆性研究，但我不是一名适当的转述者。我只在这里对第九章提醒一句，并愿和读者一起关注对堂·吉诃德的历史性发掘的消息。因为并非堂·吉诃德先生与中国人无关。或许中国思想的危机处境，更需要堂·吉诃德精神的补救。

或许包括本书选入的许多大师也会终随逝水，而只有伟大的塞万提斯，只有伟大的堂·吉诃德·德·拉曼查和他的同伴桑丘，才将是文学史上最终青史留名的头号伟人。

6

这里集中议论一下译文中的瑕疵。

它们多集中于原著中的双语、以及复数文化的细部。换言之，集中在原著的最丰富、最耐吟味的地方。

以前我曾多少对一些名著的部分译语吹毛求疵，还不是因为那些瑕疵导致了译文暧昧或失误，也许我的意思是想说：并非要去追究中译者的修养问题，而是我们该在这些地方补充自己的修养了。都是一些零碎的发现；除了突然发现瑕疵的惊奇之外，也有突然意识到大师蕴含时的感触——两种都使我耿耿于怀。

如《查密丽亚》。若把哈萨克或柯尔克孜语的“江米拉”自俄文译为“查密丽亚”，那么作品就丧失了一层中亚韵味。Jamila，是一个常见的伊斯兰经名，尤其常见于中亚游牧民族的女孩。当然它的语源是阿拉伯语；比如五十年代曾有一部描写哈萨克牧区的电影，题目就是《哈森与江米拉》。不用说我国译族名 Kerk-Kez 为两个词，“柯尔克孜”和“吉尔吉斯”；后者译自俄语，发音自然不确。

再如，在《临近的卡尔曼》里我针对《卡尔曼》的译文写过：

“译文中类似的粗糙，也流露在对付比如阿拉伯语词的时候，如译阿不都·拉合曼为‘阿勃拉·埃尔·拉芒’。”

阿不都·拉合曼，Abd al-Rahman，阿尔·安达鲁斯（Al-andalus，

即西班牙的穆斯林时代）的科尔多瓦王国的著名国王。傅雷自然是根据法文转写，把这个并不罕见的阿拉伯名字译成了“阿勃拉·埃尔·拉芒”。这会导致费解。虽然不能过多苛责译者，因为依据一种语言是翻译的基本；可是在涉及重要文化背景之处，查对人名、地名的原文发音再添加注释是必要的。

《卡尔曼》中译本应当指摘的粗糙，是傅译删去了最末一段关于罗马尼（即吉普赛）的语言学例句。本书对所选译本，无论注释或原文均不加触动，一律遵从原貌。对傅译删除的最后一段，也没有依其他译本补足。有心的读者，可对照后出版本。

《堂·吉诃德》一书中也有一个值得注意的地方，即第九章记录的，作者在托莱多的旧市场上，发现一卷阿拉伯文书稿的叙述。他请人翻译出来，书名全文是：

> 《堂吉诃德·德·拉曼恰传记》，作者是阿拉伯历史学家西德·阿麦特·贝嫩赫里
>
> （西班牙语原著为：Historia de Don Quijote de la Mancha，escrita por Cyde Hamede Benengeli）

这个“阿拉伯历史学家西德·阿麦特·贝嫩赫里”的名字属于谁？是小说家的虚构么？我们无法做更多的猜测。但这几行里也许藏着《堂·吉诃德》一书的最深秘密，同时也藏着作者米格尔·塞万提斯的一个最想纪念的名字。

能说的只是：西德（多译为“熙德、赛义德”）有两种含义，一是“先生，阁下”，在西班牙的中世纪，因一部《熙德之歌》使

得这个词很著名。另一种可能则是“圣裔”，指先知穆罕默德的后代（在临近西班牙的摩洛哥，这个词冠于名前时多为一个称号，意为“圣裔”）。另外，对于了解安达鲁斯时代西班牙的人来说，“贝嫩赫里”之名的原文Benengeli中的Ben很容易使人联想到阿拉伯语中的“本”（即儿子）。

马坚先生在所译《阿拉伯通史》（商务，1995）中写过一个译者注：“《堂·吉诃德》第九章曾说，作者在托莱多市场上买到一捆阿拉伯语的旧字纸，请人译出来是：《堂·吉诃德·台·拉·曼恰》，阿拉伯历史家熙德·哈默德·本·因基里撰。”

面对语言资料中的双语的问题，幸好有伟大的托尔斯泰做表率。读到他的时候，文学作品中的双语缺憾，变成了双语的甚至更丰富的文化养育。托尔斯泰的语言修养非一般所谓大师所能比拟，他不仅了解，而且重视被描写对象的语言问题。与其他译者的草率处理相反，托翁常常给我们传送宝贵的语言资料，应当说，是心情的资料。

《哈吉·穆拉特》里包藏着不仅阿拉伯、甚至还有突厥的语言信息。除了大量一般的伊斯兰的问候、知识术语外，托尔斯泰的语言学记录，使我们可以感觉（虽然还不能推断）车臣民族的突厥因素。如下一组对话，与今日维吾尔语毫无二致：

Ne habar？　　聂　哈巴尔（有什么消息？）

Habar yok.　　哈巴尔　约克（没有消息。）

当然，这种突厥因素往往又是源于阿拉伯的，如habar（消息）

一词就是这样。阿拉伯的文明因素不仅以宗教的、而且以世俗的形式，介入了许多穆斯林民族的日常生活。尤其在一部分恰处文化提升前夜的民族中，其语言里阿拉伯借词附仰皆是。

在一篇毫无费解、极其流畅的中篇小说中，有多处这样的例证。不用说还有大量的历史和宗教记录，尤其是穆里德制度的描写。然而，中译本的“缺憾”同样存在：尽管托翁已经苦口婆心提供了那么多资料，但译者还是多次用“真主之外无真主”这一错误译法，顶替“万物非主唯有真主”的原则翻译。更不消说，译者并未弄懂，无论从清真寺顶上还是从开枪的车臣战士口中传出的——都不是“歌声”而是“唤礼辞”，所以也就不该译为“唱”了。

恰恰这个“唤礼辞”译得混乱，居然连《一千零一夜》也不例外。译者把常用的“唤礼”或“宣礼”（即呼唤人来礼拜）译为“招祷”，使人不得其解。

还有，若所引“我创造人、神，以便他们尽膜拜的天职”（古兰经 51 章 56 节）一句，其中“神”一语应是 al-Jin，镇尼，即精灵，和中国人讲的“鬼”很近似。译做了“神”，会出现概念的混淆。

加了以上的选编者议论，主旨是想强调一个态度：无疑，丰富的浪漫主义从来有着丰富的文化内涵，缺乏内涵的热情既不能支持人或民族的道路，也不能支持耐久的阅读。一元中心的文化潜意识要受到不断的纠正。我们虽然只是文化的后学，但从我们这一代起，中国会有人——把求知的步伐，迈向各种文明的奥深。

书序一经作家执笔，就会发生一个毛病。作家总是自言自语，忍不住地扯及自己。我这个序也未能免俗；它们无疑只是一瓢之饮，而且串联着个人的体验。编者总是不觉把书编成了自传的背景注。署名编选的办法，自然会显示编者个人的原则、修养、偏见、品味，深刻建议的可能和低级趣味的可能各占一半。会不会已经出现了错误呢？——所以，说到头来，一切惟有仰仗读者自己的选择。

以上。

此文大致基于一篇题为《彼岸故事》的旧作，后来补写繁衍，草成滥竽，聊作塞责之序。

改于2003年5月，地中海归来之际

日文版《周恩来》译者前言

1976年，是中国现代史上充满着动荡与斗争，悲痛和喜悦的极不平常的一年。在这一年里，我们中国革命人民接连失去了我们敬爱的周恩来总理、朱德委员长和伟大的领袖和导师毛泽东主席。也就是在这一年里，我们的党经住了毛主席逝世的巨大考验，我们的人民以历史主人的姿态，自觉而英勇地参加了反对“四人帮”这一新生资产阶级集团的斗争，有力地支持了以华主席为首的党中央。七六年使我们感受到失去领袖的无限悲痛，使我们经受了连续的自然灾害的沉重打击，亲身体验了“四人帮”实行的资产阶级法西斯专政的野蛮残酷。在经历了这一切以后，七六年又给我们带来了“四人帮”垮台后的由衷喜悦。七六年给中国革命人民上了大有教益的一课，上了历史辩证法的一课，上了马克思主义的极其深刻的一课。

在今天的祖国大地上，人民又可以心情舒畅地抒发自己对革命的忠诚和关心、对毛泽东思想的心得和理解、对已故的伟大革命家的崇敬和怀念了。当我们又读到一篇篇赞颂毛主席、赞颂朱老总、赞颂陈毅和贺龙同志、赞颂毛主席的亲密战友杨开慧同志，特别是赞颂我们永生难忘的周总理的文章时，我们的心情总是很激动，因为对中国人民来说，这也是得之不易的胜利果实。曾几何时，这样一种最革命、最纯洁、最真挚的感情，竟被“四人帮”一伙视为异端，竟要人们将他秘密地藏在心底！

1976年1月8日，当敬爱的周总理逝去的噩耗如同疾风一样扫过祖国山河的时候，我们悲痛得简直难以自制。我们同大多数人一样，终生为没能同总理握握手，表达一下自己的心意而感到遗憾，我们属于那千千万万并未亲身与他接触过，但为他的死而热泪奔流的人民中的一员。我们是从人民教给我们的真知灼见中，是从三大革命的风雨和现实中认识了我们的总理的。我们曾真诚地幻想献出自己年轻的生命，去为他换回哪怕几天，几小时，以至几分钟的时间。可是，现实无情地打击了我们，从冬到春，当我们一次次地肃立在纪念碑前缅怀我们敬爱的总理的时候，我们开始逐渐地冷静了下来。我们想到，应当把宣传总理的精神当成自己的战斗，应当让亿万人民都能够进一步了解和懂得我们的总理。我们坚信：当总理的精神真正在人民心中生下根来，成为人民手中的锐利武器的时候，我们就不怕修正主义再来兴风作浪。怀着这样的信念，我们决心翻译《周恩来》一书，决心通过我们从此开始的不懈工作，使这本书能成为革命人民在修正主义的妖风迷雾刮来的时候，手中能多拿上的一件武器。

日本作家梨本佑平所著的《周恩来》一书的翻译工作，就是这样于 1976 年 2 月下旬开始的。在紧张的工作中，我们将周总理的遗像放在案前。凝望着他坦白、忠诚、无私的遗容，我们好像第一次懂得了“虽死犹生”这句话的含义。我们心里燃烧着对总理由衷的爱和对那些反总理家伙的刻骨的恨，常常工作到深夜。在清明节到来的前夕，我们完成了初稿，用这个方式来寄托我们的哀思和表达我们的意志。

接踵而至的是“四人帮”这群党内资产阶级分子对中国人民实行的历史上少有的残酷专政和疯狂镇压。在那些不允许忘记的白色恐怖的日子里，我们愤怒地注视着“四人帮”怎样把他们反对总理的罪恶活动步步升级，几个月里，我们时时刻刻都怀念着我们敬爱的周总理，我们多么希望总理能再降人间，率领亿万被压迫被专政的红小鬼，把“四人帮”阎王殿，连同他们假马列主义的诡辩，统统打个稀烂啊！

历史的惩罚是严峻的。“四人帮”的倒行逆施竟如此迅速地招致了他们自己的灭亡。以华主席为首的党中央逮捕“四人帮”的决定，像一声春雷炸开了万里阴霾！人民就像庆祝开国大典那时一样，尽情地欢呼跳跃，庆祝这第二次的解放，庆祝这历史性的胜利！

这时候我们找回了珍藏的手稿和原著，开始了第二稿的修改工作。我们希望在 1977 年 1 月 8 日到来的时候，我们能把它献到我们总理不朽的英魂之前。

在人民悼念总理的千千万万首诗歌中，有一首诗最好：“人民的总理人民爱，人民的总理爱人民，总理和人民同甘苦，人民和总理心连心。”这首诗共有三十二字，而使用的汉字又只有十三个。但这十三个字组成的诗可以冠绝七六年的“人民诗坛”，是因为它以艺术的形式，反复指出了总理和人民之间的关系。它写出了我们总理的阶级性质；写出了人民对我们党和国家干部的要求，写出了革命者的最紧要的原则，这个性质，要求和原则，就是毛主席指出的“为人民”。

我们的总理所以是为人民衷心爱戴的无产阶级革命家，就因为他是为人民勤勤恳恳服务的总理，就因为他是以自己一生，时时、处处、事事实践了巴黎公社关于“人民公仆”原则的总理，他以自己波澜壮阔的一生，否定了帝修反所预言、所坚持的“必修论”的“规律”，“人民的总理”，这是他得到的最贴切、最崇高、最难得的伟大称号。我们应当从这个认识出发，去学习和理解我们的总理，这是我们要求自己和检验别人的基本准绳；也应当是任何研究和描写周总理的人必须注意的前提。

但由于作者的阶级和社会局限，梨本佑平所著的《周恩来》一书，没有能从这样一个角度去观察、认识和描写总理。因而这本书就有着它无法弥补的缺点。书中常常流露出他的世界观和错误分析，我们为不造成不良影响，对此做了大量删节。又由于他的读者主要是不很了解中国革命的日本人民，所以他在书中又以不少篇幅介绍了与总理活动有关的历史背景。其中有些是为中国群众熟知的，为节省篇幅，我们也对此做了删节。但是，梨本佑平是出于对周总理的伟大实践和非凡能力的由衷尊敬，出于对周总理在中国和世界所处的重要地位的正确估计，而进行这本书的著作的。他在叙述中国革命历史的时候，总是力求站在我们党的立场上说话。在介绍到总理的活动时，总是出于热爱总理的心情不惜赞辞。对此，我们对这位已故的日本作家表示深切的谢意。

随着环境和心情的改变，我们的同志在阅读有关周总理的材料时，思想也会有一些变化。在清明节前后的日子里，我们哪怕读了一条很小的悼念总理的消息，也总是感到万分激动。而在今天，由于心头因“四人帮”反对总理而积郁的那口恶气已经出尽，当再读到一些有关总理的材料时，也许就有“求全”的倾向了。这本远远不能表现周总理高大形象的书，也许就会使人感到失望。不过，我们希望读到它的同志能以认真研究总理的革命实践，决心学习总理的“为人民”精神的心情，加上中国人民都深有体会的对周总理的认识来读这本书，或许就会有所收获。

真正描写周总理生平的好书不应当仅出现于外国，更好的作品应当出现在我们中国。以这样自发的局部的学习总理的尝试，推动我们自己的描写总理、朱老总和伟大领袖毛主席的著作尽早问世，也是我们的一个目的。

1977年的1月8日临近了。全国人民都在等待着这个难忘的日子。让我们今天向安葬着敬爱的周总理的祖国的山山水水，献上我们的这件祭礼，也献上我们赤诚的心。让我们人民的总理在养育了中华民族数千年文明的江河土地上安睡吧！他的一生，他的逝世，他的无产阶级立场，他的高尚品德作风，已经深深地植根于这片辽阔的土地之上，已经永远不死地珍存于九亿英雄的人民心中。

1976年，周总理逝世时，我二十七岁，正在中国历史博物馆就职。白天在西门台阶上凝视着民众和花圈的海洋，夜里在强烈的激动中读着借来的《周恩来》（梨本佑平著），不顾日夜地译了它。

以“爱周”为译者笔名的这个译本，曾经被大量地翻印。我自己保留过七八种版本，后来不胜其负，陆续丢了刻印本和节选本，只保存了一个铅印本和一个最初的打印本（当然是旧式中文打字机打蜡纸，再用滚筒式油印机印刷的）。

这个打印本上，我“发表”了也许是我人生首次经过“印刷”的作品，即这篇署名爱周的“译者的话”。我很珍惜它。无论它多幼稚，它不仅是我最初的、知与行的起点，也是我和我的读者相识的起点。

我一共使用过两个笔名，都只使用过一次。一个是爱周，还是一个是阿尔丁夫（人民之子或平民之子）。

特为附记。

《张承志文学作品选集》编后记

自1978年我冒失地闯入文学这块土地以来，一瞬间近二十年的时光逝去了。说实话，虽然一种作家的责任感渐渐严肃地在心中树立起来，但是我不仅没有、而且厌恶所谓名人的感觉。我永远无法失去一个穷人儿子的自识，也无法解除在我们贫穷的世界里出版自己时的奢侈感。因此，有缘在南国与洪声相识结友；并承他和海南出版社的深意，企划着为我这个昔日的牧羊人出版一套选集时——于我来说这不仅是一次机会而已，我视它为自己文学生涯中最重要的出版。

这样说不是基于廉价的自谦。作家必须承认自己的限定。我自出发于蒙古草原，怀上了要抒发自己的梦想以后，走过了一条探索的路。先后投身于考古学、蒙古史、中亚探查、伊斯兰研究等等分野，分别使用过论文、小说、诗和散文等等形式，甚至使用过蒙古文和日文等语言。最终我接受了在中国信仰的、朴实真诚的农民们的委托，在他们的支撑下，最终完成了不能用上述学科和形式界定的《心灵史》。让学问、知识和艺术站在泥泞的黄土高原蔑视脱离民众的智识阶级；把高贵和尊严还给被歧视被侮辱的民众——我知道，这是自己的顶点。在人生的这一步走完以后，我有了最后总结的愿望。

这就是这套四卷本选集的缘起。

还应该说明的是，除了《心灵史》一卷之外，对散文和小说尽量进行了筛选，各编成了一卷。此外，我把自己近期的一些形式近诗的篇什辑为一卷诗集，它的篇幅在这套选集中最短，也许这暗合着我会用余下的时间充实它。因为就私人的喜爱而言，我更偏向于它。

书编成后仍然心不能安。在一个古老辉煌的文明流程中，我从来都自惭形秽；但在一个世纪的终末，恐怖的是我身不由己地被拥推向前。时如鞭，地如钳，我并没有游刃其间的能力。我的笔总是把心逼得路更狭窄。我没有在这长旅上寻得真正的“道”（tarigati），包括更自由的形式。

但是我不悔于自己的选择。因为我断定，人要追求清洁的生存。世间的风气与我无关。我只是对我的读者，更对哺育我的民众深怀感激；是的，是你们的错爱成全了我。

谨为各卷后记。

在接受首届“爱文文学奖”时的致辞

各位前辈、各位朋友：

由北京爱文文学院，把第一届爱文文学奖授给我，这使我感到光荣。同时，由于这次授奖的特征不是为了积蓄金钱，而是为了支持文学活动必须依附的、旨在理解中国的实践，这使我更加感到光荣。

诸位前辈和朋友为此光临这个仪式，我把您们的举动视为对我的道路的支持，因此请允许我向您们致以深谢。

如果从 1978 年算起，并尝试借今天的机会进行总结的话，我想，所谓成绩和失误都是次要的，重要的是自己坚持的和走通的道路。这条道路，也许可以分析成以下几个特点：即作家与底层民众某种形式的结合，做为人的作家的个性化，以及经历过各种形式探索之后的艺术的自然化与朴素化。

回顾以前，使我懂得了：一个作家的文学质量，在于他对中国理解的程度，以及他实践的彻底性。如果文学仍然可以被憧憬为一个圣的领域的话，那么克服世俗化的决意程度将影响着文学的性质。

中国有十二亿人口。我们盼望富裕，但不能幻想十二亿人都变成财主。基于这种认识，我希望自己的文学中，永远有对于人心、人道和对于人本身的尊重；永远有底层、穷人、正义的选择；永远有青春、反抗、自由的气质。

同时，我还愿藉此机会对自己进行反省和总结。

中国文化面临的危机，以及知识分子们在权力和金钱面前的作为，会使我的思想依然激烈。但是，我要警惕偏激。

对于中文的一种感情和守卫意识，会使我今后更加注重文学语言。但是，我要防止矫饰和超出分寸。

道路在某种意义上的独立性，会使我在今后更加珍视个人的经验和个人的感受。但是，我要有意地向别人学习，尊重别人的经验和感受，把自我封闭和排斥异己当成禁忌。

今天的来宾中，有些是扶助过我的长辈。平常我很难有机会向您们表达我个人的由衷感激。在今天的来宾中，不可能看到扶助和哺育过我的祖国边疆各地的农民、牧民和亲人，谨请让我也表达对他们的深深想念。

谢谢大家。

1995 年 4 月 5 日

附录一　张承志著作集目录

1.《老桥》，小说集，北京十月文艺出版社，1984 ☆

2.《张承志集》，小说集，海峡文艺出版社，1985

3.《蒙古大草原游牧誌》，日文，朝日新闻社，1986

4.《北方的河》，小说集，北京十月文艺出版社，1987 ☆

5.《北方的河》，小说集，台湾新地出版社，1987

6.《黄泥小屋》，小说集，宁夏出版社，1987

7.《金牧场》，长篇小说，作家出版社，1987 ☆

8.《黄泥小屋》，小说集，台湾林白出版社，1988

9.《奔驰的美神》，小说集，四川文艺出版社，1988

10.《北望长城外》，小说集，中原农民出版社，1988

11.《张承志代表作》，小说集，黄河文艺出版社，1988

12.《骑马民族国家》，译著（江上波夫著），光明日报社，1988

13.《The Black Steed》，小说英译本，中国文学出版社，1989

14.《绿风土》，新散文集，作家出版社，1989 ☆

15.《心灵史》，长篇小说，花城出版社，1991 ☆

16.《Les Rivieres du Nord》，小说法译本，中国文学出版社，1992

17.《神示的诗篇》，小说集，江苏文艺出版社，1992 ☆

18.《神示的诗篇》，小说集，香港南粤出版社，1992

19.《张承志回族题材小说选》，小说集，青海人民出版社，1993

20.《热什哈尔》，译著（署名参与），三联书店，1993

21.《红卫兵的时代》，日文，学术类，岩波书店，1992

22.《从回教看中国》，日文，学术类，中央公论社，1993

23.《错开的花》，新诗集，北京师范大学出版社，1993

24.《美丽瞬间》，小说集，北京师范大学出版社，1993

25.《殉教的中国伊斯兰——哲合忍耶史》，日文，亚纪书房，1993

26.《清洁的精神》，散文集，安徽文艺出版社，1994 ☆

27.《金草地》，长篇小说，海南出版社，1994

28.《荒芜英雄路》，散文集，上海知识出版社，1994 ☆

29.《绿风土》，散文集，香港天地图书，1994

30.《黑骏马》，日译，早稻田大学出版社，1994

31.《黑骏马》，小说集，长江文艺出版社，1994

32.《大地散步》，散文集，群众出版社，1995

33.《张承志文学作品选集》（四卷），海南出版社，1995

34.《清洁的精神》，散文集，香港牛津大学出版社，1995 ☆

35.《鞍与笔》，以日文写作，散文集，太田出版，1995

36.《牧人笔记》，随笔集，花城出版社，1996 ☆

37.《张承志卷》，散文集，人民文学出版社，1997

38.《北方的河》，日译，露满堂，1997

39.《鞍与笔》，散文集，北京师范大学出版社，1998 ☆

40.《大陆与情感》，摄影散文集，山东画报出版社，1998

41.《张承志》，散文集，香港明报出版社，1999

42.《以笔为旗》，散文集，中国社会科学出版社，1999 ☆

43.《张承志文集》（五卷），湖南文艺出版社，1999

44.《北方的河》，作家出版社，2000

45.《一册山河》，散文集，作家出版社，2001 ☆
46.《东岳文库》，七卷袖珍本，山东文艺出版社，2001
47.《西省暗杀考》，小说集，北岳文艺出版社，2001
48.《金草地》，长篇小说，北岳文艺出版社，2001
49.《金牧场》，长篇小说，时代文艺出版社，2001
50.《鞍与笔的影子》，摄影散文集，学林出版社，2001
51.《张承志 20 年散文选》，散文集，青海人民出版社，2001
52.《粗饮茶》，散文集，春风文艺出版社，2003
53.《谁是胜者》，散文集，现代出版社，2003 ☆
54.《音乐履历》，散文集，上海三联书店，2003
55.《辉煌的波马》，江苏文艺出版社，2003
56.《金牧场》，长篇小说，春风文艺出版社，2004
57.《文明的入门——张承志学术散文集》，北京十月文艺出版社，2004
58.《金牧场》，作家出版社，2005
59.《鲜花的废墟》，游记，中国文学出版社，2005 ☆
60.《北方的河》，人民文学出版社，2005
61.《风土与山河》，散文集，作家出版社，2005
62.《张承志散文》，人民文学出版社，2005
63.《海骚》，小说集，台湾正中书局，2005
64.《草原印象》，散文集，浙江大学出版社，2005
65.《鲜花的废墟》，游记，台湾允晨出版，2005
66.《张承志精选集》，燕山出版社，2006
67.《正午的喀什——张承志新疆题材作品选》，新疆人民出版社，2006
68.《金牧场》，人民文学出版社，2006
69.《张承志自选集》（三卷），花城出版社，2007

70.《牧人行歌》，散文集，盲文出版社，2007
71.《长笛如诉》，散文集，盲文出版社，2007
72.《聋子的耳朵》，散文集，河南文艺出版社，2007 ☆
73.《五色的异端》，散文集，香港大风出版社，2007
74.《金牧场》，人民文学出版社，2007
75.《大西北》，散文集，中国青年出版社，2007
76.《鲜花的废墟》，游记，中国友谊出版公司，2008 再版
77.《荒芜英雄路》，散文集，中信出版社，2008 再版
78.《清洁的精神》，散文集，中信出版社，2008 再版
79.《鞍与笔》，散文集，中信出版社，2008 再版
80.《敬重与惜别——致日本》，中国友谊出版公司，2009 ☆
81.《黑骏马》插图本，上海人民美术出版社，2009
82.《黄土：张承志的放浪笔记》，江苏文艺出版社，2009
83.《饮虎池》，作家出版社，2009
84.《金草地》，作家出版社，2009
85.《你的微笑》，散文集，青海人民出版社，2010 ☆
86.《大草原与大西北》，散文集，广东教育出版社，2010
87.《匈奴的谶歌》，上海文艺出版社，2010
88.《张承志寄小读者：向常识的求知》，21 世纪出版社，2011
89.《黑骏马》，青海人民出版社，2011
90.《北方的河》，青海人民出版社，2011
91.《涂画的旅程》，青海人民出版社，2011 ☆
92.《金牧场》，长江文艺出版社，2012
93.《常识的求知：张承志学术散文集》，三联书店，2012
94.《心灵史》改订版，珍藏纪念版，2012 ☆

95.《相约来世》，作家出版社，2013

96.《张承志作品》（四卷），华文天下，2013

97.《北方的河》，花城出版社，2013

98.《骑手为什么歌唱母亲》，译林出版社，2013

99.《敬重与惜别》，台湾行人文化实验室，2014

100.《张承志作品系列》（十卷），东方出版社，2014

注：带星号的为初版。

附录二　张承志文学创作年表

1978年

夏天，在研究生考试后写作蒙文诗《Arat-un hu boln-a》（做人民之子）及短篇小说《骑手为什么歌唱母亲》，因后者获第一届全国优秀短篇小说奖而开始文学道路。

1981年

夏天，重返阔别的内蒙古草原。是年10月，毕业于中国社会科学院研究生院民族历史语言系，获历史学硕士。12月，中篇小说《黑骏马》完成。

1982年

年底，第一本小说集《老桥》编成。

1983年

5月，赴日本东洋文库进修。参加UNESCO举办的暑期土耳其语基础讲座。在东京外国语大学旁听小泽重男的《元朝秘史》。写作游牧社会学概要书《蒙古大草原游牧誌》（日文版）。同时被歌手岡林信康的艺术吸引，归国前完成《绝望的前卫》。中篇小说《北方的河》

在日本校订。

1984 年

6 月初自日本归国。为梵 · 高的绘画和故事所震撼。是夏，再回乌珠穆沁草原。秋天，赴新疆调查。12 月，初次进入西海固腹地的农村。此后多年，在甘、宁、新疆等地的农村下乡。

1985 年

6 月写成短篇小说《GRAFFITI——胡涂乱抹》，刊于同年 11 期《上海文学》。12 月，由业师翁独健先生亲笔题署书名的小说集《北方的河》编成。

1987 年

长篇小说《金牧场》出版。

8 月调入海军创作室。

翌年开始，写作下列诗体作品：4 月写成《黑山羊谣》；1988 年 3 月，《海骚》；1989 年 3 月，《错开的花》。

同时更频繁地在黄土高原的回族农村下乡。

1989 年

第一个散文集《绿风土》出版。6 月号《文汇月刊》发表中篇小说《西省暗杀考》。

是年 9 月，开始写作《心灵史》。12 月，从海军退职（复员），辞退一切公职待遇。

1990 年

3 月，《心灵史》写成，交花城出版社。

为青年阿訇做秘书工作，校订他们译自阿拉伯－波斯文的宗教史典籍《热什哈尔》。

8 月，散文《天道立秋》。

11 月，赴日本。在日本岩波书店《世界》杂志连载，并在“岩波新书”出版文库本《红卫兵时代》。

1991 年

《心灵史》出版。

为冈林信康的 CD《信康》写作“解说”。

在日本的中央公论社出版《从回教看中国》。此为第一册独立使用日文写成的著作。

1992 年

在东洋文库，与友人合作学术著作《殉教的中国伊斯兰》。

诗体作品集《神示的诗篇》在香港出版。

1993 年

4 月，就职日本爱知大学法学部。带领学生进行“六十年代的世界与青年”讲座研讨。

应约为《世界》毛泽东诞辰 100 周年纪念专辑写作《毛主席 Greffitti》

1994 年

年初，提前结束契约，归国。

散文集《荒芜英雄路》出版。
秋，母亲病逝。
初访云南。

1995 年
3 月：《三舍之避》及《心上关山》。
4 月：获首届爱文文学奖。发表《首届爱文文学奖获奖致辞》。
自是年起，连续三年赴新疆，比较和学习维吾尔文明的知识。此年赴塔什库尔干，在帕米尔高原，决定逐步写作系列的阐释新疆的论文与散文。10 月：《冰山之父》，11 月：《正午的喀什》，1996 年 6 月：论文《从象牙塔到吐鲁番》、1998 年：《面纱随笔》、2001 年：《文明的入门》。编辑了新疆题材专集，由香港明报出版为“当代中国文库精读”之一。此书并被湖南文艺版五卷本《张承志文集》收入，书题《冰山之父》。
在北京完稿的日文散文集《鞍与笔》在东京出版。
《张承志文学作品选集》四卷本出版。

1996 年
在云南农村的小村寨里，迎来元旦。
散文集《清洁的精神》（修订版）出版。
3 月，针对攻讦和诽谤，以及对穆斯林世界的歧视与偏见，写成《墨虽浓惊无语》。
6 月，在内蒙古额吉去世后，亦是八十年代以来，又一次重赴乌珠穆沁草原。
8 月，因无法前赴西北，在北京家中，接待来自西海固回民区的农民朋友。

9 月赴南疆，在维吾尔社会深处探寻苏非的源流。
岁末，为纪念这一年写作《让潮水三次淹没》。
《牧人笔记》出版。
12 月，在中国作协第一届全国委员会上的表决中，就选举方法投惟一的弃权票。

1997 年
为宗教史译著《热什哈尔》的台湾繁体字版代理著作权事务。
删改长篇小说《金牧场》，以《金草地》为题重新出版。
7 月，赴乌珠穆沁草原。
12 月，又赴新疆。在寒冬季节的吐鲁番和伊犁，度过宝贵的日子。归途再去河州、宁夏、平凉，并抵达枯水的黄河壶口。
岡林信康在日文版《北方的河》封面围带上撰写短文。

1998 年
散文集《鞍与笔》（与同名日文书内容不同）出版。
3 月起，主编《三联人文地理》杂志试刊。写作发刊词《人文地理概念下诸学科的方法论问题》。此文与散文《二十八年的额吉》等作品一起，提出了“文明的内部发言”“文明代言人的资格”等理论观点。
抵达以前在小说中想象的黑龙江。
有意识地写作包含复数文化的散文。是年 3 月《粗饮茶》、4 月《音乐履历》写成。

1999 年
出版摄影散文集《大陆与情感》。

3月赴江西，登庐山，踏查陶渊明的粟里。继赴绍兴，拜访山阴道上的名胜古迹。

7月遍游甘肃河州各县。过河入青海，西马营。再访关川。

新散文集《以笔为旗》出版。自己设计的封面，以亲身参加的艾提尕尔大寺的聚礼为主题。

开始在大西北的清真寺，讲解学术研究的方法论。与这一实践同步的论文《寺里的学术》，已至三稿。

10—12月，开拓新的世界学习，首次奔赴西班牙。深入地中海西部的穆斯林历史。

2000年

3月，再访江西。登梅岭、井冈山。

8月盛夏，赴酷暑的乌珠穆沁草原。

是年前后，继续留意作品的学术性。它们涉及的学科分别有：

考古学：《时代的召唤与时代的限制》；

社会学：《一页的翻过》（2000.4）；

伊斯兰研究：《刘介廉的五更月》《双联璧》（2000.7）；

古代交通史：《水路越梅关》（2000.斋月）；

思想史：《波斯的礼物》（2000.6）。

腊月，再入黄土高原，在久别的山村，与农民朋友重逢。

2001年

于除夕归京。

3月，第三次游学江西，访景德镇、婺源、王安石故乡东乡、吉水吉安、瑞金；并进入福建，拜访泉州圣友寺、厦门鼓浪屿。

7月赴青海，踏查祁连山脉南麓，大通河流域及扁都口。黄河李家峡以及东部农业区。
8月，继腊月之旅后，再进旱灾中的西海固。
继续写作学术类散文。

建筑：《石头的胜利》（2001.10）；

植物：《幻视的橄榄树》（2001.8）；

新疆研究：《文明的入门》（2001.12）等。

新散文集《一册山河》出版。
10月，游浙江，再上山阴道，访徐锡麟烈士遗迹。游舟山、上海，看古代港口形势。回山东故乡。
青海人民出版社出版《张承志20年散文选》。

2003年

1—4月，第二次西班牙调查。遍走西班牙、摩洛哥、葡萄牙的历史旧地和各种农村。
9月，赴新疆。在天山南北巡游新疆全境。遍及昌吉、伊犁，从库尔勒经沙漠路进入塔里木南缘，遍访昔日的旧友。

2005年

应《南方周末》纪念苏珊·桑塔格而写作的《他人的尊严》，反被《南方周末》拒绝发表。西方知识分子“左派的傲慢”的命题，与标榜自由的媒体之可疑背景的命题。
出版《鲜花的废墟——安达卢斯纪行》，此为对世界学习的一次总结，也是第一本描述外国的著作。
6月，讲演河州城。

2006 年

远赴秘鲁、墨西哥三个月。开始尝试学习西班牙语。了解拉丁美洲的16 世纪及殖民世纪历史。对安第斯山腹地、亚马逊河丛林、太平洋沿岸、印第安人、殖民地及教育，白银、土豆、玉米等作物的传播，有了宝贵的认识。

为反省“文革”中的血统论并纪念红卫兵诞生 40 周年，写作《四十年的卢沟桥》。

秋，赴日本两月，日本历史文化调查。

组织阿拉伯文与汉译对照的宗教典籍《曼丹叶合》的出版。

2007 年

独自以学术散文《掩卷追怀亦邻真》纪念蒙古史业师翁独健先生诞辰 100 周年。

新散文集《聋子的耳朵》出版。

四川，松潘。经若尔盖抵达甘南。再访东乡，帮助流落红军。

2008 年

曲阳、龙泉关、五台山。

4—6 月，赴古巴、西班牙两个月。了解古巴的殖民时代与革命时代。在西班牙南部调查摩里斯科历史。

第二本描述外国的著作、散文体日本概论《敬重与惜别——致日本》出版。书中以对大中华天朝思想的自省、以警告中国思想界浸淫传染的大国主义危险为武器，分析批判日本明治维新以来的“脱亚入欧”国策，呼吁新的亚细亚主义。

2009 年

1 月，在两岸四地华人抗议以色列入侵加沙的网上联合声明书上动员中国知识分子和穆斯林踊跃签字。

在《读书》杂志开设题为“尚能学否”的不定期专栏。

夏季赴柴达木盆地西端，访问荒漠尽头的马海哈萨克安置地。

10 月，再访西海固、将台堡与陈田玉。散文《重逢关川》。

多年神交的北庄老人家马进城逝世。用手机短信发出的唁电刊载在甘肃媒体。

组织印成一册农民学者研究乃格什板顶耶源流的粗糙论文集《为泥足者序》。批判体制豢养的伊斯兰学者及其方法论。

2010 年

2 月，写成寓言《磨坊目击记》。

3 月正式开始《心灵史》修改。

4 月，《敬重与惜别》获“第八届华语文学大奖盛典”年度散文家奖，在发奖会上使用 1995 年的旧作《首届爱文文学奖获奖致辞》。

6 月 20 日，在北大国家发展研究院讲演，题为《常识的求知》。

6 月，全国高考语文试题采用《大河家》为试题。

夏季赴青海与编辑共同工作，新散文集《你的微笑》出版。

动员西宁穆斯林援建的哈萨克马海安置区清真寺建成。

总结对从祁连山到积石山的甘青边界地域长达十数年的文化追究，发表《凡生命尽予收容》。

11 月，再访日本，在明治学院大学发表日文写作的讲演稿，题为《四十年之初衷未曾敢弃》（敢えて四十年の初心を抱えて）。

2011 年

2 月第二次倾注全力于《心灵史》修改版作业。

夏季赴青海，就地即写即编，编成绘画、速写、草图合集的美术散文集《涂画的旅程》，9 月出版，召开西北各族农村友人汇聚新书签售式的聚会。

9 月，《心灵史》修定版完成。在西北两座城市前后进入编辑阶段。编辑过程中，仍有重要的修改。

2012 年

《心灵史》改定版 750 册以真皮封面、银徽嵌饰、毛笔签字、孤版钤封的豪华装帧问世。书上明印对读者的允诺：收益将全数用于扶贫。

5 月 24 日，精装版成品运抵北京。7 月上旬，书以每册 1500 元的收藏价格销空。

9 月 7 日，前赴中东。

9 月 12—15 日，在约旦境内的巴勒斯坦难民营，将《心灵史》改定版所获收益实施捐献。一共对 5 个村庄、计 476 户巴勒斯坦难民及约旦穷苦农民，捐献了 10 万美元。五次演讲《越过死海》。

10 月—11 月，在上海亚洲思想论坛、南京大学、复旦大学以及北京，共五次公开汇报此次巴勒斯坦难民营的捐献行动。

为强调少数民族的母语权利，长篇散文《启蒙的历程》发表。

2013 年

这一年的时间主要用在印刷两批各 5 万册简装本《心灵史》修定版的工作上。此版由友人印成，10 万册免费赠送不取分文。封底明印“全部赠阅，严禁营利”。

4 月，短暂韩国之旅。江华岛、釜山、首尔清真寺的印象。

9 月，念盼的土耳其之旅实现。震惊于奥斯曼帝国的文化辉煌，流连忘返。

10—11 月，赴日本，从北海道至对马岛，旅行一个月。

10月 26 日，在日本中央大学骏河台纪念馆，用日语进行最后一次以《心灵史》收益援助巴勒斯坦难民行动的宣传讲演。题目为《从红卫兵到巴勒斯坦》。

12 月，《张承志文学创作年表》完成。

图书在版编目（CIP）数据

张承志作品系列.第7卷,.散文 思想 上 / 张承志 著.— 北京 ：东方出版社，2014.4

ISBN 978-7-5060-7371-4

Ⅰ.①张… Ⅱ.①张… Ⅲ.①中国文学—当代文学—作品综合集 ②散文集—中国—当代 Ⅳ.① I217.2

中国版本图书馆 CIP 数据核字（2014）第 068374 号

张承志作品系列：卷七·散文·思想（上）
(ZHANGCHENGZHI ZUOPIN XILIE JUANQI SANWEN SIXIANG SHANG)

作　　者：张承志
策 划 人：张　杰
产品经理：傅　愈
责任编辑：姬　利　傅　愈
责任审校：李皖南
书籍设计：张志伟　纸墨春秋设计工作室
统　　筹：吴玉萍
责任营销：王莉莉 010-64258071
出　　版：东方出版社
发　　行：人民东方出版传媒有限公司
地　　址：北京市东城区朝阳门内大街 166 号
邮政编码：100706
印　　刷：三河市金泰源印务有限公司
版　　次：2014 年 11 月第 1 版
印　　次：2014 年 11 月第 1 次印刷
印　　数：1—6000 册
开　　本：880 毫米 ×1230 毫米　1/32
印　　张：18.125
字　　数：415 千字
书　　号：ISBN 978-7-5060-7371-4
定　　价：68.00 元
发行电话：(010)64258117　64258115　64258112